Stolen

Verwoben in Vergessen

Weitere Titel von Emily Bold:

Unsterblich mein
Bd. 1

Unendlich dein
Bd. 2

Unvergänglich wir
Bd. 3

Silberschwingen
Bd. 1: Erbin des Lichts

Silberschwingen
Bd. 2: Rebellin der Nacht

Mehr über unsere Bücher, Autor*innen und Illustrator*innen auf:
www.planet-verlag.de

Emily
Bold

STOLEN

Verwoben in Vergessen

PLANET!

Prolog

Mein Schmerzensschrei hallte durch die Orangerie und ich bäumte mich gequält auf. Da war sie wieder – diese Hitze. Diese alles verschlingende, tödliche Hitze. Ich riss mich von Rayne los und sank zu Boden. Die Erde zwischen meinen Fingern war feucht und ich grub meine Nägel hinein, als könnte ich so irgendwie Halt finden. Der Geruch von Torf und exotischen Blüten vermischte sich zu einem erdrückenden Duft. Er erinnerte mich an einen Sarg mit Blumen, der in die Erde hinabgelassen wird. Ich wollte das nicht riechen, wollte hier weg – doch ich war wie gelähmt.

Ich kniff die Augen zusammen und fremdartige Bilder prasselten auf mich ein. Immer mehr, wie zähe Tropfen, die meinen Geist fluteten. Und sie hatten eines gemeinsam: Bastian Tremblay. Ich spürte ihn in jeder Faser meines Körpers, als würde er mit mir verschmelzen. Ich sah ihn vor mir, als Kind, mit seinen Eltern, sah ihn mit Tristan, spürte ihre Bruderliebe, spürte jedes winzige Detail seiner Liebe für Skye und seine Angst vor der Pflicht als Ringhüter. Ich spürte seine Macht und seine Kraft, spürte seine Muskeln im Gig über der Themse vor Anspannung zittern und den Schweiß, der ihm den Rücken hinabrann. Ich spürte seine Überraschung, als ich ihm auf Tristans Party in die Arme lief, und war in seinem Herz, als er mir im Riesenrad gegenübersaß. Ich spürte, dass er mich küssen wollte, dass er mir in diesem Moment nahe sein wollte und dann fühlte ich die Enttäuschung, als er mich in Tristans Armen sah. Ich fühlte Schmerz und Eifersucht und dann nur noch eisige Dunkelheit.

Der Duft nach Blüten und Erde wurde wieder stärker, aber ich merkte kaum, wie ich vom Boden hochgerissen wurde. Wie ein Schütteln mich dazu brachte, nach Luft zu schnappen.

»Wach auf!«, drang eine Stimme zu mir und starke Arme umfingen mich. »Du musst atmen.«

Ich versuchte es, vergeblich. Die Bilder, Gefühle und der Schmerz eines anderen Lebens erdrückten mich. Ich konnte diese Fülle an Energie nicht halten. Nicht beherrschen. Nicht kontrollieren.

»Hilf mir«, presste ich heraus, nicht sicher, ob auch nur ein Ton über meine Lippen gekommen war.

»Wie?« Ich hörte Tristans Worte nah an meinem Ohr. Sein Atem strich über meinen Hals, seine Hände hielten mich fest, aber sie zitterten. »Wie, Abby? Sag mir, was du brauchst. Sag, was los ist!«

Sein Herz schlug unter meiner Wange und ich spürte seine Angst. Sie glich der meinen.

»Etwas … passiert«, japste ich und versuchte, die Augen zu öffnen. Das Sonnenlicht, das durch die gläserne Kuppel der Orangerie schien, blendete mich und die Feuchtigkeit ließ die Luft um uns herum wie einen Regenbogen schillern. Das dunkle Grün der tropischen Pflanzen umrahmte das Gesicht über mir. Ich blickte in Tristans leuchtend blaue Iriden, in denen ich mich spiegelte und was ich sah, war ein Wesen aus purem Gold. Es dauerte einen Moment, bis ich begriff, dass die Tränen, die das goldene Wesen vergoss, heiß über meine eigene Wange liefen. Ungehindert, denn ich war nicht in der Lage, sie zurückzuhalten. Der Schmerz war viel zu groß.

»Bastian, er …« Meine Lippen rissen auf und ich schmeckte Blut.

»Wir finden ihn!«, versicherte Tristan mir, aber das tröstete mich nicht. Ich wusste, wo sein Bruder war. Ich sah ihn deutlich vor mir. Alles in mir war auf ihn ausgerichtet, als wären wir eins. Wir waren eins. Miteinander verschmolzen. Sein Schmerz war meiner.

Und deshalb spürte ich ganz deutlich, dass Bastian Tremblay starb.

Lauf!

Zuvor

Das Licht zuckte im Takt der Musik durch die tremblaysche Villa. Schatten kamen und gingen im schnellen Wechsel der Stroboskope. Partygelächter lag in der Luft, die Stimmung war auf dem Siedepunkt – nur hier in der Küche schien die Zeit stillzustehen.

Der Moment war wie in Bernstein erstarrt und ich fühlte das wilde Rauschen meines von Adrenalin gefluteten Blutes. Ich hatte es geschafft. Der Herzring war nun in meinem Besitz. Meine Gefühle waren jetzt sicher. Oder war das nur ein Trugschluss?

Tristan Tremblays Nähe ließ mich daran zweifeln. Sein Duft hüllte mich ein, so nah stand er bei mir und ich wusste, was jetzt geschehen würde. Trotzdem setzte mein Herzschlag aus, als Tristans Zunge meine Lippen teilte und sein heißer Atem über mein Gesicht strich. Er zog mich in seine Arme und seine Finger fanden einen Weg unter mein Shirt. Seine Berührung war wie ein Erdbeben, das jeden klaren Gedanken zum Einsturz brachte. Ich musste hier weg … doch das verlor an Bedeutung. Zitternd sank ich gegen Tristans Brust, denn meine Knie verwandelten sich in Wackelpudding.

Der Herzring in meiner Hand glühte auf und ich spürte, wie Tristan die Kontrolle über sich verlor, weil ich ihm den Ring genommen hatte. Der Kuss war ein Kontrollverlust. Ein Überkochen der Gefühle – und obwohl ich das wusste, obwohl ich wusste, dass nichts von dem, was hier in der Küche oder in meinem Herzen gerade geschah, wirklich echt war, genoss ich die Zärtlichkeit, die in mir aufwallte. Das wunderbare Gefühl der Nähe, die Vorstellung, geliebt zu werden.

Tristans Zunge schmiegte sich an meine, während seine Hände die Haut an meiner Taille entflammten. Es fiel mir schwer, wütend auf ihn zu sein, während sein Kuss mir den Atem raubte. Dabei war ich wütend. Wütend, weil er mein Herz manipuliert hatte, wütend, weil er meine Gefühle für seinen Bruder ausgelöscht und mir wie ein Dieb etwas gestohlen hatte, das ich nie hatte hergeben wollen.

Doch es war so eine Sache mit einem manipulierten Herz – es schlug auch für Diebe. Besonders, wenn sie so küssen konnten wie Tristan Tremblay.

»Einen Tremblay vergisst man nicht«, hatte er gesagt – und zum Teufel, ich glaubte ihm. Ich konnte mir nicht vorstellen, dass ich diesen Kuss je vergessen würde.

Ich musste mich regelrecht zwingen, mich auf meine Aufgabe zu konzentrieren. Darauf, warum ich hergekommen war. Wegen des Herzrings. Sein heißes Glühen in meiner Handfläche ermahnte mich zu verschwinden, ehe Tristan mein Verrat auffallen würde.

Widerwillig zog ich meine Hände unter Tristans Shirt hervor, berührte ein letztes Mal die Narbe an seinem Herzen, die zeigte, wie mächtig die Herzweben waren, die er mir genommen hatte. Wie mächtig die Liebe zu seinem Bruder gewesen war, die ich verloren hatte. Ich löste meine Lippen von seinen und sah ihm in die Augen. Strahlendes Blau schlug mir daraus entgegen, während dunkle Weben seine Haut überzogen. Der Kuss hatte offenbar nicht nur mich aus dem Gleichgewicht gebracht. Auch ich spürte diese unnatürliche Macht in meinen Adern. Ich schloss ganz fest die Faust um den Ring und ergab mich der Kraft in mir. Der Dunkelheit, die mir durch das Erbe meiner Familie in die Wiege gelegt worden war. Ich war eine Diebin – weil dies mein Schicksal war. Und mich diesem Schicksal fügend, entwand ich mich aus Tristans Umarmung und steckte den Ring unbemerkt in meine Hosentasche.

Tristan sah mich an. Ein verführerischer Zug lag auf seinen Lippen und ich musste mich zwingen, mich von ihm loszureißen. Erst jetzt registrierte ich aus dem Augenwinkel die dunkle Gestalt, die den Rahmen der Küchentür ausfüllte.

»Bastian«, entfuhr es mir, als sein eiskalter Blick mich traf. Er sagte kein Wort, doch sein Schweigen war lauter als das Schlagen der Glocken vom Big Ben.

Tristan drehte sich halb zu seinem Bruder um. Wie Gegner standen sie sich gegenüber, dann hoben sich Tristans Mundwinkel und er legte demonstrativ seinen Arm um mich. »Was willst du?«, fragte er schroff. »Siehst du nicht, dass wir beschäftigt sind?«

Wo ich bis eben noch das Gefühl gehabt hatte, die Welt würde stillstehen, kam es mir jetzt so vor, als drehte sie sich viel zu schnell. Ich entwand mich Tristan und drängte mich unter dem vorwurfsvollen Blick von Bastian an ihm vorbei durch die Tür. Der Raum war mit einem Mal viel zu klein und ich bekam kaum Luft.

Was hatte ich getan?

Mein Herz brach in tausend Teile, als ich im Vorbeigehen Bastians Finger streifte. Es durchzuckte mich wie ein Blitz und eine Sehnsucht, so heiß wie Lava, verbrannte mein Innerstes.

Ich sah mich um, suchte nach einem Ausweg. Die Gäste standen dicht an dicht. Lachten. Tanzten. Ahnten nicht, dass die Welt, die sie kannten, nur aus Lügen bestand. Panisch strich ich mir die Strähnen aus der Stirn und drängte mich mitten in die schwitzende Menge. Ein Ellbogen wurde mir in die Seite gerammt und ich keuchte. Ich drehte mich um mich selbst, sah mich um. Suchte die Schatten ab. Mein Herz schlug so hart, dass ich Angst hatte, die Villa würde über unseren Köpfen einstürzen und so floh ich ins Freie. Dort schnappte ich nach Luft, wie ein Fisch auf dem Trockenen. Mein Sichtfeld verschwamm und ich spürte, wie meine Haut sich veränderte. Gold – da waberte Gold unter meinen Fingerspitzen.

Ich musste hier weg. Sofort. Die Dunkelheit in mir schrie laut auf. Sie schrie nur ein Wort, aber das hämmerte mir wie ein Befehl in den Ohren. »*Lauf!*«

Ich fühlte mich verloren, als ich aus der Villa rannte und dem geschotterten Weg durch den Park von Darkenhall folgte, bis die Partymusik schließlich hinter mir verklang und die Dunkelheit sich wie eine schützende Decke über mich legte. Ich kauerte mich hinter den Stamm einer Eiche und presste mir die Hand auf mein viel zu schnell schlagendes Herz. Goldene Weben überzogen meine Haut. Mit zitternden Fingern holte ich den Herzring aus meiner Tasche und drehte ihn im Mondlicht.

Ich war eine Diebin – und ich war in meinem Element, denn ich war mit meiner Beute entkommen.

Mein Blick glitt zurück zur Villa der Tremblay-Brüder. Sie würden schon sehr bald merken, was ich getan hatte.

Ich schloss die Finger um den Ring und presste ihn mir fest an die Brust. Sie konnten mir diesen Ring nicht überlassen. Sie würden alles daransetzen, ihn sich zurückzuholen.

Ich wandte mich um und hastete entschlossen zur Mauer, die das Schulgelände umgab. Ächzend zog ich mich daran hoch und schwang mich mit einem Satz auf die andere Seite. Dann rannte ich los. Ich musste hier weg. Weg von all den Schatten. Weg von allem, wonach mein Herz sich sehnte.

Es war nicht lange her, da hatte es für mich nichts Schlimmeres gegeben, als von Bastian am Bahnhof von Wymouth verlassen zu werden.

Jetzt fürchtete ich nur, er würde mich erwischen. Denn dass er mich jagen würde, daran bestand kein Zweifel.

Eine verfluchte Diebin

Es fühlte sich an wie ein Schlag in den Magen. Bastian brauchte einen Moment, um zu begreifen, was er sah. Seinen Bruder, der Abby küsste.

Er hielt sich am Türrahmen fest, um sich selbst daran zu hindern, hinüberzugehen und Tristan von Abby wegzuzerren. Dabei wollte er genau das tun. Er wollte nicht zusehen, wie Tristans Hände unter Abbys Shirt ihre Taille berührten. Er wollte nicht wahrhaben, dass auch sie ihre Hände unter seinem Shirt hatte. Dass der Kuss nicht so aussah, als würde er gegen Abbys Willen stattfinden. Er sah, wie ihre purpurne Herzwebe sich nach Tristan streckte, dabei hatte alles Purpur in ihrem Webengeflecht doch noch vor wenigen Stunden ihm gegolten …

Bastian ballte die Fäuste. Sein Kiefer mahlte, so fest biss er die Zähne zusammen. Er konnte einfach nicht fassen, dass Tristan das wirklich tat. Dass sein eigener Bruder tatsächlich Abbys Gefühle für ihn zerstört hatte und stattdessen zarte Herzweben geweckt hatte, die Tristan selbst galten.

Zum ersten Mal überhaupt verfluchte er die Macht der drei außergewöhnlichen Ringe. Und er verfluchte seinen Bruder, über dessen Schulter ihn Abby in diesem Moment erschrocken ansah.

»Bastian!«, kam ihr sein Name über die Lippen und sie wurde schlagartig leichenblass. Ahnte sie, wie wütend und verletzt er war?

Sah sie ihm an, dass er kurz davor stand, seinem eigenen Bruder den Hals umzudrehen? Sah sie, dass sie ihm das Herz brach, indem sie Tristan küsste?

»Ich wollte dich mehr als alles andere, Bastian«, hallten ihm ihre Worte von früher an diesem Abend im Ohr. *»Aber ich bin nicht wegen dir zurückgekommen. Ich bin nur wegen Tristan hier.«*

»Was willst du?«, riss ihn Tristans Frage aus seiner Starre. »Siehst du nicht, dass wir beschäftigt sind?«

Bastian hörte ihm überhaupt nicht zu. Er sah nur, wie Tristan besitzergreifend seinen Arm um Abby legte, wie sich ihr Webengeflecht veränderte. Die Herzwebe geriet in den Hintergrund und dunkle Seelenweben, angefüllt mit Schuld, schlugen empor. Bereute sie den Kuss? Bereute sie nur, dass er sie dabei erwischt hatte? Oder gab es einen anderen Grund für die Fülle an schwarzen Weben, die in Abbys geplündertem Webengeflecht neu aufloderten?

Sie riss sich von Tristan los, drängte sich an Bastian vorbei und tauchte in der Menge sich im Tanz bewegender Partygäste unter.

»Bist du jetzt zufrieden?«, fuhr Tristan ihn an und griff nach der Weinflasche, die auf der Küchenarbeitsplatte stand. »Ist es dir wirklich lieber, keiner von uns bekommt sie, als dass ich sie bekomme?«, fragte er bissig und nahm einen Schluck direkt aus der Flasche.

Bastian ging auf seinen Bruder zu. Noch immer hatte er die Fäuste geballt und er musste sich zwingen, ihm nicht die Flasche einfach aus den Händen zu schlagen. »Tu nicht so, als hätte sich Abby aus freien Stücken für dich entschieden«, knurrte er. »Du hast ihr Herz manipuliert!«

»Und du ihre Seele!«, verteidigte sich Tristan und packte die Flasche so fest am Hals, dass seine Knöchel weiß hervortraten. »Du bist doch selbst kein Heiliger!«

»Als ich Abbys Seelenweben genommen habe, da hatte ich keine andere Wahl!«, erinnerte Bastian seinen Bruder. »Du hingegen hattest überhaupt nicht das *Recht*, die Kraft des Herzrings zu nutzen! Du bist kein Ringhüter und hast Skyes Ring ohne Befugnis für deine Zwecke benutzt.« Bastians Faust krachte auf die Arbeitsfläche. »Du hast nicht die Fähigkeiten, diese Mächte zu kontrollieren und hättest Abby beinahe umgebracht!« Er fuhr sich energisch durchs Haar. »Herrgott, Tristan, du hast sie mit in die Schatten gezogen, *während* du ihre Weben genommen hast!«

Tristan schürzte die Lippen, ohne sich von Bastians geballter Wut beeindrucken zu lassen. »Du bist doch nur wütend, weil dir das Ergebnis nicht schmeckt! Weil du nicht sehen kannst, wie Abby jetzt mich küsst, statt dich!«

»Sie liebt dich nicht wirklich!«, brüllte Bastian.

Tristan wich keinen Millimeter zurück. »Ihr Herz sagt etwas anderes.«

»Weil du es manipuliert hast! Aber Abby ist stärker, als du denkst. Sie wird sich nicht dauerhaft täuschen lassen.«

Tristan nahm noch einen Schluck, ehe er antwortete: »Mädchen mögen mich im Allgemeinen. Warum sollte Abby da eine Ausnahme bilden? Wir sind auf einem guten Weg, wenn ich den Kuss eben bedenke.«

Mit einem wütenden Knurren packte Bastian seinen Bruder am Kragen seines Shirts und stieß ihn hart gegen die Küchenzeile. »Komm ihr noch einmal zu nahe, Tristan, dann …«

»Dann was?« Tristan schlug Bastians Arme beiseite und hob erneut die Flasche an seinen Mund. »Was willst *du* schon machen? Solange ich den Herzring habe, wirst du mich nicht von Abby fernhalten.«

»Du kannst den Ring nicht behalten!« Bastians Stimme wurde gefährlich dunkel und seine Wut weckte das Wüten in seiner Brust. »Skye braucht ihn zurück, und das weißt du!«

»Skye kann ihn nicht beherrschen, geschweige denn hüten«, gab Tristan noch immer unbeeindruckt zurück.

»Verdammt, Tristan!«, herrschte Bastian seinen Bruder an und stieß ihn in den nächsten Schatten. Das Nichts schloss sich um sie und Kälte schlug über ihnen zusammen. »Das ist kein Spiel!«, hallte es durch die Dunkelheit, ohne dass er die Lippen bewegte. Hier im Nichts bekamen auch Gedanken eine Stimme. »Gib mir den Ring!«

Er riss Tristans Shirt am Kragen auseinander, während er ihn ein Stockwerk über der Küche mit sich aus dem Schatten zerrte.

Tristan holte zum Schlag aus und mit der Wucht des Sprungs aus den Schatten heraus, traf ihn dessen Faust in die Nieren. Keuchend zuckte Bastian zusammen und taumelte zurück. Mit schmerzverzerrtem Gesicht beobachtete er Tristan, der sich das zerrissene Shirt abstreifte und wie ein Boxer die Fäuste ballte, als erwarte er einen weiteren Angriff.

»Du kannst den Herzring nicht behalten«, keuchte Bastian jetzt ruhiger und musterte Tristan streng. »Also, wo hast du ihn?«

Erst jetzt hob sein Bruder die Hand an seine Brust. An seinen Hals. Und sah dann erschrocken an sich hinab.

Bastian erkannte sofort, dass etwas nicht stimmte. »Was ist?«, fragte er und seine Wut war verraucht.

»FUCK!«, rief Tristan und fuhr sich verzweifelt durchs Haar. »Fuck, Fuck, Fuck!« Er streckte die Hand nach dem nächsten Schatten aus und verschwand.

Bastian brauchte einen Moment, bis ihm dämmerte, was seinen Bruder so aus der Fassung gebracht haben musste. Noch ehe die

Gänsehaut der bösen Vorahnung seinen Körper überziehen konnte, folgte er Tristan in den Schatten und zurück in die Küche.

»FUCK!«, stieß Tristan erneut hervor und stemmte sich matt mit den Händen auf die Arbeitsplatte. »Ich Idiot!«

Bastians Kiefermuskeln zuckten, als er auf den gebeugten Rücken seines Bruders starrte. »Nicht dein Ernst!«, knurrte er und ging langsam auf ihn zu. »Sag nicht, dass …« Einen Schattensprung später war er bei ihm und riss ihn an der Schulter zu sich herum. Er warf einen Blick auf die nackte Brust seines Bruders und das Wüten in ihm schwoll an. »Wo ist er?«, stieß er hervor, während er sein menschliches Äußeres verlor.

Tristans blonde Haare fielen ihm matt in die Stirn, als er hilflos den Kopf schüttelte. Diesmal war von seiner Selbstsicherheit nichts zu spüren und ihm kam auch kein frecher Spruch über die Lippen.

»Weg«, murmelte er leise. »Er ist weg.«

»Wie kann er weg sein?!«, brüllte Bastian und donnerte die Faust auf die Arbeitsplatte, um seine Wut zu entladen, ehe das Wüten in ihm ihn verletzen konnte.

Er knurrte auf wie ein verwundetes Tier, als die Weben seine Haut zum Reißen brachten. Dann stieß er Tristan grob gegen die Kücheneinrichtung und baute sich drohend vor ihm auf. »Bist du jetzt zufrieden?«, fragte er gefährlich leise, während ihm das Blut den Hals hinablief. »Du bringst mich um – und Skye ebenfalls! Aber vielleicht ist es ja das, was du beabsichtigst. Dann kannst du dir nehmen, was du willst. Und wenn es das Herz eines Mädchens ist, das dich in Wahrheit gar nicht liebt!«

Er wandte sich ab, aber Tristan riss ihn an der Schulter zurück und funkelte ihn wütend an. »Wie ich das sehe, will Abby keinen von uns!«, fauchte er und schlug sich gegen die nackte Brust. »Ihr

Herz muss so kalt sein wie ihre Seele, wenn sie so küsst, während sie einen bestiehlt!«

Bastian biss die Zähne zusammen. Er wollte nichts von Abbys Kuss mit Tristan hören, und zugleich empfand er einen winzigen Anflug von Erleichterung, als ihm klar wurde, dass sie ihn vielleicht nicht aus Zuneigung geküsst hatte. Sondern weil sie war, was sie war. Eine verfluchte Diebin!

Hartes Hämmern

Margaret-Maud fühlte sich so lebendig wie lange nicht. Adrenalin rauschte durch ihre Blutbahnen. Sie umklammerte fest das Lenkrad ihres Kleinwagens, während sie, zwischen zwei Lastwagen am Straßenrand parkend, versuchte zu erkennen, wohin der Mann ging, der eben aus dem Taxi vor ihr gestiegen war. Was wollte er hier, am Güterbahnhof? Rostige Lagerhallen und große Flächen mit aufeinandergetürmten Frachtcontainern bildeten eine unheimliche Kulisse. Margaret-Maud war unentschlossen, ob sie ihr Auto einfach hier zwischen den großen Lastwagen und Transportern stehen lassen und dem Mann folgen sollte, oder ob sie die Zeit hätte, einen richtigen Parkplatz zu suchen.

Hinter ihr hupte der Fahrer eines Lieferdienstes, weil sie eine Einfahrt versperrte. Arbeiter mit Helmen und in Warnwesten drehten sich nach ihrem Wagen um und Margaret-Maud duckte sich hastig hinter ihr Lenkrad. Sie wollte keinesfalls auffallen.

Der Lieferwagenfahrer hupte erneut.

»Ja doch!«, ärgerte sie sich und legte den Gang ein, um anzufahren. Kurzerhand lenkte sie den Wagen in eine Ladezufahrt hinter einer gelb verkleideten Halle und ignorierte das Schild mit der Aufschrift »Einfahrt freihalten«. Sie stieg aus, sperrte das Auto ab und hastete hinter dem Mann her, dem sie seit beinahe einer Stunde durch London folgte.

Quietschende Kräne drehten sich über ihrem Kopf. Das leise Surren von Starkstrom drang von den Gleisanlagen zu ihr herüber und elektrisierte die Luft. Als würde ihr das neue Energie geben, eilte sie weiter.

Jack Woods zu folgen, war auf dem unwegsamen Kopfsteinpflaster und in ihren Pumps nicht gerade leicht, aber sie durfte nicht aufgeben. Geduckt schloss sie näher zu Jack auf, als ihr Absatz zwischen zwei Steinen stecken blieb und abbrach. Sie strauchelte, blieb aber auf den Beinen. Frustriert sah sie Jack nach, der noch immer auf eine der Lagerhallen zuging.

Schnell schlüpfte sie aus ihrem Schuh, riss den abgebrochenen Absatz endgültig ab und zog den Pump wieder über. Hinkend eilte sie weiter, doch sie hatte Jack aus den Augen verloren.

Ihr Herz hämmerte wie wild und sie sah sich hektisch um. Wo war er hin? Wo konnte er sein? In der Hoffnung, ihn noch einzuholen, rannte sie, so schnell es ihr lädiertes Schuhwerk zuließ, los, drehte sich dabei immer wieder um, um alle Richtungen zu überblicken.

Dann sah sie ihn. An einen metallenen Bauzaun waren Planen gespannt. Das Gebäude dahinter wurde umgebaut. Paletten mit Baumaterial waren davor aufgestapelt und irgendwo hörte man etwas hämmern. Das Gebäude war riesig und sie konnte sich nicht erklären, was der Schmied dort wollte. Doch sie hatte gesehen, wie er unter der Plane hindurchgeschlüpft war.

Margaret-Maud wich einem Kleintransporter aus und duckte sich hinter eine Lagerhallenecke, um zu sehen, was Jack vorhatte. Würde er wieder herauskommen? Eine ganze Weile wartete sie, doch er war irgendwo in den Tiefen des baufälligen Gebäudes verschwunden. Unruhe überkam sie, als immer mehr Zeit verging, ohne dass

Jack zurückkam. Was, wenn es einen zweiten Ausgang gab? Wenn sie ihn jetzt aus den Augen verlieren würde, hätte sie keinen Anhaltspunkt, wo sie weiter nach ihm suchen sollte.

Unschlüssig grub Margaret ihre Finger in die furchtbaren Narben auf ihrem Unterarm. Sie hatte Angst. Angst, wie damals, als die Flammen nach ihr geleckt hatten, als die Hitze sich nach ihr gestreckt hatte.

Erinnerungen brannten qualvoll in ihrer wunden Seele und verursachten ihr Schmerz, der eigentlich längst verblasst gewesen war, den Bastian Tremblay ihr aber in seiner Wut über ihren Verrat zurückgebracht hatte. Doch anders als noch vor wenigen Wochen war der Schmerz jetzt beruhigend. Er zeigte, dass sie noch lebte. Und solange sie lebte, so lange gab es Hoffnung. Nicht nur für sie, sondern auch für ihre Schwester, die in den Flammen weniger Glück gehabt hatte.

Margaret-Maud atmete tief durch und versuchte dabei den beißenden Geruch des brennenden Weihnachtsbaums aus ihren Gedanken zu verdrängen. Das war lange her. Und endlich war die Zeit gekommen, dieses Unrecht ungeschehen zu machen. Doch dafür brauchte sie, was Jack Woods besaß.

In geduckter Haltung huschte sie über den Verladeplatz, quetschte sich zwischen den Bauzäunen hindurch und balancierte über eine Holzdiele, die über einen ausgehobenen Graben für Wasserleitungen gelegt war. Sie zitterte, als sie schließlich die graue, von der Gebäudefront herabhängende Bauplane erreichte. Eine Palette mit darauf aufgetürmten Steinen kam ihr gerade recht, um sich dahinter zu verstecken, während sie den Geräuschen lauschte, die aus dem Inneren des Gebäudes drangen. Ein unerklärliches Hämmern war zu hören. Vielleicht Abrissarbeiten? Margaret spitzte die Ohren. Hörte sie Jack Woods irgendwo sprechen? Nein. Es waren überhaupt keine Stimmen zu hören. Nur dieses merkwürdige laute Klopfen drang an ihr Ohr. Wo war Jack? Und was wollte er hier?

Sie schlich unbemerkt zur Folie, die ihr die Sicht nahm. Legte die Hand daran und lüpfte sie unauffällig. Der Raum dahinter war düster und Wasser tropfte von der Decke. Es war feucht und der Geruch von Rost und Diesel hing in der Luft. Eine provisorische Tür aus Holzlatten versperrte den Eingang, war aber nur angelehnt. Margaret lugte hindurch. Der Gang dahinter war leer. Noch mehr dieser Türen, die sie irgendwie an Gartenhütten erinnerten, führten in die im Umbau begriffene Lagerhalle. Sie hatte keine Ahnung, wo sie mit ihrer Suche beginnen sollte. Doch die Angst, entdeckt zu werden, war so groß, dass sie nicht wagte, weiterhin am Eingang zu verharren. Also ging sie weiter. Sie öffnete die erste Tür einen Spaltbreit und schob sich hindurch. Im Inneren roch es stärker nach Diesel und das eigentümliche Klopfen hallte ihr nun lauter entgegen. Auf Zehenspitzen schlich Margaret-Maud weiter. Sie atmete nur flach und verdrängte den Gedanken daran, was geschehen würde, wenn man sie hier erwischte.

Die Gänge waren nur spärlich beleuchtet und zwischen den hohen Regalreihen hatte sie Angst, etwas zu übersehen. Doch hier stehen zu bleiben, war keine Option. Umzukehren ebenfalls nicht, denn in diesem Moment ging hinter ihr die Tür auf und Arbeiter kamen herein. Schnell huschte Margaret-Maud in die Dunkelheit vor sich und hielt den Atem an. Panisch grub sie ihre Fingernägel in ihren vernarbten Unterarm und betete darum, nicht gesehen zu werden. Sie spähte über ihre Schulter. Der Kerl an der Tür bog in einen anderen Gang ab, was Margaret-Maud die Möglichkeit gab, schnell um die nächste Ecke zu flitzen. Dort kauerte sie sich hinter einen Stapel Metallboxen und atmete zitternd aus. Ihr klopfte das Herz bis zum Hals und sie musste sich zwingen, ruhig zu bleiben, obwohl ihr von Minute zu Minute klarer wurde, wie verrückt das war, was sie hier tat.

Sie würde Jack Woods vermutlich niemals finden. Und wenn, dann würde man sie höchstwahrscheinlich entdecken. Was dann? In ihren Pumps würde man sie kaum für eine Arbeiterin halten. Und was genau glaubte sie herauszufinden?

Margaret-Maud ließ den Kopf für einen Moment erschöpft gegen den Kistenstapel sinken. Es war ein Fehler gewesen, Jack folgen zu wollen. Das war ihr inzwischen klar. Sie hätte lieber bei Konstantin im Krankenhaus vorbeischauen sollen, anstatt hier herumzuschleichen. Was hatte sie sich nur dabei gedacht?

Sie wollte umkehren, wagte es aber wegen der Bauarbeiter am Eingang nicht, also zwang sie sich weiterzugehen. Mit kleinen Schritten schob sie sich vorwärts. Das Klopfen wurde lauter und hallte wie Donnergrollen durch ihren Körper. Beinahe meinte sie, das baufällige Gebäude würde unter den Schlägen beben.

Sie erreichte eine weitere Tür, die ebenfalls offen stand. Dahinter schien die Quelle des Hämmerns zu liegen. Margaret-Maud drängte sich noch dichter an die Wand, zwischen weitere Alukisten. Dann spähte sie durch die Tür.

Vielleicht war es doch kein Fehler gewesen, herzukommen, dachte sie, als sie sah, was die Ursache für das harte Hämmern war.

Eddy Sparkle und der Kater

Ich wusste nicht, wohin. Mit dem Herzring in der Hand erschien mir jeder Ort wie eine Falle. Jeder Schatten machte mir Angst und ich sah dunkle Geister, in jeder Ecke. Mir rann der Schweiß den Rücken hinab und ich hatte Seitenstechen, so schnell war ich gerannt. Jetzt presste ich mir die Hand aufs Zwerchfell und atmete tief durch. Meine Kehle brannte. Mein Mund war wie ausgetrocknet. Jedes Auto, das an mir vorbeikam, ließ mich zusammenzucken, jedes Geräusch jagte mir einen Schauer über den Rücken und ich wünschte mir nur, die Nacht würde enden und die aufgehende Sonne nur einige der Nachtschatten vertreiben, die ihre dunkle Kälte nach mir ausstreckten.

Ich hatte vorgehabt, nach Hause zu gehen, in mein Elternhaus in Northfleet, denn dort hatte ich meinen Vater zuletzt gesehen. Er hatte mir nicht gesagt, wo wir uns wieder treffen würden. Er hatte sich nicht verabschiedet, als er gegangen war. Hatte nur mein Spitzmesser mitgenommen – und den Seelenring.

Ich löste meine Hand vom Zwerchfell, strich mir die aubergine gefärbten Haare aus der Stirn und verlangsamte meine Schritte. Kurz blieb ich stehen und sah mich nach allen Richtungen um. Da war nichts, was mir Angst machen musste, und doch konnte ich das beklemmende Gefühl, verfolgt zu werden, nicht abschütteln. Ich musste den Herzring irgendwo sicher verstecken, ehe Bastian mich finden würde. Ich musste ihn aber auch vor meinem Vater verstecken, denn auch wenn alles, was er mir gesagt hatte, logisch klang … irgendwas ließ mich zögern. Und wenn ich ihm die Macht des Herzrings übergeben würde, musste ich absolut sicher sein, damit keinen Fehler zu begehen. Bastians Leben hing davon ab.

Ich lauschte einen Moment in die Dunkelheit, ehe ich über eine halbhohe Gartenmauer stieg und mich zwischen zwei Rhododendren hindurchschlug. Das kleine Häuschen lag tagsüber im Schatten einer alten Eiche, jetzt in der Dunkelheit wirkte es noch mal finsterer. Dabei war mir das kleine Reihenhaus immer warm und sicher erschienen. Ich sah nach oben zu den Fenstern im ersten Stock, als etwas mein Bein streifte.

»Gott!«, stieß ich hervor und schrak zurück. Der Rhododendron riss an meinen Haaren und ich schlug mir die Hand auf den Mund, um nicht zu schreien. Gelbe Augen blinzelten mir entgegen und ein träges »Miau« hieß mich willkommen. »Verdammt, Kater!«, murrte ich zitternd und ging in die Hocke, um über das dunkle Fell zu streichen. »Hast du mich erschreckt!«

Mit gehobenem Schwanz strich mir der Kater um die Beine und drückte sich so fest an mich, dass ich beinahe nach hinten in die Büsche gekippt wäre. Sein Schnurren kam mir in der Stille so laut vor wie der Motor eines Rasenmähers. »Ist ja gut«, flüsterte ich und kraulte ihn unterm Kinn. »Ist ja gut.« Ob meine Worte nur ihm oder auch mir selbst galten, wusste ich nicht so genau, denn das freudige Willkommen des Katers trieb mir die Tränen in die Augen. Mir war nicht klar gewesen, wie sehr ich ihn vermisst hatte. Wie sehr ich vermisst hatte, mit ihm auf dem Sofa zu sitzen, während Florence über ihre neueste Hutkreation sprach. Wie sehr ich das Gefühl vermisst hatte, ein richtiges Zuhause zu haben. Ich versuchte vergeblich, den Kloß hinunterzuschlucken, der mir plötzlich in der Kehle brannte. Der Kater hüpfte auf meine Oberschenkel und ich ging mit dem Knie ins Gras. »Hör schon auf«, lachte ich leise, als er sich regelrecht an mein Gesicht schmiegte. »Dafür ist jetzt keine Zeit.« Ich schob ihn sanft von mir und stand auf. Doch seinem sehnsüchtigen Blick konnte ich nicht standhalten und so hob ich ihn hoch und schlich mit ihm auf dem Arm weiter bis zur Hintertür. Ich streckte mich, um den Türrahmen erreichen zu können, wo wie immer ein Hausschlüssel versteckt war.

»Wir müssen echt ganz leise sein«, beschwor ich den Kater und steckte den Schlüssel ins Schloss. Als ich die Tür öffnete, war es, als würde mich das Haus umarmen. Ich trat ein und fühlte mich sofort zu Hause.

Ich setzte den Kater ab, der mir direkt wieder protestierend um die Beine schlich. Dann schloss ich leise die Tür hinter mir. Mein Zimmer lag im ersten Stock, genau gegenüber von Florence' Schlafzimmer. Trotzdem hatte ich keine Angst, sie zu wecken. Ich hatte mich in den letzten Jahren immer wieder heimlich aus dem Haus geschlichen. Immer wieder war ich nachts erst viel zu spät wieder zurückgekommen, ohne dass meine Pflegemutter je bemerkt hätte, dass ich fort gewesen war. Wenn ich jetzt so darüber nachdachte, hatte ich es ihr wirklich nicht leicht gemacht. Es war kein Wunder, dass ich schließlich in Darkenhall, der Schule für Problemkinder, gelandet war. Nur hatte wohl niemand damit gerechnet, dass ausgerechnet diese Schule mir die allergrößten Probleme bereiten würde.

Aber wer hätte schon ahnen können, dass ich dort auf Schattenspringer wie Tristan Tremblay stoßen würde? Oder auf den Hüter des Seelenrings, Bastian Tremblay? Oder auf Leute wie Skye und Owen, die ebenfalls Ringhüter waren? Hüter des Herzrings und des

Erinnerungsrings. Und wer hätte schon gedacht, dass ausgerechnet *ich* durch meine Vorfahren mit diesen unwirklichen Dingen verbunden war? Ich schüttelte den Kopf über diesen Wahnsinn und schlich die Treppe hinauf. Ich wusste genau, wohin ich meine Füße setzen konnte, ohne dass die Stufen knarzten.

Ohne Zwischenfälle erreichte ich mein Zimmer und schloss leise hinter dem Kater die Tür. Erst dann erlaubte ich mir ein paar tiefe und beruhigende Atemzüge. Ich hatte es geschafft. Ich war in Sicherheit. Zumindest fühlte es sich so an. Alle Anspannung fiel von mir ab und ich sah dem Kater zu, wie er mit einem Satz auf mein Bett sprang und sich auf dem Kopfkissen zusammenrollte. Im Mondlicht glänzten die Augen meines rosa Teddys Eddy Sparkle, den ich schon als Dreijährige von meiner Mutter zum Geburtstag bekommen hatte. Sein weicher Pelz war stellenweise verfilzt, doch da mir nicht viel aus meiner Kindheit geblieben war, war er mir heute noch so wichtig wie damals.

Und als ich ihn nun so am Bettpfosten sitzen sah, da wollte ich nur eines: Mich mit dem Kater und Eddy Sparkle unter die warme Decke kuscheln und tief und fest einschlafen. Doch dafür war keine Zeit. Ich hob meine Hand und löste vorsichtig meine um den Ring verkrampften Finger. Als der Herzring auf meiner Handfläche lag, schimmerte er schwach im matten Dämmerlicht. Trotzdem kam es mir so vor, als glühte das Metall regelrecht.

»Vitalinaurum«, murmelte ich und verglich es im Geiste mit dem Material, aus dem das Schnitzmesser bestand, das mein Vater mir vor vielen Jahren geschenkt hatte. Er hatte es aus einem Metall geschmiedet, das noch nicht einmal einen Namen trug. Es entstammte – ebenso wie die drei Ringe aus Vitalinaurum – einem Amulett, welches die Macht besaß, das Tor des Lichts, also das Tor zur Totenwelt, zu öffnen. Das Metall meines Messers bildete einst die Fassung für das machtvolle Vitalinaurum, aus dem schließlich die drei Ringe geschmiedet worden waren.

Ich strich mit dem Finger über den Ring und die Macht, die in ihm verborgen lag, verursachte mir eine Gänsehaut.

Die Macht dieses Rings hatte mein Herz manipuliert. Meine Gefühle. Und darum war es richtig, die Ringe zu zerstören. Es war richtig, das Vitalinaurum wieder in die Fassung zu bannen.

Ich schluckte und ließ mich aufs Bett sinken. Die Worte meines Vaters hallten mir durch den Kopf, sodass ich fast glaubte, er würde neben mir sitzen.

»*Die Ringhüter haben keine Ahnung, dass die Fassung des Amuletts die Macht des Vitalinaurums unter Kontrolle gehalten hat. Sie wissen nicht, dass die Fassung der Schlüssel zu allem ist*«, hörte ich ihn sagen. »*In unseren Genen tragen wir den Schlüssel zum Tor des Lichts, Abby. Ohne uns kann niemand das Tor des Lichts öffnen. Denn die Macht des Vitalinaurums ist unbeherrscht. Sie droht mit ihrer Gier selbst die Ringhüter zu zerstören. Nur das Metall aus deinem Messer kann diese Gier kontrollieren, nur durch die Fassung wird ein wirklicher Schlüssel daraus. Sie verleiht uns die Kontrolle und die Macht, jede Tür zu öffnen und uns das zu nehmen, was wir wollen. Das ist vielleicht das Wüten in uns – wir nehmen uns Dinge, die eigentlich verschlossen bleiben sollten.*«

Finger für Finger legte ich die Hand wieder um den Ring. Mein Dad hatte recht. Ich hatte der Dunkelheit in mir nachgegeben und mir den Herzring genommen, obwohl er mir nicht gehörte. Ich war diesem Drang gefolgt und hatte auch den den zweiten Tremblay-Bruder bestohlen.

Mit einem Seufzen ließ ich mich rückwärts neben dem Kater in die Kissen fallen und starrte zur Decke. Tristan Tremblays Kuss haftete noch meinen Lippen an, aber auch die kurze Berührung von Bastians Hand, als ich an ihm vorbei die Flucht ergriffen hatte, brannte noch immer sehnsüchtig auf meiner Haut.

Zwei Brüder, und beide hatten mir etwas genommen. Bastian hatte mir einen Teil meiner Seele geraubt, Tristan mein Herz manipuliert. Und obwohl das so war, obwohl er mir die Gefühle für Bastian regelrecht aus der Brust gerissen hatte, hallte irgendwo noch das Echo dieser Empfindungen in mir nach, denn meine Erinnerungen waren mir geblieben.

Ich erinnerte mich an die Nacht in Bastians Armen, an seine Küsse. Ich wusste, wie glücklich und gut ich mich gefühlt hatte. Und doch … schlug mein Herz beim Gedanken daran nicht schneller. Stattdessen schlug es für Tristan. Den Herzdieb mit den blonden Haaren und den verführerischen Sprüchen. Aber ich wusste, es war nicht echt. Auch wenn es sich verdammt echt anfühlte.

Der Kater maunzte und drehte sich einmal um sich selbst, ehe er sich in genau derselben Position wieder hinlegte. Er schleckte seine Pfote, dann schloss er wieder die Augen und sein leises Schnurren war das einzige Geräusch.

Ich drehte mich auf die Seite und zog die Beine an meine Brust. Ich war müde, aber sobald ich die Augen schloss, sah ich nur blaue Augen vor mir. Das geheimnisvoll dunkle Nachtblau von Bastians Augen, aber auch das helle Blau aus Tristans Blick.

Ich hatte nur ein Herz, aber es schlug für beide Brüder. Und das machte es nicht gerade leichter, mich von ihnen abzuwenden, um das einzig Richtige zu tun.

»Ich muss eh nicht mehr grübeln«, flüsterte ich und der Kater blinzelte irritiert. »Ich hab den Ring gestohlen. Ich hab meine Wahl also schon getroffen«, erklärte ich ihm, auch wenn er so aussah, als würde er lieber seine Ruhe haben.

Ich zog Eddy Sparkle zu mir heran und schlang die Arme um seinen plüschigen Teddy-Hals. Am Fuß des Bären war das pinkfarbene Fell etwas eingerissen und weiße Füllwatte quoll heraus. Ich strich mit dem Finger über diese Bärenwunde und küsste mein Kuscheltier auf den Kopf. »Es tut weh«, flüsterte ich in die nächtliche Stille und spreizte mit den Fingern den aufgerissenen Plüsch. »Aber am Ende … war es den Schmerz hoffentlich wert.«

Hinterher

»Ich kann nicht glauben, wie verdammt bescheuert ihr seid!«, fauchte Owen zornig und warf Bastian und Tristan einen eisigen Blick zu. »Ich fasse es einfach nicht!«

»Nicht so laut!«, mahnte Bastian und neigte den Kopf in Richtung seines Zimmers. Skye tanzte dort zu einer Musik, die nur in ihrem Kopf spielte.

Die Party war vorbei, das Dröhnen aus den Boxen verstummt, die Lichter im Untergeschoss erloschen und die Gäste gegangen. Doch davon schien die zarte Hüterin des Herzrings nichts mitbekommen zu haben. Sie schwang noch immer ihre Hüften, hob die Arme, als ob sie sie in den Nacken eines Jungen legen würde, mit dem sie tanzte, und lachte hin und wieder hell auf. Sie war wie in Trance und Bastian wollte sie keinesfalls zurück in die Realität holen. In eine Realität, in der Abigail Woods Skyes Herzring von Tristan gestohlen hatte, um … ja, um wer weiß was damit zu tun. Bastian biss die Zähne zusammen.

Owen hatte recht gehabt. Sie hätten Abby nicht vertrauen dürfen. Keiner von ihnen wusste, was sie vorhatte.

»Du hast in Abbys Seele gesehen, dass sie die Welt ins Chaos stürzen wird – und trotzdem lasst ihr euch beide auf sie ein, sodass sie nicht nur deinen Seelenring, sondern noch dazu Skyes Herzring stehlen kann!«, stieß Owen zornbebend hervor und kratzte sich den

Bart, ehe er die Brüder wieder ansah. »Ich weiß echt nicht, was ich noch dazu sagen soll!«

»Du musst jetzt nicht den Oberlehrer spielen, Owen!«, murrte Tristan und stemmte seinen Fuß gegen die kühle Betonwand.

»Ach nein?« Owen wurde laut und Bastian warf zur Sicherheit einen Blick durch die angelehnte Tür in Skyes Richtung. Ihr goldenes Haar umfloss ihren zarten Köper, der in dem eng anliegenden Kleid gut zur Geltung kam. Sie tanzte noch immer. Und sie sah wunderschön dabei aus. Zart und verletzlich. Und genau das war sie auch. Verletzlich.

Ohne den Herzring würde das Wüten, das alle Ringhüter stetig begleitete und beherrschte, aus Skye herausbrechen. Es konnte sie töten. Es *würde* sie früher oder später töten.

Schon einmal hatte das Wüten fast dafür gesorgt, dass Skyes Leben frühzeitig beendet wurde. Sie hatte überlebt und war doch nicht mehr dieselbe. Und das war Bastians Schuld. Und nun wiederholte sich das alles, denn auch diesmal trug er die Schuld, sollte ihr etwas zustoßen. Es wäre seine Schuld. Und das musste er verhindern.

»Habe ich euch nicht gesagt, dass man Abby nicht trauen kann? Habe ich euch nicht gesagt, dass es ein Fehler ist, sich auf sie einzulassen?«, wollte Owen schlecht gelaunt wissen.

»Das hast du«, stimmte Bastian resigniert zu, aber sein Freund redete einfach weiter.

»Ich weiß nicht, wie, aber Abigail hat euch beide um ihren diebischen kleinen Finger gewickelt!« Owen ballte die Fäuste. »Für ein paar läppische Küsse habt ihr alles verraten, was unsere Familien seit Generationen hüten und schützen!« Owen hämmerte seine Faust im Zorn gegen die Wand. »Und jetzt stellt sich heraus, dass Abby vermutlich mit dem selbst ernannten Lichtbringer Konstantin Cross und seinen Anhängern unter einer Decke steckt! Sie, ihr Vater und Cross werden großes Unheil entfesseln, wenn sie wirklich versuchen sollten, das Tor des Lichts zu öffnen, das ist euch klar, oder?«

»Abby gehört nicht zu Cross«, widersprach Bastian. Da war er sich ganz sicher. »Ich weiß nicht, warum sie den Herzring genommen hat, aber –«

»Kein Aber! Du holst ihn besser zurück, ehe Skyes Schwestern hier aufschlagen und mitbekommen, was ihr getan habt.«

Bastian kniff die Lippen zusammen. An Vic und Rayne hatte er überhaupt nicht mehr gedacht. Dabei konnte er sich Vics Wutanfall schon ziemlich genau vorstellen. Sie war ja schon ausgeflippt, als sie erfahren hatte, dass er den Herzring ohne ihre Erlaubnis aus Caerhay Court mitgenommen hatte. Dass der Ring, der das Überleben ihrer Schwester sicherte, nun verschwunden war, würde das Fass für Vic vermutlich zum Überlaufen bringen. Zu Recht.

»Ich kümmere mich darum«, versprach Bastian zerknirscht und warf Tristan einen warnenden Blick zu. »Und du hältst diesmal die Füße still! Komm mir nicht wieder in die Quere!«

Tristan schnaubte. »Natürlich! Der große Ringhüter kümmert sich darum! Das war ja so klar!« Er stieß sich von der Wand ab und trat Bastian entgegen. Seine Augen waren zu wütenden Schlitzen zusammengekniffen. »Soll ich mich fernhalten, damit du bei Abby freie Bahn hast?«

Bastian schüttelte ungläubig den Kopf. Allein, dass Tristan über Abby sprach, brachte dessen Haut zum Bersten und aus einer Wunde an der Augenbraue lief ihm das Blut übers Gesicht. Er hatte keine Ahnung, was in seinem Bruder vorging, aber Abbys Weben waren eindeutig zu stark für ihn. Besonders jetzt, da sie ihm den Ring genommen hatte. »Willst du dich vielleicht darum kümmern?«, fragte er deshalb forsch. »Sieh dich doch an! Du bist nicht einmal stark genug, dem standzuhalten, was du dir in deiner verantwortungslosen Eifersucht genommen hast! Du kannst dich Abby nicht nähern – nicht so.« Bastian deutete auf die purpurnen Male auf Tristans Haut. »Du hast ihr die Gefühle genommen, die sie für mich entwickelt hat – und – oh Wunder: Ihre Liebe zu mir ist stärker, als du ertragen kannst.« Bastians Kiefer zuckte. »Ich hoffe wirklich, dass es schmerzt, Tristan. Ich hoffe, es tut richtig weh!«

Owen stieß ein verzweifeltes Stöhnen aus und riss die Arme in die Luft. »Habt ihr es noch immer nicht kapiert?!«, schrie er ungläubig. »Eure Gefühle sind das Letzte, um das es gerade geht! Wir brauchen die Ringe zurück! Das hat oberste Priorität! Begreift das endlich!«

Bastian brauchte einen Moment, bis Owens Worte durch den Nebel seiner Wut drangen. Er hatte die Fäuste geballt, um zu verhindern, dass er auf Tristan losging. Er konnte einfach nicht glauben, dass sein Bruder so weit gegangen war. Dass er diese Grenze überschritten hatte. Dabei waren sie beide immer ein gutes Team gewesen. Zumindest hatte er das so empfunden. Aber wenn er nun sah, wie verletzt Tristan ihn ansah, wie zornig die Blicke waren, die er ihm zuwarf, dann erkannte er seinen Bruder kaum mehr wieder.

»Ging es denn je um was anderes als um diese scheiß Ringe?«, fauchte Tristan und wischte sich das Blutrinnsal von der Wange. Dann wandte er sich von Bastian und Owen ab und nahm einen Schatten. Vermutlich um die Weben abzubauen, die ihm so zusetzten. Die Weben, die einst in Abbys Herz für Bastian geschlagen hatten.

»Hier drehen langsam alle durch!«, murrte Owen und stieß Bastian gegen die Schulter. »Geh und hol den Herzring zurück, ehe

Victoria hier auftaucht!«, drängte er. »Und ich warne dich – nimm die Aufgabe verdammt noch mal ernst, für die du geboren bist!«

Die Aufgabe, für die er geboren war. Bastian rieb sich den Nacken und seufzte. Seit Stunden suchte er nach Abby. Er war überall gewesen. In ihrem Zimmer in Darkenhall, in Florence' Hutladen in der Nähe des Piccadilly Square und in ihrem Elternhaus in Northfleet. Der Sonnenaufgang war nicht mehr fern und er hatte sie noch immer nicht gefunden. Selbst mit seinem Ring wäre es schwer gewesen, sie anhand ihrer Weben aufzuspüren, denn ihr Webengeflecht, das ihm so vertraut war, dass er es unter Tausenden wiedererkannt hätte, war in den letzten Tagen verändert worden.

»Wo hast du dich versteckt?«, murmelte er, legte den Kopf in den Nacken und atmete tief durch. Skye lief die Zeit davon. Ihm ebenso. Er kratzte nachdenklich mit dem Fingernagel einen blutigen Schorf von seinem Handgelenk. Es war Tage her, dass er sich Weben genommen hatte. Der Hunger in ihm war schon lange erwacht, doch er wusste auch, sollte er dem Wüten in sich nachgeben, könnte es ihn das Leben kosten. Es wäre eine Herausforderung, dem Hunger zu widerstehen, wenn er Abby erst gefunden hätte. Er drehte sich nach Westen. Der Himmel hatte dort eine dezent violette Farbe angenommen, die den nahenden Tag ankündigte, während im Osten der Glutball der Sonne sich gerade über den Horizont hob.

Eine Möglichkeit gibt es noch, dachte Bastian und versuchte sich an die Adresse in Abbys Schulakte zu erinnern, ehe er die Hand nach dem nächsten langen Morgenschatten ausstreckte.

Sieh hin!

Meine Augen brannten vor Müdigkeit. Meine Lider kratzten bei jedem Wimpernschlag wie Schleifpapier über meine Augäpfel und das Bild des schlafenden Katers vermischte sich mit Bildern, die meinem müden Geist entsprangen. Es war wie eine Fahrt auf einem sich immer schneller drehenden Karussell. Die Erinnerungen zogen vor meinem inneren Auge vorbei. Der Kater, Florence, die über ihr Zeichenbrett gebeugt an einem neuen Entwurf arbeitete, Tristans leuchtend blaue Augen, sein schelmisches Lächeln, das sich in die ernste Miene seines Bruders verwandelte. Ich verlor mich in dunkelstem Nachtblau und träumte von Küssen, die all meine Sinne weckten. Dann verfolgte mich Owens bärtiges Gesicht. Mein Herz schlug schneller, ich wollte weg, doch er hielt mich fest. Packte mich, war einfach überall. Er war vor mir, hinter mir, war in den Schatten, die sich nach mir reckten, und mein ängstlicher Schrei erstickte im Sog eines unerklärlichen Schwindels. Ich spürte den Hüter des Erinnerungsrings in meinen Gedanken. Spürte, wie er sich mein Leben ansah, wie er meine Erinnerungen las wie ein gewöhnliches Buch.

Ich schlug um mich, doch die Nacht hielt mich gefangen.

»Nein!«, wollte ich rufen, aber meine Macht war fort. Sie war mir genommen worden, ebenso wie mein Schnitzmesser.

»Sieh hin!«, forderte Owen und zog mich mit sich in die Bilder meiner Vergangenheit. Zog mich durch die letzten Wochen, bis in die Sakristei der St. Pauls Cathedral. Ich roch das Leder der alten Bücher und kalten Weihrauch. »Finde das, was nicht passt!«

Ich wälzte mich im Bett, mir war heiß und ich wollte die Augen aufschlagen, doch ich schaffte es nicht. Es war, als würde ich immer tiefer in die Matratze sinken. Als läge ich auf Treibsand und je mehr ich mich gegen das Unausweichliche wehrte, umso schneller versank ich. Der Schwindel nahm zu, raubte mir den Atem und ich schnappte nach Luft. Beißender Weihrauch brannte in meiner Lunge. Ich erstickte. Erstickte an meinen Erinnerungen.

»*Der Schmied hat gute Arbeit geleistet. Anders als allen zuvor war es ihm gelungen, das Vitalinaurum aus der Fassung des Amuletts zu brechen und es in drei Teile zu teilen. Die Ringe, die er daraus geschmiedet hat, zeigen deutlich, wie machtvoll dieses Metall ist. Es zieht sie wie von selbst zueinander, als wären sie magnetisch. Sie wirken lebendig, wenn sie sich nahe sind. Darum haben wir sie unter uns aufgeteilt. Und obwohl der Schmied seine Aufgabe gemeistert hat, und wir ihm reiche Bezahlung versprochen haben, ist er einfach verschwunden, wie ein Dieb in der Nacht. Das hat uns alle misstrauisch gemacht.*«

Ich stöhnte, war am Ende meiner Kräfte. Ich brauchte Luft. Meine Lunge war wie zugeschnürt. Die Bilder verloren an Klarheit, verschwammen, und das Karussell drehte sich weiter. Immer schneller. Der Weihrauchduft verblasste. Nun sah ich das Gesicht meines Vaters, es kämpfte gegen Owens Antlitz an und ich wusste nicht, was das zu bedeuten hatte. »Dad!«, wollte ich rufen, doch kein Laut kam über meine Lippen. Angst fraß mich auf und der Schwindel erschien mir mit einem Mal wie die Rettung. »Komm!«, hörte ich Owen und er lockte mich, ihm in meine eigenen Gedanken zu folgen. »Sieh hin! Finde das, was nicht passt!«, hallte es in mir wider und ich gab auf. Ergab mich der Schwäche, der Atemlosigkeit und der Hitze in meinem Blut. Ich öffnete die Augen, doch ich sah nicht den schlafenden Kater auf der Matratze vor mir. Ich sah mein Messer, hörte die Worte meines Vaters, als stünde er neben mir.

»*Als unser Urahn das Vitalinaurum des Priesters zerteilte, musste er das machtvolle Metall erst aus einer ungewöhnlich schimmernden Fassung lösen. Niemand schenkte der Fassung Beachtung. Niemand kümmerte sich um das vermeintlich wertlose Metall. Sie überließen es ihm als Bezahlung für seine Dienste, nicht ahnend, dass sie damit die Kontrolle über die gesamte Macht des Vitalinaurums in die Hände unserer Familie legten.*« Seine Worte waren bedeutungsschwer, als sagten sie so viel mehr als das Offensichtliche.

»Sieh hin! Finde das, was nicht stimmt!« Owens Bild verblasste vor meinen Augen. Luft strömte in meine Lunge und der Druck auf meine Brust ließ schlagartig nach.

Sieh hin! Sieh hin! Sieh hin!

Mit jedem Herzschlag hörte ich diese Worte und ich schnappte krampfhaft nach Luft. Ich setzte mich ruckartig auf und versuchte, mit weit aufgerissenen Augen etwas zu erkennen.

Wo war ich?

Blasses Dämmerlicht fiel durch die Vorhänge und ich presste mir die zitternden Hände aufs Herz. Ich war nass geschwitzt und trotzdem war mir kalt, denn ich hatte die Bettdecke zur Seite getreten. Der Kater maunzte genervt, als ich geräuschvoll einatmete. Es dauerte einen Moment, bis ich mich orientieren konnte. Der Schrank, mein Schreibtisch, das Bett … Ich wischte mir die Haare aus der Stirn und zog die Beine an die Brust. Ich war in Sicherheit. In meinem Zimmer. In Florence' kleinem Häuschen. Und doch überzog eine Gänsehaut meinen gesamten Körper.

»Gott!«, keuchte ich, denn der Schreck des Traums hallte in mir nach. »Was war das denn?«

Der Kater hob den Kopf und blinzelte mich aus goldenen Augen kritisch an.

»Schon gut. Ich bin ja still«, flüsterte ich und strich ihm über den Rücken. »Das war echt heftig.«

Mir war nicht ganz klar, was von all den verrückten und angsteinflößenden Dingen reell oder nur ein Traum gewesen war, aber dass ich hier in meinem Bett lag, anstatt in Darkenhall im Zimmer mit Jasmin und Esme, bewies, dass ich leider nicht *alles* geträumt hatte.

Bastian und Tristan gab es wirklich. Meine Gefühle für die beiden ebenfalls. Und die Schatten …? Ich fröstelte, als das Leuchten der aufgehenden Sonne nicht nur Licht brachte, sondern überall dort, wo es nicht hinreichte, auch dunkle Bahnen auf den Boden malte. Die Schatten waren da. Überall um mich herum. Und die Ringe aus Vitalinaurum? Es war so verrückt, dass dieser Teil gut einem Traum hätte entspringen können.

Ich tastete nach Eddy Sparkle und als ich den rosa Plüsch berührte, fühlte ich in der Watte der Teddy-Füllung etwas Hartes. Verunsichert presste ich mir das Kuscheltier gegen den Bauch und fragte mich, was ich nun tun sollte. Der Traum wollte mir nicht aus dem Kopf gehen und je länger ich hier saß und wartete wie die Sonne aufging, umso unsicherer wurde ich. Ich hatte meinen Dad treffen wollen. Hatte ihm den Herzring übergeben wollen. Doch jetzt hallten mir zwei Worte wieder und wieder im Kopf herum und ich konnte sie nicht verdrängen.

Sieh hin!

Wohin? Was sollte ich sehen?

Dass ich etwas übersah, spürte ich. Aber was?

Ich rieb mir die trockenen Augen und stöhnte dabei. Beim Aufstehen pochte mir der Kopf.

Sieh hin!

Ich trat ans Fenster. Ein braungefleckter Spatz saß auf der Dachrinne und zupfte sein Federkleid zurecht. Es tat gut, so etwas banales wahrzunehmen. Es entspannte meinen gehetzten Geist.

Sieh hin!

Ich atmete durch und der Spatz flog davon.

Sieh hin!

Wohin? Was wollte mir mein Unterbewusstsein sagen? Ich presste die Fäuste gegen meine Schläfen und kniff fest die Augen zusammen. »Was soll ich sehen?«, flüsterte ich verzweifelt und versuchte, mich auf den Traum zu konzentrieren.

»Der Schmied hat gute Arbeit geleistet. Anders als allen zuvor war es ihm gelungen, das Vitalinaurum aus der Fassung des Amuletts zu brechen und es in drei Teile zu teilen.«

War das wichtig? Was sollte ich da schon sehen? Das alles war mir nicht neu.

»Die Ringe, die er daraus geschmiedet hat, zeigen deutlich, wie machtvoll dieses Metall ist. Es zieht sie wie von selbst zueinander, als wären sie magnetisch. Sie wirken lebendig, wenn sie sich nahe sind. Darum haben wir sie unter uns aufgeteilt.«

Mir schwirrte der Kopf. Das wusste ich doch. Worauf sollte ich achten? Was sollte ich sehen?

»Und obwohl der Schmied seine Aufgabe gemeistert hat, und wir ihm reiche Bezahlung versprochen haben, ist er einfach verschwunden, wie ein Dieb in der Nacht. Das hat uns alle misstrauisch gemacht.«

Wegen dieser Zeilen hatte Owen mir stets misstraut. Auch das war mir nicht neu, also was versuchte mein Geist mir zu sagen? Mein

Traum war schon fast verblasst. Das Licht des neuen Tages löste ihn auf wie den Morgennebel über den Straßen Londons.

»Als unser Urahn das Vitalinaurum des Priesters zerteilte, musste er das machtvolle Metall erst aus einer ungewöhnlich schimmernden Fassung lösen«, hörte ich die Stimme meines Vaters wie aus weiter Ferne. Nun kam es mir nicht mehr vor, als stünde er neben mir. Er war fort. Nur der Traum hing mir noch nach.

Sieh hin!

Ich grub nachdenklich die Zähne in meine Unterlippe.

»Wohin?«, murmelte ich erneut und lauschte in meinem Unterbewusstsein auf die Antwort.

»Niemand schenkte der Fassung Beachtung. Niemand kümmerte sich um das vermeintlich wertlose Metall.«

Ging es um mein Messer? Um das Metall, aus dem mir mein Vater das Messer geschmiedet hatte? Ich wusste um seine Macht, spürte sie in mir, auch wenn ich es nun nicht länger bei mir trug. Ich hatte es meinem Vater überlassen – um das Richtige zu tun. Mein Blick glitt zu Eddy Sparkle und dem Riss in seinem Futter. Ich tat das Richtige, den Herzring zu meinem Vater zu bringen – oder?

Ein kalter Schauer rann mir den Rücken hinab.

»Sie überließen es ihm als Bezahlung für seine Dienste, nicht ahnend, dass sie damit die Kontrolle über die gesamte Macht des Vitalinaurums in die Hände unserer Familie legten.«

Gänsehaut überzog meinen Körper.

»Sie überließen es ihm?«, wiederholte ich meine undeutliche Erinnerung an den Traum. Ich runzelte die Stirn. »Sie überließen es ihm …?«

Sieh hin!

Der Puls hämmerte mir unter der Schädeldecke.

Sieh hin! Sieh hin! Sieh hin!

»Sie überließen es ihm *nicht*«, flüsterte ich tonlos und wischte mir zitternd die Haare aus dem Gesicht. »Sie überließen es ihm doch gar nicht … sie …?« Nervös kehrte ich zum Bett zurück und riss den Teddy an mich. Der Ring war noch da. Ich steckte ihn tiefer in den Pelz, während sich meine Gedanken überschlugen.

»Dem Schmied wurde reiche Bezahlung versprochen, doch er verschwand wie ein Dieb in der Nacht«, wiederholte ich leise meine wirren Gedanken. »Sie überließen es ihm als Bezahlung für seine Dienste …«

Sieh hin! Finde das, was nicht passt!

Ich schluckte. »Da passt wirklich was nicht«, kam es mir über die Lippen. Adrenalin spülte in mein Blut und ich wusste, ich durfte keine Zeit verlieren. Als ich den Teddy aufs Bett setzte, bemerkte ich die goldenen Weben auf meiner Haut.

»Verdammt noch mal«, murmelte ich und verließ mein Zimmer auf Zehenspitzen. Ich brauchte Klarheit. Denn hier stimmte etwas absolut nicht!

Licht im Dunkel

Die St. Pauls Cathedral lag in goldenem Glanz vor mir und ich spürte das leichte Schwingen des Stahls der Millennium Bridge unter meinen Füßen. Viele Passanten waren an diesem Morgen auf der Brücke unterwegs. Der Duft von übermäßig aufgetragenem Parfum stieg mir in die Nase, während ich mir im Stechschritt einen Weg zwischen den Leuten hindurchbahnte. Ich wäre gerne gerannt, um schneller ans Ziel zu kommen, doch ich wollte keinesfalls auffallen. Ich fühlte mich beobachtet. Verfolgt. Und zugleich tickte in mir eine Uhr, die sagte, dass Bastian ohne seinen Ring die Zeit davonlief.

»Entschuldigung«, murmelte ich automatisch, sobald ich jemanden anrempelte, langsamer ging ich deshalb trotzdem nicht. »Verzeihung.« Ein alter Herr in blauem Pullunder, ein Mann in lachsfarbenem Sakko, eine Frau im Hosenanzug, daneben eine im luftigen Sommerkleid – das alles verschwamm mir vor Augen, während ich die Brücke überquerte.

»Pass doch auf!«, fuhr mich jemand an, doch ich schenkte demjenigen keine Beachtung. Es zog mich wie an einer Schnur einfach weiter. Der Wind fuhr unter mein Shirt und mich fröstelte. Es würde ein milder Tag werden, doch hier auf der Brücke wehte ein ordentliches Lüftchen. Eine Böe blies mir die Haare in die Augen und ich wischte sie hektisch beiseite. Als ich das Ende der Brücke erreichte, jagte mir das Adrenalin mit solcher Kraft durch den Körper, dass ich mich nicht länger zurückhalten konnte. Ich sprintete los. Die Kathedrale lag genau vor mir. Ich joggte den Peter's Hill hinauf, rechts von mir eine Wand aus Glas, links von mir roter Backstein. Ich fühlte mich unwohl, denn überall lauerten Schatten. Mein Herz schlug schnell, als ich trotz des roten Signals an der Fußgängerampel über die Straße rannte. Auf den Stufen, die zur Kathedrale hinaufführten, hatte ich mich vor einigen Jahren an halsbrecherischen Skateboard-Tricks versucht. Doch an diese Zeit wollte ich jetzt nicht denken. Es schmerzte ebenso, wie meine aufgeschlagenen Knie von den Stürzen meiner missglückten Stunts geschmerzt hatten.

Der Schmerz war immer schon mein treuer Begleiter gewesen. Jetzt war er fort. Und ich hoffte, dass ich heute ausnahmsweise mal nicht auf die Nase fallen würde.

Mit einem kräftigen Satz nahm ich die letzten Stufen und erreichte den Peter's Hill. Die eckig angelegten Beete des Kirchplatzes bildeten eine erfrischend grüne Ablenkung nach dem erdrückenden Rostrot der Backsteingebäude. Die Kathedrale erstrahlte zwischen den Baumkronen und es erschien einem, als wäre sie auf einem Fundament aus roten Doppeldeckerbussen errichtet, die auf der Straße direkt davor hielten.

Ich wurde langsamer und atmete einige Male tief durch. Jetzt wollte ich mich möglichst unauffällig nähern. Ich sah mich um, aber auf den ersten Blick war Owens weißer Geländewagen nirgends zu sehen.

Ich ging im Schutz des Besucherstroms um die Kirche herum, mischte mich unter die Touristen und näherte mich dem westlichen Eingang der Kathedrale. Obwohl ich zuletzt mehrfach mit Bastian hergekommen war, hatte ich nie den Eingang benutzt. Wir waren stets durch die Schatten gegangen. Doch dieser Weg war mir jetzt versperrt.

Vor dem Eingang hatte sich schon eine lange Schlange gebildet. Mich verließ der Mut. Ich würde ewig anstehen müssen.

»Verflucht!«, murmelte ich und die Frau vor mir drehte sich schockiert zu mir um.

Ich biss mir auf die Zunge, um nicht noch einmal zu fluchen. Aber ich musste da rein! Und zwar so schnell wie möglich. Doch die Besucherschlange vor mir bewegte sich keinen Meter voran. »Verdammt!«, flüsterte ich diesmal leiser und trat aus der Schlange. So ging das nicht.

Ich wischte mir die Haare aus der Stirn und sah mich um. Die Schatten boten mir keinen Weg, aber es musste doch eine Möglichkeit geben. Irgendeine …

Eine andere Tür, hallte es in meinen Gedanken. Ich klopfte mir angespannt mit der Hand gegen das Bein. Es gab bestimmt noch einen anderen Zugang.

Ich sah mich um und folgte dem Weg, der um die Kirche herumführte. Obwohl der Kirchplatz voll Menschen war, schenkte mir niemand Beachtung. Warum auch? Niemand wusste, was ich vorhatte. Also straffte ich die Schultern und tat so, als wäre ich wie alle anderen nur hier, um mir die Kirche anzusehen. Mit schnellen Schritten folgte ich dem Weg um die Kathedrale. An der nordöstlichen Ecke fand ich, wonach ich gesucht hatte. Hinter einem Bereich, in dem Besucher auf Bänken Platz nehmen konnten, verbargen einige Büsche den Blick auf eine unscheinbare Tür.

»Bingo!«, kam es mir erleichtert über die Lippen und ich lächelte. Schnell vergewisserte ich mich, dass mich niemand beobachtete. Dann schlug ich mich in die Büsche.

Ich spürte die Macht in mir schon, als ich den offiziellen Besucherweg verließ. Mein Herz schlug rasend schnell, mein Puls hämmerte. Ich sah auf meine Hände hinab und goldene Weben überzogen meine Haut. Ich hatte Angst. Angst, erwischt zu werden. Angst vor der Kraft, die in mir ruhte. Und Angst davor, ausgerechnet Owen in die Arme zu laufen. Was ich hier tat, war riskant – aber nötig. Und so atmete ich mehrmals tief durch, ballte die Fäuste und zwang mein Herz zur Ruhe. Dann streckte ich die Hand nach der Tür aus. Es war verrückt anzunehmen, ich könnte …

Die Tür sprang auf und die Kraft in mir jubilierte. Ich spürte, wie ich mich veränderte, wie sich etwas von meinem Innersten an die Oberfläche schob und ich ahnte, dass nicht nur an meinen Händen die goldene Macht zu sehen war. Ich senkte den Kopf, sodass mir die Haare ins Gesicht fielen. Dann holte ich Luft und trat ein. Die Tür quietschte, als ich sie aufzog. Staub wirbelte auf, als ich die Tür hinter mir zuzog. Dann stand ich im Dunkeln.

»Cool bleiben!«, ermahnte ich mich leise. Meine Worte hallten dumpf von den Wänden wider und verstärkten mein Unbehagen. Ich rieb mir die Hände, um die plötzliche Kälte aus meinen Knochen zu vertreiben und setzte vorsichtig einen Fuß vor den anderen. Das Gold auf meiner Haut pulsierte wie eine Warnung, denn in der Ferne hörte ich Stimmen. Schritte. Angespannt schlich ich den schmalen Gang entlang. Er führte nicht weit und es zweigte nur eine einzige Tür ab. Ich fragte mich, was sich dahinter befand. Führte sie ins Kircheninnere?

Ich drückte die Klinke hinunter und war froh, als die Tür aufschwang, auch wenn die Macht in mir beinahe enttäuscht schien. Ich atmete tief durch, um den goldenen Glanz auf meiner Haut zu vertreiben. So, wie Bastian es mir gezeigt hatte. Dabei legte ich meine Hand flach auf den Bauch, so wie er es getan hatte. Ich erinnerte mich daran. Erinnerte mich auch gut an das warme Gefühl, das mich dabei durchströmt hatte. An die atemberaubende Nähe zwischen uns.

»Falscher Zeitpunkt!«, ermahnte ich mich selbst und spähte vorsichtig durch den Türspalt. Der Weg führte in ein Treppenhaus. Schmale Stufen wanden sich eng nach unten in die Krypta.

Ich schauderte. Ich war schon einmal dort gewesen. Einfach hinuntergestürzt. Hinuntergerissen, verbesserte ich mich im Geiste. Von Owen Kingsley. Dem Hüter des Erinnerungsrings. Er hatte meine Todesangst ausgenutzt, um sich Zutritt zu meinen Erinnerungen zu verschaffen. Dann hatte er mich durch die Schatten gerissen und wir waren hier unten herausgekommen. Auf dem kunstvoll gemusterten Bodenbelag, direkt neben dem marmornen Sarkophag von Horatio Nelson. Ich hatte mich zu Tode erschreckt. Damals.

Heute wusste ich, was mich erwartete, als ich die Krypta betrat. Gespenstische Stille herrschte hier unten und die weiß gewölbte Decke vermittelte einem das Gefühl, im Himmel angekommen zu sein, anstatt eine Etage unter der Erde. Ich biss mir auf die Lippe. Dann schlich ich weiter. Es kam mir vor, als spürte ich den eisigen Atem des Todes, als ich an Horatios letzter Ruhestätte vorbeiging. Ich musste auf die andere Seite des Kirchenschiffs, um in die Sakristei zu gelangen. Jeder meiner Schritte klang unnatürlich laut und ich mied die Schatten. War Owen hier? Spielte er oben über dem Kirchenschiff die Orgel, so wie bei unserem ersten Aufeinandertreffen? Ich lauschte, doch hier unten war kein Mucks aus dem Kirchenraum zu vernehmen. Ich hörte nur mein viel zu laut schlagendes Herz.

Wie ich gehofft hatte, befand sich gegenüber der Treppe, die ich heruntergekommen war, eine Treppe nach oben. Der Hang zur Symmetrie in der damaligen Baukunst kam mir wirklich gelegen. Ohne zu zögern ließ ich die Krypta hinter mir und stieg hinauf ins Reich der Lebenden. Und als wäre das Schicksal nun plötzlich mal auf meiner Seite, erkannte ich die Tür vor mir als die Tür zur Sakristei. Hier war ich mit Bastian und Tristan gewesen. Hier war ich richtig.

Meine Fingerspitzen kribbelten, als würde ich in eine Steckdose fassen. Ich wusste, ich konnte die Tür öffnen, noch ehe ich sie berühren würde. Doch das wollte ich gar nicht. Ich musste vorsichtig sein. Also versuchte ich, die Macht in mir zur Ruhe zu zwingen und lauschte. Sekundenlang presste ich mein Ohr ans Türblatt, aber ich hörte nur meinen eigenen Atem und meinen Herzschlag. Ich hielt die Luft an und horchte noch einmal. Nichts. Keine Stimmen, keine Geräusche. Vielleicht hatte ich Glück. Dennoch nervös, drückte ich mit zitternden Fingern die Klinke herunter und schlüpfte in die Sakristei. Erst als ich die Tür mit einem leisen Knarzen hinter mir zuzog, atmete ich wieder durch. Mir war schwindelig und ich hatte Angst, es könne jeden Moment jemand hereinkommen. Es gab nur diese eine Tür. Die übrigen Wände waren mit Ebenholz dunkel getäfelt. Das große goldene Kruzifix an der Stirnseite des Raums machte, dass ich mich schuldig fühlte, unerlaubterweise hier eingedrungen zu sein und es verstärkte das Gefühl, in der Falle zu sitzen. Also galt es, keine Zeit zu verlieren. Ich pushte mich selbst, indem ich mir die Hände rieb. »Los jetzt!«, sagte ich, um mir Mut zu machen.

Ich trat an das deckenhohe Bücherregal, das die gesamte Wand einnahm, und ließ meinen Finger über die ledergebundenen Buchrücken gleiten. Es roch leicht modrig und nach vergilbtem Papier. Nach Geheimnissen und Weisheit. Und irgendwo hier musste das Buch sein, in dem Owens Vorfahren alle Geschehnisse rund um das

Amulett des Todes für die Nachwelt verewigt hatten. Irgendwo hier stand, wie das alles seinen Anfang genommen hatte. Mit dem Priester und dem Amulett aus Vitalinaurum. Alles über meinen Vorfahren, den Schmied, der das Amulett in drei Teile zerteilt und daraus die drei Ringe geschmiedet hatte. Halt! Nicht in drei Teile – verbesserte ich mich. Er hatte das Vitalinaurum aus der Fassung gelöst – und diese Fassung … nun, entweder hatte er sie gestohlen, oder er war damit bezahlt worden. Ich wusste nicht, welche Version stimmte, aber in diesem Widerspruch lag etwas Bedeutsames. Und darum war ich hier. Ich hoffte, die Geheimnisse lüften zu können, die man an diesem Ort regelrecht riechen konnte. Ich brauchte Antworten.

Doch dummerweise hatte ich nicht gesehen, wo Owen das Buch aus dem Regal genommen hatte. Bastian, Tristan und ich waren erst dazugekommen, als er es schon auf dem Tisch liegen gehabt hatte. Aber wo war sein Platz an dieser Wand?

Es war mir damals nicht wichtig erschienen. Ich hatte nicht aufgepasst.

»Shit!«, fluchte ich, als mir bewusst wurde, dass es hier Hunderte Bücher mit dickem Ledereinband gab, die alle in etwa die gleiche Größe hatten. »Ich bin so was von am Arsch!«, murrte ich und versuchte, die Titel auf den Buchrücken zu entziffern. »Licht im Dunkel«, erinnerte ich mich.

Ich fing in der untersten Reihe an, die Buchtitel zu prüfen und arbeitete mich nach oben vor. Viele konnte ich nicht entziffern. Sie waren in Latein verfasst. Andere waren so verschnörkelt, dass ich keinen einzigen Buchstaben entziffern konnte. Ich strich über die Bücher, in der Hoffnung, Owens Buch würde sich mir irgendwie zeigen. Und tatsächlich – mich schwindelte, als ich das rehbraune Leder berührte, in dessen Rücken der gesuchte Titel geprägt war.

»Licht im Dunkel«, flüsterte ich ehrfürchtig und meine Haut wurde lebendig. Goldene Weben strömten über meinen Handrücken, als ich den schweren Wälzer aus dem Regal nahm. Ich schlug ihn auf und blätterte durch die Seiten. Wie sollte ich hier die Antworten finden, die ich suchte? Ich blätterte ziellos hindurch. Überflog, was da geschrieben stand. Es deckte sich im weitesten Sinne mit dem, was Bastian mir über den Lichtbringer und seine Rückkehr mit den Verstorbenen berichtet hatte. Mit Entsetzen entnahm ich dem Geschriebenen jedoch, dass die Toten, die der Priester durch das Tor des Lichts zurück in die Welt der Lebenden geführt hatte, zwar körperlich unversehrt waren, doch ihre Seelen waren leer, ihre Erinnerungen an ihr früheres Leben längst verblasst und ihre Herzen frei von jedem Gefühl.

»Zombies«, presste ich heraus und versuchte, das kalte Grauen abzuschütteln, das mich beim Lesen gepackt hatte. Schnell blätterte ich einige Seiten vor, las, wie man dem Priester das Amulett abgenommen hatte, wie man Dutzende Schmiede vergeblich beauftragt hatte, das Amulett zu zerstören. Die Kraft des Vitalinaurums war überirdisch und erst meinem Vorfahren war es gelungen, das fremdartige Metall zu schmieden. Ich kam mir vor, als stünde ich neben meinem Urahn an der glühenden Esse, während ich die Worte verschlang, die das Geschehen von damals dokumentierten.

»*Es war ein Segen, als der Schmied Emmett Woods ins Dorf kam. Er sah sich das Amulett lange an, aber als er sich an die Esse setzte und anfing zu arbeiten, schien es, als hätte er die Macht des Metalls verstanden. Er schwitzte vor der Glut, stöhnte vor Anstrengung und manch ein Beobachter behauptete, er wäre eins mit dem Werkstück. Als würde die goldene Glut auf ihn übergehen, während sich dreifarbiger Nebel schlangengleich um ihn herumbewegte. Niemand hatte je eine solche*

Hitze in einer Esse erzeugt. Niemand hatte je so ein machtvolles Metall geschmiedet und als das Unmögliche vollbracht und das Vitalinaurum in drei Teile getrennt war, da wurde es Nacht und die dunkelsten Schatten erwachten zum Leben. Drei Männer aus dem Dorf wurden erwählt, die zu Ringen geschmiedeten Teile des Amuletts zu hüten. Als sie sich diese ansteckten, ergriff der farbige Nebel von ihnen Besitz. Es zog sie in die Schatten und als sie sich daraus hervorkämpften, trugen sie einen unmenschlichen Hunger in sich. Ich selbst, wie ich hier heute Schrift führe, bin einer von ihnen und ich wurde mir der Macht bewusst, die ich seitdem in mir trage. Doch schon an diesem Tag wusste ich, was das Beste für alle in unserem Dorf sein würde. Niemand sollte sich an das erinnern, was geschehen war. Und es lag in meiner Macht, genau dafür zu sorgen. Ich nahm mich der Erinnerungen der Dorfbewohner an. Niemand würde je wieder von dem Priester sprechen. Oder vom Vitalinaurum. Niemand, außer Emmett Woods, denn obwohl wir ihm reiche Bezahlung versprochen haben, ist er verschwunden, wie ein Dieb in der Nacht. Das hat uns alle misstrauisch gemacht.«

Ich blätterte weiter. Es gab mehrere Aufzeichnungen zu diesem Tag. Owens Vorfahr hatte die Erinnerungen jedes Einzelnen aus dem Dorf zu Papier gebracht. Ich überflog noch einige weitere, aber im Grunde war es immer das Gleiche.

Emmet Woods hatte gute Arbeit geleistet, aber er war verschwunden – ohne ein Wort des Abschieds. Ohne Bezahlung, und ohne dass der neu erkorene Hüter des Erinnerungsrings dessen Erinnerungen hätte löschen können.

»Hat sich denn keiner gefragt, was aus der Fassung wurde?«, murmelte ich und blätterte weiter. Aber ich fand nichts dazu. »Sie waren zu sehr mit dem Hunger beschäftigt«, stellte ich fest, als ich die nächsten Einträge las. *Die neue Macht brachte große Probleme mit sich. Wie ein Fluch suchte uns ein Wüten heim, das uns zwang, uns mehr und mehr in die Schatten zu flüchten. Es war wie ein Auf und Ab. Wir kämpften gegen den Schmerz, bluteten, wenn wir versuchten, ein normales Leben zu führen. Wir mussten lernen, was unsere Aufgabe war. Und wir mussten es schnell lernen, denn das Wüten wollte unsere Körper sprengen und machte uns zur Gefahr für alle im Dorf. Es war ein Fluch – und wir waren die Verfluchten.*

Ich rieb mir die Arme, um die Gänsehaut zu vertreiben, die mir den Rücken hinaufkroch. Bastian war ein Verfluchter. So war es. Aber würde der Fluch gebrochen, wenn mein Dad das Vitalinaurum in seine ursprüngliche Fassung schmieden würde? Mir war bewusst, dass Bastian, Owen und auch Skye als Ringhüter eine wirklich bedeutsame Aufgabe übernommen hatten. Eine Aufgabe, die ihrer aller Leben beherrschte. Wären sie womöglich froh, von dieser Aufgabe befreit zu werden?

Würde es Bastian umbringen, oder ihn von seinem Fluch befreien, wenn die Ringe zerstört werden würden?

Ich schlug das Buch zu und stellte es zurück ins Regal. Niemand hatte das Metall der Fassung mehr erwähnt. Es war, als hätte es nie existiert. »Vielleicht hat es nicht länger existiert, weil Emmett es mitgenommen hat.«

»*Er ist verschwunden, wie ein Dieb in der Nacht. Das hat uns alle misstrauisch gemacht*«, hallten mir Owens Worte im Ohr.

»Er ist wie ein Dieb verschwunden, weil er ein Dieb war!«, überlegte ich laut und knabberte nachdenklich auf meiner Unterlippe herum. »Was, wenn das Metall der Fassung wirklich auf ihn übergegangen ist? Wenn es ihn zu dem gemacht hat, was …« Ich schüttelte den Kopf. Hatte das Metall ihn dazu gebracht, es zu stehlen? War es das? Waren wir so gesteuert davon, dass es ihn – wie auch mich –, zu einem Dieb machte? Und die allerwichtigste Frage: Warum hatte mein Vater mich diesbezüglich angelogen? Es wäre nicht seine Schuld, hätte unser Vorfahre das Metall gestohlen. Also warum log er mich an? Warum vertraute er mir nicht, wo er doch um mein Vertrauen bat? Konnte *ich* ihm denn noch vertrauen?

Ich würde mir darüber Gedanken machen, während ich von hier verschwand. Ich war schon viel zu lange an diesem unheimlichen Ort. Mit jeder Minute stieg das Risiko, erwischt zu werden. Mit einem letzten Blick auf den rehbraunen Ledereinband des Buchs, das dem Titel nach Licht ins Dunkel bringen sollte, machte ich mich auf den Rückweg. Hatte mich der Inhalt erleuchtet? Ich eilte die Stufen in die Krypta hinunter und rannte durch das eindrucksvolle Gewölbe. Kurz duckte ich mich hinter den Sarkophagen, ehe ich auf der anderen Seite die Stufen wieder hinaufjoggte. Dass die Stufen bei jedem meiner eiligen Schritte laut knarzten, war mir egal. Ich würde verschwinden, ehe mich jemand …

»Shit!« Ein dunkler Schatten auf den Stufen vor mir ließ mir das Blut in den Adern gefrieren. Ich zuckte zusammen und stolperte rückwärts. Der Schatten kam näher. Erschrocken wich ich in die Krypta zurück. Mit brennender Lunge und angehaltenem Atem presste ich mich an den kalten Marmor von Horatio Nelsons Grab.

Ein heißes Eisen

Margaret-Mauds Seele füllte sich mit dunkler Angst, als sie sich geduckt hinter den Aluboxen verbarg und die Szene vor sich beobachtete. Angst, weil sie hier unerlaubterweise eingedrungen war und fürchtete, erwischt zu werden. Und obwohl sie diese Angst empfand, war die Rückkehr der Seelenweben in ihre geplünderte Seele eine Wohltat. Eine Rückkehr ins Leben. Es kam ihr fast so vor, als hätte sie sich in den letzten Jahren, seit sie Konstantin Cross getroffen und erfahren hatte, dass der Tod nicht endgültig sein musste, nicht mehr so lebendig gefühlt. Um den Tod ihrer Schwester ungeschehen zu machen, war sie Konstantin gefolgt. Hatte seinen Plan unterstützt, sich Laurence Tremblay an den Hals zu werfen, um an den Seelenring zu gelangen, den die Familie Tremblay seit Generationen hütete. Sie hatte den Mann sogar geheiratet, während Konstantin ihr jeden Tag aufs Neue die Seelenweben ausgedünnt hatte, um ihr falsches Spiel vor den Augen ihres Ehemannes zu verbergen. Jeden Tag hatte Konstantin ihr Teile ihrer Seele genommen. Ihre Schuldgefühle, ihre Angst und die Anzeichen der Lüge, die sie lebte. In all der Zeit war es Margaret nie so vorgekommen, als würde sie dadurch etwas Entscheidendes verlieren. Doch nun, wo sie Angst und Schuld und Schmerz wieder ungehindert fühlte, wo sie diese Empfindungen sogar brauchte, um zu heilen, was Bastian Tremblay ihr angetan hatte, da kam es ihr vor, als wären diese Emotionen wahre Schätze. Als würden sie ihr tristes Leben unendlich bereichern. Ihr Herz schlug schneller, ihr Puls hämmerte im gleichen schnellen Takt wie das laute Donnern, das aus dem Teil der Lagerhalle vor ihr kam. Ihre Hände schwitzten. Die Narben an ihrem Unterarm juckten vor Aufregung und sie rieb gedankenverloren darüber, während sie den Hals reckte, um besser sehen zu können.

Sie erkannte Jack Woods, der durch Winken versuchte, die Aufmerksamkeit eines anderen Mannes zu wecken. Der stand an einer Maschine, die ununterbrochen Hammerschläge auf ein Stück glühendes Eisen niedergehen ließ. Als er Jack registrierte, stellte er die Maschine ab, nahm das glühende Stück Metall mit einer langen Zange auf und trug es zu einer kaminähnlichen Feuerstelle. Er öffnete eine Klappe und offenbarte damit den Blick auf lodernde Flammen.

Vorsichtig schob er das Eisen hinein. Der Mann trug eine Kappe und streifte sich jetzt die dicken Handschuhe ab, die aussahen wie überdimensionale Ofenhandschuhe. Dazu trug er eine schwarze Arbeitshose und eine offen stehende Jacke, unter der ein verschwitztes Shirt zu erkennen war. Auch auf seiner Stirn perlte der Schweiß, als er schließlich Jack, der neben einem großen Amboss stand, begrüßte.

Gerne wäre Margaret näher herangegangen. Hätte gerne gehört, was die beiden sagten, doch sie konnte ihre Deckung nicht verlassen. Der Raum vor ihr bot keine Möglichkeit, sich zu verstecken. Sie duckte sich noch weiter hinter die Aluboxen und hoffte, dass niemand in ihre Richtung kommen würde, solange sie beobachtete, was Jack Woods zu schaffen hatte. Es konnte kein Zufall sein, dass ein Schmied eine Schmiede besuchte. Und da sie wusste, dass

Jack den Seelenring besaß, ahnte sie, dass sein Aufenthalt hier bedeutsam sein musste.

Margaret grub ihre Nägel in den Unterarm und biss sich auf die Lippe. Der Gedanke an ihre Schwester erwachte, als ihr Blick das glühende Eisen in den Flammen streifte. Schmerz brannte auf ihrer Haut und sie betete, dass, was auch immer Jack Woods tun würde, für sie am Ende alles gut ausgehen würde. So, wie sie es immer gehofft hatte.

Sie knetete nervös ihre Finger und sah zu, wie der schwitzende Schmied den Gast mit einer Handbewegung aufforderte, ihm Gesellschaft zu leisten. Jack schlüpfte aus seiner Jacke und legte seine Umhängetasche auf eines der rostigen Regale. Dann nahm er etwas heraus, das fein säuberlich in ein Stück Stoff eingewickelt war. Er schlug das Tuch auseinander und Margaret hielt den Atem an. Gespannt erwartete sie einen Blick auf den Ring zu erhaschen, den Jack ihrem Freund Konstantin gestohlen hatte, doch zu ihrer Überraschung kam unter dem Stoff etwas anderes zum Vorschein.

Sie kniff die Augen zusammen, um erkennen zu können, was es war, das Jack in diesem Moment in eine Art steinernen Becher gab und mithilfe der langen Zange in die Flammen stellte. Er nickte dem Schmied zu, der daraufhin sein Metallstück aus der Glut nahm, es in einem Bottich mit Öl abschreckte und dann die Schmiede verließ. Das Zischen des Metalls riss an Margarets Nerven und während sie noch dem Mann mit der Kappe hinterhersah, fragte sie sich, was genau Jack Woods da einschmolz. Es war länglich gewesen. Größer als ein Ring. Von silbernem Glanz und doch … bestimmt kein einfaches Silber, denn auch aus der Distanz und ohne jede Erfahrung mit schmelzenden Metallen konnte sie erkennen, dass das Brodeln aus dem Schmelzbecher und der entweichende goldene Dampf alles andere als normal waren.

Goldener Dampf ... Margaret glaubte fast zu träumen. Was immer Jack in dem Becher einschmolz – es wehrte sich.

Hilflos

Mein Herz hämmerte bis zum Anschlag und der kalte Marmor des Sarkophags, hinter dem ich in Deckung gegangen war, verursachte mir eine Gänsehaut. Der Schatten – er kam die Treppe herunter. Immer näher.

Ein Wimmern wollte meiner Kehle entweichen und so presste ich mir die Hände auf den Mund und hielt den Atem an. Schritte. Da waren Schritte.

Sie kamen näher. Ich sah den Schatten über den Boden gleiten wie einen körperlosen Geist. Er streckte sich nach mir, wanderte über die Ecke des Marmorsarkophags und auf der anderen Seite wieder herunter.

Ich war bereit aufzuspringen. Bereit für die Flucht – oder einen Angriff. Jede Sehne meines Körpers war gespannt. Die Schritte waren jetzt direkt vor mir. Hatten die andere Seite von Admiral Nelsons letzter Ruhestätte erreicht. Doch sie hielten nicht an. Sie gingen weiter. Der Schatten zog sich zurück und ich hörte die Schritte auf der Treppe verklingen, die hinauf zur Sakristei führte.

Zitternd atmete ich aus. Mich schwindelte, so lange hatte ich die Luft angehalten. Hektisch atmete ich ein und aus. Ich spähte um die Ecke, der Gestalt hinterher. Dann rannte ich los. Und diesmal würde ich nicht mehr umkehren. Ich musste hier raus!

Ich flog regelrecht die Treppe hinauf. Jede Stufe knarzte unter meinen hämmernden Schritten, doch das war mir egal. In meinem Inneren breitete sich eine wahnsinnige Hitze aus. Ich stolperte gegen die Wand, während ich weiterrannte. Was war denn jetzt los? Mir brach der Schweiß aus. Gold spülte über meine Haut und als ich die Hand nach der Tür ausstreckte, die mir den Weg aus der Kathedrale bahnen sollte, geschah absolut nichts.

»Geh auf!«, rief ich und taumelte vorwärts. Mir war so heiß. Ich konnte kaum atmen. Die Tür blieb verschlossen und so musste ich die Klinke drücken, um ins Freie zu gelangen. Die Kraft in mir hatte versagt. Ich stürzte in die Büsche, kämpfte mich weiter und floh ungelenk über den schmiedeeisernen Zaun, der alles umspannte. Ich schüttelte meine Hände, um das Gold zu vertreiben, doch wie in Wellen spülte es über mich hinweg. Etwas stimmte nicht mit mir. Es kam mir vor, als würde ich glühen. Als würde ich verbrennen. Ich riss am Ausschnitt meines Shirts, doch das brachte keine Linderung.

»Bastian!«, stieß ich gequält hervor. Er würde wissen, was los war. Er würde mir helfen.

Schmerz explodierte in meinem Innersten und die Dunkelheit in mir drängte nach außen. Ich verlor die Kontrolle – und wusste nicht warum. Mir war so heiß.

Atemlos rannte ich in Richtung Bushaltestelle und ohne darüber nachzudenken, rempelte ich mit voller Absicht eine Frau an, die auf den Bus wartete. Dunkelheit beherrschte mich und ich schob meine Hand in ihre Tasche, bis ich ihr Portemonnaie fühlte. Ohne schlechtes Gewissen nahm ich einige Scheine heraus und steckte ihr die Börse wieder zu. Der Bus kam und ich kaufte ein Ticket. Dann schleppte ich mich in die letzte Sitzreihe und senkte den Kopf. Ich hoffte, dass mich niemand anschauen würde, denn ich war golden. Von Kopf bis Fuß. Und das gestohlene Geld in meiner Tasche hatte nur wenig von dem Hunger gestillt, der mich mit ganzer Macht überfiel. Düstere Bilder blitzten vor meinem geistigen Auge auf und ich riss das Blatt Papier und meinen Bleistift aus der Hosentasche und fing an zu zeichnen. Die Miene war stumpf und ich hatte kein Schnitzmesser mehr. Kurz überkam mich Verzweiflung, doch schon flogen meine Finger übers Papier. Ich malte die Hitze, die ich fühlte. Zeichnete etwas, das mich umgab, wie eine Wand, während Flammen rings um mich herum an mir leckten. Ich zeichnete die Muster, die Dad mir in den Griff meines Schnitzmessers geschmiedet hatte, und noch während ich sie malte, verwischte ich die Muster mit der Fingerspitze, als würden sie schmelzen. Ich dachte nicht nach. Das Motiv – es kam aus meinem Innersten.

»Dad!«, japste ich und starrte auf das Blatt. »Hör auf!«

Ich presste mir die Zeichnung gegen das Shirt, als könnte ich so verhindern, dass mir das Herz aus der Brust sprang. Immer mehr Hitze staute sich in mir an. Ich war nass geschwitzt und die Luft im Bus war mit einem Mal so trocken, dass ich husten musste. Meine Finger gruben sich in die Zeichnung, der Stift entglitt meinen Händen und rollte über den Boden davon.

Ich kämpfte gegen eine Ohnmacht an, als die Hitze in mir immer größer wurde. Ich hatte einen Fehler gemacht.

Mein Messer war fort – und mit ihm jegliche Kontrolle. Ich verbrannte innerlich.

Es kam mir vor, als wären Stunden vergangen, als ich schließlich bei Florence in den Vorgarten taumelte. Ich zitterte am ganzen Leib. Fühlte mich fiebrig und die Welt drehte sich viel zu schnell. Mit letzter Kraft erreichte ich die Hintertür. Meine Haut glühte und selbst der Kater maunzte bei meinem Anblick erschrocken auf und verkroch sich in der Küche unter einem Stuhl.

»Florence!«, rief ich und obwohl ich sie vermutlich genauso erschrecken würde wie den Kater, brauchte ich ihre Hilfe. »Florence!«, keuchte ich wieder, aber ich bekam keine Antwort. Sie war bestimmt im Atelier.

Mit letzter Kraft schleppte ich mich Stufe für Stufe die Treppe hinauf. Ich musste zu Bastian zurück. Doch ich wagte es nicht, ihm ohne den Herzring gegenüberzutreten. Warum sollte er mir auch helfen, wo ich doch durch das Stehlen des Rings sein und Skyes Leben in Gefahr gebracht hatte. Und selbst wenn ich ihm den Ring nun, wo ich wusste, dass mein Dad mich angelogen hatte, zurückgeben würde, konnte ich nicht sicher sein, dass er mir helfen würde.

Ich wollte es glauben. Weil ich meine Gefühle für ihn nicht vergessen konnte, obwohl sie verblasst waren. Und weil ich keine andere Wahl hatte, als zu hoffen, dass er mir helfen würde, denn ich stand in Flammen.

Ich würde nur den Ring holen und dann so schnell wie möglich nach Darkenhall gehen, und ihn um Hilfe bitten. Kraftlos stürzte ich auf mein Bett und zog Eddy Sparkle zu mir heran. Ich schob meine Finger in den Riss im Plüsch und wühlte hektisch darin herum. »Komm schon!«, drängte ich mich selbst. »Er muss doch hier …«

⌘

Bastian spürte ihre Anwesenheit, noch ehe er das Haus betreten hatte. Er sah hinauf zum Fenster, hinter dem sich die Weben verdichteten, die ihn lockten. Er sah Angst. Starke, dunkle und onyxfarbene Angst, vermischt mit quälendem Schmerz. Keine Frage – diese Weben konnten nur einer Person gehören. Wie von selbst erwachte sein Hunger und er ballte die Fäuste. Dass Abby wirklich jedes Mal diese Wirkung auf ihn hatte, machte es für ihn nicht gerade leichter. Er war furchtbar wütend auf sie. Und enttäuscht. Und doch verzehrte er sich nach ihr, wie nach nie jemandem zuvor. Er gab dem Verlangen nach, ihr näherzukommen und streckte die Hand in den Schatten des Häuschens aus. Obwohl es ihn viel Kraft kostete, in den Schatten zu verharren, nahm er sich einen Moment, sie zu beobachten, denn ihr Anblick verzauberte ihn.

Abbys lila Haar ergoss sich über ihre Schultern und verbarg die eine Hälfte ihres Gesichts. Doch was er sah, kam ihm vor wie aus einer anderen Welt. Abby Woods bestand aus reinstem Gold. Ihre Lippen eine rotgoldene Versuchung, ihre Augen von mystischem Glanz benetzt und ihre Haut wie mit goldenem Puder bestäubt. Selbst ihre Hände waren von glänzenden Weben überzogen. Er fragte sich, was die Ursache für ihre unmenschliche Erscheinung war. Für ihre unmenschliche, aber unfassbar schöne Erscheinung.

Gerne wäre er noch länger im Nichts geblieben, um Abby anzusehen, denn er wusste, wenn er erst ins Licht trat, würde es schwierig zwischen ihnen werden. Sehr schwierig.

Mit einem bedauernden Seufzen verließ er den Schatten.

»Hallo, Abby.«

Erschrocken fuhr sie herum. Sie schnappte nach Luft und sprang beinahe vom Bett, als sie seinem Blick begegnete. Abby presste sich ein rosa Plüschtier wie einen Schutzschild an die Brust und starrte ihn aus weit aufgerissenen goldenen Augen an.

»Bist du wahnsinnig?!«, rief sie und wich zurück, bis der Kleiderschrank ihre Flucht stoppte. Ja, er war wahnsinnig, denn allein sich ihr zu nähern, obwohl alles in ihm danach schrie, sich ihre Weben zu nehmen, war Wahnsinn. Doch ihr fernbleiben konnte er ebenfalls nicht. Das Gold in ihrem Blick zog ihn magisch an.

»Du warst nicht leicht zu finden«, überging er ihre Frage und umrundete das Bett, das ihn von ihr trennte. Jede Emotion war ihr im Gesicht abzulesen, als der erste Schreck verblasste. Schuld wallte in ihrem Webengeflecht auf und türkisfarbene Erinnerungen drängten in den Vordergrund. Woran sie wohl dachte? An ihn? An sie beide? An ihre Küsse? Oder daran, dass er sie in den Armen seines Bruders gesehen hatte? Falls *sie* daran dachte, ergab die Erleichterung in ihren Augen keinen Sinn.

»Ich bin weggelaufen«, gestand sie und zuckte unsicher mit den Schultern. Dabei verzog sie schmerzvoll das Gesicht. »Aber ich wollte gerade zurück nach Darkenhall«, platzte es aus ihr heraus. »Ich … brauche Hilfe, Bastian«, sagte sie und knautschte das Stofftier noch fester gegen ihre Brust. »Ich … ich wollte zurückkommen, weil ich … einen Fehler gemacht habe.«

»Einen Fehler.« Bastian zwang sich zur Ruhe. Sie hatte weit mehr als einen Fehler gemacht, wenn es nach ihm ging. Sie hatte Tristan geküsst und den Herzring gestohlen. Vielleicht konnte er ihr den Kuss mit seinem Bruder nicht vorwerfen, immerhin hatte der ihre Gefühle manipuliert, doch weh tat es trotzdem. Den Diebstahl hingegen …

»Ich habe meinem Dad vertraut«, redete Abby weiter und sah ihn dabei noch immer erschrocken an. »Ich wusste ja nicht, dass … und jetzt, wo ich in Owens Buch nachgesehen habe, da … ich denke, dass …«

»Deine Worte ergeben keinen Sinn«, unterbrach er sie nüchtern und trat auf sie zu. Das Wüten in ihm brüllte, als er ihr Handgelenk packte und sie gegen seine Brust zog.

»Ich weiß!« Abby stöhnte und der Teddy fiel zu Boden. »Ich kann nicht denken, Bastian. Ich … verbrenne. Meine Haut, sie glüht und ich … ich kann kaum atmen. Ich wollte zurückkommen.« Sie legte den Kopf in den Nacken und sah ihm in die Augen. »Ich habe Angst.« Sie benetzte ihre Lippe und diese winzige Bewegung weckte Bastians Beschützerinstinkt. »Ich brauche dich, Bastian.«

Die Gefühle, die bei diesen Worten in ihm aufwallten, erschreckten ihn, denn sie schwächten seine Selbstbeherrschung. Er biss die Zähne zusammen und zwang sich zur Ruhe. Er durfte ihr nicht vertrauen. Sie war eine Diebin, genau wie Owen gesagt hatte.

»Du bist geschickt darin, mich um den Finger zu wickeln«, raunte er und umfasste ihr Kinn. Ihre Lippen waren seinen so nahe, dass er ihren Atem spürte. Eine rotgoldene Versuchung.

»Aber diesmal nicht. Diesmal will ich nichts von dir, außer den Herzring.« Die Lüge kam ihm schwerer über die Lippen als gedacht, denn er wollte deutlich mehr. Er wollte, dass sie sich nicht nur an ihre Küsse erinnerte, sondern sich – genau wie er – wieder danach verzehrte. Abby Woods hatte den ausgedörrten Wüstenboden seines Herzens zum Erblühen gebracht und nun wollte er, egal was geschehen war, diese Gefühle wachsen sehen. Und darum traf es ihn hart, als er sah, wie seine Antwort ihre Seele verdunkelte. Er tat ihr weh. Absichtlich. Um sich selbst zu schützen.

»Ich wollte ihn dir geben. Ihn dir zurückgeben«, schluchzte sie und deutete auf den am Boden liegenden Teddy. »Ich war gerade dabei, als –«

»Ich will nichts weiter hören, Abby. Gib ihn mir einfach. Dann verschwinde ich.«

Sie nickte. »Das würde ich ja, aber –«

»Kein Aber. Gib ihn mir. Jetzt.« Ihre Nähe war so verlockend, dass das Wüten in ihm wie ein Raubtier erwachte. Er sah die purpurnen Herzweben auf seinen Händen in ihre Richtung wachsen.

»Gib ihn mir jetzt, Abby«, drängte er, denn er musste Abstand gewinnen, wenn er nicht ihrer beider Leben in Gefahr bringen wollte. Er war schließlich im Moment ohne seinen Ring nicht stark genug, ihre Weben in sich aufzunehmen. Und er würde nicht aufhören können, würde der Hunger erst die Oberhand gewinnen. Sie konnten beide sterben, wenn er die Kontrolle verlor.

»Ich kann nicht«, presste Abby heraus und eine Träne rann ihre Wange hinab. »Ich würde ja, aber …«

Bastian stieß Abby von sich und wich zurück. Ihre Weigerung stachelte die Gier in ihm an. Machte ihm seine Schwäche bewusst. »Denkst du, das ist ein Spiel, Abby?«, knurrte er zornig und fuhr sich aufgebracht durchs Haar. »Du gibst mir jetzt den Ring, denn andernfalls …«

⌘

Ich zitterte. Meine Stimme klang schrill und Bastians Nähe brachte mich vollkommen aus dem Konzept. Die Weben auf seiner Haut entgingen mir nicht und ich spürte, dass er um seine Selbstbeherrschung rang. Ich hatte Angst vor ihm, aber noch mehr vor der Hitze in mir. Jede Zelle meines Körpers stand in Flammen.

»Hör mir doch zu!«, schrie ich und ging auf ihn los. »Hör mir doch einfach mal zu!« Ich schlug nach ihm, ehe er sich mithilfe eines Schattensprungs ans andere Ende des Zimmers zurückzog.

»Gib mir den Ring, Abby«, wiederholte er ungeduldig und ballte die Fäuste. Das Wüten in ihm wurde stärker. Offenbar brauchte er die Distanz, also blieb ich, wo ich war, und riss hilflos die Arme in die Luft.

»Ich habe ihn doch gar nicht!«, stieß ich hervor. »Fuck, Bastian, der scheiß Ring ist nicht hier!«

Ich sah, wie meine Worte Bastian überraschten. Empfand er Panik? Ich wusste es nicht, aber das Wüten in ihm nutzte den Moment des Kontrollverlusts gnadenlos aus. Bastians Pupillen wurden schmal, seine Augäpfel waren mit einem Mal von purpurnen Weben durchzogen und er bäumte sich gequält auf.

»Wo ist Skyes Ring? Wem hast du ihn gegeben?«, fragte er durch zusammengebissene Zähne, während er Schritt für Schritt wieder auf mich zukam.

Trotz der Hitze in meinem Blut bekam ich eine Gänsehaut. Bastian war gefährlich. Und obwohl meine Haut von reinstem Gold überzogen war, vermisste ich das Gefühl der Kontrolle. Ich fühlte mich nicht länger stark, sondern verletzlich.

Funkenschmerz

Margaret-Maud blinzelte mehrmals, um sich zu vergewissern, dass sie nicht träumte. Dass das, was sie sah, wirklich geschah. Der Schmelztiegel in der Glut der Esse brodelte und goldener Rauch stieg empor. Er wand sich, als wäre er lebendig. Als führte er einen Kampf gegen die Hitze. Und was noch viel ungewöhnlicher war: Jack Woods wand sich ebenfalls. Er keuchte so laut, dass Margaret es sogar von ihrem Versteck hinter den Alukisten aus hören konnte und sein schmerzverzerrtes Gesicht sprach Bände. Zuerst hatte sie gedacht, die Reflexion der Flammen würde Jacks Haut golden aufglühen lassen, doch als er sich nun keuchend auf den Amboss stützte, lag sein Gesicht im Schatten. Und dennoch sah es aus, als wäre es mit flüssigem Gold überzogen. Margaret bekreuzigte sich. Angst kroch ihr den Nacken hinauf wie eine haarige Spinne und sie duckte sich tiefer in ihr Versteck. Das Bild, das sich ihr bot, erinnerte sie mit grausamer Deutlichkeit an ihren Vater. Auch er hatte golden aufgeleuchtet, als die Flammen ihn verschluckten. Als sein Hemd und sein Haar Feuer fingen und er schreiend über den Couchtisch stürzte, um der Flammenhölle zu entkommen.

Margaret krallte ihre abgenagten Fingernägel in ihren vernarbten Unterarm und biss sich so fest auf die Lippen, dass sie Blut schmeckte. Sie wollte schreien. Wollte ihren Schmerz hinausrufen, doch sie zwang sich zur Ruhe.

Ich heile, dachte sie und wippte auf den Füßen leicht vor und zurück, wie ein Baby in der Wiege. Ich heile. Die Erinnerungen füllen meine Seele, sagte sie sich im Geiste vor und drängte den bitteren Geschmack nach Galle in ihrer Kehle zurück. Ich heile.

Hin- und hergerissen zwischen Entsetzen und Faszination schaffte sie es nicht, den Blick von Jack Woods zu lösen. Der Schweiß lief ihm ins Gesicht und er schlüpfte aus seinem Shirt, als würde ihm der Stoff die Haut versengen. Sein Oberkörper war ebenfalls mit goldenen Malen überzogen und trotz der Entfernung sah Margaret-Maud den Schweiß auf seinem Rücken glänzen. Die Hitze an der Esse allein konnte dafür nicht verantwortlich sein. Vielmehr schien er von innen heraus zu leuchten, als er sich dem Glutofen erneut näherte. Er nahm die lange Zange zu Hilfe und holte den Schmelztiegel aus der Esse. Die Muskeln an seinen Armen zitterten vor Anstrengung und der goldene Rauch ging auf ihn über, als er sich über den Schmelztiegel beugte. Er atmete tief ein. Der goldene Dampf musste seine Lungen füllen und die Weben auf seiner Haut gingen zurück.

Margaret sah ihm gebannt zu. Er schöpfte etwas von der brodelnden Oberfläche ab und goss es achtlos auf den staubigen Boden. Vielleicht die Schlacke, dachte Margaret, die ansonsten von Metallverarbeitung keine Ahnung hatte. Sie sah zu, wie er das übrige flüssige Metall in eine winzige Gussform füllte, während noch immer Flammen aus der flüssigen Glut stoben. Es zischte, Funken flogen. Und Jack keuchte weiterhin, als würde er Qualen leiden.

Das Metall glühte leuchtend orange, kühlte aber an den Rändern der Form rasch ab. Das leuchtende Orange wurde erst dunkler, dann rot wie Lava, die kurz davorstand, zu erstarren. Jack wischte sich den Schweiß von der Stirn und griff nach einem Schmiedehammer. Er klopfte das erkaltete Stück magischen Metalls aus der Form. Dann erhitzte er routiniert einen Metallstab in der Esse, den er noch glühend an den Klumpen presste. Nur wenige Augenblicke später konnte er das gewonnene reine Metall vor sich drehen wie ein Eis am Stiel. Er wischte sich zufrieden übers Gesicht, ehe er die so hergestellte Verbindung zurück in die Esse schob. Wieder peitschte goldener Rauch auf und Jacks Körper reagierte. Es war, als würde die Hitze an ihm lecken, nicht nur am Metall. Er keuchte erleichtert, als er den glühenden Klumpen am Stiel aus der Esse nahm und zügig auf dem Amboss platzierte. Dann nahm er einen Schmiedehammer zur Hand und versetzte dem winzigen Barren einen ersten Schlag.

Dong!

Jack schrie auf. Er ließ den Stab fallen und das Metallstück donnerte zu Boden. Der Hammer entglitt seinen Fingern und fiel ebenfalls polternd hinunter. Margaret zuckte zusammen.

Ihr war nicht klar, was vor ihren Augen geschah, als Jack ächzend das inzwischen erkaltete Eisen nahm und zurück in die Esse hielt. Er japste regelrecht nach Luft und in dem Moment, in dem er das Metall mit dem Hammer geschmiedet hatte, wurde sein Körper von einem goldenen Blitz überzogen. Als spülte eine goldene Welle über ihn hinweg. Diesmal zitterte sein Arm, als er das Metall erneut auf dem Amboss hielt. Er schwang den Hammer und ließ ihn auf das glühende Metall niedergehen.

Dong!

Das Geräusch des Hammers vermischte sich mit Jacks animalischem Schmerzensschrei. Die goldene Welle schlug über ihm zusammen und er sank keuchend auf die Knie. Doch diesmal hielt er sowohl Hammer als auch Stab mit dem Werkstück fest. Er rappelte sich auf. Zitternd und keuchend. Margaret glaubte, es würde ihn die letzte Kraft kosten, den Hammer noch einmal zu heben, um dem heißen Eisen einen weiteren Schlag zu versetzen.

Dong!

Jacks Schrei riss abrupt ab, als ihm die Stimme versagte. Er schnappte gequält nach Luft. »Ich habe die Kontrolle!«, schrie er und versetzte dem Metall einen weiteren verzweifelten Schlag. »Ich bin der Schlüssel!«

Dong!

Das eisige Nichts

»Er ist weg«, sagte Abby so leise, dass Bastian Mühe hatte, sie zu verstehen. »Ich weiß nicht, wo er ist.«

»Weg?« Bastian packte ihre Schultern und die Weben in ihm streckten sich nach mehr, während dieses kurze Wort in ihm nachhallte. Weg. Der Ring war weg. Konnte das sein? Er musterte ihre Weben, um die Lüge darin zu entdecken.

»Ich hatte ihn hier versteckt«, behauptete sie und deutete auf den Teddy. »Im Futter. Da ist ein Riss und … jetzt ist er weg.«

Bastians Hand glitt in ihren Nacken und die Weben wuchsen von seinen Fingern in ihre Haut. Er würde die Kontrolle verlieren.

Abby stemmte ängstlich die Hände gegen seine Brust. »Nicht!«, bat sie. »Tu das nicht!«

Er hatte keine Wahl. Das Gold ihrer Augen stahl sich in sein Herz und die Zweifel an ihrer Aufrichtigkeit nährten sein Verlangen.

»Ich glaube dir nicht.« Er verstärkte den Griff, spürte, wie der Schwindel sie erfasste, auch wenn sie dagegen ankämpfte.

»Bastian!«, flehte sie und noch mehr Tränen benetzten ihre Wange. Goldene Tränen.

»Gib nicht mir die Schuld – du hast den Ring gestohlen.« Damit ergab er sich seiner Schwäche und schloss die Augen. Er trat an ihr Herztor und war erstaunt, dass ihre Macht ihn nicht aufhielt. Wo war Abbys Kraft hin?

Er konnte ohne Ring ihr Herztor nicht durchschreiten, doch selbst wenn er es gekonnt hätte, die sengende Hitze, die ihm aus ihrem Inneren entgegenschlug, verhinderte, dass er sich dem Tor auch nur näherte.

»Hilf mir!«, hörte er ihre Stimme und das heiße Lodern kam immer näher. »Ich verglühe!«

Das Wüten wollte sich dennoch auf sie stürzen. Es verzehrte sich nach den wenigen Herzweben, die alle nicht in seine Richtung wuchsen, doch die Hitze, sie drängte ihn unbarmherzig zurück. Sie war stärker als das Wüten in ihm. Sein Hunger erstarb.

Atemlos und mit dem Gefühl von Fieber, erlangte Bastian die Kontrolle zurück und obwohl er Abby noch immer festhielt, waren die Weben auf seiner Haut verschwunden. Er sah ihr in die Augen und was er zuvor für goldenen Glanz gehalten hatte, erkannte er nun als loderndes Feuer.

»Was ist mit dir?«, fragte er besorgt und schob sie auf Armeslänge von sich, als sie wie von einem Schlag getroffen schreiend zusammenzuckte. »Abby!«, rief er und versuchte, sie festzuhalten, aber sie entglitt seinen Händen und stürzte auf die Knie.

Sie stöhnte laut und goldene Blitze überzogen ihre Haut. Gequält bäumte Abby sich auf, ehe sie eine ferne Macht ganz zu Boden schleuderte. Ihr Schmerzenslaut war unmenschlich. Bastian sank neben sie und zog sie an sich.

Was zum Teufel ging hier vor?

Schweiß perlte auf ihrer Stirn, ihre Haut glühte dort, wo das Gold aufblitzte und sie lag kraftlos in seinen Armen.

»Rede mit mir!«, drängte er sie und versuchte zu verstehen, was los war. »Abby!«

»Ich …« Ihre Stimme brach und sie riss den Mund auf, um

nach Luft zu schnappen. »Ich brenne!«, keuchte sie und zuckte vor Schmerz. Sie wimmerte, klammerte sich an ihn, während sie sich zugleich panisch wand.

Bastian fühlte besorgt ihre fiebrig heiße Stirn.

»Abby!« Er schüttelte sie, als ein weiteres Zucken sie durchfuhr. Ihr Schrei brach sein Herz und er hätte alles gegeben, um ihr irgendwie zu helfen. Ihr Webengeflecht hatte sich vollkommen verändert. Schwarzer Schmerz überdeckte jede andere Empfindung. Jede Erinnerung. Jedes Gefühl. Und wie in Wellen spülte Gold über ihren Körper hinweg. Wie Wehen bei einer Geburt. Wie … Hammerschläge.

Eine Träne rann über ihre Wange und er wischte sie fort. Als er die Träne berührte, sog er die Luft ein. Sie war heiß. Kochend heiß. Abbys ganzer Körper stand in Flammen. Ihre Lider flatterten hektisch, aber ihre Pupillen waren längst nicht mehr zu sehen. Sie waren von reinstem Gold überlagert.

»Ich brenne!«, stieß Abby so kraftlos hervor, dass Bastian sie kaum verstand.

»Ich lass dich nicht verbrennen!«, versprach er und schloss sie fest in die Arme. Als würde sie von einem Baseballschläger getroffen, schlug ihr Kopf gegen seine Brust. Ihr Rücken bog sich durch und sie grub ihre Fingernägel in seinen Nacken. Der Schrei auf ihren Lippen war so laut, dass er die Nachbarn alarmieren würde, also presste Bastian reflexartig seine Lippen auf ihre, um ihn zu dämpfen, während er sie mit sich in den Schatten riss.

⌘

Das eisige Nichts verschluckte mich. Ich fühlte Hitze, die mich verbrannte, Glut in meinen Adern, die mich vernichten würde. Und einen Druck in meinem Innersten, der drohte mich zu sprengen. Die Schwärze, die mich nun packte, war eine Wohltat. Sie linderte die Hitze, dämpfte die Glut und nahm mir den Druck. Ich löste mich auf in diesem Nichts und es war, als fände jede einzelne meiner Zellen Trost und Heilung. Ich spürte einen Herzschlag unter meiner Wange. Lippen auf meinen. Und Arme, die mich hielten, als wäre ich ein kostbarer Schatz.

Wieder spürte ich einen Schlag. Dumpf diesmal. Weiter weg. Nicht in mir. Trotzdem sickerte der Schmerz auch jetzt durch meinen ganzen Körper. Nur nicht mit der gleichen Brutalität. Ich keuchte. Doch im Nichts gab es keine Geräusche. Die Kälte, die sonst drohte, mich in den Schatten zu erdrücken, rettete mich jetzt. Die Arme, die mich hielten, retteten mich. Vor der Hitze, vor dem Zerfall. Obwohl das Nichts an mir riss und das Feuer in mir mich zerfleischen wollte, fühlte ich mich sicher in diesen Armen.

»Danke!«, hallten meine Gedanken ungesagt durch die Dunkelheit. »Danke, Bastian.«

⌘

So etwas hatte Bastian noch nie erlebt. Die Frau an seiner Brust strahlte eine unfassbare Hitze ab. Sie zu halten war beinahe schmerzhaft und nicht einmal das eisige Nichts schien gegen diese Glut anzukommen. Er verstand nicht, was vor sich ging. Wo kam diese Hitze her? Was verursachte diese unerträglichen Schmerzen? Er wusste es nicht, aber er sah, dass die Kälte der Schatten ihre Qual zumindest linderte. Sie klammerte sich an ihn und sein Herz geriet ins Stolpern.

Er war wütend auf sie. Verletzt und eifersüchtig. Er misstraute ihr und hatte sich selbst geschworen, seine Gefühle für sie abzustellen. Und doch …

Ihr Duft umfing ihn, ihr Zittern ließ ihn sich unerträglich hilflos fühlen und auch wenn seine eigene Kraft mit jeder Sekunde in der Welt der Schatten schwand, wusste er zugleich, dass er sie niemals loslassen würde.

»Alles wird gut«, füllten seine tröstenden Worte ungesagt das Nichts, denn noch immer lagen seine Lippen auf ihren. Er trank ihr Wimmern und seine Zunge streichelte über ihre Unterlippe, als könne er so ihren Schmerz lindern. Vielleicht linderte er aber auch nur seine eigene Sehnsucht. Ihre Lippen waren ebenso heiß wie der Rest ihres Körpers und als sie den Mund keuchend öffnete, kam es ihm vor, als küsse er einen Vulkan.

Zitternd beendete Bastian den Kuss. Die Nähe zu ihr gab dem Wüten in ihm Nahrung, während hier im Nichts seine Kräfte schwanden. Die Schatten zehrten ihn auf und er wusste, er würde nicht mehr lange bleiben können. Ihm gingen die Weben aus.

»Ich brauche Nachschub«, hörte er seine eigenen Gedanken, ehe er entschlossen tiefer in die Schatten ging. Er verließ Florence' Haus, nahm den langen Schatten der Bäume, die die Straße säumten und war froh, als er die nächste U-Bahnstation erreichte. Zwei Schattensprünge später war er im Tunnel. Sie flogen regelrecht durch die Schatten, während Abby allmählich abkühlte. Ihre Finger in seinem Nacken entspannten sich langsam, die Temperatur ihrer Haut normalisierte sich, während die wenigen Weben in ihm selbst kaum noch ausreichten, die Orientierung im Nichts zu behalten. Er musste zurück ins Licht. Brauchte Weben.

Er spürte, wie das Wüten in ihm dabei war, seine Selbstbeherrschung zu vernichten, wie sich die Male auf seiner Haut in Abbys Richtung reckten.

Aber er hatte es fast geschafft. Er hoffte nur, sein Plan würde aufgehen. Er brauchte Herzweben – dringend. Und er wusste auch, von wem er sie bekommen würde.

⌘

Träumte ich? Zart wie ein Federstreich fühlte sich dieser Kuss an. Ein Kuss im Nichts. Eine Berührung, bedeutsamer als alles um mich herum. Das einzig Schöne, während mich brennende Glut zerstörte. Die Kälte auf meiner Haut tat gut. Sie kämpfte gegen die Hitze in mir und mit jeder Sekunde in der Schwärze ging es mir besser. Ich registrierte nicht mehr nur mein eigenes Keuchen, sondern auch das, was Bastian fühlte.

Auch er zitterte. Ich spürte die Weben unter seiner Haut, die sich wie Schlangen in meine Richtung wanden. Und ich spürte, wie er dagegen ankämpfte. Ich war noch nie so lange in den Schatten gewesen. Noch nie so tief in das dunkle Nichts vorgedrungen und die endlose Weite dieser Dunkelheit war regelrecht erdrückend. Ich sah kein Ende. Kein Licht. Verstand nicht, woher Bastian wusste, wo sich der Ausweg befand.

Ich klammerte mich an ihn und vertraute auf seine Stärke. Er würde wissen, was er tat. So wie er gewusst hatte, dass das Nichts mich retten würde. Die Schläge, die auf mich einhämmerten, wurden schwächer. Seltener. Und waren doch noch immer so stark, dass ich mir wünschte, immer tiefer in die Schatten zu gehen.

Ich sah die Zeichnung vor mir, die ich in Caerhay Court angefertigt hatte. Das schwärzeste Schwarz der Schatten. Irgendwo tief in meinem Inneren kam es mir vor, als läge dort das Ende dieser Geschichte. Meine Rettung – oder vielleicht auch mein Untergang. Ich wusste es nicht, aber es zog mich dorthin. Doch nicht ich steuerte unsere Reise durch die Dunkelheit. Ich wurde mitgerissen und konnte nicht verhindern, dass Bastian schließlich atemlos aus den Schatten trat.

Das Licht blendete mich im ersten Moment und ich brauchte kurz, um zu begreifen, wo wir waren. Auf dem Boden lagen Turnmatten und in der Ecke hing ein Boxsack von der Decke. Wir waren in Darkenhall. In dem Raum, in dem Bastian das Antiaggressionstraining abhielt.

Der Raum, in dem er vorgab, den Schülern zu mentaler Ausgeglichenheit zu verhelfen, in Wahrheit aber ihre Seelenlast ausdünnte und ihnen so den Weg zu einem glücklicheren Leben ebnete. Der Raum, der mir schon allein deshalb zuwider war, weil ich dieses Vorgehen verabscheute. Aber auch, weil ich hier zum ersten Mal mit angesehen hatte, wie Bastian die Weben von Esme genommen hatte. Es war ein intimer Moment gewesen – und ihn mit anzusehen, hatte mich eifersüchtig gemacht. Doch daran konnte ich jetzt kaum denken, denn mit der Rückkehr ins Licht kam der Schmerz ungedämpft zurück.

»Was machen wir hier?«, fragte ich irritiert und biss die Zähne zusammen, als Bastian mich langsam an seinem Körper hinabgleiten ließ. Er gab mich nicht ganz frei, fast so, als fragte er sich, ob ich eigenständig in der Lage wäre zu stehen.

Dabei sah er ebenfalls ziemlich mitgenommen aus. Er blutete aus einer Wunde an der Wange und seine Haut war über und über mit Weben überzogen. Sein Erbe setzte ihm ordentlich zu.

»Ich brauche dringend Herzweben«, antwortete er und ließ mich los. Als er sah, dass ich nicht zusammenbrach, vergrößerte er den Abstand und nahm die Hände hinter den Rücken. Sein Blick war misstrauisch auf mich gerichtet, gleichzeitig sprach Sorge aus seinen Augen.

»Ich weiß nicht, was mit dir vorgeht, warum du so glühst, aber bevor wir uns darum kümmern können, brauche ich Weben.«

Da die Hitze in mir erneut anschwoll, hatte ich Mühe, seinen Worten zu folgen. Ich ließ mich auf die Matte sinken und sah Bastian zu, wie er an die Sprechanlage trat.

»Gwynned McNeil bitte in den Trainingsraum. Gwynned McNeil bitte.« Bastians Durchsage hallte blechern durch die Lautsprecher der Schule und ich runzelte irritiert die Stirn.

»Gwynned?«, keuchte ich gequält, weil mir so heiß war. »Ich dachte, du brauchst Herzweben.« Dass gerade Gwynned davon welche übrig haben sollte, kam mir doch recht unwahrscheinlich vor. Andererseits war es mir viel lieber, mir Bastian mit Gwynned vorzustellen, als mit einer meiner hübschen Barbie-Double-Mitschülerinnen.

»Gwynned ist ideal«, gab Bastian sachlich zurück und rieb sich den Bizeps. »Es wird nicht lange dauern. Und dann …« Seine Augen wurden schmal und sein Blick stechend. »Dann wirst du mir sagen, wo der Herzring ist, denn bei allem, was mir heilig ist, Abby – die Zeit der Spielchen ist vorbei. Falls es dir nicht eben selbst aufgefallen ist, hier gehen Dinge vor, die gefährlich sind. Für dich, für mich und für Skye.«

»Ich spiel doch kein Spiel!«, verteidigte ich mich und wischte mir den Schweiß von der Stirn. Die Haut glühte unter meinen Fingern. »Ich glaube, ich verbrenne innerlich, und du denkst, das wäre ein Spiel?«

Bastian hatte den Anstand, verlegen zu wirken. »Das glaube ich nicht. Aber du weißt mehr, als du zugibst und da du mein Vertrauen verspielt hast, weiß ich nicht, was ich von all dem, was du sagst, noch glauben kann.«

Ich schluckte. Ihn das sagen zu hören, tat weh. »Du kannst mir vertrauen«, versicherte ich ihm verletzt. »Wirklich, Bastian, ich …«

Er lachte bitter und kam näher. Die Weben auf seiner Haut schimmerten im Licht beinahe lila und nur seine Augen waren menschlich. Die Sorge in seinem Blick geriet in den Hintergrund. »Du hast zwei Ringe gestohlen. Hast meine Gefühle für dich ausgenutzt, um mich zu hintergehen. Hast nicht nur mich geküsst, um zu bekommen, was du wolltest, sondern auch Tristan.« Seine Augen verengten sich zu schmalen Schlitzen. »Du steckst mit deinem Vater unter einer Decke – und trotzdem soll ich dir vertrauen? Für wie dumm hältst du mich, Abby?«

Seine Worte taten weh. »*Du* hast *mich* gerade geküsst. Mich in den Schatten gerettet. Warum, wenn du mich für so verlogen hältst?«

»Ich habe dich nicht geküsst – ich habe dich zum Schweigen gebracht. Aber verwechsle meine Gefühle für dich nicht mit Vertrauen. Denn ich werde den Fehler, dir zu vertrauen, nicht noch einmal machen.«

Ich schnappte empört nach Luft und wollte ihn darauf hinweisen, dass ich sehr wohl wusste, wie seine Küsse sich anfühlten, aber Bastian hob mahnend die Hand, um mich zu unterbrechen. Aus der angrenzenden Umkleide waren Schritte zu hören.

Er ging neben mir in die Hocke. »Gwynned kommt. Ich will, dass du absolut –«

»Nein, lass mich nicht hier warten! Ich verbrenne, siehst du das nicht?«, flehte ich ihn an, denn die unerträgliche Hitze nahm mir den Atem. »Ich halte das nicht länger aus!«

»Ich kann dir aber gerade nicht helfen.« Bastian warf einen Blick über die Schulter.

»Aber ich verbrenne!« Ich packte seinen Unterarm und sah ihn flehend an.

»Das ist doch Wahnsinn!«, fluchte er und griff nach meiner Hand. Dann waren wir schon im nächsten Schatten und die eisige Kälte legte sich wohltuend um mich. »Zwei Sekunden Abkühlung – mehr geht nicht. Gwynned wird jeden Moment –«

»Lass mich hier«, bat ich, denn die Kälte war die Rettung für meine brennenden Nerven.

»Du kannst nicht allein in den Schatten bleiben. Du würdest verloren gehen«, hallte Bastians Antwort wortlos durch das Nichts.

»Und wenn ich mich nicht bewege?« Auch meine Stimme war nicht zu hören. Es war, als wäre ich schon in meine Bestandteile zerlegt. Zerfallen zu einzelnen Atomen, die hier vor dem Verglühen sicher wären.

»Das wäre Wahnsinn und zu gefährlich.«

»Du hast gesagt, es dauert nicht lange.«

Bastians Zögern war selbst im Nichts zu spüren. »Ich könnte dich verlieren.«

Die Vorstellung, zurück ins Licht und damit zurück zu den Schmerzen zu gehen, machte mir Angst. Ich brauchte diese Kälte.

»Du würdest zerfallen, sobald ich dich loslasse!«

»Das kannst du nicht wissen. Du hast auch gedacht, kein Mensch könnte je in die Schatten gehen. Und doch bin ich hier.«

»Ich riskiere nicht dein Leben.«

Es war ihm ernst. Ich spürte mit jeder Faser meines Körpers, dass ich ihn nicht würde umstimmen können. Verzweiflung packte mich.

Ich wusste nicht, ob es an der rettenden Kälte lag oder daran, dass dieses quälende Hämmern in mir nachgelassen hatte, aber ich fühlte meine Kraft zurückkehren. Ich wusste nicht, wie ich mich im Nichts bewegen sollte, denn mein Körper schien überhaupt nicht zu existieren. Trotzdem hatte ich plötzlich wieder das Gefühl von Kontrolle.

Ich verankerte meine Gedanken in der Dunkelheit, hielt das fest, was mich ausmachte und ohne ein Wort zu sagen, sickerte meine Entschlossenheit wohl auch in Bastians Kopf.

Wieder dieses Zögern, das mir wie eine Ewigkeit vorkam, in Wahrheit aber kaum Millisekunden andauern konnte.

»Bitte!«, schob ich stumm hinterher. Dann nahm die Kälte zu, ich wirbelte haltlos durch die endlose Schwärze. Meine Gedanken verstreuten sich, so wie mein übriges Ich.

Bastian war fort.

Ich war allein. Allein in den Schatten. Hätte ich etwas gefühlt, wäre es Angst gewesen, doch auch meine Gefühle waren ohne den Halt, den Bastian mir geboten hatte, in ihre Einzelteile zerfallen. Mit einem Mal war die Kälte nicht mehr rettend. Sie war tödlich.

Viele Arten von Rot

Bastian schluckte den Fluch hinunter, der ihm auf der Zunge lag, und ballte die Fäuste. Er musste zur Ruhe kommen, sonst würden die Weben sich nicht unter seine Haut zurückziehen. Er hatte Abby nicht in den Schatten zurücklassen wollen. Doch etwas – vielleicht die Macht in ihr – hatte ihn regelrecht fortgestoßen. Jetzt warf er einen Blick in den Schatten unter dem Boxsack und fragte sich, ob er nicht gerade den größten Fehler seines Lebens machte.

»Hoffentlich geht das gut.« Bastian wischte sich das Blut von der Wange, als auch schon Gwynned in den Trainingsraum schlurfte. Das Wüten drängte ihn, sich vom Anblick des Schattens zu lösen und sich stattdessen Gwynneds feuerroten Herzweben zu nähern. Als Hüter des Seelenrings hatte er für Gwynned nicht viel tun können, denn dessen Seele war nicht das Problem. Gwynneds Webengeflecht bestand nur zu einem kleinen Teil aus Seelenweben. Wenig Gewissen, wenig Schuld war darin zu finden. Was diesen Schüler ausmachte, war das flammende Rot von Hass und das Korallenrot von Neid und Eifersucht. Die Herzweben dieses Jungen waren nicht von der guten Art – aber sie würden Bastians Hunger stillen und ihm die Kraft verleihen, die er brauchte, um sich mit Abby auseinanderzusetzen und seinen Ring zurückzuholen.

»Was soll denn das, Tremblay?«, maulte Gwynned und zupfte sich die labberige Trainingshose über den Bauch. »Ich hab für den Sportunterricht ein Attest vom Arzt. Ich muss hier nicht mitmachen.«

Bastian verkniff sich ein Schnauben. Er hatte es eilig. Jede Sekunde, die Abby allein in den Schatten vebrachte, war eine zu viel.

»Wenn du lieber zurück in den Englischunterricht willst, dann bitte«, bot Bastian an, denn die Erfahrung mit solchen Mitschülern hatte ihn gelehrt, dass er mit Zwang nicht weit kam. Außerdem musste Gwynned sich ihm ein Stück weit öffnen.

»Ich weiß gar nicht, was ich hier soll!«, brummte Gwynned und reckte die Brust arrogant raus.

Abschätzend ging Bastian auf ihn zu. »Margaret-Maud hat gesagt, dir fehlt noch eine Beurteilung aus dem Anti-Aggressionstraining fürs Zeugnis«, erklärte er möglichst gelangweilt, denn mit Autorität kam man bei verzogenen Kindern wie diesem nicht weiter. Also spielte Bastian den Gleichgültigen, auch wenn das leuchtende Rot von Gwynneds Webengeflecht ihn drängte, schneller zu machen. »Das erledigen wir jetzt, dann hast du wieder deine Ruhe. Und ich auch.«

Gwynned sah noch immer ablehnend aus. Er hatte die Hände vor der Brust verschränkt und die Lippen mürrisch geschürzt. Sein Blick blieb an Bastians Wange hängen. »Reicht dir nicht, dass dir heute offenbar schon einer eine verpasst hat? Stehst wohl auf Schmerzen, was?«

Bastian wischte erneut das Blut weg und grinste. »Wer weiß«, gab er sich lässig und stieß Gwynned mit dem Fuß herausfordernd an. »Und du? Was macht dich so richtig an?«, wollte er ihn reizen und sein Plan ging auf. Gwynned ballte die Fäuste.

»Fick dich, Tremblay!«, spie er und schwang dabei die Fäuste ziellos umher. »Ich lass mir doch von einem Mitschüler nicht sagen, was ich tun soll! Du bist nicht mein Lehrer! Also denk nicht, du hättest hier das Sagen!«

Bastian wich ihm mühelos aus. Die Gefahr, die er fürchtete, ging nicht von Gwynneds Schlägen aus, sondern von dem Wüten in ihm selbst. Er brauchte alle Kraft, um zu verhindern, dass sein Äußeres sich veränderte.

»Ich denke das, weil es so ist«, stichelte er weiter und als Gwynned darauf wie erhofft reagierte und sich auf ihn stürzte, da war es auch mit seiner Selbstbeherrschung vorbei. Er griff nach Gwynneds Handgelenk. Sofort schlug das Wüten in ihm zu und blutrote Weben wuchsen aus seinen Fingern in Gwynned hinein. Bastian spürte dessen Schwindel, das Wanken, das damit einherging, und mit einer geschickten Drehung brachte er den Jungen auf die Matte. Dann verlor er keine Zeit. Gwynneds Wut hatte das Tor zu seinem Herzen entriegelt und Bastian stieß es hungrig auf. Er trug keinen Ring – konnte das Tor also nicht durchqueren, doch in Gwynned herrschte so viel Hass und Neid, dass die flammend roten Weben ihm eifrig entgegenkamen. Keuchend beugte er sich über den Schüler und stillte seinen Hunger. Er nahm den Hass in sich auf und je mehr er davon in sich fühlte, umso deutlicher erkannte er etwas, das ihm zuvor entgangen war. Gwynned verachtete alles und jeden – doch am allermeisten hasste dieser arme, reiche Junge sich selbst.

Bastian bäumte sich auf. Gwynneds Hass war stark. Und er musste aufpassen, nicht zu viele Weben zu nehmen, um sich selbst zu schützen. Andererseits brauchte er genug, um für Abby keine Gefahr darzustellen. Mit einem letzten Blick in Gwynneds Herztor, zwang er sich aufzuhören. Er würde gerne den liebevollen Teil des Herzens des Jungen wecken, doch er trug keinen Ring. Er konnte nicht wirklich eingreifen in dessen Gefühle. Er konnte nur nehmen, was an Überfluss da war. Aber vielleicht würde das nicht nur ihm selbst helfen, sondern auch Gwynned.

Abby irrte sich – er war kein Dieb. Er tat nichts Böses. Er war einer der Guten. Ganz im Gegensatz zu den Leuten, die im Moment im Besitz der Ringe waren.

Bastian ließ Gwynned los. Schnell stand er auf und ging auf Distanz. Er fuhr sich durchs Haar und betrachtete dabei unauffällig seine Hände. Die purpurnen Weben auf seiner Haut waren verschwunden und der Hunger in ihm gestillt. Er ruhte wieder in sich selbst und so reckte er dem Jungen die Hand hin, um ihm beim Aufstehen zu helfen.

»Gute Attacke«, log er und klopfte dem noch etwas wankenden Gwynned auf die Schulter. »Und da du so wenig Bock hierauf hast wie ich, würde ich behaupten, das reicht für eine Beurteilung.«

Gwynned rieb sich den Ellbogen. Dabei machte er ein skeptisches Gesicht. »Das war's schon?«

Bastian nickte. »Genug für heute.« Er wollte ihn loswerden, denn Abby war noch immer in den Schatten. Allein. Und nun, wo er wieder Herr über seine Sinne war, wurde ihm klar, wie gefährlich das war.

Gwynneds Mundwinkel hoben sich spöttisch. »Wenn die Ausdauer der Tremblays in allen Belangen so schwach ist, dann sind die Ladies, die mit euch ausgehen, nicht wirklich zu beneiden«, frotzelte er.

Bastian verkniff sich eine Erwiderung. Schließlich wusste er nun, wie es in Gwynneds Herz aussah. Dieser Hass galt ihm selbst.

»Wir sind dann fertig«, gab Bastian deshalb schlicht zurück und deutete auf die Umkleide.

Kaum hatte Gwynned den Raum verlassen, streckte Bastian die

Hand nach dem Schatten aus. Ihn umhüllte die Dunkelheit und er merkte sofort, dass etwas nicht stimmte.

»Abby!«, hallten seine Gedanken laut durchs Nichts. »Verflucht, Abby! Wo bist du?«

⌘

Nach der glühenden Hitze in meinem Innersten fühlte sich die Kälte nun noch beißender an. Die Glut war erloschen, das Feuer erstickt und es gab nichts mehr, das mich vor der messerscharfen Kälte schützte. Ich glaubte in meine Einzelteile zerfallen zu sein und selbst meine Gedanken wirbelten losgelöst durch die Endlosigkeit der Schatten.

Meine Lunge barst unter dem kalten Druck und zugleich gefror jede Zelle. Die Dunkelheit war mir nie dunkler vorgekommen. Ich hörte auf zu fühlen, zu denken und zu sein. Ich wurde müde und müder. Schwerer und schwerer. Kälter und kälter und alles, woran ich mich noch festhalten konnte, war die blasse Erinnerung an starke Arme, die mich hier im Nichts immer beschützt hatten.

⌘

Panik überkam Bastian, als er die Schatten absuchte. Sie standen nie still, bewegten sich immer weiter, veränderten sich stetig und es war schon schwer, sich nur darin zu bewegen. Doch jemanden darin zu suchen, war fast unmöglich. Das hatte er gesehen, als er Cross verfolgt hatte. Er sah es jedes Mal, wenn er mit Tristan einen Wettlauf durch die Schatten machte. Und er sah es jetzt mit erschreckender Klarheit, als er Abby einfach nicht fand.

Er versuchte, ihr onyxfarbenes Leuchten zu entdecken, irgendwo eine Spur ihres schwach purpurnen Herzens zu erkennen oder das

Türkis der Erinnerungen, das sie zuletzt umgeben hatte. Ihre Weben hatten sich in den letzten Wochen ständig verändert und waren doch stets von unvergleichlicher Schönheit. Und jetzt hatte er diese Schönheit in den Schatten verloren.

Immer schneller sprang er durch das Nichts, durchquerte die Schatten und verfluchte die Unendlichkeit dieser alles verschlingenden Finsternis.

Wo war sie? Es war kalt und er war froh, dass er genug von Gwynneds Weben in sich aufgenommen hatte, denn das Nichts entzog ihm mit jedem Sprung einen Teil seiner Kraft.

Immer tiefer drang er in die Dunkelheit vor und Angst schnürte ihm die Kehle zu. Er schrie ihren Namen tonlos in die Leere und bekam keine Antwort. Die Panik wuchs in ihm zu einem regelrechten Berg an, als er das blasse Aufblitzen einer türkisen Erinnerungswebe wahrnahm. Er folgte dem Leuchten und nie gekannte Erleichterung durchströmte ihn. Abby! Er hatte sie gefunden. Doch so schnell wie die Erleichterung gekommen war, wurde sie auch schon zerstört. Abby? Etwas stimmte nicht. Er zog sie an sich, aber ihr Körper war reglos, wie eine Puppe. Kalt wie eine Eisscholle und losgelöst von den Weben, die sich um sie herum duckten, als suchten sie Schutz.

Ihr Sein war aus ihr herausgelöst. So etwas hatte er noch nie gesehen. Und er wusste nicht, was er tun konnte. Mit aller Kraft presste er sie an seine Brust. Er musste sie wecken, aber sie regte sich nicht.

»Abby!«, hallte sein verzweifelter Schrei durch die Leere. Ein schwaches goldenes Pulsieren spülte über ihre Haut. »Komm schon, Abby!«, fluchte er und sah sich nach einem Ausweg um. Er musste sie hier herausbringen, doch ohne die Weben, die sie ausmachten, konnte er nicht gehen. Wieder pulsierte Abbys Haut schwach golden.

»Wach auf!«, forderte er energisch und rüttelte sie, während er hoffte, das Nichts würde sie nicht weiter zerreißen. Das Gold schwappte über. Es reckte sich nach ihren Herzweben und holte sie zurück.

»Gut so!«, lobte er und versuchte, weiter in ihr Bewusstsein vorzudringen, während die Kälte auch ihm zusetzte. »Gib nicht auf!«, flehte er und küsste ihre Schläfe. »Komm schon, Abby!« Die nächste glänzende Welle schwappte über ihren Körper und holte sich ihre Seele zurück. »Weiter so!«, feuerte er sie an, doch Abby reagierte nicht. Das schwache Türkis ihrer Erinnerungen lag noch immer außerhalb ihrer Reichweite. Konnte er die Schatten ohne Abbys Erinnerungen verlassen? Würde sie ihn dann vergessen? All das, was zwischen ihnen gewesen war? Bastian zitterte. Er wusste es nicht, aber hier in der eisigen Kälte würden sie beide nicht mehr lange aushalten. Er presste Abby ganz fest an sich. Sie mussten hier raus. »Na los, Abby«, drängte er ein letztes Mal. »Streng dich an«, hallten seine Worte ungesagt durchs Nichts.

Eine schwache, goldene Welle spülte über Abbys Körper und schwappte in Richtung der Erinnerungsweben. Sobald sich das Gold mit dem Türkis vermischte, trat Bastian den Rückweg an. Türkis – so leuchtend wie ein Feuerwerk. In diesen Weben waren ihre Gefühle füreinander noch lebendig. Anders als in ihrem Herzen. Dort hatte Tristan alles zerstört und ihre Leidenschaft für sich selbst geweckt.

Der Stich der Eifersucht war so stark, dass Bastian kurz bedauerte, dass die purpurnen Weben nicht verloren gegangen waren. Andererseits war er nicht wie sein Bruder. Er würde nicht noch einmal in Abbys Webengeflecht eingreifen. Wenn Abby ihn lieben würde, dann aus freien Stücken.

Bastian nahm zwei weitere Schatten. Er war umgeben von Blau- und Goldtönen und Abbys Haar kitzelte ihn am Kinn, als ihr Kopf sacht gegen seine Brust fiel. Warum dachte er überhaupt über ihre

Gefühle nach, wo er doch genau wusste, dass er ihr nicht vertrauen konnte? Dass er sie nicht lieben durfte, weil es ihn schwächte und er sich gerade jetzt wirklich keine Schwäche erlauben durfte. Und doch, dieses Aquamarin ihrer schönsten Erinnerungen und dieses zarte Gold der Kraft, die sie in sich trug … Es war wie eine Versuchung, der er nur schwer widerstehen konnte.

Abby zitterte. Sie war so kalt, dass Bastian glaubte, einen Eisblock an sich zu pressen. Die Hitze, die sie zuvor beinahe aufgefressen hatte, war vollkommen verschwunden. Und auch ihm drang die Kälte tief ins Mark. Er musste sich beeilen. Noch ein Schattensprung, dann trat er ins Licht. Das Mädchen in seinen Armen stöhnte gequält, als er sein Zimmer betrat, und er spürte, wie sich ihre Brust bei diesem ersten Atemzug hob. Doch ansonsten regte sie sich nicht. Nicht einmal ihre Lider flatterten.

»Abby«, flüsterte er und trug sie zum Bett. Er legte sie auf die Kissen und fühlte ihre Stirn. Eisig. Ebenso wie ihre Hände und Finger. Ihr Atem kam viel zu flach und ihre Wangen waren fahl. Die Lippen blau vor Kälte.

Er sah sich um, aber weder von Tristan noch Owen oder Skye war etwas zu sehen oder zu hören, dabei hatte er damit gerechnet, sie alle hier zu treffen. Ihm glitt ein Fluch über die Lippen, denn er hatte gehofft, Owen könnte ihm sagen, was mit Abby los war. Diese Kälte machte ihm genauso Angst wie die Hitze zuvor.

Hatten die Schatten sie derart ausgekühlt? Hatte er sie zu lange in der Dunkelheit sich selbst überlassen? Während er sich für diese bescheuerte Idee verfluchte, zog er die Bettdecke über sie beide und rückte nah an Abby heran. Er musste ihren Körper wärmen. Dazu legte er seinen Oberschenkel über ihre eiskalten Beine und schlang die Arme um sie. Er atmete ihren Duft ein, während er sie eng an seine Brust zog. Noch immer regte sie sich nicht. Sie zitterte nicht einmal und das machte ihm Angst. »Komm schon, Abby!«, flehte er und rieb kräftig über ihre Arme. Behutsam ließ er seine Hand unter ihr Shirt gleiten, um die Temperatur ihres Körpers zu fühlen. Kalt wie Stahl.

Es kam ihm immer abwegiger vor, dass allein die Kälte der Schatten für ihren Zustand verantwortlich sein sollte. Irgendetwas anderes ging hier vor. Aber was?

Es läuft besser als gedacht

Margaret-Maud hatte längst kein Gefühl mehr in ihren Beinen. Sie kauerte seit einer Ewigkeit hinter den Aluboxen und beobachtete Jack Woods. Sie hatte dank Konstantin Cross einiges Übernatürliches erlebt. Aber etwas Derartiges hatte sie noch nie gesehen.

Jack Woods schien sich selbst zu quälen. Ja, regelrecht zu verletzen, wenn man die gepeinigten Schreie bedachte, die ihm bei jedem Hammerschlag auf das glühende Eisen entfuhren. Als würde er nicht das Metall mit dem Hammer formen, sondern seine Knochen damit zertrümmern. Sein nackter Oberkörper glänzte vor Schweiß und von unnatürlichen goldenen Malen. Dieser Mann sah aus, als bestünde er aus Gold.

Margaret war so fasziniert, dass sie nicht einmal spürte, dass ihre Beine eingeschlafen waren. Sie hielt einfach nur den Atem an und beobachtete gebannt das Geschehen am Feuer der Esse. Wieder und wieder erhitzte Jack das Metall. Formte es anschließend mit dem Hammer, während er selbst kaum noch in der Lage schien, sich auch nur auf den Beinen zu halten. Eine ganze Weile war vergangen, da hob Jack das neu geformte Metall mit der Zange in die Höhe und betrachtete es gegen das Licht. Margaret kniff die Augen zusammen, um besser zu sehen. Was war das, was er da geschmiedet hatte? Eine Münze? Eine kleine Platte?

Margaret beugte sich etwas über die Kisten. Ein Medaillon? Es hatte eine ovale Form und einen aufgekanteten Rand. Wie eine Fassung für einen Schmuckstein.

Ein letztes Mal hielt Jack das Werkstück in die Glut, ehe er es in einen Eimer mit Öl streckte. Zischend kühlte das Metall darin ab und Jack sank keuchend zu Boden. Er ließ die Zange fallen und die Fassung, die er geschmiedet hatte, sank langsam in dem Eimer zu Boden.

Jack presste sich die Hand aufs Herz. Er atmete schwer und als er sich nicht mehr regte, glaubte Margaret fast, er wäre gestorben. Hatte sein Herz das – was immer es auch gewesen sein mochte – nicht ausgehalten? Die Stille war mit einem Mal erdrückend. Ohne die Hammerschläge hörte sie ihre eigenen Atemzüge so laut wie Sturmböen und sie fragte sich, ob sie hier wirklich noch länger ausharren sollte. Sie hatte mehr gesehen, als sie erwartet hatte. Mit zitternden Beinen stand sie vorsichtig auf. Das Blut schoss ihr in die Waden und es fühlte sich an, als würde eine ganze Ameisenkolonie ihre Beine hinaufkrabbeln. Sie sah sich um, warf einen schnellen Blick über die Schulter. Nichts zu sehen. Sie war allein – mit Jack Woods, der noch immer kein Lebenszeichen von sich gab. Sollte sie ihm helfen?

Nein. Er war der Wolf im Schafspelz. Derjenige, der Konstantin den Seelenring gestohlen hatte und nun gemeinsame Sache mit Zac Moran machte.

Margaret war bitter enttäuscht von Zac. Immerhin hatte sie ihn zu der Gruppe derer dazugeholt, die an den Lichtbringer glaubten und dafür arbeiteten, dem Amulett des Todes zu neuer Kraft zu verhelfen.

Ihr Blick glitt zu dem Becher gefüllt mit Öl. Nie waren sie dem Amulett des Todes näher gewesen als jetzt, denn auch wenn sie keine Ahnung hatte, was Jack Woods da geschmiedet hatte, war ihr doch klar, dass etwas Bedeutsames auf dem Grund dieses Eimers ruhte. Sollte sie hinüberschleichen und …

Jack hustete und Margaret duckte sich hastig zurück hinter die Kisten. Sie spähte verstohlen über den Rand und sah zu, wie Jack sich mühsam aufrappelte. Das Gold war verblasst und der Schweiß auf seiner Haut getrocknet, als er sich auf allen vieren dem Eimer näherte. Er zitterte, als er in das Öl fasste und das Werkstück herausnahm. Das Öl perlte von seinen Händen und er wischte es an seiner Hose ab, ehe er das Stück Metall bewundernd im Licht drehte.

Es war tatsächlich eine Schmuckfassung, wie Margaret nun erkannte. Sie war schlicht gearbeitet, was kein Wunder war, wenn man die Schmerzen bedachte, die jeder Hammerschlag dem Schmied zugesetzt hatte. Jack Woods hielt das Schmuckstück in Händen und ein zufriedenes Lächeln stahl sich auf seine schmerzgepeinigten Züge.

Er kämpfte sich zum Stehen hoch und griff nach seiner Umhängetasche, als er plötzlich in der Bewegung erstarrte. Auch Margaret-Maud zuckte erschrocken zusammen. Sie war so gebannt gewesen, dass sie den Schmied, der vorhin hier gearbeitet hatte, nicht hatte zurückkehren sehen.

»W…w…was war denn das?«, stammelte der und rieb sich ungläubig übers Gesicht. Seine Haut war fahl und er sah aus, als hätte er einen Geist gesehen. Das konnte Margaret nur zu gut verstehen. Selbst für sie war das eben Erlebte unvorstellbar. Dabei wusste sie von Schattenspringern, Ringhütern und dem Amulett des Todes. Sie war eine der wenigen Wissenden. Ganz anders als der Schmied, der vollkommen ungläubig seine Augen nicht von Jack wenden konnte.

»Ich sagte, ich brauche Ruhe!«, fuhr Jack den Mann schroff an.

»Sie waren … golden!« Der Schmied rieb sich die Augen und

deutete auf Jacks Brust. »Alles Gold!« Er wich zurück, als Jack auf ihn zuging.

»Unsinn! Das war nur das Licht«, versuchte Jack ihn zu beschwichtigen und legte dem Mann kumpelhaft den Arm um die Schultern. Er dirigierte ihn näher an die Esse. »Nur das Licht«, wiederholte er und lachte.

»Ich weiß doch, was ich gesehen habe!«, beharrte der Schmied und befreite sich aus Jacks einnehmendem Griff. Er zog sich die Kappe vom Kopf und kratzte sich die Stirn.

Jack kniff die Lippen zusammen. Dann nahm er den Hammer wieder zur Hand. Er wog ihn leicht in Händen und Margaret lief es kalt den Rücken hinab.

»Was Sie gesehen haben, war …«, hörte sie Jack gefährlich leise sagen, während sie sich Schritt für Schritt weiter zurückzog. Sie hatte viel zu viel gesehen. Die Kälte in Jacks Blick glich der Kälte im Blick ihres Vaters. Sie presste sich die Hand auf den Mund, um ein Schluchzen zu verhindern. »… in jedem Fall zu viel.«

Margaret wollte nichts mehr sehen oder hören. Sie drehte sich um, wollte fliehen, doch das Geräusch eines Hammers, der auf einen Körper traf, brannte sich dennoch in ihr Bewusstsein.

Sie erstarrte bei dem dumpfen Laut, als der Mann zu Boden sackte und das überraschte Entweichen seines Atems, als er auf den Beton schlug.

Jack Woods war kein Wolf. Er war eine Bestie! Mit diesem Wissen presste sie sich an die Wand und hoffte, nicht gesehen zu werden. Würde sie jetzt losrennen, wären ihre Schritte laut und deutlich zu hören. Also verharrte sie mit angehaltenem Atem in ihrem Versteck, während sie den dumpfen Laut eines zu Boden gehenden Körpers immer und immer wieder wie eine Dauerschleife in ihrem

Kopf hörte. Mit diesem Laut war ihr in Flammen stehender Vater auf den Wohnzimmertisch geknallt. Mit diesem Geräusch starben Menschen.

Sie war so in ihre grausamen Erinnerungen vertieft, dass sie das Geräusch eines klingelnden Handys fast nicht einordnen konnte. Erst als Jacks Stimme durch die Halle scholl, verstand sie, dass er telefonierte.

»Hallo?«, hörte sie ihn sagen und von dem Entsetzen, das sie verspürte, war in seiner Stimme nichts zu hören. Er klang, als säße er an einem sonnigen Tag im Hyde Park – und nicht, als hätte er gerade einen Mann mit einem Hammer niedergeschlagen.

»Du hast einen Ring gefunden?« Nun klang er doch überrascht und auch für Margaret waren diese Worte wie ein Alarmsignal.

»Einen Ring?«, flüsterte sie ungläubig und duckte sich hinter die Kisten. Sie hatte Angst vor dem, was sie sehen würde, doch zugleich konnte sie auch nicht einfach gehen. Nicht nach diesen Worten.

Sie sah hinunter zu Jack, der in der einen Hand das Handy hielt, in der anderen die Fassung, die er geschmiedet hatte.

Hinter der Esse sah Margaret die Beine des Schmieds in seinen Arbeitshosen hervorschauen. Er lag am Boden. War er tot? Lebte er? Sie konnte es nicht sagen und verbot sich deshalb, das Schlimmste anzunehmen. Auch wenn der eisige Blick aus Jacks Augen fast keine andere Annahme zuließ. Seine freundliche Stimme passte so gar nicht zum Rest seiner Erscheinung. »Wir sollten uns sofort treffen, um das zu besprechen«, sagte er. »Gut, dass du angerufen hast.« Margaret fragte sich, wer der Anrufer war. »Kannst du es nicht heute noch einrichten? Wir sollten das nicht aufschieben«, hörte sie Jack drängen. »Na gut. Dann aber gleich morgen früh. Im Park. Bei den italienischen Gärten.« Er beendete das Gespräch und steckte das

Handy weg. Dann griff er in seine Umhängetasche und holte den Ring hervor, den Margaret so gut kannte. Es war der Seelenring der Tremblays. Er hielt den Ring in der einen Hand und das Amulett in der anderen. Beide Metalle wirkten lebendig. »Das läuft ja besser als gedacht«, freute er sich und steckte den Ring wieder ein, dann wickelte er das Amulett zurück in das Stofftuch und verstaute beides in seiner Tasche. »Die Gute hat also den Herzring«, sagte er gut gelaunt, hängte sich die Tasche um und mit einem letzten Blick auf die reglosen Beine des Schmieds verließ er die Halle.

Erinnerungen

Starke Arme hielten mich fest. Ich spürte Wärme, die sacht wie ein Federstreich über meine Haut glitt. Wärme, die ich so dringend brauchte. Ich war zu schwach, um die Augen zu öffnen, konnte nur meine eisigen Lippen mit der Zunge benetzen. Mir war kalt. So schrecklich kalt. Und die Dunkelheit, sie verfolgte mich, sodass ich froh war um den sicheren Anker, den mir die Arme boten.

Bastian, dachte ich und atmete leichter. Ich kannte diesen sicheren Halt. Diese Arme. Dieses tröstliche Schlagen seines Herzens an meiner Seite. Und diesen mir so vertrauten Duft. Dies alles weckte Bilder, die die Dunkelheit in mir vertrieben, ebenso wie die Kälte und die Angst.

Die wohlige Wärme drang endlich tiefer. Ein Seufzen kam über meine Lippen und ich versuchte, die Augen zu öffnen.

»Na also.« Bastian klang erleichtert und sein Griff um mich wurde fester. »Gott, Abby, mach das nie wieder!«, murrte er und küsste meine Schläfe.

Ich blinzelte. Verlor mich im dunkelsten Blau seiner Augen. »Hi.«

Sein Körper war warm und ich schmiegte mich unwillkürlich enger an ihn. Wieder spülten Erinnerungen über mich hinweg. Ich dachte an die Nacht, in der wir uns so nahe gewesen waren. An unsere Küsse und an die Zärtlichkeit. Auch jetzt fühlten sich seine

Hände auf meinem Bauch wunderbar an. Sie entzündeten einen lebenswichtigen Funken im eisigen Gefängnis, das mein Körper im Moment darstellte.

»Du hast mir einen wahnsinnigen Schrecken eingejagt«, gestand Bastian und strich mir zärtlich die Haare aus dem Gesicht. »Ich dachte, die Schatten hätten dich zerrissen.«

Das Lachen brannte mir heiser in der Kehle. »Hat sich auch so angefühlt«, bestätigte ich und ließ zu, dass er seine Lippen an meine Schläfen presste.

»Es war keine gute Idee, dich dort zu lassen. Ich … wollte dich nicht in Gefahr bringen.«

»Ich hab dir nicht wirklich eine Wahl gelassen.«

Ich schluckte. Bastian war mir so nahe. Ich konnte jede einzelne Wimper erkennen und seine Lippen waren nur wenige Zentimeter entfernt.

»Du hast mal gesagt, man hat immer eine Wahl – und hier habe ich falsch gewählt.« Bastian rückte ein Stück von mir ab und stützte seinen Kopf in die Hand. Er sah auf mich herab. »Ich hätte es wissen müssen. Es war … fahrlässig von mir.«

Ich drehte mich behutsam zu ihm um. Erst jetzt wurde mir sein Schenkel bewusst, der über meinen Beinen lag. Mir stieg das Blut in die Wangen und auch Bastian rückte leicht verlegen etwas von mir ab.

»Du bist eisig«, erklärte er die intime Nähe und zuckte mit den Schultern. »Ich wollte dich nur wärmen.«

Mein Lachen ging in ein Zähneklappern über. Offenbar nahmen meine Muskeln ihren Dienst wieder auf, denn ein Zittern durchfuhr mich, ehe ich regelrecht anfing zu schlottern. »D…d…danke«, presste ich heraus und schlang die Arme um mich.

»Na komm.« Bastian setzte sich auf und zog mich an seine Brust, immer darauf bedacht, dass die Decke mir auch ja bis unters Kinn reichte. »Wärmen wir dich mal auf.« Er rieb mir über die Arme, bis tatsächlich wieder Gefühl in meine Fingerspitzen gelangte, und sein heißer Atem an meinem Hals fühlte sich einfach wunderbar an. Ich hätte mich gerne an ihn gedrückt, um seine weichen Lippen auf meiner Haut zu spüren.

Ich war erleichtert, dass er bei mir war. Erleichtert, auch wenn ich wusste, dass wir noch einiges zu klären haben würden. Die jetzige Situation war eine Schonfrist. Und ich war gewillt, sie bis zur letzten Sekunde auszunutzen.

⌘

Bastian fiel es schwer, auf etwas anderes zu achten, als auf das leichte Pulsieren von Purpur in Abbys Webengeflecht. Zarte Schlieren wuchsen in seine Richtung und je länger er Abby hielt, umso deutlicher wurde die rote Farbe. Sie erwuchsen aus aquamarinfarbenen Erinnerungen. Bastian verkniff sich ein glückliches Seufzen. Er durfte sich davon nicht beeinflussen lassen. Er musste bei der Sache bleiben. Es ging um sein Erbe. Um die Ringe. Um das Wohlergehen der Menschen. So eine kleine Herzwebe, die dabei war, in seine Richtung zu wachsen, hatte dagegen kaum Bedeutung. Es hatte keine Bedeutung!

Er legte die Arme von hinten um Abby und hielt sie fest. Ihr Schlottern wich einem Zittern, ihr Zähneklappern einem stummen Bibbern. Matt lehnte ihr Kopf an seiner Brust und er wünschte, sie könnten für immer einfach so hier liegen. Sich einfach nur nahe sein. Einfach nur …

»Wo sind denn eigentlich alle?«, riss ihn Abby mit schwacher

Stimme aus seinen Träumereien. »Ist niemand hier?« Sie drehte sich leicht zur Seite und sah ihn über die Schulter hinweg an. »Wo ist Tristan? Wo … Skye?«

Bastian sah, wie sich das Rot ihrer Weben veränderte. Eifersucht? Zuneigung? Was war es, was da waberte? Und wem galten diese Gefühle?

Mit einem Fluch auf den Lippen schob Bastian sich hinter Abby hervor und stieg aus dem Bett. Dann zückte er sein Handy und las eine Nachricht, die Owen vor Stunden geschickt hatte, und für die ihm bisher die Zeit gefehlt hatte.

»Sie sind in Caerhay Court«, informierte er Abby und rieb sich nachdenklich den Nacken. Er hatte wirklich gehofft, Owen hier anzutreffen. »Skye geht es schlechter.« Sein Blick glitt zu Abby. Widerstreitende Gefühle kämpften in ihm, wenn er sie so verletzlich in seinem Bett sitzen sah. »Sie braucht ihren Ring – und zwar bald.«

Er wandte sich ab und fuhr sich unruhig durchs Haar. Er musste seine Gefühle im Zaum halten. Es war einfach falsch, in so einem Moment daran zu denken, dieses lilahaarige Mädchen zu küssen. Es war dumm, nur daran zu denken, wie es wäre, wenn ihre Herzwebe wirklich und für ihn wachsen würde. Es war menschlich, das für wichtig zu halten. Aber er war mehr als nur ein Mensch.

Er trat ans Fenster und sah hinaus. Ein weiterer Tag war verstrichen. Ein weiterer Tag der wenigen Zeit, die ihm und Skye blieben.

Er ballte die Fäuste und das letzte Licht des Tages verglühte hinter der gläsernen Spitze des Shard-Gebäudes auf der anderen Seite der Themse. Dort, hinter der Tower Bridge, ein paar Schattensprünge weiter im Westen und noch etliches weiter war Skye in Not. Seinetwegen. Und wegen der Diebin, die ihm mehr bedeutete, als gut für ihn war.

Bastian zwang sich, sich daran zu erinnern, dass er ein Schattenspringer und Ringhüter war. Er durfte sich nicht von Gefühlen und Sehnsüchten leiten lassen. Er musste zuallererst seine Pflicht erfüllen. Und dafür musste er sein Herz jetzt verschließen. Er durfte Abby nicht vertrauen.

Er spürte ihre Bewegung hinter sich. Hörte das Rascheln seiner Bettdecke und ihre leisen Schritte, die näher kamen. Dann legte sie ihm die Hand auf die Schulter. Sie ließ sie nach vorne über seine Brust wandern und schmiegte dabei ihren Körper an seinen Rücken.

»Skye braucht ihren Ring, Abby«, sagte er so leise, dass er nicht sicher war, ob sie ihn hörte. Sie neigte ihren Kopf an seine Schulter und er sah ihr Spiegelbild in der Scheibe. Sie sah unglücklich aus. Verletzt und verloren.

Langsam drehte er sich zu ihr um und blickte in ihre dunkel geschminkten Augen. Das Wüten in ihm war still. Befriedigt von Gwynneds Hass. Und doch sehnte er sich nach mehr. Es war ein menschliches Sehnen. Ein Gefühl der Schwäche. »Du musst ihn mir zurückgeben, Abby, ehe etwas Furchtbares passiert.«

⌘

Da stand er, am Fenster, in seiner Zerrissenheit. Ich erkannte dieses Gefühl, denn es war mein ständiger Begleiter. Und deshalb kämpfte ich mich aus dem Bett. Ich wickelte mich in die Decke und ging zu ihm. Seine starken Schultern waren leicht nach vorne gesackt, als würde er eine schwere Last tragen. Fast, als wäre er verwundet. Wie von selbst berührte ich ihn, kuschelte mich an ihn und hoffte auf Liebe und Vergebung, auch wenn mein Herz noch immer zwischen zwei Tremblays schwebte. Ich wusste, die Gefühle für Bastian waren echt. Und ich wollte sie zurück. Ich zitterte, als er sich zu mir umdrehte. Als er mich ansah, mit diesem unfassbar bedauernden Blick, der mir Angst machte. Bedauerte er, mich bei sich zu haben? Mich je geküsst zu haben? Oder bedauerte er …

»Du musst ihn mir zurückgeben, Abby, ehe etwas Furchtbares passiert.«

Ehe etwas Furchtbares passiert – das war es doch längst. Ich stellte mich auf Zehenspitzen und schlang die Arme um seinen Nacken. Die Bettdecke glitt zu Boden und ich drängte mich an ihn. Dann berührten sich unsere Lippen.

Ich spürte seine Zerrissenheit. Spürte seinen inneren Kampf. Er küsste mich hart, als würde er mich – oder auch sich selbst – bestrafen, und zugleich hielt er mich so fest an sich gepresst, als wollte er mich nie wieder loslassen. Seine Zunge schmiegte sich an meine, eroberte meinen Mund. Seine Hände wanderten unter mein Shirt, umfassten meine Taille und glitten dann meine Wirbelsäule hinauf. Die Hitze, die mich diesmal erfasste, war nicht bedrohlich, sondern wunderschön. Ich grub meine Finger in die Strähnen in seinem Nacken und genoss das seidige Gefühl seiner dunklen Haare. Ihm endlich wieder nahe zu sein, war berauschend. Ich hatte ihn so vermisst. Hatte mich so danach gesehnt, ihn wieder in meinem Herzen zu spüren. Die Gefühle, die gerade in mir heranwuchsen, waren unverfälscht und stark. Und kostbar. Und sie waren sicher, zumindest im Moment, denn der Herzring war fort.

Als würde Bastian meine Gedanken lesen, veränderte sich sein stürmischer Kuss. Er wurde zärtlicher, tiefer und hatte den leichten Beiklang von Bedauern.

»Was ist?«, wisperte ich, als er seine Lippen von meinen löste und seine Stirn gegen meine sinken ließ.

»Wir können das hier nicht tun.« Bastian rieb sich über den Nacken und gab mich frei. Seine Gesichtszüge wurden härter und er vermied es, mich direkt anzusehen. »Ich habe dich nicht aufgespürt, nur um –«

»Um bei mir zu sein?«, fragte ich traurig und ließ die Arme sinken.

Bastians Kiefer zuckte. »Es geht hier um mehr als das – und das weißt du.«

Ich ging auf Distanz und sah ihn verwirrt an. »Ich weiß überhaupt nichts mehr!«, gab ich leise zurück und ging um den Schreibtisch herum. »Und weißt du, warum?« Ich wartete nicht, ob er eine Antwort darauf hatte. »Weil du mir alle fünf Minuten was anderes sagst!« Ich wurde lauter. »Weil du mir sagst, du traust mir nicht – und mich dann wieder küsst. Weil du mich für die Ursache dieses ganzen Chaos hältst – und mich dann wieder an dich ziehst und mich hältst und …« Ich schüttelte den Kopf, weil ich das alles nicht verstehen konnte. »Du rettest mich vor der Hitze, vor dem Nichts, vor der Kälte, küsst mich und denkst doch nur an deine Pflicht. Wie kann ein Mensch so sein?«, fragte ich herausfordernd und stemmte die Hände auf die Tischplatte. »Wie kannst du erwarten, dass ich da noch weiß, um was es dir eigentlich geht?«

Bastian nickte. Er hob den Kopf, sein verzweifelter Blick traf meinen. »Du willst wissen, wie ein Mensch so sein kann?« Seine Stimme war leise. »Ich bin kein Mensch, Abby. Ich hätte dich nicht vor der Hitze, der Kälte und dem Nichts retten können, wäre ich ein Mensch. Dann wäre dich zu lieben oder zu küssen vielleicht wirklich das einzig Wichtige. Dann könnte ich meinen Gefühlen für dich freien Lauf lassen und einfach sehen, was passiert, wenn ich dich an mich ziehe, und …« Er schüttelte den Kopf und fuhr sich durchs Haar. »Aber ich bin kein Mensch. Ich trage nun mal Verantwortung. Und du hast es mir durch deine Taten ziemlich schwer gemacht, dieser Verantwortung gerecht zu werden.« Er kam mir hinterher und ich war froh um den Tisch zwischen uns, denn auch wenn er nicht gerade wütend aussah, die Entschlossenheit in seinen Zügen war beängstigend. »Was immer mit dir heute geschehen ist – es war gefährlich und übernatürlich. Ich bin kein einfacher Mensch mit einfachen Gefühlen, Abby … Aber du bist das auch nicht.« Er schüttelte den Kopf. »Was immer du bist … du arbeitest gegen mich. Und das hat nun ein Ende.« Er wandte sich ab und nahm einen Schatten ans andere Ende des Zimmers.

Die plötzliche Distanz verursachte mir eine Gänsehaut und ich rieb mir die Arme, während ich ihm zusah, wie er aus einem Schrank zwei Gläser und eine Flasche Wasser nahm. Er goss die Gläser ein und stellte beide auf den flachen Tisch vor der Couch.

»Was meinst du damit?«, fragte ich, da er keine Anstalten machte, weiterzureden.

Er trank einen Schluck. »Owen wird uns hoffentlich sagen können, was mit dir los ist«, antwortete er knapp und setzte sich aufs Sofa. »Gleich morgen früh gehen wir nach Caerhay Court.« Sein Blick duldete keinen Widerspruch. »Dann wird sich zeigen, wo der Herzring ist.«

Ich umrundete den Schreibtisch.

»Was meinst du damit? Ich habe dir gesagt, dass ich nicht weiß, wo der Herzring ist.«

An seinem Blick, der mehr meine unmittelbare Umgebung statt mich selbst streifte, erkannte ich, dass er den Wahrheitsgehalt meiner Worte in meinem Webengeflecht überprüfte. Er suchte nach den schwarzen Weben einer Lüge.

»Das hast du gesagt«, stimmte er mir nüchtern zu und reichte mir das zweite Glas. Als ich es nahm, berührten sich unsere Fingerspitzen und sein Kiefer zuckte. »Aber ich glaube es erst, wenn Owen es mir bestätigt.«

»Was?« Ich zuckte zusammen, sodass etwas Wasser auf den Boden schwappte.

Bastian packte meine Hand und hielt mich fest. Das Blau seiner Augen war so unergründlich wie ein zugefrorener See. »Mach es mir nicht schwerer, als es ist«, bat er, auch wenn ich eher den Eindruck hatte, dass dies ein Befehl war.

»Ich habe dir schon tausend Mal gesagt, dass ich nicht will, dass Owen –«

»*Ich* kann nicht bekommen, was ich will«, sagte er und sein Blick heftete sich auf meine Lippen. »Und *du* kannst nicht haben, was du willst. Das ist der Preis für die Fehler, die wir gemacht haben.«

»Das wagst du nicht!«, fauchte ich und entriss ihm meine Hand. »Owen wird seine schmierigen Finger von mir lassen!«

Bastians Blick blieb unnachgiebig und er deutete aufs Bett. »Ruh dich aus. Wir brechen gleich am Morgen auf.«

»Hörst du nicht, was ich sage, Bastian?!«, schrie ich und feuerte das Wasserglas durchs Zimmer. Es zerschlug an der Wand und tausend Scherben fielen klirrend zu Boden. Wasser lief an der Wand hinunter und rann zwischen den Scherben hindurch. Wenn ich erwartet hatte, dass Bastian das beeindrucken würde, dann irrte ich mich. Er sah auf das Chaos hinunter, ohne erkennbare Reaktion. Das machte mich noch wütender. Wie konnte er so ruhig bleiben? »Owen wird mich nicht anfassen, hörst du?«

»Er war schon in deinen Erinnerungen – du wirst es auch ein zweites Mal überleben.«

Ich ballte die Fäuste. »Ist dir das wirklich egal?«, schrie ich frustriert. »Er wird alles sehen, was zwischen uns war. Jeden Kuss, jeden Moment, in dem wir uns nahe waren!«

Bastian schüttelte den Kopf. »Das sind nicht die Dinge, die ihn interessieren. Er will nur den Ring finden – genau wie ich.«

»Aber ich weiß verdammt noch mal nicht, wo der beschissene Ring ist! Ich habe dir gesagt, dass ich ihn im Teddy versteckt hatte. Ich habe dir gesagt, dass ich gerade dabei war, ihn zu holen, um ihn euch zurückzugeben, als du mich bei Florence gefunden hast. Ich wollte ihn dir zurückgeben, weil …«

»Weil?« Sein Blick war spöttisch, als glaubte er mir nicht.

»Weil ich …« Ich knetete meine Finger. »Weil ich meinem Dad nicht mehr traue. Ich glaube, dass er … mich angelogen hat. Mich … getäuscht hat.«

»Inwiefern?« Bastian setzte sich aufrecht hin und deutete auf den Platz neben sich. »Inwiefern hat er gelogen?«, wiederholte er drängend.

Zögernd kam ich seiner Aufforderung nach und mit einem letzten Blick auf die Scherben, die mir vorkamen wie der Scherbenhaufen meines Lebens, setzte ich mich.

»Wie hat Jack dich getäuscht?«, fragte Bastian und sah auf die Uhr. »Und wo zum Teufel steckt er? Die Nacht wird lang, wenn du mir nicht endlich die Wahrheit sagst.«

»Wirst du mir denn glauben, wenn ich dir die Wahrheit sage?«

Bastian neigte den Kopf. »Das kommt wohl darauf an, wie überzeugend du bist.«

Er betrachtete die Weben um mich herum. Ich wusste, was er tat.

Er hielt Ausschau nach Lügen. Wütend darüber, dass er eine solche Macht besaß, funkelte ich ihn an.

»Ich hasse dich!«, stieß ich hervor und Bastian schmunzelte.

»Das kannst du besser«, raunte er und sah mir in die Augen. »Versuchs noch mal – diesmal ohne Lügen.«

Zwischen Orchideen

Caerhay Court war schlichtweg beeindruckend. Ich fühlte mich winzig und unbedeutend, als Bastian mit mir aus dem Schatten trat und mich die lange Einfahrt hinaufführte. Die gelbgoldene Fassade strahlte im Licht der Morgensonne und der Nebel auf den Koppeln löste sich in der ersten Wärme des neuen Tages in dampfenden Schwaden langsam auf. Das Wiehern eines Pferdes ließ einige Vögel aus den Baumkronen über uns aufstieben.

Als hätte Bastian Angst, ich würde ebenfalls davonfliegen, umfasste er meinen Arm fester und führte mich entschlossen weiter.

»Ich habe gesagt, du sollst mich loslassen!«, herrschte ich ihn an, wie schon zuvor in seinem Zimmer, als er mich gegen meinen Willen durch die Schatten hierher entführt hatte.

Er lächelte.

Verflucht, er lächelte! Obwohl ich wütend auf ihn war. Und er sah dabei einfach umwerfend aus – dieser Arsch! Ich riss an meiner Hand, aber er ließ sich einfach nicht abschütteln.

»Bastian!«, fauchte ich und stemmte die Fersen in den Kies. »Ich will das nicht!«

»Du wirst es überleben«, gab er unbeeindruckt zurück. »Und wenn du nicht willst, dass ich dich mir wie einen Sack über die Schulter werfe, dann gehst du jetzt weiter.«

»Das traust du dich nicht!«, drohte ich und schlug nach ihm, wobei mir zugleich das Herz in die Hose rutschte, denn der Blick, den er mir zuwarf, zeigte deutlich, dass er das sehr wohl ernst meinte.

»Geh schon.«

Ich wollte nicht in dieses Haus. Wollte nicht, dass Owen Kingsley meine Erinnerungen durchsuchte. Ich wollte, dass Bastian mir vertraute, denn ich hatte ihm alles erzählt. Die ganze Wahrheit. Von Dad, dem Schmied, von meinem Ausflug in die Sakristei. Ich hatte nichts ausgelassen. Warum vertraute er mir immer noch nicht?

Geknickt gab ich nach und folgte ihm, wenn auch widerstrebend, zum Herrenhaus. Aus den Stallungen, an denen wir vorbeikamen, roch es nach Pferd und entferntes Hufgetrappel veranlasste Bastian, stehen zu bleiben.

»Was ist?«, fragte ich und riss noch einmal probehalber an meinem Arm.

»Da kommt Vic«, klärte er mich auf und deutete auf die Hügelkuppe vor uns, auf der auch die wunderschöne Orangerie thronte. Die großen Glasflächen reflektierten das Morgenlicht und der viktorianisch anmutende Bau funkelte wie ein Diamant. Daneben die dunkle Silhouette einer Reiterin.

Wieder zog ich an meinem Arm, damit Bastian mich losließ. »Gott, bitte, können wir nicht einfach …«

Er wehrte meinen Befreiungsversuch ab und drehte mir den Arm auf den Rücken. Ich stolperte gegen seine Brust und er umfasste mein Kinn, damit ich seinem Blick nicht ausweichen konnte.

»Was jetzt geschehen wird, ist deine eigene Schuld, Abby. Du hast Tristan den Ring gestohlen und uns damit alle in Gefahr gebracht.«

Ich hasste es, dass es mir selbst in so einer Situation auffiel, wie gut sich sein Körper an meinem anfühlte. Wie wunderschön das Blau seiner Augen war, wenn sich die Sonne so darin brach. Ich hasste meine Schwäche für ihn, obwohl er so nüchtern sein konnte.

»Du hast gesagt, alles wäre einfacher, wenn du ein Mensch wärst – ohne Verpflichtungen deines Rings«, flüsterte ich traurig und mein Herz brach, weil er mir so nah und zugleich so fern war. »Wäre es wirklich so schlimm, wenn …«

»Wenn was?« Sein Blick wurde kalt wie das Polarmeer und ich fragte mich, ob ich mir die Momente der Sorge und Zuneigung gestern nur eingebildet hatte.

Tränen brannten hinter meinen Lidern, denn es tat so weh, dass ich ihm zwar nah war, er mir innerlich aber nie weiter entfernt vorgekommen war.

»Ich meine … wäre es wirklich so schlimm, diese Verantwortung abzugeben? Sie … zu verlieren, falls mein Dad die Ringe einschmelzen sollte?«

Bastian erstarrte. Obwohl Vic gerade neben uns ihr Pferd zum Stehen brachte, schenkte er ihr keine Beachtung, sondern starrte mich ungläubig an.

»Was sagst du da?« Seine Stimme bebte und purpurne Weben überzogen seine Haut. Sein innerer Aufruhr schwächte seine Selbstbeherrschung.

»Ich würde dich hier nicht mehr willkommen heißen, Bastian. Nach allem, was du getan hast. Du hast Glück, dass Owen gesagt hat, du würdest uns Skyes Ring bringen.« Vic schob Bastian mit ihrer Reitgerte ein Stück von mir weg.

Fast war ich froh, dass Victoria hier war. Ihr wie gewöhnlich kalter Blick wirkte im Vergleich zu Bastians eisigem Schweigen wie ein prasselndes Kaminfeuer.

»Keine Minute zu früh, wenn ich das sagen darf – Skye braucht dringend die Kraft des Rings«, fuhr sie fort. Dann bemerkte sie Bastians verändertes Äußeres und hob eine Augenbraue. »Wollt ihr mir sagen, was hier los ist? Bastian?«

Er schwieg. Starrte mich nur erschüttert an und rang mit seiner Selbstbeherrschung. Schließlich atmete er tief durch und wandte sich an Vic. »Wo steckt Owen? Wir brauchen ihn, wenn …« Sein Blick streifte mich misstrauisch, »… wenn wir den Ring finden wollen.«

Victoria wurde blass. Ihr Griff um die Gerte wurde fester und sie kam, ihr tänzelndes Pferd am Zügel, näher. »Was soll das heißen? Habt ihr den Ring nicht mitgebacht?«

Selbst das Tier spürte die Anspannung, die in der Luft lag. Unruhig scharrte es mit dem Huf.

»Nein«, presste er heraus. »Der Ring ist weg. Und … irgendetwas stimmt mit Abby nicht. Sie –«

»Etwas *stimmt mit ihr* nicht?«, fauchte Victoria und als das Pferd erschrocken zuckte, riss sie es hart am Zügel zurück. »Natürlich stimmt etwas mit ihr nicht! Sie ist eine verfluchte Diebin! Und du bringst sie schon zum zweiten Mal ungebeten hierher!«

Bastian winkte ab. »Etwas stimmt nicht mit der Macht, die sie in sich trägt«, verbesserte Bastian Vic und wandte sich zum Haus. »Also, wo ist Owen?«

Vic schüttelte den Kopf. Ihre Lippen waren zu einer schmalen Linie zusammengepresst und sie schlug unruhig mit der Gerte gegen den Reitstiefel. »Sie sind alle in der Orangerie«, sagte sie und nickte mit dem Kinn den Hügel hinauf. »Skye geht es nicht gut. Zwischen ihren Orchideen ist der einzige Ort, an dem sie etwas Frieden findet.« Vics vorwurfsvoller Blick heftete sich auf mich, und ich bekam eine Gänsehaut. »Ihr läuft die Zeit davon.«

Bastian nickte. Dann griff er nach meiner Hand. Seine Finger waren von Herzweben überzogen und auch im Blau seiner Augen schimmerte es schon übernatürlich purpurn. Er kämpfte um Kontrolle, das war nicht zu übersehen. »Uns allen läuft die Zeit davon, denn offenbar will Jack Woods unsere Ringe einschmelzen.«

»Einschmelzen?« Vic starrte mich an und ich wand mich unter ihrem Blick.

»Er will die Ringe zerstören«, gestand ich leise und fühlte mich schuldig. »Aber er hat keine bösen Absichten«, schob ich hinterher. »Es ist einfach nicht richtig, dass jemand so eine Macht besitzt. Über Liebe, die Seele anderer oder ihre Erinnerungen. Er ist keiner von den Bösen – habe ich zumindest geglaubt.«

Bastian stieß einen Fluch aus und schob mich vor sich her. »Verdammt, Abby!« Er zog mich in einen Schatten und nur seine Gedanken hallten in der Dunkelheit umher. »Du stürzt tatsächlich die Welt ins Chaos!«

⌘

Als Bastian mit Abby aus dem Schatten sprang, traf ihn die Schwüle im Inneren der Orangerie wie ein Hammerschlag. Es schien, als wäre die Luft zu schwer, um den Weg in seine Lunge zu finden. So feucht, als würde er versuchen, unter Wasser zu atmen.

Auch Abby schnappte überrascht nach Luft und sah sich mit großen Augen um. Vermutlich hatte der dichte Dschungel an Tropenpflanzen auf sie eine ähnliche Wirkung wie auf ihn bei seinem ersten Besuch. Handtellergroße Schmetterlinge bildeten bunte Farbtupfer im ansonsten vorherrschenden Grün der deckenhohen exotischen Pflanzen. Feiner Sprühnebel schlug ihnen entgegen und verstärkte noch den Eindruck, zur Regenzeit durch einen Dschungel zu gehen.

»Komm«, sagte er zu Abby und führte sie weiter.

»Wo sind wir hier?« Sie hob die Hand, um die Blätter aus dem Weg zu schieben, ehe sie sich darunter hindurchduckte.

»Das ist Skyes Orangerie.« Trotz der tropischen Temperatur rann Bastian ein Schauer über den Rücken, als er an seinen letzten Besuch dachte. Er sah noch immer den Schmetterling vor sich, zuckend auf die Nadel gepinnt. »Sie kann hier wenig Schaden anrichten«, erklärte er. Er hätte »keinen Schaden« sagen können, doch das wäre gelogen gewesen.

»Ich höre sie«, flüsterte Abby und Bastian nickte. Auch er machte Stimmen zwischen den Pflanzen aus, obwohl das Plätschern eines künstlichen Bachlaufs sie beinahe überdeckte.

Sie gingen weiter und als Bastian einen zartgrünen Blättervorhang anhob, sah er sie. Die Hüterin des Herzrings trug ein cremefarbenes Nachthemd mit langen, luftigen Ärmeln und wie schon beim letzten Mal keine Schuhe. Ihre bloßen Füße waren erdig, genau wie der Saum des bodenlangen Nachthemds. Ihr blondes Haar trug sie offen und ein orangefarbener Schmetterling saß auf ihrer Schulter. Sie lachte und drehte sich im Kreis, als streckte auch sie die Flügel aus.

»Ist das nicht ein wunderbarer Tag?«, hörte Bastian sie schwärmen. »So viele Gäste in meinem Reich. Dabei …« Skye hielt sich die Hand vor den Mund und kicherte, »… dabei soll ich keinen Besuch bekommen.« Sie tanzte zu Tristan hinüber und Bastian merkte, dass Abby sich verkrampfte. War Tristans Anblick daran schuld oder der von Owen? Skye tanzte nämlich gerade von Tristan direkt in Owens Richtung. Sie verwob ihre Finger mit seinen und reckte ihre ineinander verschlungene Faust zur Decke. »Du bist der Beste, Owen«, seufzte sie und drängte sich an ihn. »Dein Ring ist hier. So nah. So heilend.« Dunkle Weben überzogen ihr Gesicht und ihre

Augen verloren jede Menschlichkeit. »Oh, Owen«, stöhnte sie und klammerte sich an ihn. »Wenn ich ihn nur einen Moment haben könnte. Dann …«

Rayne, die sich bisher außerhalb von Bastians Sichtfeld befunden hatte, ging auf ihre Schwester zu. »Skye«, redete sie beruhigend auf sie ein. »Na komm. Deine Orchideen brauchen Zuwendung. Was hältst du davon, wenn ich dir helfe, Erde in den Topf zu füllen und …« Sie löste die Hand ihrer Schwester von Owen und führte sie mit leichtem Druck etwas abseits. Dort stand ein Pflanztisch mit bunten Töpfen und Säcken mit passender Erde.

»Die Orchideen?« Skye rieb sich verwirrt die Schläfen, dabei hinterließ sie etwas Schmutz auf ihrer Wange.

»Oder die Callas«, schlug Rayne vor. »Was dir lieber ist. Du entscheidest.«

Skye nickte. »Ich entscheide. Ich entscheide. Denn ich … bin die Erstgeborene, richtig?« Sie packte Rayne an den Schultern und sah ihr in die Augen. »Ich bin die Hüterin, richtig?«

»Richtig. Du bist die Hüterin. Du hütest diese Pflanzen.« Sie küsste Skye auf den Handrücken und lächelte sie an. Es war offensichtlich, wie schwer ihr das fiel. »Du musst die Pflanzen behüten, Skye. Niemand sonst kann das.« Sie strich ihr über den Handrücken, wieder und wieder, doch die dunklen Weben wollten nicht zurück unter die Oberfläche verschwinden. Purpurn wie Wein wanden sie sich unter Skyes Haut und überzogen ihr wunderschönes Gesicht mit einem hässlichen Netz aus Schmerz.

»Ich hüte die Pflanzen«, stimmte Skye tonlos zu und wandte sich zum Pflanztisch um. Ohne zu zögern grub sie die Hände in den Sack mit Erde und ein erleichtertes Stöhnen entwich ihrer Kehle. Dann drehte sie sich ruckartig um und starrte durch das dichte Blattwerk hindurch genau in Bastians Richtung. Er dachte, Skye hätte sie gesehen. Abby hielt den Atem an.

»Erst kümmern wir uns um die Pflanzen«, hörte er Skye sagen, während ihr Blick noch immer genau in ihre Richtung ging. »Und dann ...« Die Weben unter ihrer Haut wurden stärker, wölbten sich regelrecht hervor. »... und dann hole ich mir diese Herzweben.« Ihr Lachen war mit einem Mal so hell wie die Morgensonne und ihr Nachthemd blähte sich um ihre Beine, als sie sich schwungvoll drehte und sich wieder dem Blumentopf vor sich widmete.

»Was meint sie?«, fragte Abby leise neben ihm und Bastian verstärkte wie von selbst seinen Griff um ihren Arm.

»Sie hat deine Weben registriert«, murmelte er und führte sie in einem Bogen, der vom Pflanztisch wegführte, in Owens Richtung.

»Und was bedeutet das? Will sie über mich herfallen?«

Bastian brauchte ihr nicht zu sagen, dass sie damit genau ins Schwarze traf. »Es macht es ihr noch schwerer, die Kontrolle über das Wüten in sich zu bewahren, wenn das, was sie so sehr braucht, nur wenige Meter entfernt ist.« Bastian sah Abby in die Augen. »Ich hab dir ja gesagt, Ringhüter ohne Ring ... sind gefährlich. Sehr gefährlich.«

⌘

Ich schluckte. Bastians Worte und der wahnsinnige Blick von Skye ließen mich trotz der Schwüle hier drinnen frösteln. Und dabei fürchtete ich in diesem Moment Skye sehr viel weniger als Owen. Ich nahm an, dass Bastian seine Exfreundin davon abhalten würde, mir das Herz aus der Brust zu saugen, aber was Owen anging ... da sah das schon etwas anders aus.

»Ringhüter mit Ring sind genauso gefährlich«, antwortete ich deshalb trotzig, denn egal wie man es drehte und wendete, in dieser Hinsicht hatte mein Vater recht. Es war nicht richtig, dass überhaupt jemand so eine Macht besaß.

Vielleicht hatte ich einen Fehler gemacht, Dad zu vertrauen. Ihm den Seelenring zu übergeben. Aber wie die Ringhüter ihre Macht einsetzten, war auch nicht richtig.

Bastian schob mich vor sich her aus dem schützenden Blätterdickicht. Sein Griff an meinem Arm war eisern und zugleich hatte ich das Gefühl, dass er mir dadurch Sicherheit bieten wollte.

»Da seid ihr ja endlich!« Auch Owen schien meine Weben gespürt zu haben, denn er sprach uns an, noch ehe Bastian und ich aus dem Dickicht getreten waren. »Habt ihr Skyes Ring?« Er streckte uns die Hand entgegen und sah uns erwartungsvoll an.

Bastians Kiefer zuckte und sein Griff um mein Handgelenk wurde fester. »Der Herzring ist weg.«

Owen erstarrte bei diesen Worten, aber meine ganze Aufmerksamkeit galt Tristan, der ein Stück abseits stand.

Unsere Blicke trafen sich und mein manipuliertes Herz schlug schneller. Er sah umwerfend aus, wie er da zwischen den kelchförmigen Blüten einer Engelstrompete stand und die Schmetterlinge um ihn herumtanzten. Einzelne Sonnenstrahlen fanden den Weg durch das Blätterdach und ließen das strahlende Blau seiner Augen aufleuchten. Er lehnte lässig, beinahe arrogant an einem der kunstvoll geschmiedeten Pfeiler der Orangerie und die blonden Strähnen fielen ihm frech in die Stirn. Langsam hoben sich seine Mundwinkel und ich wusste genau, dass er an unseren Kuss dachte. Und daran, dass ich den Moment genutzt hatte, um ihm den Herzring zu stehlen. Mit einem verführerischen Zug um die Lippen stieß er sich vom Pfeiler ab und kam näher.

»Was ist los?«, fragte er, denn Bastian und Owen diskutierten bereits aufgeregt über meinen Vater und meine unverzeihliche Beteiligung an ihrem Unglück, so zumindest Owens Worte.

Tristan musterte mich noch immer. Sein Blick glitt über meine Weben und wanderte beinahe sinnlich weiter über meinen Körper bis zu meinem Handgelenk, das sein Bruder noch immer unnachgiebig umklammert hielt. Er hob kritisch die Augenbrauen, sagte aber nichts dazu.

Bastians Kiefer zuckte. Ihm entging der Blick seines Bruders nicht.

»Der Herzring ist weg. Abby behauptet, nicht zu wissen, wo er ist.« Bastian sah mich strafend an. »Ich glaube ihr nicht.«

»Du bist echt so ein Arsch!«, entfuhr es mir und ich wand mich in seinem Griff. »Ich habe dir die Wahrheit gesagt, aber du –«

»Jack scheint die Ringe einschmelzen zu wollen. Also haben wir keine Zeit zu verlieren«, unterbrach Bastian mich ungerührt und nickte Owen zu. »Ich will, dass du dich davon überzeugst, was wirklich mit dem Ring geschehen ist.«

»Fuck! Bastian!«, fauchte ich und riss mit aller Kraft an meinem Arm. »Ich will das nicht!«

»Könnt ihr vielleicht mal leise sein?!« Rayne kam mit in die Hüften gestützten Händen dazu und warf einen mahnenden Blick in die Runde. »Oder wollt ihr es Skye noch schwerer machen? Ich kann sie kaum bändigen, wenn hier so viele Herzweben herumwabern!« Ihr Blick wanderte von mir zu Bastian und weiter zu Tristan und ich fragte mich, was sie im Webengeflecht der Brüder sah. Was immer es war, es schien ihr nicht zu gefallen, denn sie kniff missbilligend die Lippen zusammen.

»Rayne hat recht. Das ist nicht der richtige Ort dafür«, stimmte Owen ihr zu und deutete durch die Scheiben nach draußen. Einen

Moment der Kälte und Dunkelheit später befanden wir alle uns auf dem Hügel vor der Orangerie. Der Lufthauch war eine wahre Wohltat nach der drückenden Schwüle, doch mir blieb kaum Zeit, Atem zu holen, da kam der Hüter des Erinnerungsrings auf mich zu und ohne ein weiteres Wort übergab Bastian mich an ihn.

Owens Berührung verursachte mir Schwindel und ich schlug reflexartig nach ihm. »Nein!«, kreischte ich und die Dunkelheit in mir wuchs an. Ich registrierte das Gold auf meiner Haut, doch es hatte bei Weitem nicht mehr die Kraft, die nötig gewesen wäre, mir Owen vom Leib zu halten. Ich riss mich los, aber Owen war schneller. Er packte meinen Arm, riss mich zu sich herum und als ich in sein bärtiges Gesicht sah, zogen blaue Weben wie Krampfadern über seine Haut. Angst packte mich, denn ich spürte seine Gier. Spürte, wie auch er von dem Wüten in sich beherrscht wurde. Und dieses Wüten wollte an meine Erinnerungen. Ich fühlte seine Hand in meinem Nacken. Haut auf Haut – und der Schwindel wurde stärker. Ich sah mich Hilfe suchend um. Bastian hatte den Blick gesenkt. Seine Lippen waren zu einer schmalen Linie zusammengepresst und ich wusste, von ihm war keine Hilfe zu erwarten. Der Schwindel riss an mir und als ich Tristan ansah, verschwamm mir sein Bild vor Augen. Dennoch erkannte ich Bedauern in seinem Blick. Und Mitgefühl. Und vielleicht so etwas wie Schuld.

»Nein«, japste ich. Dann erlosch die Welt um mich herum und ich sank Owen Kingsley in die Arme. Ich fühlte ihn in meinem Kopf.

Panik erfasste mich. Ich war hilflos, gefangen, unfähig ihn aufzuhalten, als er sich die Bilder in meinem Kopf vornahm. Ich spürte ihn. Sah, was er sah. Er blickte mir über die Schulter, bei allem, was ich in den letzten Stunden getan hatte. Er las das schöne Gefühl, als Bastian mich in seinem Bett gewärmt hatte. Er war dabei, als das eisige Nichts der Schatten mich in Stücke zerriss. Immer mehr Erinnerungen zogen vor meinem geistigen Auge vorbei und offenbarten sich Owen. Er grub tiefer und tiefer, sah mich über das Buch in der Sakristei gebeugt. Er erkannte die Wahrheit über den Schmied, über die gestohlene Fassung, und schon im nächsten Moment erlebte er mein Gespräch mit meinem Vater mit. Wie ein Pflug grub er jeden einzelnen Gedanken, jeden Moment dieser Erinnerungen um, um eine Wahrheit zutage zu fördern, die ich selbst vielleicht nicht einmal erkannte.

Ich wollte mich wehren, wollte meine Erinnerungen festhalten. Ich wollte ihnen folgen, wie ich es schon einmal getan hatte, doch die goldene Macht in mir war gezähmt. Sie schaffte es nicht, Owen zurückzudrängen. Und sie schaffte es nicht, das Tor zu seinem Kopf weiter als nur einen Spalt zu öffnen. Durch diesen Spalt sah ich meine Erinnerungen dahinziehen. Ich streckte mich nach ihnen aus, doch was ich zu fassen bekam, war etwas anderes.

War das Owen? Er war jung. Vielleicht dreizehn Jahre alt und er hielt einen Ring in Händen, er sah das Schmuckstück ehrfürchtig an. Ich kämpfte mich näher heran, wollte tiefer in Owens Kopf.

»Du wirst ihn hüten – mit deinem Leben, wie wir es immer getan haben, mein Sohn.«

Owen ließ die Hand mit dem Ring sinken und sah auf seinen sterbenden Vater hinunter. »Bitte, Vater. Du kannst mich nicht mit dieser Macht allein lassen. Ich kann sie nicht beherrschen. Ich will *sie nicht beherrschen!«*

»Sie zu beherrschen ist deine Pflicht und dein Erbe. Du hast die Schriften deiner Ahnen gelesen. Die Erinnerungen an das Amulett des

Todes, an die Ringe und das Vitalinaurum müssen aus den Köpfen aller Beteiligten für immer gelöscht werden. Nur dann ist die Menschheit sicher.« Ein hartes Husten ließ den kranken Mann sich aufbäumen. Als er wieder sprach, war seine Stimme gebrochen: »Tu deine Pflicht, Hüter des Erinnerungsrings.«

»Es ist nicht richtig, Vater.«

Mit unerwarteter Kraft packte der Sterbende die Hand seines Sohnes. »Es ist das einzig Richtige! Es muss getan werden! DU musst tun, was getan werden muss, um die Menschheit zu schützen. Immer wieder kam das Böse zu uns, wollte die Macht des Amuletts wiedererwecken, weil es uns nicht gelungen ist, alle Erinnerungen daran auszulöschen. Die Welt ist nicht sicher, solange dies so ist. Deine Vorfahren haben versagt – der Schmied ist damals entkommen. Er hat die Wahrheit verbreitet und wer weiß, vielleicht gab schon er der Versuchung nach, das Tor des Lichts zu öffnen. Vielleicht lag es immer in seinem Blut, diese Macht zu neuem Leben zu erwecken. Bei ihm haben wir versagt. Doch dass uns so etwas nicht noch einmal passiert, dafür wirst du nun Sorge tragen müssen. Das ist deine Pflicht. Dafür bist du geboren.«

Ich wollte mehr wissen, doch die Bilder aus meinem Kopf strömten so schnell an mir vorbei, dass alles andere in den Hintergrund geriet. Ich sah mich Tristan küssen, sah mich die gläserne Treppe durchschlagen und spürte den Schmerz, als ich aufschlug. Ich sah mich den Kater bei Florence im Garten streicheln, spürte das weiche Fell unter meinen Fingern. Dann die funkelnden Augen von Eddy Sparkle. Ich fühlte den Riss im Futter, den Ring, als ich ihn hineinsteckte und meine Angst, dass mein Dad ihn finden würde. Ich spürte wieder all die Zweifel an meiner Tat, die Angst vor den Konsequenzen.

Dann verblassten die Bilder in einem schwindelerregenden Strudel und es wurde schwarz um mich.

»Sie weiß wirklich nicht, wo der Ring ist«, hörte ich Owen sagen, als ich langsam zu mir kam.

In besten Händen

Margaret-Maud fröstelte. Der Morgennebel hing noch über dem See und das Schnattern der Gänse und Quaken der Frösche waren die einzigen Geräusche so früh am Morgen. Der Hyde Park erwachte eben erst zum Leben und nur gelegentlich kam ein Jogger vorbei. Die ersten Sonnenstrahlen vergoldeten die Wasseroberfläche und die Tautropfen auf den Blütenblättern funkelten wie Diamanten. Margaret rieb sich die Augen. Sie war müde und erschöpft, denn sie hatte die ganze Nacht keinen Schlaf gefunden. Zu sehr hatte die Frage sie gequält, was Jack Woods dem armen Schmied in der Lagerhalle angetan hatte. Zu sehr hatte die Vorstellung sie geängstigt, ein Mann wie Jack Woods könnte die Macht in Händen halten, die Konstantin so lange begehrt hatte.

Was, wenn Jack das Amulett vereinen würde, so wie sie es selbst immer gehofft hatte. Würde ein Mann wie er mit dieser gewaltigen Macht auch umgehen können?

Der kalte Schauer in ihrem Rücken verstärkte sich und sie zog sich die Ärmel ihres blassgelben, sommerlichen Trenchcoats bis über die Fingerspitzen. Dann nahm sie die Zeitung wieder auf und tat so, als würde sie lesen.

Sie hatte keine Ahnung, wann Jack vorbeikommen würde. Doch sie war früh aufgestanden, um ihn auf keinen Fall zu verpassen. Und wenn sie den ganzen Tag hier sitzen musste. Gestern hatte sie ihn aus den Augen verloren, nachdem er den Güterbahnhof verlassen hatte. Jemand hatte ihren Wagen aus der Lieferzone abschleppen lassen und so war ihr nichts anderes übrig geblieben, als darauf zu hoffen, sich ihm heute wieder an die Fersen heften zu können.

Margaret-Maud bog die obere Ecke der Zeitung etwas nach hinten, um besser sehen zu können. Der italienische Garten des Hyde Parks war kreuzförmig angelegt und leicht zu überblicken. Hier, an den Statuen der beiden wasserschöpfenden Nymphen, befand sich der Übergang zum See. Die riesige Amphore im See ließ Tag und Nacht Wasser über ihren Rand perlen und im noch tief stehenden Licht des Morgens bemalte ein glänzender Regenbogen die weißen Büsten.

Von ihrem Platz auf einer nahe gelegenen Parkbank hatte Margaret die kunstvollen Wasserspeier gut im Blick, ebenso wie die vier kleinen Seerosenteiche in der Mitte der Anlage. Sie sah eine ältere Dame kommen und am Wasserspiel verweilen. Sie streute Brotreste aus einer Papiertüte in den See und lockte damit die Enten. Ungeduldig sah Margaret auf die Uhr. Fast halb neun. Und noch keine Spur von Jack.

Die Frau mit dem Brot ging weiter und Margaret senkte die Zeitung ein wenig. Ihre Füße schliefen langsam ein und ihre Blase machte sich bemerkbar. Das hätte sie sich ja denken können. Seufzend wanderte ihr Blick zu dem Pappbecher mit dem letzten Rest Kaffee, den sie neben sich auf der Bank stehen hatte.

Doch das Drängen ihrer Blase trat in den Hintergrund, als sie eine Bewegung auf dem Weg rechts von ihrer Bank wahrnahm. Eine Frau mittleren Alters näherte sich. Sie trug einen knielangen Rock, eine modische Bluse und einen winzigen Hut mit Blüten auf der ordentlich gelegten Dauerwelle. Margaret-Maud erkannte die

Frau sofort. Es war noch nicht lange her, da hatte sie sie im Direktorat von Darkenhall begrüßt. Es war Abigail Woods' Pflegemutter.

Margaret zerdrückte beinahe das Zeitungspapier, so überrascht war sie, Florence zu sehen. Sie hätte schwören können, dass Abbys Pflegemutter keine Ahnung von all den übernatürlichen Dingen hatte, in die ihre Ziehtochter verstrickt war.

Doch ihr blieb keine Zeit, sich darüber zu wundern. Sie duckte sich hinter ihre Zeitung, denn schon kam Jack Woods den Weg aus Richtung der Peter-Pan-Statue herunter auf sie zu. Jack machte nicht den Eindruck, als hätte er etwas zu verbergen. Sein Gang war beinahe beschwingt und er hatte ein Lächeln auf den Lippen, als er Abbys Pflegemutter begrüßte.

Margaret spitzte angestrengt die Ohren, doch sie verstand kein Wort von dem, was die beiden sprachen. Das Plätschern des Wassers aus den römischen Amphoren übertönte das Gespräch und ausgerechnet jetzt knotete sich ein Jogger direkt neben Margaret den Schnürsenkel neu, während sich aus seinem Smartphone Adele die Seele aus dem Leib sang.

Margaret-Maud kniff verärgert die Lippen zusammen. Sie überlegte aufzustehen und ein Stück heranzugehen, doch die Einsehbarkeit des Gartens, die eben noch von Vorteil gewesen war, war nun ein Hindernis. Sie konnte sich Jack keinesfalls unbemerkt nähern.

Der Jogger richtete sich wieder auf und setzte seinen Weg fort. Margaret seufzte. Sie lugte über den Rand ihrer Tageszeitung und beobachtete das ungleiche Paar vor sich. Florence machte einen besorgten Eindruck. Sie zuckte immer wieder mit den Schultern, runzelte die Stirn und sah dabei so aus, als wüsste sie nicht einmal einen Teil der Antworten auf die Fragen, die Jack ihr zu stellen schien. Sie rieb sich die Stirn und zuckte erneut mit den Schultern. Jack dagegen wirkte alles andere als beunruhigt. Er legte Florence beschwichtigend die Hand auf den Arm und winkte ab, als wäre etwas ganz und gar unwichtig. Dann hielt er Florence die offene Handfläche hin und sie griff nickend in ihre Handtasche.

Eine junge Mutter mit Zigarette im Mundwinkel schob ihren Kinderwagen genau in diesem Moment in Margarets Blickfeld. Sie blieb stehen und ruckelte den Wagen mit dem heulenden Baby, um es zu beruhigen. Margaret-Maud ließ die Zeitung sinken. Gerade jetzt!

Sie erhob sich von der Parkbank und klemmte sich die Zeitung unter den Arm. Dann näherte sie sich Jack von hinten und tat dabei so, als bewundere sie die Seerosen im Wasserbecken. Sie schielte unauffällig über ihre Schulter und sah, wie Florence Jack etwas überreichte. Was immer es war, es war klein und es reflektierte die Sonnenstrahlen.

Margaret-Mauds Herz schlug schneller. Jack Woods hatte Konstantin den Seelenring entwendet. Er hatte eine Fassung aus einem magischen Metall geschmiedet und war dabei über Leichen gegangen. Und nun …

Er steckte den Gegenstand in seine Hosentasche und verabschiedete sich wenig später von Florence. Die stand noch immer etwas überfordert am Geländer des Sees und blickte übers Wasser. Jacks Schritte hingegen wurden schneller, je weiter er sich von Florence entfernte. Er hatte das Handy aus seiner Tasche geholt und tippte nun darauf herum. Er war so vertieft, dass er Margaret-Maud nicht einmal registrierte, als er sie versehentlich an der Schulter anrempelte.

»Mister Moran«, hörte sie ihn überschwänglich sagen. »Wir haben den zweiten Ring.«

Margaret sackte das Herz in die Hose. Konnte das sein? Sie sah dem Schmied nach, als er den Park zügig verließ. Sollte sie ihm nach? Sie drehte sich schon in die entsprechende Richtung, als sie von der Seite angesprochen wurde.

»Mrs Tremblay«, grüßte Florence und neigte leicht den Kopf mit dem Hütchen. »Wie schön, Sie hier zu treffen.«

Margaret zögerte. Noch immer sah sie Jack hinterher, der bereits den Park verließ – mit nunmehr schon zwei von drei Ringen, die Margaret-Maud benötigte, um ihren Lebenstraum zu verwirklichen.

»Mrs Tremblay?«, hakte Florence etwas unsicher nach und schenkte ihr ein scheues Lächeln.

»Guten Morgen«, wandte Margaret sich schließlich an sie – nicht bevor sie Jack ein letztes Mal hinterhergesehen hatte.

»Bitte entschuldigen Sie, dass ich Sie einfach so anspreche, aber …« Florence wirkte betroffen. »… aber ich frage mich zuletzt immer häufiger, ob Abigail …« Sie fasste sich verwirrt an die Hutkrempe. »Also, sie könnte mehr Schwierigkeiten haben, als mir bewusst war«, stammelte Florence. »Allerdings geht es mir gerade nicht so gut und ich erinnere mich nicht so richtig daran, ob … ob wir diese Dinge … bei der Aufnahme von Abigail angesprochen haben.«

Margaret-Maud runzelte die Stirn. Etwas stimmte hier nicht. »Sie wirken etwas durcheinander, wenn ich das sagen darf. Fehlt Ihnen etwas? Hat der Mann …« Margaret überlegte, ob sie es ansprechen sollte, dass Florence Jack getroffen hatte. »Hat der Mann eben Ihnen irgendetwas … getan?«

Florence hob überrascht die Augenbrauen. »Was? Jack? Nein. Alles bestens. Mir geht es … soweit gut. Es ist nur … irgendwie habe ich den Eindruck, dass …« Sie schüttelte erneut den Kopf. »Entschuldigen Sie, Mrs Tremblay. Ich wollte Sie nicht belästigen.«

»Unsinn!« Margaret griff Florence' Ellbogen und führte sie mit der ganzen Strenge, die sie als Schulleitung in all den Jahren perfektioniert hatte, zu einer der Parkbänke. »Jetzt setzen Sie sich erst einmal. Sie sind ja vollkommen verwirrt.«

Florence nickte beinahe dankbar. »Wenn Sie mir nur sagen könnten, ob Abigail sich gut eingelebt hat«, bat sie, nahm den Hut ab und rieb sich irritiert die Schläfen. »Ich habe, glaube ich, schon sehr lange nichts von ihr gehört.« Florence drehte den Kopf in die Richtung, in die Jack verschwunden war. Sie wusste, was mit Abbys Pflegemutter los war. Hier hatte jemand Hand angelegt. Die arme Frau war vollkommen verwirrt. Der Hüter des Erinnerungsrings musste ihre Erinnerungen ausgedünnt haben. Eine andere Erklärung gab es nicht.

»Wann haben Sie Abby denn zuletzt gesehen?«, fragte sie, um mehr herauszufinden.

Florence runzelte die Stirn. »Ich weiß es nicht, aber offenbar …« Sie wirkte sehr verlegen, »… hat sie erst kürzlich wieder etwas gestohlen. Ich habe etwas in ihrem Zimmer gefunden, als ich ihr Bett gemacht habe. Sie war gar nicht hier, aber es war trotzdem zerwühlt, als hätte jemand darin geschlafen. Dort war etwas versteckt. Ein Ring …«

Skyes Schmetterlinge

Als ich auf dem kalten Stein der Wasserbeckenumrandung zu mir kam, waren alle Augen auf mich gerichtet. Owen, Bastian, Tristan, Rayne und Victoria musterten mich. Und keiner wirkte freundlich.

»Der Ring ist weg?«, wiederholte Vic ungläubig Owens Feststellung.

»Hab ich euch doch gesagt!«, herrschte ich sie wütend an und rieb mir übers Gesicht, während ich mich langsam aufsetzte. »Ich habe euch gesagt, dass ich nicht weiß, wo er ist oder wer ihn haben könnte.«

»Jemand muss dir gefolgt sein«, warf Tristan ein. »Als du mir den Ring abgenommen hast, muss dir jemand gefolgt sein. Jemand, der dann den Ring gestohlen hat.«

»Für mich gibt es nicht viele Verdächtige«, überlegte Owen. »Von dem Ring wissen nur wir, Margaret-Maud und ihr Freund Cross, der jedoch nach Jacks Angriff noch nicht in der Lage sein dürfte, das Bett zu verlassen.«

»Weder Cross noch Margaret-Maud konnten wissen, dass der Herzring in unserem oder Abbys Besitz ist«, widersprach Bastian nachdenklich.

»Abby hat den Ring für ihren Vater gestohlen«, gab Owen preis, was er in meinem Kopf gesehen hatte. »*Er* wusste, dass sie den Ring besorgen würde.«

»Aber er hatte keinen Grund, ihn sich zu nehmen!« Ich war sauer, dass es für Owen nur einen Schuldigen geben konnte. »Dad hat nicht gewusst, dass ich ihm misstraue. Er konnte nicht wissen, dass ich zögern würde, ihm den Ring zu übergeben.« Um den vorwurfsvollen Blicken auszuweichen, tauchte ich meine Hände ins Wasserbecken hinter mir. »Also hatte er auch keinen Grund mir zu folgen.«

Bastian schüttelte leicht den Kopf, als könne er mich wirklich nicht verstehen. Das machte mich wütend und ich stand auf. Hier wie ein Verbrecher auf der Anklagebank zu sitzen, hielt ich keine Sekunde länger aus.

»Ich weiß, dass ihr alle zu Recht sauer auf mich seid«, gestand ich und wischte mir die Hände an der Jeans ab. »Aber mal im Ernst, was ihr mit den Ringen und eurer Macht anstellt, ist nicht richtig.« Ich sah erst Bastian an, dann Tristan und zuletzt Owen. »Ihr habt mir Teile meiner Seele genommen, mein Herz manipuliert, die Erinnerungen meiner Pflegemutter ausgelöscht und in meinen herumgeschnüffelt – und das alles gegen meinen Willen.« Ich war laut geworden. »Und dann wundert ihr euch, dass ich mir das nicht einfach gefallen lasse? Dass es mir richtig erschienen ist, als mein Dad mir versichert hat, dass es das Allerbeste wäre, die Ringe für immer zu zerstören?« Ich ballte die Fäuste, denn ich war es langsam gehörig leid, immer die Schuldige zu sein. So war es mein ganzes Leben lang gewesen. Immer trug ich die Schuld, dabei ließ man mir gar keine andere Wahl.

»Wenn wir nicht bald den Herzring zurückbekommen oder dein Vater ihn zerstört, dann wird Skye sterben!«, rief Rayne. Daran musste sie mich nicht erinnern. Trotzdem packte sie mich am Arm und zerrte mich durch die Glastür zurück in die Orangerie. »Sieh sie dir an. Sieh, was aus ihr wird, wenn –«

»Rayne, nicht!«, protestierte Tristan und kam uns nach. »Skye wird ihren Weben nicht widerstehen können!«, warnte er sie, ehe Bastian und Vic uns mithilfe eines Schattensprungs den Weg abschnitten.

»Tristan hat recht«, meinte Bastian und auf seiner Haut zeigte sich das Wüten. »Skye ist ausgehungert. Sie wird –«

»Wo ist sie überhaupt?«, unterbrach Rayne ihn erschrocken und ließ meinen Arm los. Sie sah sich suchend um und mir kroch eine Gänsehaut über den Rücken, als ich mir vorstellte, die geisteskranke Skye würde in einem der Schatten lauern.

Als wäre dieser Gedanke gar nicht so abwegig, rückten Bastian und Tristan näher an mich heran.

»Skye!«, rief nun auch Vic in das dichte Grün der Pflanzen hinein.

»Vielleicht ist sie ins Haus gegangen«, überlegte Rayne und reckte den Hals, um besser sehen zu können. Sie zog die Lippe zwischen die Zähne. Dann verschwand sie suchend in einem der nahe gelegenen Schatten.

»Wir hätten sie doch gesehen, wenn sie –«

»Sie hätte *uns* gesehen!«, widersprach Vic energisch. »Sie hätte gesehen, dass Owen sich an Abbys Weben bedient hat. Es hätte sie vollkommen aus der Bahn geworfen, euch zuzusehen, das versichere ich euch. Es wäre uns keinesfalls entgangen!«

»Verdammt!« Raynes entsetzter Ruf von irgendwo zwischen den Blättern ließ mir das Blut in den Adern gefrieren. Die beiden Tremblays sahen mich an. Dann trafen sich ihre Blicke und all die Differenzen, die zwischen ihnen lagen, verloren an Bedeutung. Bastian wurde blass und auf sein ernstes Nicken hin griff Tristan nach meiner Hand. Ohne ein weiteres Wort verschwand Bastian und ließ mich bei seinem Bruder zurück.

»Was ist?«, fragte ich besorgt.

Tristan rieb sich den Nacken. »Keine Ahnung.« Der Blick aus seinen blauen Augen war niedergeschlagen. »Aber es hört sich nicht gut an.« Er neigte den Kopf in die Richtung, aus der Raynes Schluchzen kam.

»Was glaubst du, ist passiert?«, flüsterte ich angespannt und obwohl ich Angst vor der Antwort hatte, zog es mich zu Skye. Ich wollte losgehen, da hielt Tristan mich zurück.

»Du kannst da jetzt nicht hin«, sagte er und sah mir direkt in die Augen.

»Warum nicht?« Es gefiel mir nicht, dass gerade Tristan, der nie etwas ernst nahm, so betroffen wirkte. »Was ist los? Was …?«

Tristan fasste meine Hand fester. »Du solltest nicht in der Nähe sein, wenn sie Skye finden.« Sein Blick glitt über mein Webengeflecht. »Wenn sie lebt, dann wird sie wie ein Raubtier auf dich losgehen. Sie wird gar nicht anders können, als … sich das zu holen, was als Einziges ihren Schmerz lindern kann.«

»Also denkst du nicht, dass sie …« Erleichterung durchfuhr mich, weil er annahm, dass Skye lebte. Dann war ihr nichts passiert. Nichts, für das man mir die Schuld geben würde.

Trauer sprach aus Tristans Augen und sein Daumen streichelte meinen Handrücken. Seine schönen Lippen waren vor Anspannung zu einer schmalen Linie zusammengepresst und selbst seine Stimme bebte: »Sollte ihr etwas zugestoßen sein, wird das Bastian so schwer treffen, dass *er* die Kontrolle verliert. Du weißt, dass Gefühle für ihn … schwer zu ertragen sind.« Tristan zuckte hilflos mit den Schultern. »Du bist in Gefahr – egal, was dort drüben gerade vorgeht.«

»Gibt es denn nichts, was wir tun können?«

Tristan lächelte mich traurig an. Dann zog er mich an seine

Brust und stützte den Kopf auf meinen Scheitel. »Ich fürchte, wir haben schon genug angerichtet«, gab er zu und ich spürte, dass er hart schluckte. »Verdammt, Abby, wir haben … richtig Mist gebaut.« Er legte die Arme um mich und zog mich mit sich in einen der Schatten. Die Kälte umschloss mich unbarmherzig und ich fühlte mich verloren. Tristan war nicht sein Bruder. Er war nicht stark genug, mich in den Schatten zu schützen. Trotzdem klammerte ich mich an seine Brust, denn ich wusste, er brachte mich raus aus der Gefahr. Fort von Bastian und seinen gefährlichen Gefühlen. Fort von seiner Trauer um das Mädchen, für dessen Tod ich womöglich verantwortlich war. Fort von dem Ringhüter, den ich tief in meinem Inneren immer noch liebte, und dem ich doch solchen Schmerz zufügte.

⌘

Bastian zitterte, als er Rayne erreichte. Angst packte ihn wie eine Klaue und drückte ihm die Luft ab, denn von Skye fehlte nach wie vor jede Spur. Rayne kniete auf dem erdigen Boden der Orangerie, hielt einen zerdrückten Schmetterling in der Hand und deutete auf das Blut am Boden und an der Scheibe des Glashauses. »Sie hat uns gesehen«, schluchzte sie und presste sich den leblosen Schmetterling an die Brust. »Skye, sie muss … Owen und Abby gesehen haben.« Ein hartes Schluchzen drang aus ihrer Kehle und Bastian ging neben ihr in die Hocke. Das viele Blut war erschreckend.

»Sie muss die Kontrolle verloren haben«, meinte Owen und zeigte auf einen blutigen Handabdruck auf der Scheibe.

»Vielleicht wollte sie einen Schatten nehmen, um zu uns zu kommen«, schluchzte Rayne. »Der Anblick von Abbys Weben muss sie regelrecht um den Verstand gebracht haben. Das Gold und das leuchtende Purpur. Wie hätte sie dem widerstehen können? Vielleicht ist sie in die Schatten geflohen, um zu verhindern, dass das Wüten sie noch einmal zerreißt. Sie hat den Schmerz nie vergessen. Und nun findet sie nicht mehr heraus.« Rayne hob den tränennassen Blick und sah Bastian an. »Vic hatte recht. Du hättest Abby nie herbringen dürfen.«

Ihre Worte trafen ihn wie einen Schlag. Sie taten so weh, weil sie der Wahrheit entsprachen. Er hatte einen Fehler gemacht. Schon wieder. »Ich werde sie finden«, schwor er und griff nach Raynes Händen. Er nahm ihr den Schmetterling ab und die Kehle wurde ihm eng. Er bemerkte, wie das Wüten in ihm die Kontrolle übernahm, wie seine Haut und sein Äußeres sich veränderten. Sein Sichtfeld wurde eng und er nahm nur noch die Schatten um sich herum wahr. »Ich werde sie finden, Rayne.« Damit streckte er die Hand aus und tauchte ein in die Finsternis, die ihm so vertraut und die doch so gefährlich war.

Ein Irrweg aus Schatten und Dunkelheit erwartete ihn und kurz überkam ihn Angst. Das Nichts war endlos. Alle Schatten der Welt vereinten sich hier. Er hatte Jahre gebraucht, zu verstehen, welcher Schatten wohin führte, welche Dunkelheit ihn zurück ins Licht führte. Er hatte gelernt, das sich ständig verändernde Schwarz zu durchblicken, doch es war eine Sache, sich in den Schatten nicht selbst zu verlieren. Es war aber etwas ganz anderes, darin jemanden zu finden. Er sprang von Schatten zu Schatten, tauchte tiefer in die ewige Kälte.

»Skye!«, rief sein Geist nach ihr, doch die Stille war eine deutliche Antwort. Immer mehr seiner Weben wurden vom Nichts aufgezehrt, als er tiefer und tiefer in die Schatten eintauchte. Die Kälte brannte auf seiner Haut, in seinem Herz und in seiner Seele. Er hatte versagt. Hatte sein Versprechen gebrochen, Skye zu beschützen.

Verzweiflung trieb ihn tiefer in die Schatten, bis er selbst nicht mehr sicher war, je wieder herauszufinden. Denn nicht nur Skye war hier in Gefahr. Er selbst trug keinen Ring, der ihn geleitet hätte. Er selbst war nicht mehr so stark, wie er es als Ringhüter gewesen war. Dass Skye sich in den Schatten verirrte, lag daran, dass das Wüten in ihr stärker war als sie selbst. Und wenn Bastian nicht aufpasste, dann würde auch er die Kontrolle verlieren. Doch das war ihm egal. Sein eigenes Wohl war nicht wichtig, solange Skye in Gefahr war. Die Blutlachen in der Orangerie ließen ihn Schlimmes ahnen. Das Wüten, es brach aus ihr heraus. Und weil es genau das war, das Skye mehr fürchtete als alles andere, würde er nicht aufhören nach ihr zu suchen, egal, was es ihn kostete.

Bastian nahm die Schatten so schnell, dass er das leise Keuchen beinahe überhört hätte. Es war ein Laut, so schwach wie ein Federstreich und doch so schmerzhaft, dass sich Bastian fast der Magen umdrehte. »Skye!«, rief er wortlos und tauchte in die Schatten, bis er das schwache Leuchten ihrer Erinnerungsweben im nachtschwarzen Nichts ausmachte. Ihre Herzweben waren aufgezehrt, Seelenweben hatte sie schon lange nicht mehr und nun kam es ihm vor, als beherrschten sie einzig allein Erinnerungen.

Sie war gefangen zwischen mehreren Schatten und sie war starr vor Kälte.

»Ich bin hier!«, versicherte er ihr, auch wenn Bastian sie kaum erreichen konnte. Er griff nach ihrer Hand, wollte sie halten, doch sie hing fest. Eingeklemmt in einen Schattenspalt, der dabei war, sich immer weiter zu schließen. Das Nichts würde sie erdrücken, wenn es ihm nicht gelingen würde, sie daraus zu befreien.

»Bastian«, hörte er ihre Gedanken und sie schloss ihre Finger um seine. Erleichterung durchfuhr ihn, denn er hatte sie gefunden. »Es tut so weh«, hämmerten ihre Gedanken durch das Nichts und er sah Tränen in ihren Augen. »Es …« Sie war zu schwach, den Gedanken zu Ende zu bringen. Bastian fluchte. Er musste sie zurück ins Licht bringen. Doch wie? Er konnte sie nicht aus den Klauen der Schatten befreien. Ein weiterer qualvoller Laut flutete das Nichts und Bastian spürte Blut über seine Finger fließen. Er spürte, wie ihre Haut unter seinen Händen aufbrach. »Bastian!«, flehte sie ohne Worte und in einem Akt reinster Verzweiflung sprang er zu Skye in den Spalt. Mit aller Kraft stemmte er sich gegen die Dunkelheit, um nicht in den bodenlosen Abgrund gerissen zu werden. Die Kälte wollte ihn brechen, wollte seine Muskeln erstarren lassen und selbst seine Gedanken waren gelähmt. Das Türkis von Skyes Erinnerungen umspülte ihn, als er schließlich die Arme nach ihr ausstreckte und sie an sich zog. Es waren schmerzhafte Erinnerungen. Erinnerungen an den Tod, dem sie nur knapp entkommen war.

»Halt mich«, hörte er ihre Gedanken ganz schwach. »Halt mich fest, Bastian.«

Das hatte er vor. »Hab keine Angst«, beschwor er sie und küsste ihre Schläfe. Blut rann ihr aus unzähligen Wunden und ihre einst so helle und zarte Haut war von dunklen Weben überzogen, die alle einen Weg aus ihrem Körper suchten. »Hab keine Angst«, dachte er, auch um sich selbst Mut zu machen. Skye zitterte in seinen Armen und mit jeder Sekunde hier im Nichts, mit der seine Kraft schwand, wuchs seine Angst.

»Ich habe mich verirrt«, hörte er sie sagen, ohne dass sich ihre blutleeren Lippen bewegten. Doch ihr Blick sagte mehr als tausend

Worte. Der Wahnsinn lag in den Tiefen dieses Blicks, aber in diesem Moment herrschte Klarheit in Skyes Geist. »Sich hier zu verirren ist leicht.« Ihre Gedanken klangen wie die eines Kindes und Bastian schloss automatisch die Arme schützend um sie. »Die Schatten sind wunderschön.«

Bastian schluckte. Wunderschön tödlich, hätte er gerne gesagt, doch als sein Blick über den zerschundenen Frauenkörper glitt, den er so fest hielt, erkannte er, dass es für Skye in keiner Welt mehr Rettung gab. Ihr Nachthemd war blutüberströmt. Die Narben an ihren Armen und Beinen waren wieder aufgebrochen und ihre Haut war dabei, sich regelrecht unter dem Druck in ihrem Inneren aufzulösen.

»Du bist wunderschön«, dachte er traurig, was Skye dazu brachte, ihre Lippen zu einem schwachen Lächeln zu heben. Es kostete sie die letzte Kraft, aber sie hob die Hände, öffnete sie und tote Schmetterlinge zerfielen im Nichts.

»Ich war nicht allein – und jetzt bist du da«, hörte er sie denken, ehe sie ihm die Arme um den Nacken legte. »Ist das nicht ein schöner Tag?« Selbst ihre Gedanken waren kaum mehr als ein Flüstern.

Bastian sah den bunten Schmetterlingen nach, die vom Nichts in winzige Teile zerrissen wurden. Sie lösten sich auf, wie alles, das zu lange hier in der Dunkelheit blieb. Auch er zitterte unter der Kraft der Schatten, die drohte, sie beide in diesem Spalt zu zerdrücken.

»Ich bringe uns hier raus«, versprach er mit einem letzten Blick auf die zu Staub zerfallenen Falter und zog Skye dicht an seine Brust. »Halt dich fest. Dann –«

»Ich will bleiben.« Skye sah ihn an und ihre Gedanken umflossen ihn wie eine Berührung. »Ich will nicht zurück. Zurück zum Schmerz. Zurück zu den Qualen.« Sie lächelte und schüttelte den Kopf, sodass ihr goldenes Haar sanft über seinen Arm strich. »Es tut weh, wenn …« Ein Bild aus ihrem Kopf erschien vor Bastians Augen. Es war eine Explosion. Sie lächelte. »Weißt, du, Bastian, es … tut furchtbar weh.«

Beinahe war er froh um die Kälte, die sich wie Messerklingen in seinen Körper bohrte, so musste er den Schmerz nicht fühlen, den Skyes Gedanken ihm bereiteten.

Er wollte nichts über ihren Schmerz erfahren. Wollte nicht noch mehr spüren, wie sehr sie litt.

»Du brauchst ein paar Weben, dann geht es dir besser«, überlegte er, aber Skye schüttelte erneut den Kopf.

»Sieh mich doch an«, dachte sie und ihr Blick bohrte sich in Bastians Herz. »Das Wüten – es hat mich zerstört. Ich kann keine Weben mehr aufnehmen. Sie würden mich …« Das Bild der Explosion hallte laut durch die Schatten und Bastian zuckte unwillkürlich zusammen.

»Du darfst nicht aufgeben. Wir müssen hier weg.«

Skye blinzelte und Tränen glänzten in ihren Augen. »Ich habe immer davon geträumt, dass du mich noch einmal so hältst, Bastian.« Ihre Arme wurden schwach und lösten sich aus seinem Nacken. Sie glitten hinab, doch Skye schien das nicht zu bemerken. »Ich glaube, das ist ein schöner Tag«, hörte er ihre Gedanken und ihr trauriges Lächeln war mehr, als er ertragen konnte. »Denn du bist zu mir zurückgekommen.«

»Wir müssen schnellstens ins Licht«, beschwor er sie und spannte sämtliche Muskeln an, um dem Schattenspalt standzuhalten. Er schloss die Augen und kämpfte sich voran. Stück für Stück, aus dem Spalt hinaus, immer darauf bedacht, Skye dabei nicht zu verletzen. Der Spalt bebte. Er drohte einzustürzen, also machte Bastian einen Satz und als die Kluft unter ihnen zusammenbrach, schluckte sie der nächste Schatten der ewigen Kälte.

Mit Schmerz leben lernen

Margaret-Maud betrat das Krankenhaus. Sie zitterte. Es kam ihr vor, als zittere sie seit Tagen. Seit Jack Woods den Schmied niedergeschlagen hatte. Oder schon länger? Seit sie Jack mit Zac Moran zusammen gesehen hatte? Sie wusste es nicht. Das Zittern war ihr bereits so in Fleisch und Blut übergegangen, dass es sich fast schon normal anfühlte.

Fast. Denn seit ihr nach dem Gespräch mit Abigails Pflegemutter klar geworden war, dass Jack inzwischen nicht nur einen, sondern zwei der drei Ringe für das Amulett des Todes in seinem Besitz hatte, war ihr Zittern noch stärker geworden. Zwei von drei Ringen! Das war unfassbar. Sie waren ihrem Ziel näher als je zuvor. Und zugleich so fern wie nie, denn Jack war nicht zu trauen. Außerdem hatte es sie unheimlich erschreckt, dass Abigails Pflegemutter offenbar keine Ahnung hatte, was vor sich ging. Sie war verwirrt und ihre Erinnerungen nur lückenhaft. Aber anders als die Hutmacherin wusste Margaret sehr genau, warum sich Florence an nichts mehr erinnerte. Der Hüter des Erinnerungsrings musste dafür verantwortlich sein.

Margaret grub die Fingernägel in ihren Unterarm und stieg in den Fahrstuhl. Konstantins Zustand hatte sich stabilisiert und er lag nicht länger auf der Intensivstation. Das ließ sie hoffen, Jack schon bald nicht mehr allein im Auge behalten zu müssen. Sie klopfte zaghaft an die Tür des Krankenzimmers und drückte die Klinke. Keine Zeit für Höflichkeiten.

»Margaret-Maud.« Konstantin klang überrascht und zugleich erfreut. Mit einem Keuchen zog er sich an einem Griff über dem Bett hoch, um sich aufrecht hinzusetzen. Dann strich er sich mit den Händen über den schütteren Haarkranz.

»Gott sei Dank, du bist wach«, kam Margaret gleich zur Sache und setzte sich neben ihn auf die Matratze. Sie ergriff seine Hand, schließlich waren sie seit Jahren Freunde und Gleichgesinnte auf der Suche nach den Ringen. Sie drückte Konstantins Finger eindringlich und sah ihm fest in die Augen. »Ich weiß nicht, was ich tun soll, Konstantin«, gestand sie hilflos. »Ich bin Jack gefolgt«, platzte es aus ihr heraus. »Erinnerst du dich? Er muss dir den Seelenring abgenommen haben, und dann …«

Konstantin nickte und legte ihr beruhigend die Hand auf den Oberschenkel. »Natürlich erinnere ich mich. Wie könnte ich das vergessen? Dieser Schweinehund hat mir eine Schere in den Bauch gestoßen und den Ring meiner Ahnen genommen!«

Margaret sah, wie sich Schweißperlen auf Konstantins Oberlippe bildeten. »Beruhig dich und hör mir zu«, versuchte sie zu verhindern, dass er sich aufregte. »Ich bin ihm zum Güterbahnhof gefolgt. Dort gibt es eine Schmiede.«

»Hat er den Seelenring eingeschmolzen?« Konstantin wurde blass und rückte im Bett ein Stück nach oben, um noch aufrechter zu sitzen.

»Ich glaube nicht.« Margaret rieb über ihren vernarbten Unterarm. »Ich musste mich verstecken, habe nicht alles ganz genau gesehen, aber das, was ich gesehen habe …« Sie machte eine bedeutungsschwere Pause. »… war unglaublich. Jack Woods hat ein Stück

Metall eingeschmolzen, das größer war als die Ringe. Es sah silbern aus, aber als er es zum Glühen gebracht hat, da …« Sie schüttelte in ungläubiger Erinnerung den Kopf. »Jacks ganzer Körper war von purem Gold überzogen. Irgendetwas hat dieses Metall mit ihm gemacht. Es dampfte golden und mit jedem Schlag, mit dem er es in Form geschmiedet hat, schien es ihm körperliche Schmerzen zu bereiten. Für einen Moment dachte ich, er wäre tot.« Margaret schauderte. »Ich wollte schon hinüberschleichen und seine Tasche nach dem Seelenring absuchen, aber dann ist er doch wieder aufgestanden.« Margaret versuchte, nicht an das zu denken, was danach geschehen war. »Er hat einen Mann verletzt, vielleicht sogar umgebracht.« Margaret rieb sich über die Gänsehaut, die sich über ihren Körper ausgebreitet hatte. »Hätte er mich entdeckt, wer weiß, was er mit mir gemacht hätte.« Sie atmete tief durch, um ihre Angst zu beherrschen. »Und nun hat er auch noch einen weiteren Ring in seinem Besitz, Konstantin«, klagte sie weiter. »Ich weiß nicht, wie Abigails Pflegemutter zu dem Ring kam, aber ich habe gesehen, wie sie ihn Jack gegeben hat.«

Konstantins ohnehin blasse Haut wurde noch käsiger. »Ich weiß nicht, was ich sagen soll, Margaret«, gestand er und strich sich über den Haarkranz. Sein Blick senkte sich verlegen auf die weiße Krankenhausbettdecke. »Ich habe nachgedacht. Ich bin nicht länger sicher, ob …« Er zögerte. »… ob unser Vorhaben … nicht ein Fehler ist. Ein Riesenfehler.«

»Was meinst du?«

Margaret sah, wie Konstantin mit sich rang. »Ich war dem Tode nahe«, setzte er leise an. »Ich habe das Tor des Lichts gesehen, habe seinen Sog gespürt. Es stand für mich offen und dahinter sah ich meine Lizbeth. Sie war so schön. Und doch …« Er schluckte.

»Doch was?«, wisperte Margaret.

Konstantin rann eine Träne aus dem Augenwinkel und er senkte den Blick. »Ich bin ein Erbe der Ringhüter. Ich sehe das Webengeflecht der Menschen, das weißt du ja.«

Margaret nickte. Sie wusste das nur zu genau. Konstantin hatte ihr jahrelang die Seelenweben ausgedünnt, damit Tristans und Bastians Vater, der bis zu seinem Tod der Ringhüter des Seelenrings gewesen war, ihre ganzen Lügen nicht auffielen. Konstantin hatte ihr so viel ihrer Seele genommen, dass Laurence Tremblay nicht gemerkt hatte, dass sie, die Frau an seiner Seite, nur eines von ihm wollte – den Seelenring.

Nach einem Seufzen fuhr Konstantin fort: »Lizbeth, sie stand hinter dem Tor des Lichts – und war so schön. Aber da waren keine Weben, die sie umgaben.« Seine Lippen bebten. »Nie zuvor habe ich mich gefragt, was uns hinter dem Tor des Lichts erwarten würde«, gestand er und wischte sich eine Träne aus dem Augenwinkel.

Margaret musste schlucken. Sie hatte Konstantin schon oft verzweifelt gesehen. Ihr gesamter Kampf um das Amulett des Todes war ein verzweifelter Kampf. Ein Kampf, geboren aus Schmerz und Einsamkeit. Doch diese Verzweiflung war neu. Konstantin rang um Fassung, als er sie wieder ansah.

»Ich habe immer gedacht, ich müsste der Lichtbringer sein.« Er schlug sich auf die Brust und ließ sogleich die Hände kraftlos sinken. »Ich habe gedacht, Lizbeth zurückzuholen, wäre der einzige Sinn meines Lebens.«

»Du wirst sie irgendwann in Armen halten können!«, versuchte Margaret ihm Mut zu machen und rückte näher zu ihm. »Bald, denn Jack hat die Ringe – wir sind dem Amulett des Todes näher als je zuvor!«

Konstantin packte ihre Schultern. »Als ich um mein Leben rang, dort, in den Schatten, am Tor des Lichts, da erkannte ich, dass wir einen Fehler machen, wenn wir dieses Tor für unsere Liebsten passierbar machen würden«, presste er aufgeregt heraus. »Es wäre ein Fehler, Margaret, denn alles, was sie ausgemacht hat, ist fort. Verstehst du das nicht?«

Seine Finger gruben sich schmerzhaft in ihr Fleisch und sie sah ihn irritiert an. »Nein. Ich verstehe nicht«, murmelte sie und löste sich aus seinem Griff.

Konstantin wurde unruhig. Er strampelte sich die Decke von den Beinen und kämpfte sich aus dem Bett. »Wir müssen den Kampf aufgeben«, erklärte er und stützte sich an dem Servierwagen ab, auf dem eine Saftflasche stand. »Wir konnten es nicht wissen. Unsere Liebsten sind verloren – für immer.«

Eine eisige Klaue packte Margaret-Mauds Herz und drückte zu. Sie schnappte nach Luft und grub ihre Fingernägel so fest in ihre Narbe, dass Blut herausdrang. »Nein!«, keuchte sie und starrte Konstantin ungläubig an. »Nein! Das kann nicht sein!«

Konstantin umrundete das Krankenbett und trat zu ihr. Er legte seine Hände auf ihre Schultern und schüttelte sie leicht. »Ohne ihre Seelen, ihre Erinnerungen und ihre Gefühle sind unsere Liebsten nicht mehr sie selbst, Margaret. Versteh doch. Mir selbst bricht das Herz, aber –«

»Nein! Du lügst!« Heiße Qual spülte über Margaret-Maud hinweg und sie schlug Konstantins Hände beiseite. »Ich brauche meine Schwester. Verstehst du nicht? Du hast mir all die Jahre versprochen, du wärst der Lichtbringer. Du würdest sie mir zurückgeben!« Sie wollte an ihm vorbei, raus aus dem Krankenhaus, weg von der Enttäuschung und Verzweiflung, die sie empfand.

»Ich war fast auf der anderen Seite des Tores, Margaret«, rief Konstantin und trat ihr in den Weg. »Ich habe sie gesehen.«

»Auch meine Seele war fast vollständig ausgelöscht – und jetzt geht es mir schon wieder besser. Wir können unseren Liebsten helfen. Ich könnte meine Schwester genauso retten, wie ich mich gerettet habe.«

Konstantin schüttelte den Kopf. »Wenn es nur um dich und mich ginge, dann könnten wir den Versuch wagen. Aber wir sind nicht allein.« Er zwang sie, ihn anzusehen. »Ich traue Zac Moran nicht. Ganz zu schweigen von Jack Woods.«

Konstantins Worte waren ein Schock für Margaret. Sie konnte nicht glauben, was er da sagte. Sie brauchte ihre Schwester. Hatte sie immer gebraucht. Hatte doch seit Jahren nur dafür gelebt. Und doch rieselte so langsam eine bittere Erkenntnis in ihr Bewusstsein. Auch sie traute Jack und Zac nicht.

»Ich glaube, die beiden wollen durch das Amulett reich werden«, wisperte sie, ehe sie Konstantin in die Augen sah. Sie schimmerten feucht vor Trauer und auch in ihrer Kehle bildete sich ein dicker Knoten.

»Das wollte Jack schon immer«, gab Konstantin zu und legte Margaret tröstend die Hand an die Wange. »Er kennt kein Maß und er ist, wie es aussieht, außer Rand und Band.«

Margaret atmete tief durch. »Das ist er«, bestätigte sie und schmiegte ihre Wange an Konstantins Hand. »Er hat den Schmied bestimmt getötet.« Sie sah Konstantin in die Augen. »Der Tod von Abigails Mutter war nie vorgesehen. Es war ein tragischer Unfall. Und als Laurence starb, nachdem ich ihm den Ring gestohlen hatte, war ich am Boden zerstört. Wir wären nie so weit gegangen, für unsere Ziele zu töten. Aber Jack wollte dich töten. Dich – meinen einzigen Freund. Wer weiß, wie weit er noch geht.«

Konstantin zog Margaret an sich und streichelte ihren Rücken, während ihre Tränen den Stoff seines Krankenhauskittels tränkten. Sein Trost tat gut und sie klammerte sich an ihn. Sie wollte ihren Traum nicht loslassen. Konnte ihre Schwester doch nicht aufgeben. Und trotzdem hatte sich der Anblick von Jack, der den unschuldigen Schmied niederschlug, in ihre Netzhaut eingebrannt.

Es war nicht richtig, solchen Menschen zu vertrauen. Es war nicht richtig, das Leben anderer zum Geschäft zu machen. Das wusste sie.

»Und was sollen wir jetzt tun?«, fragte sie beinahe tonlos und ließ sich von Konstantin in den Armen wiegen.

»Ich weiß es nicht, meine Liebe. Ich weiß überhaupt nichts mehr.«

Margaret zitterte. »Ich habe Angst vor Jack«, gestand sie leise. Und Moran … er … er braucht uns nicht länger.«

»Sie haben zwei Ringe, sagst du«, überlegte Konstantin und trat einen Schritt zurück. Nachdenklich ließ er sich aufs Bett sinken und zog Margaret neben sich. »Zwei Ringe – von dreien.«

»Und er hat eine Art Fassung aus dem merkwürdigen Metall, von dem ich dir gerade erzählt habe.«

Konstantin strich sich über den Haarkranz. »Die Macht, die Jack spürt, muss gewaltig sein«, überlegte er. »Es ist ein unfassbares Gefühl, einen der Ringe zu tragen. Es macht einen beinahe rasend«, erinnerte er sich und Margaret sah ein irres Funkeln in seinen Augen. Als er blinzelte, war es verschwunden.

»Aber Jack ist keiner der Ring-Erben. Er ist kein Schattenspringer. Er kann die Macht des Vitalinaurums nicht beherrschen, oder?«

Konstantin schüttelte den Kopf. »Nein. Ich denke nicht.« Er zuckte mit den Schultern. »Aber sicher bin ich mir nicht. Wir dürfen nicht vergessen, dass dies noch nie jemand zuvor probiert hat.«

»Du meinst, Jack könnte versuchen, ohne einen Schattenspringer das Tor des Lichts zu öffnen?«

»Ich weiß nicht, was ich glauben soll«, gestand er. »Vielleicht haben wir einen Fehler gemacht, Margaret-Maud. Vielleicht hätten wir nicht an unserem Schmerz und unserer Verzweiflung festhalten sollen. Wir hätten lernen sollen, mit unserem Schmerz zu leben.« Er drückte Margarets Hände ganz fest und führte sie dann an seine Lippen. »Wir haben doch immer uns gehabt. Vielleicht … wäre das genug gewesen, wenn wir …«

»Wenn wir nicht den Toten hinterhergelaufen wären?«, wisperte Margaret und suchte in Konstantins Blick nach Zustimmung.

Er lächelte traurig. »Die Liebe seines Lebens aufzugeben, ist unfassbar schwer. Aber ich fange gerade damit an, mich dieser Aufgabe zu stellen.«

»Wir können doch nicht einfach aufgeben. Damit überlassen wir Jack und Zac das Feld – und die Ringe. Wer weiß, was sie damit anrichten?«

»All die Jahre habe ich mir vorgesagt, dass wenn ich der Lichtbringer wäre, hätte ich diese Aufgabe mit Verantwortung übernommen. Doch jetzt, wo ich gesehen habe, was uns hinter dem Tor des Lichts erwartet … da glaube ich, gibt es nur eine Verantwortung: Zu verhindern, dass das Tor aus dieser Richtung passierbar gemacht wird.«

Margaret schüttelte den Kopf. »Ich weiß nicht, ob ich so einfach aufhören kann, an das zu glauben, was wir uns jahrelang erträumt haben.«

»Ich weiß. Wie soll ich dir auch begreiflich machen, was ich erlebt habe? Wie soll nur meine Behauptung dich umstimmen können?« Er griff nach dem Hornkamm auf dem Servierwagen und kämmte sich langsam die wenigen Haare. »Denk über meine Worte nach, Margaret, denn noch ist es nicht zu spät. Zac braucht den dritten Ring, um …«

»… um das Tor des Lichts zu öffnen«, beendete Margaret den Satz für ihn und blickte zum Fenster. Irgendwo dort draußen war der dritte Ring. Und Jack Woods, der offenbar bereit war, über Leichen zu gehen, um zu bekommen, was er wollte. Margaret konnte nicht sagen, wer im Recht lag. Sie konnte ihre Schwester nicht so einfach aufgeben.

»Nach all den Jahren …« Konstantin schüttelte den Kopf und sah ebenfalls hinaus. »Ich hätte nicht gedacht, dass ich das je sagen würde – nicht, nach all den Jahren unserer Suche. Aber heute glaube ich, es wäre ein riesiger Fehler, die Ringe zu vereinen.« Langsam erhob sich Margaret-Maud und ging zur Tür. Sie spürte Konstantins Blick in ihrem Rücken. »Was hast du jetzt vor, Margaret?«, fragte er.

Sie drehte sich nicht mehr zu ihm um. Ihre Knie zitterten noch mehr als bei ihrer Ankunft und ihr Herz fühlte sich zerrissener an als je zuvor. »Ich weiß es nicht«, gab sie zu und verließ das Krankenzimmer. Mit schweren Schritten schleppte sie sich den Flur entlang und hinaus auf den Parkplatz. Sie spürte die Tränen kaum, die ihr die Wangen hinabrannen wie ein mächtiger Strom. Ihre Narbe blutete, so fest grub sie ihre Nägel hinein und in Gedanken war sie wieder in dem todbringenden Flammenmeer am Weihnachtsmorgen. Sie hörte wieder den Gürtel durch die Luft peitschen. Hörte das Klatschen des Leders auf der Haut ihrer Schwester. Sie sah die panische Angst in deren Blick, als die Flammen sie erfassten. Margaret hielt sich die Hand vor den Mund, um ihr Wimmern zu unterdrücken. Wie konnte sie aufhören, für ihre Schwester zu kämpfen? Sie streckte die Hand aus, um ihre Schwester aus den Flammen zu ziehen, doch die Hitze, sie war zu groß. Sie zuckte zurück – sie war ein Feigling! Margaret keuchte. Sie hatte damals das Falsche getan. Doch was war jetzt das Richtige? Und würde sie überhaupt den Mut aufbringen das Richtige zu tun? Zitternd sog sie den Atem in ihre Lunge. Sie wollte so gerne mutig sein. So gerne das Richtige tun, doch was würde sie das kosten? Sie wandte sich um und sah zu den Fenstern der Station hinauf, in der Konstantin lag.

Er gab auf.

War das das Richtige?

Brüder

Die Dunkelheit spuckte uns aus und ich stolperte gegen das Gatter der Pferdekoppel. »Au, verdammt!«, keuchte ich und rieb mir die Schulter. Das tat echt weh. Auch Tristan stöhnte und ich hörte es hinter mir krachen.

»Alles okay bei dir?«, fragte er und kämpfte sich hoch. Beim unkontrollierten Austritt aus den Schatten musste er über eine Schubkarre voll Heu gestürzt sein. Einige der getrockneten Grashalme hingen ihm im Haar und er klopfte sich den Staub von der Hose, während er mich musterte. »Hast du dir wehgetan?«

Ich fühlte in mich hinein. Abgesehen von der Schulter ging es mir gut. Also schüttelte ich den Kopf. Strähnen fielen mir in die Augen und ich löste meinen Pferdeschwanz. »Und bei dir?«, fragte ich und deutete auf das Heu an seinem Shirt.

»Ich lande mit Mädels lieber im Bett als auf 'ner Pferdekoppel«, antwortete er und zupfte sich ein paar Halme aus den Haaren. Sein Blick war dabei so vertraut, dass ich unwillkürlich lachen musste. Ich hatte schon ganz vergessen, wie gut mir seine unbeschwerte Art immer gefallen hat. Aber ich spürte auch, dass seine Lässigkeit gerade eher gespielt war. Er wollte mich ablenken.

»Es gibt schon Jungs, die sich mit Mädels auch gerne im Heu wälzen«, gab ich mich deshalb ebenfalls cool.

Tristan grinste und sah sich um. »Ist etwas zu wenig«, gab er zu bedenken und zwinkerte mir zu. »Aber für uns zwei wird's schon reichen.« Er stellte die Schubkarre wieder auf und kam dann zu mir. Sein Lächeln blieb, aber sein Blick wurde ernster. Er stupste mich in die Seite, ehe er zurück zur Orangerie sah. »Aber vielleicht verschieben wir die Heunummer auch noch ein bisschen«, meinte er nun doch wieder ernst. »Es ist gut möglich, dass Bastian mich braucht. Ich ... muss wieder rein.«

Ich packte seine Hand. »Du lässt mich nicht allein!«, sagte ich bestimmt. »Jeder hier hasst mich! Jeder gibt mir die Schuld an allem und wenn Skye jetzt etwas zustößt, dann –«

»Dann haben wir alle etwas falsch gemacht. Nicht nur du.«

»Na, das brauchst du mir nicht zu sagen!«, rief ich. »Jeder von euch wollte mich manipulieren und du hast ...« Ich wurde rot, denn obwohl ich wütend auf ihn war, fühlte es sich merkwürdig vertraut an, seine Hand zu halten.

»Ich habe dein Herz gestohlen«, gab er zu und kam wieder näher. Er berührte mein Kinn, streichelte meine Wange und sein Blick war wie eine Liebkosung. »Weil ich es nicht ertragen habe, dich an Bastian zu verlieren.« Er lachte leise. »Ich habe noch nie gegen ihn gewonnen, Abby, auch wenn ich immer alle Mädchenherzen erobert habe. Weil er nie um eines gekämpft hat. Aber wann immer er sich mit mir gemessen hat, ging er als Sieger hervor. Ich habe dich damals gesehen, an deinem ersten Tag vor dem Direktorat, mit deinem Block und dem abweisenden Blick. Dein Webengeflecht war so dunkel, aber als du mich gesehen hast, da ist ein winziger purpurner Funke entstanden.« Tristan lächelte mich an und sein Daumen strich über meine Lippe. »Das hätte etwas werden können, denke ich. Das mit dir und mir.« Er hob mein Kinn an und ich verlor mich in stahlblauen Augen.

Er hatte recht. Das mit ihm und mir, das hätte etwas werden können. Mein Herz schlug schneller und ich benetzte meine Lippen.

»Aber dann bist du Bastian begegnet. Und alles war anders. Er hat deine Herzweben anschwellen lassen. Hat einfach bekommen, was ich mir so sehr … gewünscht habe.« Er schüttelte den Kopf über sich selbst und seine Strähnen kitzelten mich im Gesicht, so nah war er. »Gott, Abby, ich weiß nicht, warum, aber ich habe mich in dich verliebt. Vermutlich schon an diesem ersten Tag vor dem Direktorat, aber spätestens, als ich die Zeichnung gesehen habe, die du von mir gemacht hast.«

»Es war nur eine Zeichnung«, sagte ich leise, denn meine Kehle war wie zugeschnürt. Mein Herz wollte, dass ich ihn küsste, aber zugleich wollte ich das nicht.

»Ich weiß.« Tristans Lächeln verschwand. Er betrachtete meine Weben und zuckte fast unmerklich mit den Schultern. »Ich habe dir deine Gefühle für Bastian genommen. Weil ich gehofft hatte, wir könnten noch mal von vorne anfangen. Wie an diesem ersten Tag. Ich hatte gehofft, dieser purpurne Funken, der damals für mich aufgeglommen ist, könnte wachsen.«

»Tristan, ich –«

Er presste seine Lippen auf meine, um mich zum Schweigen zu bringen. Nur kurz. Es war kein echter Kuss. »Du musst nichts sagen, Abby. Ich sehe, dass ich diesen Kampf nicht gewinnen kann. Deine Herzweben, sie sind zurück. Und sie sehnen sich nach Bastian – nicht nach mir.«

»Warum muss es immer ein Kampf sein?«, fragte ich und legte meine Hände auf seine Brust. »Du bist mir wichtig. Ich will dich nicht verlieren, egal, was du getan hast. Ich empfinde etwas für dich, nicht nur, weil du es mir mit Gewalt ins Herz gepflanzt hast.«

Tristan seufzte. »Ich weiß, Abby. Ich sehe es in deinen Weben. Da sind rote Weben. Aber sie sind nicht purpurn wie die Weben der Leidenschaft. Sie sind von dunklem Rotbraun, wie eine tiefe Freundschaft.«

»Reicht das nicht?«

Tristan lachte. Dann hoben sich seine Augenbrauen und ein verführerischer Zug erschien auf seinen Lippen. »Es ist besser als nichts«, gab er zu. »Aber es ist nicht, was ich gehofft hatte. Es ist nicht das, was Bastian bekommt.«

Ich schluckte und mit einem Mal stiegen mir Tränen in die Augen. »Denkst du, ich *will* deinen Bruder lieben? Denkst du denn, ich könnte mir das aussuchen? Er ist unnahbar, kann meine Gefühle nicht erwidern und sich mir ohne seinen Ring nicht einmal nähern. Er vertraut mir nicht und wird mich hassen, wenn Skye etwas zustößt.« Ich grub meine Finger in Tristans Shirt, um ihn festzuhalten. »Es wäre so viel einfacher, wenn mein Herz für dich schlagen würde, als für den Tremblay, der überhaupt nicht lieben will.«

Tristans Blick war sanft, aber entschlossen. »Er will deine Liebe – aber sie würde ihn töten. Also bleib jetzt hier und komm ihm nicht in die Quere.«

Er löste meine Hand und trat zurück.

»Warte!«, rief ich, als er sich schon nach dem nächsten Schatten streckte. »Lass mich nicht allein.«

»Bastian braucht mich. Und auch wenn er jeden Kampf gegen mich gewinnt – manche Kämpfe würde er verlieren, wenn ich ihm nicht zur Seite stehen würde.« Tristan zupfte sich einen letzten Grashalm aus den Haaren und drückte ihn mir in die Hand. »Er ist mein Bruder – und so sehr ich hasse, dass du ihn mehr liebst als mich – ich kann ihn nicht im Stich lassen.«

Mehrere Atemzüge lang starrte ich dorthin, wo Tristan eben noch gestanden hatte. Nachdenklich strich ich über den Grashalm. Tristans Worte hallten in meinem Herzen wider. *»… ich hasse, dass du ihn mehr liebst als mich …«*

Ich war verwirrt.

Mein Herz zerrissen.

Ein Teil von mir sehnte sich nach Tristans verführerischem Necken, nach seinen leuchtenden Augen und seiner sexy Nähe. Ein Teil von mir wusste, dass es diesen Funken vor dem Direktorat wirklich gegeben hatte. Und doch war kein Zauber oder keine übernatürliche Macht daran schuld, dass ich mich letztendlich in Bastian verliebt hatte. Es waren einfach seine Stärke, die Unnahbarkeit und Sensibilität, die mich in seine Arme getrieben haben.

Ich wollte mich nicht zwischen den beiden entscheiden. Es war einfach passiert. Dabei wäre es so viel einfacher, Tristan zu lieben. Auf ihm lastete nicht der Fluch des Rings. Er konnte Gefühle zulassen. Und bei ihm musste ich mich auch nicht fragen, ob ihm Skye Caerhay wichtiger war als ich.

Ich ließ den Grashalm fallen und machte mich zögernd auf den Weg, den Hügel wieder hinauf. Tristan wollte mich außer Reichweite haben – aber hier ging es nicht nur um das, was die Ringhüter wollten. Es ging auch um das, was ich wollte. Ich wollte nicht länger allein sein. Diese Sache betraf auch mich. Auch ich spürte eine Macht in mir. Und mit dieser Macht kam ich allein nicht klar. Ich brauchte die beiden Brüder, um mich in diesem Wahnsinn nicht selbst zu verlieren. Ich hatte Angst, noch mehr falsche Entscheidungen zu treffen, wenn ich nicht bei ihnen war.

Die Glastür zur Orangerie glitt lautlos auf, als ich die kunstvoll geschmiedete Klinke herunterdrückte, und obwohl ich gerade erst hier gewesen war, erdrückte mich die feuchte Schwüle von Neuem. Ich folgte den Stimmen durch die tief hängenden Blätter und duckte mich hinter den faserigen Stamm einer Palme, um zu sehen, ohne gesehen zu werden.

»Er ist schon viel zu lange in den Schatten«, hörte ich Owen, der eben erst neben Victoria aus einem herausgetreten war. »Ich finde weder ihn noch Skye.«

»Sie müssen hier irgendwo sein!«, meinte Rayne und verschwand im Nichts. Kurz darauf folgte Tristan ihr.

Sie alle waren auf der Suche. Nach Skye – aber auch nach Bastian. Unwillkürlich drängte ich mich näher an den Stamm. Ich konnte ihre Angst regelrecht spüren. Sie hing an diesem Ort wie unter Glas gefangen.

Es beeindruckte mich, Tristans Sorge um Bastian zu spüren. Die beiden Brüder standen in ständigem Wettstreit miteinander und dabei kam es, wie sich gezeigt hatte, auch mal zu Streit. Jeder von ihnen hatte den anderen zuletzt verletzt. Und doch – wenn es nötig war, hielten sie zusammen und kämpften Seite an Seite. Doch ich fragte mich, wo in diesem Kampf ich stand. War ich einer der Gegner? Oder die Siegprämie?

Wenn ich ihnen wirklich zeigen wollte, dass ich Teil ihres Teams war, dass ich mit ihnen kämpfte, nicht gegen sie, dann durfte ich mich nicht hier verstecken und warten, bis der Kampf vorüber war. Dann musste ich bei ihnen sein. Und ich wollte bei ihnen sein.

Ich schob die riesigen Blätter der mir unbekannten Tropenpflanze vor mir auseinander, als mich ein unerwarteter Schmerz wie ein Schlag in den Rücken traf.

Ein verdammtes Wunder

Jack Woods betrachtete sein Gesicht in den verspiegelten Wänden des Fahrstuhls auf seinem Weg hinauf in die achtunddreißigste Etage des The Gherkin. Der Glanz in seinen Augen war ihm neu und er hatte das Gefühl, von innen heraus zu leuchten. Als würde ihm allein der Besitz der beiden Ringe und der Fassung des Amuletts uneingeschränkte Macht verleihen. Er atmete tief durch und streckte die Hand aus. Goldene Weben überzogen seine Finger und wie von selbst glitten die Fahrstuhltüren während der Fahrt nach oben auseinander. Der Luftzug riss an seinem Hemd und brüllte in seinen Ohren. Schmerz suchte ihn heim, in jeder Zelle seines Körpers, und die Stockwerke rasten an ihm vorbei. Kabel, Wände, Stahl – alles verwischte, ehe er mit einem schmerzerfüllten Stöhnen die Türen zusammengleiten ließ. Diese Macht – sie war unglaublich. Er war der Schlüssel – er konnte jedes Tor öffnen. Jede Tür auf der ganzen Welt! Er brauchte nur noch einen Ring, um auch in die Schatten treten zu können. Dann konnte er das mächtigste Tor von allen erreichen: das Tor des Lichts.

Er lächelte, als der Fahrstuhl anhielt. Diesmal öffneten sich die Türen von selbst. Ein Fahrstuhl war keine Herausforderung. Seine Macht war für Höheres bestimmt. Und doch fürchtete er den Schmerz, den seine Macht verursachte. War er wirklich stark genug, dem standzuhalten, wenn er sich dem mächtigsten Tor der Welt näherte? Gab es keine Möglichkeit zu bekommen, was er wollte, ohne diese Schmerzen? Oder zumindest die Gewissheit, dass er das Öffnen des Tores überleben würde?

»Jack!«, riss ihn eine Männerstimme aus seinen Überlegungen. »Da sind Sie ja! Ich habe schon auf Sie gewartet.« Zac Moran kam auf ihn zu und zog ihn händeschüttelnd regelrecht aus dem Fahrstuhl. »Ich bin tatsächlich aufgeregter, als beim Start meiner Mars 4 Rakete im letzten Jahr.«

Moran trug einen silbrig schimmernden Anzug und sein Händedruck war fest. Jack gefiel das. Die Macht, die er besaß, würde ihn reich machen und mit dem Reichtum käme ebenso der Ruhm. Reich und mächtig – vielleicht sogar der mächtigste Mann der Welt. Er legte Moran die Hand auf die Schulter, um das feine Material des Anzugs unter seinen Fingern zu spüren. So einen Anzug würde er sich auch gönnen.

»Kommen Sie in mein Büro«, bat Moran und führte ihn an der eleganten Anmeldung vorbei in ein gläsernes Arbeitszimmer. Energisch schloss er die Tür hinter ihnen und sah ihn dann ungeduldig an. »Und nun lassen Sie mal sehen, was Sie mir mitgebracht haben.«

Jack klopfte sich auf die Umhängetasche. »Hier drin befindet sich die Erfüllung unserer Träume«, sagte er und trat an Morans Schreibtisch.

»Dann waren Sie erfolgreich beim Schmieden der Fassung?«, fragte Zac und trat neben ihn, als er die Tasche auf den Tisch stellte.

Jack nickte wortlos und Morans Lächeln wurde breiter. »Es ist unglaublich, dass keiner der selbst ernannten Möchtegern-Lichtbringer je zuvor von dieser Fassung gehört hat«, freute sich Zac und rieb sich erwartungsvoll die Hände. »Dieser Cross – ich mochte ihn nie – hat uns allen immer vorgemacht, er könnte unsere Träume erfüllen«, stellte Zac kopfschüttelnd fest. »Er hat wirklich geglaubt, er könnte das Tor des Lichts öffnen.« Zac lachte abfällig. »Dieser Idiot!«

Jack konnte seinem Geschäftspartner da nur zustimmen. Konstantin Cross war ein ahnungsloser Narr. Er war ein Wurm, den er zerquetschen wollte, so wie seine Frau im Wagen zerquetscht wurde, den Cross und seine unfähigen Helferlein manipuliert hatten, um ihn dazu zu bringen, sich ihnen anzuschließen. Er sollte die drei Ringe vereinen und zu einem Ganzen schmieden. Jack musste beinahe lachen. Diese Idioten! Niemand außer ihm wusste, was zu tun war, um das Amulett des Todes wiederherzustellen. Denn keiner der Ringhüter von damals hatte sich für die Arbeit des Schmieds interessiert. Sie hatten bekommen, was sie wollten: Macht – und mehr hatte nie gezählt. Jacks Mundwinkel verzogen sich zu einem Lächeln. Gut für ihn.

Er öffnete die Tasche und holte das in Tuch eingeschlagene Metall heraus, das er geschmiedet hatte.

Zac hielt den Atem an, als Jack den Blick auf das silbrig schimmernde Metall offenbarte. Es war nicht seine beste Schmiedearbeit – von seiner üblichen Handwerkskunst weit entfernt. Die Fassung war noch nicht einmal schön zu nennen, aber selbst ohne sie zu berühren, spürte man ihre Kraft. Wie ein Magnetfeld brachte sie die Luft zum Zittern.

»Das ist also der Schlüssel«, murmelte Zac ehrfürchtig und hob die Hand, als wollte er das Amulett berühren. Doch er tat es nicht. Stattdessen sah er Jack an. »Wie geht es jetzt weiter? Was geschieht nun?«

Jacks Lächeln wurde breiter. »Nun vereinen wir die Fassung und das Vitalinaurum«, sagte er bedeutungsschwanger und zog ein weiteres, in Tuch gewickeltes Päckchen aus seiner Tasche. Und auch wenn er die Ehrfurcht in Zac Morans Blick genoss, trieb ihn die eigene Ungeduld dazu, das Tuch diesmal ohne viel Tam-Tam zu entfernen, bis er schließlich den Seelenring in den Fingern hielt.

Morans Augen wurden groß. »Das ist er?«, fragte er leise und berührte den Ring.

»Das ist der Seelenring«, bestätigte Jack stolz und ließ zu, dass Moran seine Fingerkuppe durch den Ring schob. Als Moran ihn jedoch an sich nehmen wollte, schloss er die Faust darum und zog ihn Zac vom Finger. »Es wird Zeit, dass wir den Ringhütern die Macht nehmen«, sagte er und genoss das Gefühl des Vitalinaurums auf seiner Haut. Es war warm – ganz anders als einfaches Metall. »Wenn wir die Ringe erst mit der Fassung vereint haben, dann können uns die Ringhüter nicht mehr gefährlich werden. Die Fassung nimmt ihnen ihre Macht.«

Zacs Nasenflügel blähten sich, so aufgeregt war er. »Tun Sie es«, forderte er und nickte in Richtung Fassung. »Tun Sie es jetzt, ich will das nicht verpassen. Wo müssen wir hin? Was brauchen Sie, um das Metall in die Fassung zu schmelzen?«

Jacks Lachen hallte von den Glaswänden wider. »Das ist es ja – Konstantin Cross dachte, er würde einen Schmied brauchen, um das Vitalinaurum zusammenzufügen.« Er hielt den Ring über die Fassung und das Metall beider Stücke glühte auf. »Cross hat meine Frau getötet, weil er dachte, er würde mich brauchen.« Jack schüttelte den Kopf. »Meine Frau starb, weil dieser Idiot nicht wusste, wovon er sprach! Er hat keine Ahnung von der Macht des Vitalinaurums!« Jack streichelte den Ring ehrfürchtig, ehe er ruhiger sagte: »Es hat eine beinahe unmenschliche Hitze gebraucht, das Metall zu zerteilen. Unmenschliche Hitze, weil das Metall immer wieder wie von selbst zueinandergefunden hat.«

Schmerz breitete sich in Jacks Fingern vom Ring über seinen

Handrücken, den Unterarm, bis hinauf zur Schulter aus. Je näher er den Seelenring an die Fassung hielt, umso stärker wurde der Schmerz. Er nahm ihm den Atem und beinahe wäre er zurückgewichen, ohne sein Vorhaben zu beenden. Er zitterte und Zac sah ihn irritiert an, als er sich mit der anderen Hand auf den Glastisch stützte, um nicht zu fallen.

»Was ist los?«, fragte Zac und wich einen Schritt zurück.

Jack pustete sich einige Strähnen aus dem Gesicht. »Was los ist?«, keuchte er und wehrte sich leicht gegen den Sog, den das Amulett aussandte. »Sie werden Zeuge eines Wunders!«, schnaufte er schwer, als sich der Ring in seinen Händen verflüssigte. »Eines verdammten Wunders!«, wiederholte er atemlos, denn als der erste Tropfen Vitalinaurum in die Fassung lief, traf ihn der Schmerz wie ein Schlag in die Magengrube.

⌘

Bastian wollte schreien. Unsäglicher Schmerz durchbohrte ihn und das Nichts schloss sich fester um seinen Körper. Er hielt Skye in seinen Armen, doch jedes Gefühl wurde von Qual dominiert. Kälte und Hitze prasselten zeitgleich auf ihn ein und er war nicht in der Lage, auch nur einen klaren Gedanken zu fassen. Nicht einmal sein Keuchen war noch real. Alles löste sich auf. Er musste zurück ins Licht! Die Schatten – sie packten ihn, sie zerrten an ihm, und obwohl er dagegen ankämpfte, ließ seine Kraft nach und Skye drohte ihm zu entgleiten.

Ein weiterer Schmerz bohrte sich in seine Brust. Er verstand nicht, was los war. Verstand nicht, warum er jegliche Orientierung verlor.

»Skye!«, wollte er rufen, denn das Nichts sog sie immer weiter von ihm fort. Erst nur wenige Millimeter, dann schwebte sie wie auf

Wolken und er spürte, wie er die Kontrolle verlor. Und auch Skye spürte es. Sie sah ihn an, aus ihren großen, leeren Augen und das Wüten glomm auf.

»Es ist wie damals«, drangen ihre Gedanken ungesagt durch die Dunkelheit. »Du – und ich – und … keinerlei Kontrolle.« Ihr Lachen füllte das Nichts und hallte Bastian unheimlich in den Ohren. Er kämpfte gegen den Schmerz an, der ihn zu zerreißen drohte, während Skye neue Energie durchströmte. Doch er wusste, es war keine Energie – es war das Wüten. Es bäumte sich ein letztes Mal auf, angestachelt durch seine plötzliche Schwäche.

»Komm, lass uns tanzen!« Skyes Gedanken klangen wie die eines kleinen Kindes. »Es ist ein wunderbarer Tag, um zu tanzen, Bastian«, trällerte es durch das Nichts. Er spürte ihre Berührung nur leicht durch den Schmerz hindurch und als sie sich an ihn schmiegte, übermannte ihn der Schwindel.

»Nicht!« Er legte alle Kraft in seine Gedanken. »Nicht, Skye, tu das nicht! Du weißt, was passiert!«

Es war wie ein Déjà-vu. Eine schreckliche Erinnerung, die mit jeder Sekunde zur neuen Realität wurde. Schon einmal hatte Skye sich seinen Herzweben genähert. Und es hätte sie beinahe umgebracht. Doch damals war die Situation eine andere gewesen. Skye war stark gewesen. Nicht geschwächt und ausgezehrt von Wochen ohne ihren Ring, wie jetzt. Und schon damals hatte sie nicht aufhören können, immer mehr von seinen Weben zu nehmen, bis diese am Ende so mächtig in ihr tobten, dass sie ihren Körper gesprengt und aus ihr herausgebrochen waren.

»Deine Herzweben sind so schön«, wisperte sie und der Schwindel wurde stärker.

»Hör auf!«, beschwor er sie, doch seine Kraft war wie weggepustet. Er wusste nicht, wo die Schatten endeten, wusste nicht, wie er sich vor Skyes Angriff schützen sollte. Es war, als wäre die Macht seines Rings, die Macht seines Erbes dabei, sich einfach aufzulösen.

Er spürte ihre Hände in seinem Nacken, ihre Lippen auf seinen und ihr Lachen drang mitten durch ihn hindurch. »Wenn man sich liebt, dann küsst man sich doch.« Er wusste nicht, ob sie das gerade dachte, oder ob es seine eigene Erinnerung an ihre Worte war, die durch seinen Kopf hallte.

»Ein Kuss – wie schlimm kann das sein?« Ihre Zunge fühlte sich an wie eine Messerschneide, als sie seine Lippen streifte.

»Es wird dich umbringen!«, schaffte er es trotz des Schwindels zu denken.

Skyes Fingernägel gruben sich in seinen Nacken und ein Keuchen drang durch das Nichts. War es seiner Kehle entwichen oder ihrer? Er konnte es nicht sagen, denn nichts schien mehr real.

»Ich weiß.« Skye lachte verführerisch, aber in ihren Augen glomm reinster Wahnsinn. »Es ist ein schöner Tag, um zu sterben, Bastian, denn ich bin nicht länger allein. Wir beide … werden hier in den Schatten bleiben. Für immer.«

Bastian fühlte sich wie unter Wasser gedrückt. In eisiges Wasser, tief unter der Oberfläche. Die Kälte stach in jede Zelle seines Körpers und ein unglaubliches Gewicht drückte auf seine Lunge. Wie eine Schlingpflanze, die ihn daran hinderte aufzutauchen, hing Skye an ihm und als ihre Zunge in seinen Mund eintauchte, da schmeckte er Salz. Es war das Salz ihrer Tränen, während er immer tiefer und tiefer im dunklen Strudel dieses undurchdringlichen Gewässers versank.

Er spürte, wie Skye sein Herztor aufstieß. Sie trug keinen Ring, konnte also nicht hinein, doch seine Herzweben erkannten sie und sie näherten sich ihr ohne Furcht. Schließlich war sie Skye Caerhay. Seine erste Liebe.

⌘

Ich schlug der Länge nach auf die Erde, denn mein Körper gehorchte mir nicht. Die Pflanzenstängel, die ich gepackt hatte, um mich festzuhalten, waren einfach abgeknickt und ihr klebriger Saft benetzte nun meine Finger. Ich keuchte und mir wurde schlecht. Ich hatte keine Ahnung, warum.

»Du schon wieder!«, herrschte Rayne mich an und kam mit großen Schritten auf mich zu. »Hast du nicht schon genug angerichtet?« Sie riss mich am Shirt auf die Knie und starrte mich zornig an. »Wegen dir …«

Mein Schmerzensschrei hallte durch die Orangerie und ich bäumte mich gequält auf. Da war sie wieder – diese Hitze. Diese alles verschlingende, tödliche Hitze. Ich riss mich von Rayne los und sank zu Boden. Die Erde zwischen meinen Fingern war feucht und ich grub meine Nägel hinein, als könnte ich so irgendwie Halt finden. Der Geruch von Torf und exotischen Blüten vermischte sich zu einem erdrückenden Duft. Er erinnerte mich an einen Sarg mit Blumen, der in die Erde hinabgelassen wird. Ich wollte das nicht riechen, wollte hier weg – doch ich war wie gelähmt.

Ich kniff die Augen zusammen und fremdartige Bilder prasselten auf mich ein. Immer mehr, wie zähe Tropfen, die meinen Geist fluteten. Und sie hatten eines gemeinsam: Bastian Tremblay. Ich spürte ihn in jeder Faser meines Körpers, als würde er mit mir verschmelzen. Ich sah ihn vor mir, als Kind, mit seinen Eltern, sah ihn mit Tristan, spürte ihre Bruderliebe, spürte jedes winzige Detail seiner Liebe für Skye und seine Angst vor der Pflicht als Ringhüter.

Ich spürte seine Macht und seine Kraft, spürte seine Muskeln im Gig über der Themse vor Anspannung zittern und den Schweiß, der ihm den Rücken hinabrann. Ich spürte seine Überraschung, als ich ihm auf Tristans Party in die Arme lief, und war in seinem Herz, als er mir im Riesenrad gegenübersaß. Ich spürte, dass er mich küssen wollte, dass er mir in diesem Moment nahe sein wollte, und dann fühlte ich die Enttäuschung, als er mich in Tristans Armen sah. Ich fühlte Schmerz und Eifersucht und dann nur noch eisige Dunkelheit.

Der Duft nach Blüten und Erde wurde wieder stärker, aber ich merkte kaum, wie ich vom Boden hochgerissen wurde. Wie ein Schütteln mich dazu brachte, nach Luft zu schnappen.

»Wach auf!«, drang eine Stimme zu mir und starke Arme umfingen mich. »Du musst atmen.«

Ich versuchte es, vergeblich. Die Bilder, Gefühle und der Schmerz eines anderen Lebens erdrückten mich. Ich konnte diese Fülle an Energie nicht halten. Nicht beherrschen. Nicht kontrollieren.

»Hilf mir«, presste ich heraus, nicht sicher, ob auch nur ein Ton über meine Lippen gekommen war.

»Wie?« Ich hörte Tristans Worte nah an meinem Ohr. Sein Atem strich über meinen Hals, seine Hände hielten mich fest, aber sie zitterten. »Wie, Abby? Sag mir, was du brauchst. Sag, was los ist!«

Sein Herz schlug unter meiner Wange und ich spürte seine Angst. Sie glich der meinen.

»Etwas … passiert«, japste ich und versuchte, die Augen zu öffnen. Das Sonnenlicht, das durch die gläserne Kuppel der Orangerie schien, blendete mich und die Feuchtigkeit ließ die Luft um uns herum wie einen Regenbogen schillern. Das dunkle Grün der tropischen Pflanzen umrahmte das Gesicht über mir. Ich blickte in

Tristans leuchtend blaue Iriden, in denen ich mich spiegelte, und was ich sah, war ein Wesen aus purem Gold. Es dauerte einen Moment, bis ich begriff, dass die Tränen, die das goldene Wesen vergoss, heiß über meine eigene Wange liefen. Ungehindert, denn ich war nicht in der Lage, sie zurückzuhalten. Der Schmerz war viel zu groß.

»Bastian, er …« Meine Lippen rissen auf und ich schmeckte Blut.

»Wir finden ihn!«, versicherte Tristan mir, aber das tröstete mich nicht. Ich wusste, wo sein Bruder war. Ich sah ihn deutlich vor mir. Alles in mir war auf ihn ausgerichtet, als wären wir eins. Wir waren eins. Miteinander verschmolzen. Sein Schmerz war meiner.

Und deshalb spürte ich ganz deutlich, dass Bastian Tremblay starb.

Ein letzter Kuss

»Es ist unglaublich!«, staunte Zac und rüttelte an Jacks Schultern, um ihn aus seiner kauernden Haltung hochzuziehen. Die Schmerzen, die Jack litt, schienen Zac nicht zu interessieren. Nur Jack selbst waren sie nicht egal. Er fürchtete sie. Konnte sie kaum ertragen. Adrenalin peitschte durch seine Adern, sodass er sich nun, wo es überstanden war, wie berauscht fühlte. »Was für ein Wahnsinn! Was für ein unglaubliches Erlebnis!« Zac war ganz aus dem Häuschen. »Der Ring hat sich vor unseren Augen aufgelöst!«

Jack kam mühsam auf die Beine. Der Schmerz während der Verschmelzung hatte ihn in die Knie gezwungen, doch jetzt kehrte seine Stärke zurück. Mit der gleichen Ehrfurcht, die auch Zac empfand, betrachtete er die mit dem Vitalinaurum des Seelenrings gefüllte Fassung vor ihnen auf dem Tisch. Noch immer kam sein Atem vor Anstrengung stoßweise und noch immer lief ihm der Schweiß den Rücken hinab. Trotzdem hatte er sich nie besser gefühlt, denn er war seinem Ziel näher als je zuvor. Jahrelang hatte er sich versteckt, war um Konstantin Cross herumgeschlichen und hatte nicht gewusst, wie er auch nur einen der drei Ringe in seinen Besitz bringen sollte. Dabei war ihm schon lange klar gewesen, dass die Vereinigung der Ringe ihn reich machen würde.

Mit Blick auf Zac Moran und seinen maßgeschneiderten Nobelanzug bedauerte er allerdings, dass dies so lange gedauert hatte.

»Meine Tochter wird zurückkehren«, freute sich Zac, nun etwas leiser. »Der Tod wird keine Bedeutung mehr haben, wenn wir beenden, was hier und heute begonnen wurde.«

Jack umrundete den Schreibtisch und ließ sich wie selbstverständlich auf Morans ledernen Chefsessel fallen. Ihm zitterten noch immer die Knie, aber das würde ihn nicht dazu bringen, aufzuhören. »Schon bald wird der Tod den Anfang bilden. Den Beginn meines Reichtums«, stimmte er Zac zu. Er zog die Umhängetasche zu sich und holte ein weiteres Päckchen aus eingeschlagenem Tuch heraus und grinste. »Also verlieren wir keine Zeit.«

Zacs Augen wurden groß und er warf einen kurzen Blick zur Tür in Richtung Vorzimmer. »Sie waren nicht gerade unauffällig, Jack«, gab Moran zu bedenken und kratzte sich nachdenklich an der Stirn. »Sie hatten Schmerzen – und das war nicht zu überhören. Vielleicht sollten wir –«

Jack ließ seine Faust auf den Glastisch krachen. »Wir ziehen das jetzt durch!«, rief er. »Schick deine Sekretärin nach Hause oder lass wegen mir die gesamte Etage räumen – aber ich werde nun fortführen, was wir begonnen haben! Egal, wie laut es sein wird!«

Zac hob beschwichtigend die Hände. »Aber ja doch! Ich will Sie … ähm, dich nicht davon abhalten – ich gebe nur zu Bedenken, dass der Vorgang kräftezehrend war.«

»Lass das meine Sorge sein. Ich habe das Metall der Fassung in den letzten Jahren nicht bei mir getragen – ich spüre seine Kraft kaum –, daher kann ich der Verschmelzung gut standhalten. Und zu warten würde bedeuten, den Ringhütern Zeit zu lassen, uns die Ringe abzunehmen. Doch wenn das Vitalinaurum erst vollständig in der Fassung ist, dann dürften wir von dieser Seite keine Probleme mehr bekommen.«

Zac nickte. Mit einem weiteren Blick auf die Glastür betätigte er eine Taste am Telefon, die ihn mit seinem Vorzimmer verband. »Esther, schicken Sie umgehend alle nach Hause. Ich will nicht mehr gestört werden. Ach, und Esther – das betrifft auch Sie. Gehen Sie nach Hause. Sofort.«

Jack lächelte. Das Gewicht des in Tuch geschlagenen Rings in seiner Hand war nicht groß, trotzdem fühlte er sich wie ein Sieger, allein wegen der Tatsache, dass er sich in seinem Besitz befand. Was für eine glückliche Fügung des Schicksals, dass Florence ihn in Abbys Zimmer gefunden hatte. Er umschloss das Tuch mit der Faust, sodass er das Metall dennoch spürte. Warum hatte Abby den Ring bei Florence gelassen? Hatte sie ihn dort vor den Ringhütern versteckt? Oder vor ihm?

Jack rümpfte die Nase, als er daran dachte, dass er Zweifel in Abbys Blick erkannt hatte. Zweifel an ihm. Dabei tat er das alles doch auch für sie, kapierte sie das nicht? Er hatte deutlich gemerkt, dass etwas mit Florence nicht stimmte. Ihre Erinnerungen waren ausgedünnt – genau, wie Abby ihm berichtet hatte. Owen Kingsley, der Hüter des Erinnerungsrings, konnte ihnen noch allen gefährlich werden. Umso wichtiger war es, die übrigen Ringe zu zerstören, damit die Gefahr zumindest von dieser Seite gebannt war. Die Lüge, die die Ringhüter lebten, würde enden. Keine Seelen werden mehr manipuliert werden, keine Herzen … Er öffnete das Tuch und nahm den Ring mit spitzen Fingern heraus. Niemand war mehr in Gefahr, wenn er hiermit fertig wäre.

»Widmen wir uns also dem Herzring«, murmelte er und stand auf. Sein Puls beschleunigte sich und eine Gänsehaut überzog schon allein in Erwartung der kommenden Schmerzen seinen Körper. War er wirklich stark genug dafür? Er wollte nicht zögern. Wollte keine Zeit verlieren, aber diese Schmerzen … dafür war er nicht gemacht. Doch da es keine Alternative gab, beugte er sich über den Tisch und zog das teilweise gefüllte Amulett des Todes zu sich heran. Der Ring in seiner Hand glomm auf und wurde weich wie Butter. Der Schmerz kehrte zurück.

»Es geht los«, hörte er Zac ehrfürchtig staunen, als die Energie des Rings ihn zu zerreißen drohte. Mit einem gequälten Schrei hielt Jack den Ring näher über die Fassung und sah zu, wie das Vitalinaurum sich glänzend und schimmernd mit purpurnem Dampf verflüssigte und wie von selbst Tropfen für Tropfen in die bereitstehende Fassung schmiegte.

⌘

»Er stirbt!«, presste ich heraus und drückte ganz fest Tristans Hand. »Ich spüre es – Bastian stirbt!«

»Er wird nicht sterben«, versuchte Tristan mich zu beruhigen, doch seine Worte stressten mich nur noch mehr. Wollte er mir nicht glauben?!

»Wir alle suchen ihn. Wir werden ihn finden. Ihn und auch Skye.«

»Das reicht nicht!« Ich kämpfte mich hoch und wischte mir achtlos die Haare aus dem Gesicht. Tristans Gelassenheit regte mich auf und ich schlug auf ihn ein. »Hörst du! Es reicht nicht! Ich weiß nicht, was los ist, aber … ich fühle, dass …« Ich schüttelte den Kopf, denn ich verstand ja selbst nicht, woher diese Gewissheit kam. »Sie tötet ihn!« Ich suchte Tristans Blick. »Hör mir endlich zu! Ich fühle es – Skye tötet deinen Bruder in den Schatten – und zwar in diesem Moment!«

»Was redest du da?«, herrschte Victoria mich an. Ihr Gesicht war rot vor Wut und sie atmete schwer, da sie eben aus dem Nichts gekommen war. Sie stemmte die Hände in die Hüfte und sah herablassend auf mich runter.

Mühsam rappelte ich mich auf und riss an Tristan, sodass auch er auf die Beine kam. »Bring mich in die Schatten!«, drängte ich ihn. »Ich glaube, ich kann Bastian finden. Ich spüre ihn, als wären wir irgendwie verbunden – es ist ein neues Gefühl, aber wir müssen es versuchen.«

»Sie ist verrückt!«, erklärte Victoria und hielt Tristan am Arm fest. »Sie kann nicht in die Schatten. Sie ist kein Schattenspringer und du bist kein Ringhüter. Du bist nicht stark genug, tiefer mit ihr in die Schatten zu gehen.«

»Wir haben keine Wahl!«, rief ich und schlug ihre Hand von Tristans Arm. In seinen blauen Augen las ich Zweifel.

»Bastian ist schon viel zu lange im Nichts«, gab er an Victoria gewandt zu bedenken. »Ich weiß nicht, ob er genug Weben in sich trägt, um den Schatten so lange standzuhalten.« Er deutete mit einem Nicken auf etwas, das ich nicht sehen konnte und Vic umgab. Ihr Webengeflecht. »Wir haben beinahe all unsere Weben aufgebraucht bei dem Versuch, Skye und Bastian zu finden. Vergeblich. Wir bekommen allmählich ein Problem.«

Ich stampfte vor Verzweiflung mit dem Fuß auf. »Hört auf zu labern! Uns läuft die Zeit davon! Wir müssen ihn finden!«

»Wir müssen nicht nur *ihn* finden!«, entgegnete Vic eisig.

»Dann würde ich verdammt noch mal vorschlagen, du überlegst dir, wie ihr mich in die Schatten bringt, denn ich bin sicher, ich kann euch zu Bastian führen – und ich spüre, dass deine irre Schwester bei ihm ist!«

»Nur Owen wäre stark genug, dich so tief in die Schatten zu führen«, gab Vic zu bedenken und sah sich nach dem Hüter des Erinnerungsrings um. Sie winkte ihn her, als er ein Stück abseits aus dem Nichts heraustrat. Er war allein – und er sah abgekämpft aus. Sein kariertes Holzfällerhemd war in Unordnung geraten und seine Haare wirkten, als hätte er sie mehrfach gerauft.

Schon bei seinem Anblick wurde mir übel. Gerade Owen Kingsley sollte mit mir in die Schatten gehen? Ich traute ihm nicht, und doch hatte ich keine Wahl. Bastians Leben hing davon ab. Und diesmal wollte ich keine Schuld auf mich laden.

»Na schön. Dann eben Owen«, entschied ich deshalb, ballte die Fäuste und sah Tristan fragend an. Würde er mich schützen können, falls meine Erinnerungen in Gefahr wären? Würde er sich gegen Owen auflehnen?

Er fing meinen Blick auf und erwiderte ihn. Mahnend umfasste er meine Schultern. »Was du vorhast, ist gefährlich. Owen kennt sich in den Schatten aus, aber er hat noch nie jemanden dorthin mitgenommen.« Er hatte die Stimme gesenkt und schirmte mich vor Owen ab, während Vic diesem offenbarte, was wir vorhatten.

»Du hast mich schon ins Nichts mitgenommen – und wir leben noch«, gab ich mich tapferer, als ich mich fühlte.

Tristan schmunzelte. Dann küsste er meine Nasenspitze und zwinkerte mir zu. »Ich mache gelegentlich Fehler.« Dann wurde er ernst und drückte meine Schultern. »Mach du jetzt bitte keinen, okay?«

Mein Nicken war so starr wie das eines Roboters, als Tristan mich umdrehte und meine eisigen Finger in Owen Kingsleys Hände legte.

»Du weißt, wo sie sind?«, fragte Owen skeptisch, während er mich an sich zog und ohne Umschweife in die Dunkelheit der Schatten mitnahm.

Die Kälte umhüllte mich und das Gefühl zu zerfallen, das mir inzwischen nicht mehr fremd vorkam, wurde mit jeder Sekunde im Nichts stärker. »Ich fühle Bastian – noch.« Wie immer waren hier keine Worte nötig. Meine Gedanken waren Owen Antwort genug.

»Noch?« Seine Hände boten mir nicht das gleiche sichere Gefühl, wie ich es bei Bastian empfunden hatte.

»Es wird schwächer. Vielleicht … wird *er* schwächer. Ich weiß es nicht. Aber ich denke, wir … müssen tiefer in die Schatten.«

»Noch tiefer hinein? Bist du sicher?«

Ich war mir kein bisschen sicher. Ich hatte Angst vor Owen und Angst davor, Bastian zu verlieren. Angst vor der Kälte und der Dunkelheit und Angst davor, mich hier im Nichts zu verirren. Die Kälte sickerte in mein Blut und verlangsamte meinen Herzschlag. Ich wusste, ich konnte das nicht lange aushalten.

»Ja«, antwortete ich stumm und krallte meine steifen Finger in Owens Rücken, während er tiefer und tiefer ins Nichts vordrang.

»Weiter«, dachte ich und Owen folgte diesem Gedanken. »Noch weiter.«

»Du musst dich irren. Das Nichts ist hier so dicht, wir nähern uns dem Reich des Todes. Ich denke nicht, dass –«

»Wir müssen weiter – ich spüre es.«

Owen zögerte und die Kälte stach wie Nadeln auf uns ein. »Ich kann nicht sehr viel weiter. Die Schatten zehren meinen Vorrat an Weben auf und der Weg zurück ins Licht ist weit. Wir müssen umkehren.«

»Nein!«

»Wir schaffen es sonst nicht zurück«, erklärte Owen und ich spürte beinahe, wie er sich schon zurückzog. Ich wusste, was er meinte. Auch meine Lebensgeister schwanden mit jedem weiteren Augenblick, den wir hier verbrachten. Es war so kalt, dass meine Haut wie mit Eis überzogen war.

»Ich spüre ihn. Er ist ganz nah.« Ich drängte mich an Owen Kingsleys Brust, denn nur seine Körperwärme hielt mich in diesem Moment am Leben. »Bitte!«, dachte ich schwach.

»Wenn sie dem Tod schon so nahe sind, dann können wir nichts mehr für sie tun.«

»Bitte!« Mein ganzer Schmerz lag in diesem Gedanken. »Bitte, Owen!«

Ich wartete auf seine Entscheidung, wartete darauf, dass meine letzte Hoffnung mit seinem Entschluss, umzukehren, sterben würde. Dass der Mann, den ich liebte, in den Schatten sterben würde. Ich wartete auf das kleinste Zeichen von Owen, als mich erneut ein unerwarteter Schmerz tief in meinem Inneren zum Schreien brachte. Es gab im Nichts keine Stimme – keine Geräusche. Und doch hallte meine Qual laut durch die alles verschlingende Dunkelheit. Meine Zellen, die nur dank Owens Macht zusammengehalten wurden, schienen unter dem Schmerz zu platzen. Jeder Nerv brannte.

»Was ist?«, dachte Owen erschrocken und packte mich fester, als ein weiterer Schrei die Schatten vor uns durchschnitt.

⌘

Skyes Kuss war hungrig und verzweifelt. Ihre weichen Lippen drängten sich gegen seine und ihre Zunge tauchte tief in seinen Mund ein. Bastian spürte ihren Kummer, ihren Schmerz und ihre Not. Und er spürte, dass sie bereit war, hier und heute zu sterben. Mit ihm zu sterben. Selbst durch den Schwindel hindurch, den sie ihm verursachte, weil sie nicht nur einen Kuss raubte, sondern auch seine

Weben, fühlte er, wie ihrer beider Kräfte schwanden. Etwas war geschehen. Etwas hatte ihm die Kontrolle geraubt. Hatte ihn aus der Bahn geworfen. Er wusste, er musste Skye hier wegbringen, doch das Nichts war mit einem Mal so dunkel, dass er keine Ahnung hatte, wie er wieder hinausfinden sollte. Skyes Kuss veränderte sich. Wurde zärtlich, wie damals, bei ihrem ersten verhängnisvollen Kuss. Sie hob ihre Hände in sein Haar und schmiegte sich an ihn. Sein Herz war leicht. Kein Wunder, Skye hatte seine Weben genommen, wie schon einmal. Doch diesmal war etwas anders. Sie hatte ihm nicht nur etwas genommen, sondern hatte ihre eigene Liebe zu ihm mit aller Kraft in sein Herz gejagt. Er spürte sie wie ein Feuer in sich brennen, spürte Skyes Kummer, weil sie wusste, dass sie nie wieder glücklich werden konnte. Er spürte, dass ihr Herz ohne den Herzring niemals wieder funktionieren würde und es keine Heilung für ihre Seele gab, weil ihr zarter Körper zu schwach war, neue Weben aufzunehmen. Ihre Kräfte waren aufgebraucht, genau wie seine.

»Ich habe doch nichts falsch gemacht, als ich mich in dich verliebt habe?«, hörte er ihre Gedanken durch den Schwindel, ehe sich immer mehr Dunkelheit über ihn legte. Er dachte an Abby. Daran, dass auch er nicht vorgehabt hatte, etwas falsch zu machen, als er sich in sie verliebt hatte. Und trotzdem hatte damit alles angefangen. Mit dem Kuss in der Geisterbahn. Es kam ihm vor, als könne er noch jetzt Abbys Schrei hören. Laut und schrill und … viel zu nah. Der Schwindel verblasste und er spürte Skyes Zittern, als sie sich gepeinigt an ihn klammerte. Ihr Gesicht war schmerzverzerrt und all ihre Gedanken schienen nur aus Schmerz zu bestehen.

»Ein Kuss. Mehr wollte ich doch nie. Ein Kuss, weil ich doch so verliebt war.« Und als Skye diesmal seine Lippen teilte, da erwiderte er den Kuss, denn er wusste, es war das Letzte, was sie spürte, ehe die Schatten sie verschluckten. Er küsste sie, aber der Schrei, den er hörte, verklang nicht. Er kam näher.

Er sah sich um, doch er sah keinen Ausweg aus den Schatten, die ihm immer so vertraut gewesen waren. Sie waren viel zu tief ins Nichts vorgedrungen. Dem Tod viel zu nah. Mit aller Kraft wandte er sich um, in Richtung Abbys Stimme, die er sich vermutlich nur einbildete.

⌘

Ein Gewicht wie eine Betonplatte drücke auf meine Lunge, auf meine Rippen, auf das wenige, was von meinem Körper noch übrig war. Gefühle, viel zu viele davon, schlugen auf mich ein. Ich wurde erstickt von den Gefühlen einer anderen Person, eines anderen Lebens.

»Skye!«, nahm ein Gedanke in meinem Kopf Form an. »Ich verschmelze mit Skye Caerhay.« Ich fühlte die unbeschwerte Liebe zu ihren Schwestern, die Aufregung, als sie von ihrer Pflicht als Ringhüterin erfuhr. Spürte die Energie, die sie durchfuhr, als sie das erste Mal ein Herztor öffnete und Liebe darin weckte. Ich spürte das Glück, das sie empfand, als Bastian Tremblay ihr zum ersten Mal ein Lächeln schenkte. Spürte ihre Liebe, als sie ihn küsste. Und dann … Wieder schrie ich meinen Schmerz laut hinaus, denn die Gefühle von Skye waren mehr, als ich ertragen konnte. Ich spürte ihren Schmerz in jeder Faser meines Seins. Sie wurde zerrissen, aufgesprengt von Bastians Herzweben.

Wir waren so innig miteinander vereint, dass ich das Reißen ihrer Haut spürte, dass ich jeden Blutstropfen über meinen Körper rinnen fühlte, den sie vergoss. Und ich war bei ihr, in diesem Moment, wo sie in Bastians Armen lag und den Tod herbeisehnte.

»Dort!«, rief Owen und im nächsten Moment ließ er mich los.

Ich trieb durch die Schatten, haltlos und ohne Anker. Meine Zellen lösten sich auf und ich war froh darüber, denn Skyes Schmerz war unerträglich. Ich erkannte, dass ihr Herz nur für Bastian schlug. Es war bis zum Rand gefüllt mit Bastians Weben, die ihr nur noch mehr Leid zufügten, denn diese Weben, sie brannten für mich. Und sie wusste es. Sie wehrte sich nicht, als die Weben unter ihrer Haut mit aller Kraft an die Oberfläche drängten, um aus ihr herauszubrechen.

»Es hätte ein schöner Tag werden können«, hörte ich sie und spürte, wie sie sich von Bastian lossagte. »Ein schönes Ende, endlich geküsst, so wie Mädchen es sich erträumen.«

⌘

Bastians Sinne schärften sich, als Owen Skye von ihm wegzog. Er fühlte sich leer und zugleich unendlich schwer, denn Skyes Liebe hatte sich in sein Herz gestohlen.

»Wir müssen hier weg!«, rief Owen und stieß Bastian an, um ihm zu bedeuten, dass er ihm folgen sollte. »Gib Abby deine Hand, sie braucht Halt – und ich nehme Skye mit zurück«, überschlugen sich dessen Gedanken und erst jetzt realisierte Bastian, dass der Hüter des Erinnerungsrings nicht allein den Weg durch die Schatten auf sich genommen hatte. Angst packte ihn, denn Abby war viel zu weit gegangen. Hier war kein Ort für Menschen. Selbst ihm setzte das Nichts zu.

Er kämpfte sich zu ihr und die Kälte ihrer Haut bereitete ihm Sorgen. Und noch mehr der Schmerz in ihren goldenen Augen. Doch sie sah nicht ihn an. All ihre Sinne waren auf Skye gerichtet.

»Es ist zu spät«, hörte er Abbys Gedanken und er wusste, sie hatte recht.

»Wir müssen zurück!«, drängte Owen, als Bastian eine unheimliche Ruhe überkam. Diese Ruhe – sie stammte aus Abbys Innerstem und war eins mit Skyes Sein.

»Nein«, hallte es in seinem Kopf, auch wenn es sich falsch anfühlte. »Sie stirbt, wenn wir sie ins Licht bringen«, dachte er und einen Schattensprung später waren er und Abby an Skyes Seite. Owen hielt sie wie ein Kind. Ihre Augen waren geschlossen, als würde sie schlafen. Nur ihr Geist war wach.

»Du hast mich geliebt – und jetzt liebst du sie«, hörte er Skyes Gedanken leise wie eine Erinnerung.

Owen strich ihr die Haare aus dem Gesicht und umfasste ihr Kinn, doch ihre Augen blieben geschlossen. Blaue Weben überzogen seinen Handrücken und wuchsen von dort in Skyes Körper.

»Owen braucht Weben, um uns hier herauszuführen – und Skye erstickt unter der Menge, die sie mir genommen hat. Er macht es ihr leichter. Und dann nehmen wir sie mit zurück«, dachte er, um es Abby zu erklären.

»Ich will nicht zurück! Ich sterbe«, drang Skyes Stimme wortlos an ihrer aller Ohr. »Im Licht … werde ich sterben.«

»Du stirbst auch hier«, meinte Owen und packte sie fester, um mit ihr durch die Schatten zu gelangen. Bastian sah, wie er erneut einige ihrer Erinnerungsweben nahm, um seine Kräfte aufzufüllen – andernfalls würde es niemand hier herausschaffen.

»Es wird wehtun. Es hat schon einmal sehr wehgetan, weißt du?«, Bastian las ihre Erinnerungen in Owens Gedanken.

»Das wird nicht passieren«, hatte er ihr damals versprochen. *»Ich schwöre, dass das nicht passieren wird.«*

»Versprich mir, dass du mich rettest, wenn es so weit kommt«, hatte sie gefleht und es kam ihm vor, als fühle er noch immer ihre Stirn

an seine gepresst. »*Versprich mir, Bastian, dass nicht noch einmal das Wüten aus mir herausbrechen wird. Es hat mich zerrissen, gesprengt und zerstört. Bitte, Bastian. Versprich es mir. Wenn du mich je wirklich geliebt hast, dann lass nicht zu, dass mir das noch einmal passiert.*«

Bastians Herz brach, als Skyes Erinnerungen mit qualvoller Kraft in Owens Gedanken widerhallten und so das Nichts füllten. Es zerriss ihn, weil ihr unendlicher Schmerz auch seiner war.

»Bitte, Bastian«, flehte sie und trotz der Dunkelheit war es, als sähe sie ihn an. Als sähe sie in sein Innerstes. »*Diesen Schmerz – hat niemand verdient.*«

»Lass sie los.« Er wandte sich an Owen. Gleichzeitig strich er Skye das feine Elfenhaar auf den Rücken und streichelte ihre vor Kälte rissige Haut.

»Spinnst du, wir müssen hier weg!«, hallte Owens Einspruch durch den Schatten, aber Bastian hatte einen Entschluss gefasst.

»Du hast recht – *wir* müssen hier weg. Skye aber nicht.« Er griff nach Owens Hand und löste sie von ihr. »Skye stirbt im Licht.«

»Ich weiß, dass sie das denkt, dass sie Angst hat, aber –«

»Du warst doch in ihren Erinnerungen. Hast du nicht ihren Schmerz gespürt?«

»Doch! Natürlich! Sie hat unfassbare Qualen durchlebt, aber –«

»Bitte, Bastian. Versprich es mir. Wenn du mich je wirklich geliebt hast, dann lass nicht zu, dass mir das noch einmal passiert«, drangen Skyes Gedanken flehend durch die Kälte.

Bastian schluckte. Das Nichts fraß sie alle auf. Er war am Ende seiner Kräfte. Die Kälte tat in jeder Zelle seines Körpers weh, aber sie betäubte auch. Und das war es, was Skye sich wünschte. Einen betäubenden Schmerz – nicht diese vollkommene Vernichtung durch die Weben in ihr.

Er legte Abbys Hand in Owens und nahm dem Hüter des Erinnerungsrings Skye ab. Er zog sie an sich und küsste ihre eisblauen Lippen. »Alles wird gut«, schwor er und seine Kehle war wie zugeschnürt. Zum Glück brauchte es hier keine Worte.

»Lass mich hier«, flehte sie wieder und krallte sich dabei fest an ihn. Doch anders als zuvor gab es diesmal kein Wüten in ihrem Blut. Es gab keinen Hunger, der sie trieb. Nur Traurigkeit.

»Lass mich hier«, wiederholte sie und ihr Lächeln war voll von Hoffnung. »Warum bleibst du nicht auch hier?«

Bastian schüttelte den Kopf. Seine Gefühle schwächten ihn und ihnen blieb nicht mehr viel Zeit.

»Ich muss diejenigen aufhalten, die … unsere Ringe zerstören wollen«, erklärte er und umfasste ihr Gesicht. Ihr seidiges Haar strich über seinen Handrücken und erinnerte ihn an früher.

»Du hast es mir versprochen.« Ihre Gedanken waren leise und kraftlos. »Rette mich vor dem Schmerz, Bastian. Lass nicht zu, dass …« Sie deutete auf ihre schrecklichen Narben. »Bitte. Es ist ein schöner Tag, um in den Schatten zu sterben«, dachte Skye und hielt ihn fest, als spürte sie sein Zittern. »Ist es nicht ein schöner Tag für einen Abschied?«

Bastian spürte Owens Ungeduld. Und er spürte, dass Abby kaum noch gegen die Schatten ankämpfen konnte. Und doch brachte er es nicht über sich, Skye loszulassen.

»Ein Abschiedskuss – das wäre etwas Feines, oder nicht?« Bastian erkannte an den sich überschlagenden Worten in Skyes Gedanken, dass der Wahnsinn sie übermannte. Unendliche Traurigkeit erfasste ihn. Schnitt in sein Fleisch wie ein Messer, denn er wusste, er konnte sie nicht mehr retten. »Vic sagt, ich darf niemanden küssen, aber Vic ist nicht hier. Sie kann mir nichts verbieten. Nie mehr. Ich bin frei. Ich will frei sein. Will küssen ...« Sie riss sich fahrig an den blonden Haaren. »Ein Kuss ... zum Abschied – was ist schon dabei?«

»Bastian!«, mahnte Owen zur Eile und zog Abby an sich, bereit, die Schatten zu verlassen.

Ein Kuss zum Abschied – was war schon dabei? Bastian sah in das schöne Gesicht des Mädchens, das er einst geliebt hatte. Das er vielleicht nicht genug geliebt hatte, um es zu retten, doch das ihm heute zu viel bedeutete, als dass er ihm Schmerz zufügen wollte. Ein Kuss. Den schuldete er Skye.

Er schloss die Augen und senkte seine Lippen auf ihre. Zart, wie früher, öffnete sie ihren Mund und schmiegte sich an ihn. Die Kälte verlor an Bedeutung. Die Dunkelheit glühte auf, als heiße Herzweben in Skyes Webengeflecht erwachten und sich sehnsüchtig an ihn drängten, als wollten sie mit ihm verschmelzen. Ihre Zunge tauchte in seinen Mund und er erwiderte die Zärtlichkeit.

»Ich bin frei!«, dachte sie und ihr stilles Lachen war so losgelöst und unbeschwert, dass er kaum spürte, wie sie sich ihm entwand. Ihre Blicke trafen sich. Dann verschwand sie in den Schatten und die Kälte kam mit eisigem Griff zurück.

»Nein!«, schrie seine Seele, sein Herz, doch schon im nächsten Moment packte Owen seinen Arm und riss ihn mit sich. Unbeschreiblicher Schmerz schlug über ihm zusammen und als er schließlich neben Owen und Abby auf den sonnenüberfluteten Boden der Orangerie schlug, war nichts mehr, wie es einmal war.

Tränen rannen ihm in Strömen übers Gesicht und seine Gefühle brachen ungehindert aus ihm heraus. Doch sie schmerzten nicht. Sie weckten keinen Hunger. Sie weckten keine selbstzerstörerische Gier.

Nein, nichts war mehr, wie es einmal war.

Er war kein Ringhüter mehr – denn es gab den Seelenring nicht länger. Auch der Herzring war verloren. Durch den Schleier seiner Tränen sah er, wie Abby neben ihm lag. Sie war verletzt, aber er empfand kaum Mitgefühl. Sie hatte alles zerstört, wofür er gelebt hatte.

Es gibt kein Uns

Hektisch schnappte ich nach Luft. Mein Puls raste und ich zitterte wie Espenlaub. Adrenalin rauschte durch meine Adern und als ich die Augen öffnete, blendete mich das Sonnenlicht. Der Boden war hart und ich fühlte mich, als wäre ich ohne Fallschirm aus einem Flugzeug gesprungen. Jeder Knochen schmerzte, aber noch schlimmer war das, was ich *in mir* fühlte.

Ich spürte Bastians Seelenqual. Sie war unerträglich, aber kaum nennenswert im Vergleich zu dem Schmerz, der mich mit Skye verband.

Sie starb. Und ich fühlte es.

Wieder holte ich Luft, aber das Gefühl zu ersticken ließ nicht nach. Skye … Ich fühlte sie. Ich fühlte ihren Schmerz. Und dann …

Ich schrie. Warf mich herum und starrte den leuchtend blauen Schmetterling über mir an. Ein letzter qualvoller Schmerz. Dann war Skye verschwunden. Ich spürte sie nicht mehr. Meine Haut glomm golden auf und der Atem fand endlich einen Weg in meine Lunge. Der Schmetterling flatterte davon, so wie mein Gefühl der Verbundenheit mit Skye Caerhay. Tautropfen perlten von den Blättern über mir und vermischten sich mit meinen Tränen. Ich drehte mich auf die Seite. Sah, dass Bastian nur ein Stück weit entfernt neben mir lag.

Auch er hatte Tränen in den Augen. Und er wirkte verändert. Als wäre ein Teil seiner Dunkelheit, die ich immer bei ihm gespürt hatte, verschwunden.

Ich wollte die Hand nach ihm ausstrecken, aber der Moment verging und dann war Tristan bei mir. Er kniete sich neben mich und strich mir die Haare aus der Stirn. Behutsam tupfte er mir die Tränen ab und murmelte beruhigende Worte. Ich verstand sie nicht. Registrierte ihn kaum. Ich war ganz auf Bastian fokussiert, der mich nach einem hastig zugeworfenen kühlen Blick komplett ignorierte. Ohne mich weiter zu beachten, stemmte er sich vom Boden hoch, klopfte sich die Erde von der Kleidung und ging. Ich reckte den Hals, als er ein Stück abseits – eine üppige Grünpflanze behinderte meine Sicht – seine Arme um Rayne legte und ihre Schläfe küsste, während Vic und Owen sich weinend in den Armen lagen.

»Fuck!«, fluchte ich hustend und zog die Beine an. Ich fühlte mich furchtbar, jeder Knochen tat weh, aber am schlimmsten war das bedrückende Gefühl in meiner Seele. Ich fühlte Schuld. Unermessliche Schuld an dem Schmerz, den die Ringhüter in diesem Moment durchlebten.

»Skye hat es also nicht geschafft?« Tristans Stimme war traurig – aber sanft. Er legte seine Hand auf meine Hüfte, als würde er mir Kraft spenden wollen. »Was ist passiert? Ihr wart beängstigend lange in den Schatten.« Er half mir, mich aufrecht hinzusetzen, und zog mich an seine Brust. »Gott, ihr wart so lange weg, dass ich dachte, ich sehe euch nie wieder«, gestand er und seine Stimme hatte jede arrogante Selbstsicherheit verloren, die sonst in ihr mitschwang. Er presste seine Lippen erleichtert auf meinen Hals und murmelte in mein Ohr: »Ich hab gedacht, ich seh dich nie wieder!«

Seine Sorge um mich war rührend und ich war wirklich froh um seine Nähe. Es tat gut, gehalten zu werden, nach allem, was passiert war. Es war schön, nicht allein zu sein. Ich wollte ihm alles erzählen, aber ich brachte kein Wort heraus. Meine Kehle war wie zugeschnürt, wie vereist von der Kälte in den Schatten. Ich konnte ihm nicht sagen, wie das Nichts uns alle beinahe zerrissen, wie die Kälte uns fast das Leben gekostet hätte, und wie knapp es war, dass wir Bastian und Skye überhaupt gefunden hatten. Und noch viel weniger konnte ich in Worte fassen, was mit Skye passiert war.

»Sie kommt nicht zurück«, flüsterte ich deshalb und jedes Wort brannte wie Feuer in meinem Hals. Wie leicht war es in den Schatten – ohne Worte. Beinahe wünschte ich, Tristan könnte meine Gedanken lesen. Einfach verstehen, wie ich mich fühlte, wie beschissen es mir ging.

Ich konnte nicht aufhören, Skye vor mir zu sehen. Den Kuss, mit dem Bastian sie ihrem Schicksal überlassen hatte. Sie hatte ihn geliebt. Mit ihrem ganzen Herzen. Das hatte ich gespürt – und nun wurde ich dieses Gefühl nicht mehr los.

»Hör auf zu grübeln«, meinte Tristan zärtlich und streichelte meinen Rücken. »Dein Webengeflecht ist geflutet von Erinnerungen und Schmerz. Das ist nicht gut.«

Ich schluckte, doch der Knoten in meiner Kehle wollte sich trotzdem nicht lösen. »Waren es nicht mein Schmerz und meine Seelenlast, die dir an mir so gut gefallen haben?« Ich wusste, ich klang schnippisch, dabei war das Letzte, was ich wollte, dass sich Tristan ebenfalls von mir abwandte. Zum Glück nahm er meine Worte nicht ernst.

»Du hast immer gewirkt, als könnte dir der Schmerz nichts anhaben, Abby«, sagte er und sah mir in die Augen. »Aber jetzt … jetzt erdrückt er dich.«

»Weil es nicht nur mein Schmerz ist, den ich fühle«, erklärte ich und sah hinüber zu Bastian. Er und Owen schienen den Caerhay-Schwestern zu erzählen, was passiert war. »Ich weiß nicht, was mit mir los ist, aber ich habe mich schon vorhin so merkwürdig mit Bastian verbunden gefühlt.«

»Weil du in ihn verliebt bist«, meinte Tristan mitfühlend. »Das –«

»Damit hat es nichts zu tun«, unterbrach ich ihn und rieb mir die Stirn. »Ich hatte das Gefühl, als wären wir regelrecht verschmolzen. Ich habe alles gefühlt, was er empfunden hat. Seine Angst und seine Sorge um Skye waren … unbeschreiblich. Und dann, als Owen und ich die beiden gefunden hatten, da …« Ich schüttelte den Kopf, denn ich verstand selbst nicht, was dann passiert war. »Da habe ich wieder diesen Druck in meinem Körper gespürt. Wie schon zuvor – und plötzlich war Skyes ganze Angst auch in mir. Ich habe ihren … Wahn, ihren Schmerz gespürt und ihre furchtbare Angst vor dem, was die Macht in ihr anrichten wird.« Ich suchte Tristans Blick, war froh um das leuchtende Blau seiner Augen, das mir zeigte, dass ich die Dunkelheit der Schatten hinter mir gelassen hatte. »Ich habe sie auch noch gespürt, als wir zurückgekommen sind.« Ich schluckte. »Jetzt fühle ich sie nicht mehr.«

Tristan nickte. Seine Lippen waren fahl und er atmete tief durch. »Es ist nicht deine Schuld.«

»Ach nein?« Warum fühlte ich mich dann so schrecklich?

Er stand auf und zog mich mit sich auf die Beine. Dort, wo die Ringhüter eben noch gestanden hatten, war nun nur noch der lange Schatten der Palmblätter zu sehen. »Ich denke, die sehen das anders«, sagte ich und ließ zaghaft meine Schultern kreisen. Es war, als würde mir die Schuld schwer auf den Schultern lasten. »Bastian wird nie wieder mit mir reden.«

Tristan stupste mir den Ellbogen in die Seite. »Jetzt lass mal den Kopf nicht hängen.« Er griff meine Hand und führte mich durch den Blätterdschungel in Richtung Ausgang. Er klang viel ernster, als ich es von ihm gewohnt war. »Das Hüten des Vitalinaurums ist eine Aufgabe, die nicht erst seit gestern gefährlich ist. Schon immer gab es Versuche, die Ringe zu entwenden. Schon vor vielen Jahren sind Ringhüter bei dem Versuch gestorben, die Ordnung der Welt aufrechtzuerhalten.« Ein Schmetterling flatterte unbeschwert in unseren Weg und Tristan lächelte traurig. »Mein Vater ist deswegen gestorben. Aber auch andere sind dafür schon in den Tod gegangen. Das kann eben eine Begleiterscheinung unserer Aufgabe sein.«

Der Schmetterling landete auf Tristans Unterarm und er nahm ihn ganz vorsichtig mit dem Finger auf. »Denk nicht, dass ich nicht traurig bin, aber dies ist nun mal unser Erbe – wir haben es uns nicht ausgesucht, aber wir nehmen es hin.«

Der Schmetterling faltete seine Flügel auf, als wollte er sich uns in seiner vollen Pracht zeigen. Dann flog er davon.

»Denkst du, es ist mein Schicksal, euch zu hintergehen?«, fragte ich nachdenklich und ging durch die Glastür, die Tristan mir aufhielt. Frische Luft schlug uns entgegen und endlich konnte ich leichter atmen. Ich holte tief Luft und hob meine verschwitzten Haare im Nacken an, um mich abzukühlen.

»Warum fragst du?« Tristan nickte in Richtung der Wasserbecken und ich stimmte ihm schweigend zu. Er ging neben mir her und musterte mich dabei.

»Weil ich weiß, dass mein Urahn die Fassung des Amuletts gestohlen hat. Ich weiß inzwischen, dass das Metall meines Schnitzmessers diese Fassung war und es die Macht des Vitalinaurums unter Kontrolle hält.« Wir erreichten das Wasserbecken, ich setzte mich auf die steinerne Einfassung und tauchte die Hände ins Wasser. Dann wusch ich mir das Gesicht und benetzte meinen Nacken und mein Dekolleté. Das kühle Nass belebte mich und auch mein Gehirn schien wieder seinen Dienst aufzunehmen. Ich konnte wieder klarer denken. »Mein Dad will alle Ringe einschmelzen, um die Macht des Vitalinaurums zu bannen«, redete ich mir meine Zweifel von der Seele. »Ich habe ihm vertraut, weil er … weil er meine Schwäche ausgenutzt hat.«

»Welche Schwäche?«

Gott, wie dämlich ich mich fühlte, als ich Tristan ansah. »Er hat davon gesprochen, dass wir wieder eine Familie sein könnten, wenn die Macht der Ringe endlich gebannt wäre. Er hat mir versprochen, dass den Ringhütern nichts passieren würde.« Ich biss mir auf die Lippe, weil ich so leichtgläubig gewesen war. »Ich habe ihm vertraut, weil ich euch nicht mehr vertrauen konnte. Er hat mich hintergangen – und ich euch. Was ist, wenn es mein Erbe ist, die Ringhüter zu hintergehen?«

Tristan nickte. Dann griff er meine Hand. »Das werden wir verhindern, okay? Wir müssen einfach die Ringe zurückholen.«

»Ich glaube, es ist zu spät«, unterbrach ich ihn und knetete meine Finger. »Ich glaube, er hat es schon getan.«

»Warum glaubst du das? Ich dachte, du hast ihm den Herzring nicht gegeben. Wenn das stimmt, dann können wir ihn zurückholen. Vic ist die nächste Hüterin. Sie wird –«

»Wo der Herzring ist, weiß ich nicht. Er ist nicht mehr in meinem Versteck.«

»Das bedeutet aber nicht, dass er verloren ist, oder? Vielleicht haben wir ja Glück.«

Ich verstand, woher sein Optimismus kam, aber dieses ungute Gefühl in mir war zu stark, als dass ich es hätte ignorieren können. »Vielleicht«, murmelte ich ohne Überzeugung und stand auf, weil Tristan es auch tat. Er blickte zum Herrenhaus hinab und steckte dann seine Hände in die hinteren Hosentaschen seiner Jeans. »Ich nehme an, du läufst lieber, als die Abkürzung durch die Schatten zu nehmen?«

Ich nickte. »Ich habe genug von diesem schrecklichen Ort«, stimmte ich ihm zu und setzte mich in Bewegung. »Schatten sollten einfach nur Schatten sein. Und nicht eine Welt, in der man verloren gehen kann«, murmelte ich und war froh um jeden Schritt, mit dem ich die Orangerie hinter mir ließ. Andererseits brachte mich jeder Schritt Bastian näher – und seiner Wut auf mich.

⌘

Bastian starrte auf die kalte Feuerstelle des Kamins. Obwohl es ein milder Spätnachmittag war, empfand er keine Wärme. Der Salon war gemütlich eingerichtet, ein Ort für die Familie, aber in diesem Moment herrschte eine Stimmung wie auf einem Schlachtfeld nach einem verlorenen Kampf. Rayne weinte in ein rotes Kissen mit goldenen Quasten an den Ecken, Vic stand am Fenster und starrte blicklos in den Himmel. Ihre blonden Haare wirkten stumpf, als hätten selbst sie ihren Glanz verloren. Sogar Owen schwieg, auch wenn er als Einziger noch in Bewegung war. Er tigerte vor dem Sofa auf und ab, auf dessen Armlehne sich Bastian gesetzt hatte.

»Du hättest sie nicht zurücklassen dürfen!«, heulte Rayne zum wiederholten Mal und warf Bastian einen erschütterten Blick zu.

»Du hast gesagt, du bringst sie zurück! Du hast es mir versprochen!«

»Denkst du, ich habe es nicht versucht? Denkst du, ich wollte das?«, verteidigte er sich verzweifelt. »Sie war so tief in die Schatten vorgedrungen, ich war am Ende meiner Kräfte, als ich sie fand.« Er ballte die Fäuste, weil er erwartete, dass der Schmerz das Wüten in ihm wecken würde – aber nichts geschah. Es gab kein Wüten, das ihn anstachelte. Keine Weben unter seiner Haut, die seine Emotionen verrieten. »Irgendetwas hat mir meine Kraft geraubt. Ich habe vollkommen die Orientierung verloren.«

Er merkte, dass seine Worte Rayne nicht trösteten. Sie zog die Knie an, schlang die Arme darum und weinte. Ihre Schultern bebten und ihr Schluchzen traf ihn mitten ins Herz. Er hatte es ihr versprochen. Hatte ihr versichert, Skye zurückzuholen. Und doch hatte er auch Skye ein Versprechen gegeben. Sie hatte das, was ihm in den Schatten passiert war, ausgenutzt und seine Seelenweben genommen. Hätte er sie mit hierhergebracht, wären die Weben aus ihr herausgebrochen, wie schon einmal. Ihre Qualen hätten sich wiederholt und sie am Ende ganz sicher umgebracht. Er hatte ihr gegeben, worum sie ihn gebeten hatte. Und dennoch fühlte er sich wie ihr Mörder.

Langsam führte er die Hand an seine Lippen und spürte dem Abschiedskuss nach. Er würde nie vergessen, wie viel Dankbarkeit und Glück darin gelegen hatten, in diesem Moment, wo ihr bewusst geworden war, dass ihr Ende nahe war. »Ihre Stärke war bis zum Ende ungebrochen«, wisperte er traurig und versuchte durch ein Hüsteln, den Kloß in seiner Kehle zu lösen.

»Der Schock sitzt tief«, fasste Owen die Situation sachlich zusammen und verschränkte die Hände vor der Brust. »Wir alle sind erschüttert, aber … wir müssen uns zusammenreißen.«

»Zusammenreißen?« Vic hob ungläubig die Augenbrauen. Ihre Augen waren rot gerändert und ihre Tränen hatten eine dunkle Spur aus Augen-Make-up bis zu ihrem Kinn gezogen. »Unsere Schwester ist tot!« Sie ging auf Owen los. »Letzte Woche war alles gut. Uns allen ging es gut. Skye hatte ihre Mitte gefunden und dann seid ihr hier aufgetaucht. Habt uns bestohlen, euch über meine Wünsche hinweggesetzt, habt Skye nervös gemacht und ihren Tod verschuldet!« Sie stieß Owen ihren Zeigefinger gegen die Brust. »Was hier gerade passiert ist, ist allein eure Schuld, also sag mir nicht, dass ich mich zusammenreißen soll!«

Ein Räuspern an der geöffneten Salontür verhinderte, dass Owen darauf etwas erwiderte.

»Ich nehme die alleinige Schuld auf mich«, hörte Bastian seinen Bruder sagen, noch ehe er sich zur Tür umgedreht hatte. Tristan stand mit gestrafften Schultern neben Abby. Sie hatte den Kopf gesenkt und ihr lila Haar verbarg den Großteil ihres Gesichts, aber das, was er sah, war kreidebleich. Die Weben, die sie umgaben, waren beinahe wieder so dunkel wie bei ihrer Ankunft in Darkenhall. Schmerz beherrschte sie und das schillernde Onyx ihrer Seele war dabei von übernatürlicher Schönheit. Es war durchzogen mit dem leuchtenden Türkis von Erinnerungen, die allesamt zu noch mehr Schmerz führten. Sie litt, das war unübersehbar. Doch das Wüten, das der Anblick dieser Weben bisher immer geweckt hatte, blieb aus.

Tristan machte einen Schritt in den Salon und sah sie alle der Reihe nach an. »Es ist weder Bastians Schuld noch Owens. Ich habe Skyes Ring genommen, obwohl ich es besser hätte wissen müssen.«

Bastian hörte Tristan nur mit einem Ohr zu. Er hob die Hände und wartete auf das Aufflackern von Weben unter der Oberfläche. Abbys Schuld waberte durch den ganzen Raum und selbst Owen schien bei der türkisenen Schönheit seine Gelassenheit zu verlieren. Dessen Blick heftete sich auf Abby und auf seiner Haut zeigten sich blaue Male.

Bastian runzelte die Stirn.

»Moment«, sagte er und stand auf. Er müsste ebenfalls diesen unnatürlichen Hunger verspüren, denn Skye hatte seine Seele ausgesaugt. Er müsste nach neuen Weben gieren, denn von dem, was er in sich getragen hatte, konnte nichts mehr übrig sein. Dazu war er zu lange in den Schatten gewesen, zu tief ins Nichts vorgedrungen. Und das, was er dort nicht abgebaut hatte, hatte Skye ihm genommen. Und doch war von dem Sehnen in ihm nichts zu fühlen. Das Wüten – es schwieg.

»Etwas stimmt nicht. Ich …« Er fuhr sich durchs Haar, um das plötzliche Zittern seiner Hände zu verbergen. »Mit mir stimmt was nicht«, presste er heraus und trat in die Mitte. »Das Wüten – es ist nicht mehr da.« Er suchte Owens Blick. »Müsste es nicht gerade jetzt, wo wir alle so aufgewühlt sind, besonders stark sein?«

Owen rieb sich den Vollbart. »Ich weiß nicht, was du meinst. Ich spüre das Wüten, obwohl ich frische Weben in mir trage.« Bastian entging nicht, dass Owen darauf verzichtete, zu erwähnen, dass es Skyes Weben waren, die ihm zu schaffen machten. Wie zum Beweis schob er die Ärmel seines Holzfällerhemds zurück und zeigte seine von Weben überzogenen Arme. Dabei schimmerte der Erinnerungsring silbern an seiner Hand.

Rayne hob den Kopf und wischte sich mit dem Ärmel die Nase ab. Dann sah sie Victoria an. »Ich spüre auch nichts.« Sie zuckte mit den Schultern. »Ich kann nicht aufhören, an Skye zu denken, darum ist mir das … irgendwie nicht aufgefallen, aber jetzt, wo Bastian es sagt. Keine Ahnung. Ich spüre auch kein Wüten.«

»Ich auch nicht«, stellte Tristan irritiert fest.

»Mir geht's genauso«, wunderte sich Vic und ließ sich matt auf dem Fenstersims nieder. »Was … bedeutet das?«

»Was meint ihr damit, ihr spürt kein Wüten?«, hakte Owen sichtlich verwundert nach. »Ich muss gerade sehr vehement gegen den Hunger ankämpfen.« Er warf Abby einen knappen Blick zu, was auch Bastian dazu brachte, sich ihr zuzuwenden. Sie war blass. Noch bleicher als eben schon.

»Die Trauer um Skye schwächt mich und ich fühle das Wüten schmerzhaft in meiner Brust. Geht es euch nicht so?«

Bastian registrierte das allgemeine Kopfschütteln kaum, denn etwas an Abbys Blick alarmierte ihn. Sie biss sich auf die Lippe, dann hob sie den Kopf und ihre Blicke trafen sich. Im selben Moment verdunkelten sich ihre Weben und nachtschwarze Schuld hüllte sie ein.

»Verdammt!«, fluchte er und wollte einen Schatten zu ihr nehmen, aber als er das Nichts betrat, war es, als würde sein Innerstes nach außen gestülpt. Er stolperte heraus und packte Abbys Arm. »Komm mit!«, befahl er und zerrte sie mit sich in den Flur. Ihr Protestschrei war ihm egal, und auch, dass sie strauchelte, als er sie schwungvoll mit sich riss.

⌘

»Lass mich los!«, rief ich und schlug auf Bastians Arm ein. »Au! Du tust mir weh!« Ohne meinen Einspruch zu beachten, schleppte er mich weiter. Ich spürte seine Wut, dennoch war seine Aura nicht mehr von dieser gefährlichen Dunkelheit geprägt.

Seine Finger gruben sich in meinen Unterarm und ich hatte Mühe, mit ihm mitzuhalten, so eilig hatte er es, den Abstand zwischen uns und den anderen zu vergrößern.

»Was soll das?«, rief ich und stemmte die Fersen in den dicken Orientteppich, der den Marmorboden bedeckte.

Bastian riss mich zu sich herum. Ich hatte nicht damit gerechnet und knallte ihm glatt gegen die Brust.

»Au!«, wiederholte ich und stemmte mich gegen ihn. »Verdammt, was – ?«

»Du weißt, was hier los ist!«, fuhr er mich an und sein ohnehin fester Griff wurde noch brutaler. »Ich sehe dir an, dass du genau weißt, was gerade passiert! Ist es nicht so?« Der anklagende Blick aus seinen nachtblauen Augen war eisig.

»Das weiß ich überhaupt nicht!«, widersprach ich und versuchte vergeblich, meinen Arm zu befreien.

»Du lügst!« Bastian drängte mich gegen die Wand und kam mir gefährlich nahe. »Ich sehe, dass du lügst – vergiss das nicht!«

»Wie könnte ich das vergessen?«, fragte ich spitz und riss an meinem Arm, was dazu führte, dass Bastian noch näher kam. Zornig funkelte ich ihn an. »Du demonstrierst ja ständig deine Macht über mich. Du musst ja andauernd beweisen, dass du der große Ringhüter bist!«

»Hör auf damit!«, knurrte Bastian. »Ich will das nicht hören! Ich will überhaupt nichts hören – außer, was hier vor sich geht. Und versuch nicht, mir weismachen zu wollen, dass du keine Ahnung hättest.« Die Wut in seinem Blick tat mehr weh, als sein grober Griff.

Wieder kämpfte ich gegen ihn an. Sein Atem strich mir über den Hals und sein Haar kitzelte mich, so nah war er mir. »Ich weiß überhaupt nichts!«, wiederholte ich und schob mein Kinn nach vorne. »Aber es könnte sein, dass –«

»Dass was?«, drängte er.

»Ich hätte es dir längst gesagt, wenn du mich ausreden lassen würdest! Ich verstehe, dass du wütend bist, aber –«

Er schlug mit der Faust gegen die Wand. »Da hast du verdammt recht! Ich bin wütend! Skye ist tot! Weil ich nicht stark genug war, sie zu retten. Also sag jetzt, warum ich keine Kraft hatte, sie zurückzubringen? Warum spüre ich kein Wüten?«

»Ist ja gut! Als du damit angefangen hast, dass du kein Wüten spürst, musste ich an etwas denken, das mein Dad gesagt hat.«

»Was hat er gesagt?«, verlangte Bastian zu erfahren.

»Er hat gesagt – und das habe ich auch in Owens Buch nachgelesen –, dass ein Fluch die ersten Ringhüter ereilt hat, als sie sich das Vitalinaurum an den Finger steckten. Er meint, dass nicht ihr die Kontrolle über die Macht der Ringe habt, sondern die Ringe die Macht über euch. Und das macht ja auch Sinn, oder nicht?«, redete ich schneller als gewöhnlich, damit ich endlich alles sagen konnte, bevor Bastian mich wieder unterbrach. Aber da sich Bastians Augen zu schmalen Schlitzen verengten, gefiel ihm wohl nicht, was er hörte.

»Was hat dein Vater getan?«

Ich schluckte. »Er meint, dass das Wüten verschwindet, sobald das Vitalinaurum wieder in die Fassung geschmolzen ist«, sagte ich und suchte in seinem kalten Blick nach Verständnis. »Er sagt, das würde den Fluch von euch nehmen. Dann müsstet ihr euch nicht mehr an den Seelen, Herzen und Erinnerungen der Menschen bedienen.« Ich versuchte mich an einem zittrigen Lächeln. »Ist das nicht etwas Gutes?«

»Etwas Gutes?«, fragte Bastian ungläubig und ließ mich los. Er machte einen großen Schritt zurück und sah ungläubig auf mich herab. »Etwas Gutes?«, wiederholte er verächtlich und schüttelte den Kopf.

Sein kalter Blick tat furchtbar weh. Ich war mir sicher, dass er sah, dass er mir Schmerzen zufügte, und griff deshalb verzweifelt nach seiner Hand. »Du hast gesagt, Gefühle sind für einen Ringhüter gefährlich. Du hast gesagt, es kann kein Uns geben, weil das Wüten in dir immer eine Gefahr für uns beide wäre«, schluchzte ich und presste seine Hand auf mein Herz. »Ich weiß, die Situation ist gerade schwierig, aber vielleicht …« Ich zwang ihn, mir in die Augen zu sehen. »Vielleicht kann es dann irgendwann ein Uns geben, Bastian, denn ich liebe dich! Tristan hat versucht zu zerstören, was ich empfinde, aber ich liebe dich so sehr, dass niemand das je kaputtmachen könnte.« Mir rannen Tränen über die Wange, denn obwohl ich Bastian mein Herz ausschüttete, veränderte sich sein kalter Blick kein bisschen. »Verstehst du nicht?«, fragte ich hilflos. »Wenn das wirklich passiert, wärst du frei von diesem Fluch und es könnte ein Uns geben.«

Ohne ein Wort löste er seine Hände aus meinen, drehte sich um und ging. Er ließ mich einfach stehen. Mit meinen Tränen, mit meinen Hoffnungen und meiner Sehnsucht nach Liebe. Seiner Liebe.

»Bastian!«, brüllte ich gepeinigt und rannte ihm nach. Ich hielt ihn fest und trat ihm in den Weg. »Sag doch was!«, flehte ich und suchte nach irgendeiner Regung in seinen Zügen.

»Ich gebe dir nicht die Schuld, Abby«, sagte er und sein Blick ging hinter mir ins Leere. »Aber es ist ein Punkt erreicht, an dem es kein Zurück gibt.« Nun sah er mir doch ins Gesicht. »Es gibt kein Uns.

Es kann nie ein Uns geben.« Er hob seinen Arm, damit ich loslassen musste, und schob mich von sich. »Wir haben zu viele Fehler gemacht. Ich liebe dich, Abby, aber das Hoffen auf ein Uns hat einen zu hohen Preis gefordert.« Er wandte sich um und seine nächsten Worte verklangen beinahe ungehört. »Ich müsste vergessen, was geschehen ist.«

Niemand braucht euch

Bastians Gedanken überschlugen sich. Seine Welt stand kopf und es fühlte sich an, als hätte er alles, was ihn je ausgemacht hat, schlagartig verloren. Und es kam ihm nicht nur so vor, es war so.

Konnte stimmen, was Jack Woods behauptete? Dass das Einschmelzen des Vitalinaurums in die Fassung den übermächtigen Hunger der Schattenspringer nach Weben beendete? Konnte es tatsächlich sein, dass ihn die Kraft im Nichts verlassen hatte, weil der Seelenring nicht länger existierte? Hatte er deshalb auch die Orientierung in den Schatten verloren? Es wäre eine Erklärung – und zugleich eine Katastrophe.

Er kehrte in den Salon zurück, ohne Abbys Schluchzen weiter hinten im Flur zu beachten. Sie hatte gesagt, sie würde ihn lieben – und doch hatte sie ihn ohne zu zögern zerstört. Und auch wenn er sie ebenfalls liebte, mehr liebte als je einen Menschen zuvor, würde er sie nie wieder ansehen können, ohne an den letzten verzweifelten Kuss mit Skye zu denken. Es war ihm vorgekommen, als wären seine, Skyes und Abbys Gefühle in diesem Moment miteinander verschmolzen gewesen. Als wären sie vereint gewesen in unendlichem Schmerz. Und unendlichen Schmerz empfand er auch jetzt. Es brach ihm das Herz, Abby weinen zu sehen. Es schmerzte ihn, nicht stark genug zu sein, um sie trotz allem in den Arm nehmen und trösten zu können. Er liebte sie. Aber das war in diesem Moment einfach nicht genug. Er liebte sie und konnte sich trotzdem nicht vorstellen, wie es jemals wieder möglich sein sollte, sie zu küssen und zu halten.

»Bastian!«, riss Vic ihn aus seinen Gedanken. »Klärst du uns vielleicht mal auf, was los ist?«, forderte sie und kam auf ihn zu. Ihr blondes Haar hing ihr schlaff um die fahlen Wangen und von ihrer üblichen aristokratischen Haltung war nichts übrig. Sie rang ihre Hände und ihre Lippe bebte.

»Jack Woods behauptet, das Wüten in uns würde verschwinden, wenn er das Vitalinaurum zurück in eine Fassung schmilzt, die Abbys Vorfahr unbemerkt gestohlen hat«, fasste Bastian für die Caerhay-Schwestern zusammen, aber auch Owen horchte auf.

»Ich dachte, Jack hat nur den Seelenring«, warf er ein und sah Rayne an. »Aber ihr sagt, ihr spürt auch kein Wüten?«

Vic schüttelte den Kopf. »Wir sind keine Ringhüter – wir spüren das Wüten nie so stark, wie Skye es immer getan hat.« Sie sah Tristan an. »Du weißt, was ich meine.«

Tristan nickte. »Ich habe mir täglich kleine Mengen an Weben genommen, aber weder verspürte ich je diesen riesigen Druck, wenn ich Weben in mir trug, noch wurde das Wüten so stark, wie ich es von Bastian kenne«, stimmte er zu. »Aber jetzt – fühle ich überhaupt nichts.«

Das ungute Gefühl in Bastian wuchs immer weiter an. »Ich wollte gerade durch den Schatten zu Abby springen. Ich konnte zwar in das Nichts eintreten, aber ich konnte mich kaum orientieren. Dieses Gefühl hatte ich schon zuvor, als ich Skye gefolgt bin.«

Vic runzelte die Stirn. Dann streckte sie die Hand nach dem Schatten des Kaminsimses aus und trat am anderen Ende wieder heraus. Ihre Augen wurden groß.

»Verdammt, Bastian!«, fluchte sie. »Du hast recht. Es ist, als wären wir … blind. Ich konnte mich ungehindert im Nichts bewegen, aber ich habe den Ausgang nicht sehen können.«

Owen wurde blass unter seinem Bart. »Ihr spürt kein Wüten und findet nicht mehr aus den Schatten«, überlegte er laut. »Könnt ihr überhaupt noch Weben aufnehmen?«

Die Schattenspringer sahen sich fragend an und Bastian rieb sich den Nacken. »Das muss ich jetzt nicht herausfinden, denn so wie die Lage ist, werde ich im Moment keinen Schatten betreten.« Er sah seine Freunde an und ballte die Fäuste. »Aber wir müssen uns schleunigst Jack vorknöpfen, denn offenbar hat er nicht nur meinen, sondern auch Skyes Ring in seinen Besitz gebracht.«

»Du denkst, er hat beide Ringe eingeschmolzen?«, fragte Tristan und Bastian sah, dass auch ihm diese Offenbarung zu schaffen machte. »Wie sollte er an den Herzring gelangt sein?«, fragte er und musterte Bastian. »Ich dachte, Owen hat in Abbys Erinnerungen gesehen, dass sie ihm den Ring nicht überlassen hat.«

Bastian kniff die Lippen zusammen. »Das bedeutet aber nicht, dass er den Ring nicht trotzdem in die Hände bekommen hat.«

»Es ist die einzige Erklärung«, flüsterte Abby hinter ihm. »Er muss irgendwie an Skyes Ring gekommen sein.« Sie stand wie ein verstoßenes Kätzchen in der Tür. »Vielleicht ist er mir gefolgt«, mutmaßte sie, ohne einzutreten. »Es tut mir so leid.«

Sie war umhüllt von schwarzen Weben und Bastian empfand einen Anflug von Mitgefühl, aber es war Tristan, der auf sie zuging.

»Wir alle haben Fehler gemacht«, sagte er und legte Abby den Arm um die Schultern.

»Nein!«, widersprach Owen kühl und deutete auf Tristan. »Nicht wir alle haben Fehler gemacht, du hast deinem Bruder den Herzring gestohlen, obwohl du nie in der Lage warst, die Macht des

Rings zu beherrschen! Du hast gedacht, das Herz eines Menschen wäre ein Spielfeld für dumme Jungs!« Er war laut geworden. »Und Abby war vom ersten Tag an eine verfluchte Diebin, die durch ihre Blutlinie eine Macht in sich trägt, die ihr nie jemand erklärt hat. Sie ist eine Atombombe für jeden, der versucht, die Welt davor zu bewahren, ins Chaos zu stürzen. Eine Bombe, die gerade Stück für Stück alles in die Luft sprengt und sich dann wundert, dass nur noch Trümmer zurückbleiben. Du und Abby, ihr hättet euch einfach hinter der Schulturnhalle verabreden sollen, wie dumme Teenager, die ihr auch seid, es eben machen. Dann wäre nie etwas Schlimmes passiert.«

»Owen hat recht!«, stimmte Vic zu und trat an die Seite des einzigen Hüters, der seinen Ring noch trug. »Ihr habt genug Schaden angerichtet. Wenn der Schmied wirklich die beiden Ringe eingeschmolzen hat, dann ist es höchste Zeit, ihn aufzuhalten.«

»Er wird das Amulett des Todes zusammenfügen und für Chaos sorgen«, prophezeite Owen düster und runzelte die Stirn

»Das will er nicht!«, widersprach Abby. »Er hat gesagt, er will die Ringe zerstören, weil es nicht richtig ist, dass jemand eine solche Macht besitzt!«

Bastian seufzte. Er sah an ihren Weben, dass sie diesmal nicht log. Sie glaubte, was sie sagte. Sie konnte die wahre Absicht ihres Vaters noch immer nicht erkennen.

»Wir machen die Welt mit unseren Kräften besser!«, widersprach Vic. »Und dein Vater will nicht die Welt retten – er wird sie zerstören, wenn er das Tor des Lichts öffnet.«

»Ich sehe ja, dass er Fehler gemacht hat, aber ich kann einfach nicht glauben, dass er eine böse Absicht verfolgt. Es muss einen Grund für sein Verhalten geben!«, rief Abby verletzt und Bastian fühlte einen Stich der Eifersucht, als Tristan sie beruhigend in den Arm nahm.

»Deine Mutter ist tot. Vielleicht will er sie zurückholen, so wie Cross seine Frau?«, schlug Owen vor und zuckte mit den Schultern.

»Ist doch vollkommen egal, was dieser Spinner vorhat!«, warf Rayne wütend ein. »Wir halten ihn auf! Und zwar ohne euch!« Sie deutete an Bastian vorbei in Tristan und Abbys Richtung. »Diese beiden bringen nur Chaos! Ich will sie nicht an Bord haben, wenn wir Jack Woods aufspüren. Ich traue ihnen nicht!«

Tristan schnaubte. »Du traust mir nicht?«

Rayne stemmte die Hände in die Hüften und stellte sich seinem ungläubigen Blick. »Nein. Ich traue keinem, der seinen Bruder bestiehlt und dessen Liebe verrät.« Ihre Augen waren zu schmalen Schlitzen zusammengepresst und sie nickte mit dem Kinn in Richtung Tür. »Verschwindet von hier. Niemand braucht euch.«

Bastian kniff die Lippen zusammen. Er wollte etwas sagen, Raynes harte Worte irgendwie abmildern, aber auch er glaubte, dass es sicherer für alle war, wenn Abby nicht dabei wäre, wenn sie Jack gegenübertraten. Und Tristan? Nun, er war wütend auf ihn. Enttäuscht. Und doch war er es gewohnt, ihn an seiner Seite zu wissen. Aber diesmal war es vielleicht besser, er würde ein Auge auf Abby haben, denn das Letzte, was sie gebrauchen konnten, waren weitere Komplikationen.

»Siehst du das auch so?«, wandte Tristan sich gekränkt an ihn.

Bastian schluckte jeden Zweifel hinunter. Er sah Owen Vic und Rayne an. Ihre Mienen waren verschlossen, ihre Ablehnung unübersehbar.

»Ja. So sehe ich das auch.«

Das Projekt beenden

»Warum machen wir, was die uns sagen?«, fragte ich und kickte einen Kiesel vom Weg. »Das ist doch bescheuert!« Ich fühlte mich in meiner Schuluniform wie verkleidet und die Gesprächsfetzen unserer Mitschüler, die gelegentlich über den Schulhof zu uns drangen, kamen mir vor wie aus einer vollkommen anderen Welt. Wen interessierten schon TikTok-Clips, der neue Song irgendeines Newcomers oder der tanzende Hund aus der Talentshow vom Vorabend?

Tristan seufzte. Er hatte die Tasche der Rudermannschaft über der Schulter und trug bereits sein dunkelblaues Schultrikot. Ich folgte ihm die Stufen zum Bootshaus am Ufer der Themse hinunter.

»Denkst du, ich *will* hier sein?«, fragte er und sah mich an. Hier, am Ufer, schien es, als würde die Farbe des Wassers das Blau seiner Augen unterstreichen. Er fuhr sich durch die blonden Strähnen und schüttelte den Kopf. »Die haben uns aufs Abstellgleis verbannt – so ist das eben.«

»Wie kannst du das einfach so hinnehmen?« Ich wollte mir die Haare raufen, denn Tristan war nicht wiederzuerkennen. Wobei das nicht ganz stimmte. Er war wieder genau der coole, sportliche Typ mit dem verführerischen Blick und der aus jeder Pore dringenden Arroganz, den ich an meinem ersten Tag in Darkenhall kennengelernt hatte. Es schien fast, als wären die letzten Wochen für ihn nicht passiert.

»Bastian, Owen und jetzt Vic sind die Ringhüter. Ich bin keiner. So einfach ist das.« Er ließ seine Tasche achtlos auf die Kaimauer fallen und sah mich an. »Als wir versucht haben, diese Tatsache zu ignorieren, haben wir riesigen Mist gebaut. Also belassen wir es dabei, okay? Ist für mich nicht das erste Mal, dass mir gesagt wird, wo mein Platz ist.« Er zwinkerte mir zu. »Du lernst das auch noch.« Er griff sich ein bereitstehendes Ruder und wandte sich dem bereits im Wasser liegenden Gig zu.

»Ich will das nicht lernen!«, rief ich und hielt ihn an der Schulter fest. Ich war mir der Blicke unserer Mitschüler bewusst, die sich neugierig zu uns umwandten. »Glaubst du, ich warte tatenlos ab, bis noch mehr geschieht? Cross wurde angegriffen, Skye ist tot, Florence erinnert sich an nichts und mein Dad steckt bis zum Hals mit drin!«

Tristan seufzte. »Was willst du denn tun?«, fragte er frustriert. »Wir wissen nicht, wo dein Dad ist«, zählte er auf und hob einen Finger. »Ich kann nicht in die Schatten gehen, ohne mich womöglich zu verirren, weil meine Kräfte genauso dahin sind wie Bastians.« Ein zweiter Finger kam hinzu. »Und wenn Jack tatsächlich das Tor des Lichts öffnet, dann ist eh alles verloren – wir können also genauso gut hierbleiben und so tun, als wäre alles in bester Ordnung.« Er zwinkerte mir zu, aber ich erkannte den bitteren Zug um seinen Mund. »Allerdings müsstest du mich küssen, um die anderen zu überzeugen, schließlich haben sie in den letzten Wochen gedacht, da wäre was zwischen uns.«

»Gott, fast hätte ich vergessen, was für ein Idiot du sein kannst!«, fauchte ich und ballte die Fäuste. »Sollen die doch glauben, was sie wollen! Und mein Dad kann das Tor nur öffnen, wenn er auch Owens Ring in die Finger bekommt. Wenn wir bei ihnen wären, könnten wir ihnen helfen, das zu verhindern!«

Tristan lachte und stieg trotz meines Versuchs, ihn festzuhalten, ungehindert in das Gig. »Dass gerade *du* Owen helfen willst, überrascht mich. Hast du nicht gesehen, wie er auf deine Erinnerungsweben reagiert hat?« Tristan stieß sich vom Ufer ab und tauchte das Blatt ins Wasser. »Kommst du ihm zu nahe, nimmt er dir am Ende die Erinnerung an jeden unserer Küsse – das würde ich an deiner Stelle nicht riskieren.«

»Du bist so ein Idiot!«, rief ich ihm hinterher, als er mit langen Zügen das Gig in die Strömung lenkte und dann Fahrt aufnahm. Dass er mich einfach so hier stehen ließ, machte mich echt wütend. »Ich dreh noch durch!«, stöhnte ich frustriert und ließ mich auf die Kaimauer sinken. Der Wind fuhr mir durchs Haar und ich strich mir die Strähnen auf den Rücken. In den Bäumen zwitscherten die Vögel und unter anderen Umständen hätte ich meinen Zeichenblock hervorgeholt, meinen Stift angespitzt, und …

Ich kniff die Lippen zusammen und ein leichtes, goldenes Schimmern auf meinen Handrücken glomm auf. Ich würde nie wieder meinen Stift anspitzen. Nicht mit meinem Messer. Mit dem Messer, das in all den Jahren so viel mehr war als nur ein Werkzeug. Ich drehte die Hände vor mir und betrachtete die sich windenden goldenen Muster darauf. Was sollte das? Warum trug ich diese Male? Was war diese Macht in mir?

»Kontrolle«, murmelte ich und knetete meine Finger. Das Gold verschwand und als ich wieder aufs Wasser sah, war von Tristan schon nichts mehr zu sehen. Es widerstrebte mir, dass er aufgab, denn etwas in mir wollte die Kontrolle nicht verlieren. Hier in Darkenhall einfach so weiterzumachen, bedeutete, die Kontrolle abzugeben.

»Du solltest dir echt dringend ein neues Handy zulegen«, wurde ich aus meinen Gedanken gerissen. »Wir haben dich schon überall gesucht.«

Ich drehte mich um. Esme und Jasmin kamen den Steg entlang. »Du hast den Musikunterricht verpasst.«

Den Musikunterricht – ich wusste nicht, was ich sagen sollte. Ich hatte so viele Unterrichtstage verpasst, aber Margaret-Maud hatte allen erklärt, Tristan und ich wären auf Projekttagen zum Thema Plastikmüll in den Weltmeeren gewesen. Doch jetzt waren wir zurück – und ich hatte Musik verpasst.

»Hast du Stress mit Trist?«, fragte Jasmin in einer Mischung aus Neugier und Sorge.

Tristans Spitzname brachte mich zum Schmunzeln. »Kann man so sagen«, antwortete ich ausweichend. Die Wahrheit hätten sie mir ohnehin nie geglaubt.

»Was ist denn los? Habt ihr Streit wegen dem Projekt?«

»Wegen dem … Projekt?« Ich runzelte die Stirn. »Ah, ja, das … Projekt.« Ich stand auf, um zu überspielen, dass ich log. »Ich … ich finde einfach, dass … das Projekt noch … nicht abgeschlossen ist. Ich finde, wir sollten uns da noch mehr reinhängen.« Das war zumindest nicht ganz gelogen. Nur dachte ich bei dem Wort Projekt nicht an Plastikmüll.

Esme nickte mitfühlend. »Wir wissen alle, dass Tristan nicht so mega ehrgeizig ist. Aber vielleicht können wir dir irgendwie helfen?«

Mir entschlüpfte ein Lachen. »Ihr? Sorry, war nicht böse gemeint, aber … aber Tristan und ich … stecken echt tief in dem Projekt drin, und … und ich denke nicht, dass die Zeit reichen würde, um euch in alles einzuweihen, was … was wir in den letzten Tagen … erfahren haben.«

Lügen ging leichter, wenn ein Körnchen Wahrheit darin enthalten war. Trotzdem konnte ich den beiden kaum ins Gesicht blicken. Sie waren so süß. Boten mir ihre Hilfe an, sorgten sich um mich. Würden sie das auch dann noch tun, wenn sie sich an alles erinnern würden, was geschehen war? Oder wenn sie wüssten, dass Owen ihre Erinnerungen gelöscht hatte – und dass ich ihn nicht aufgehalten hatte?

Einem Impuls folgend, umarmte ich die beiden flüchtig. »Danke trotzdem«, murmelte ich und schluckte hart. In diesem Moment wünschte ich mir nichts mehr, als selbst alles zu vergessen und einfach ihre Freundin sein zu können. Mit Sorgen, die nur daraus bestanden, sich zu fragen, welche Ohrringe am besten zur Schuluniform passten.

»Wenn du es dir anders überlegst, sag einfach Bescheid«, schlug Jasmin vor und deutete hinauf zur Schule. »Und jetzt? Geschichtsunterricht?«

Mit einem letzten Blick auf die glänzende Oberfläche der Themse folgte ich den beiden die Stufen hinauf. Geschichtsunterricht. Dabei kannte doch keiner hier die wahre Geschichte. Die Wahrheit über die Schatten – und das Tor des Lichts. Über das Vitalinaurum und auch nicht über mich. Ich warf einen Kontrollblick auf meine Hände. Sie waren unauffällig. Doch wie lange? Was, wenn diese unerträgliche Hitze zurückkehrte? Oder der plötzliche Schmerz und der Druck? Ich würde zusammenbrechen. Hier, vor all meinen Mitschülern. Wie sollte ich das erklären?

Wieder kickte ich vor Frust gegen einen Kiesel. Es ärgerte mich, dass Bastian mich und Tristan hierher verbannt hatte, obwohl er doch wissen musste, dass ich jederzeit die Kontrolle verlieren könnte. Und es ärgerte mich noch mehr, dass Tristan offenbar nicht vorhatte, sich der Ansage von Owen, Vic und Bastian zu widersetzen.

Die gesamte Geschichtsstunde lang überlegte ich, wie es nun weiterging. Doch ohne die Ringhüter hatten wir überhaupt keinen Anhaltspunkt, wo wir weitermachen sollten.

Anstatt auf die Tafel zu schauen, sah ich den Schatten zu, die über den Boden des Klassenzimmers wanderten. Als sie meine Füße berührten, rückte ich den Stuhl etwas zurück. Ich hatte genug von den Schatten. Sie brachten Unheil. Meine Finger kribbelten und ich zog die Ärmel des Sakkos über meine Hände. Ich wusste, sie würden golden schimmern. Ich ballte die Fäuste und atmete tief durch. Abzuwarten war keine Option. Ich musste meinen Dad finden. Musste ihn überzeugen, dass sein Vorhaben ein Fehler war. Er hätte doch sicher nicht Skyes Leben riskiert. Oder Bastians.

Ich drängte das ungute Gefühl in meinem Magen zurück und fing an zu zeichnen. Ich wollte Dad zeichnen, doch es gelang mir nicht. Ich konnte kein warmes Gefühl in seine Augen legen. Es gelang mir nicht, ihm ein liebevolles Lächeln zu verleihen, und so riss ich das Blatt heraus und zerknüllte es. Es war kein Wunder, dass mir das Bild nicht gelang. »Ich kenne ihn kaum«, murmelte ich.

Obwohl sich jede Faser meines Herzens dagegen sträubte, in der Schule zu sein, verging der Tag unerwartet schnell. Geschichte, Mathe, Geografie und ein Tapetenkleister-Mittagessen in der Kantine. Gerade räumte ich mein Tablett in den Wagen für schmutziges Geschirr, als mich eine vertraute Stimme aufhorchen ließ.

Tristan Tremblay scherzte mit den Zwillingsbarbies, die wie Kletten an seinem Arm hingen. Er hatte inzwischen das Rudertrikot gegen die Schuluniform getauscht und eine der Ladies zog ihn spielerisch an der silberglänzenden Krawatte.

Offenbar hatte Tristan sich mit unserer neuen und nutzlosen Rolle arrangiert. Als sich unsere Blicke trafen, grinste er und zuckte unschuldig mit den Schultern. Dann befreite er sich aus den Fangarmen seiner Fangirls und schlenderte gewohnt lässig zu mir rüber. Er nahm sich eine Cola vom Büfett und schraubte den Deckel ab.

»Warum der verkniffene Blick?«, fragte er und bot mir die Flasche an.

»Wie es aussieht, findest du das Abstellgleis inzwischen gar nicht mehr so schlecht!«, maulte ich und lehnte die Cola ab.

»Bist du eifersüchtig?« Tristans Augen funkelten amüsiert.

»Du spinnst doch!« Ich unterdrückte den Impuls, ihm gegens Schienbein zu treten und verschränkte die Hände vor der Brust. »Ich bin nicht eifersüchtig! Mich regt nur auf, dass du überhaupt nichts tun willst, um Bastian zu helfen! Wir könnten –«

Tristan berührte meinen Unterarm, um mich darauf hinzuweisen, leiser zu sprechen. »Wir tun doch was«, korrigierte er mich und winkte nebenbei einem Kumpel. »Wir sorgen für Normalität.« Er beugte sich näher zu mir und senkte die Stimme. »So wie immer.«

»Wie immer?« Offenbar sah ich ihn entgeistert an, denn er lachte.

»Genau. Das ist eine meiner wichtigsten Aufgaben – vielleicht sogar die einzige.« Er fuhr sich durchs Haar und lehnte sich lässig gegen den Tresen der Essensausgabe. »Ich bin kein Ringhüter. Also ist es mein Job, Bastian den Rücken freizuhalten. Nicht auffallen – das ist die Devise.«

»Nicht auffallen?«, äffte ich ungläubig nach. »Sorry, wenn ich das so sage, aber du machst deinen Job scheiße! Deine Partys, das Geknutsche mit all den Mädels … du bist nicht gerade unauffällig, das ist dir schon klar, oder?«

Tristan lachte und das helle Funkeln seiner Augen machte ihn unglaublich attraktiv. »Aber wenn *ich* auffalle, dann beachten weniger Leute meinen Bruder, richtig?« Er hob eine Augenbraue und sein Grinsen wurde breiter. »Niemand redet darüber, was Bastian im Anti-Aggressionstraining macht, weil das Hauptgesprächsthema in Darkenhall nun mal nicht *dieser* Tremblay ist.« Er zwinkerte mir zu. »Die Leute reden nicht darüber, wo Bastian in diesem Moment ist. Aber sie recken ihre Hälse, um zu sehen, ob ich dich wohl hier und jetzt küssen werde.« Seine Lippen kräuselten sich verführerisch und er kam mir so nahe, dass der Duft seines Duschgels in meine Nase stieg. »Du siehst also: Ich erfülle meine Aufgabe sehr gewissenhaft.«

»Küss mich, dann trete ich dir vor aller Augen in die Kronjuwelen – was ebenfalls dazu führen wird, dass keiner über Bastian spricht«, drohte ich und funkelte ihn böse an, was aber seine Wirkung verfehlte, denn Tristan lachte wieder.

»Ich hab das vermisst, Abby«, gestand er und berührte sacht meine Fingerspitzen.

»Tu nicht so. Du hast keine Zeit verschwendet, seit wir zurück sind. Oder was war das gerade mit den Barbies?«

Tristan straffte die Schultern. »Recherche.« Er schaute ganz unschuldig. »Reine Recherche.«

»Was hast du denn recherchiert? Wie du bei den It-Girls am besten zum Zug kommst?«

»Auch. Aber in erster Linie wollte ich herausfinden, ob ich noch immer das Wüten in mir spüre und Weben aufnehmen kann, jetzt, wo sich unsere Kräfte verändert haben.«

Seine Antwort überraschte mich und machte mich verlegen. »Ach ja?«, fragte ich deshalb spitz. »Und welche Erkenntnis hast du gewonnen?«

Tristan schmunzelte. Er stellte die Colaflasche ab und stellte sich so, dass er mich mit dem Rücken vor neugierigen Blicken abschirmte. Er berührte meine Wange, fuhr sacht über mein Kinn. »Ich habe die Erkenntnis gewonnen, dass es am zielführendsten ist, keine Zeit zu verschwenden. Ein Kuss … ist so schnell gestohlen.«

Ich schnappte nach Luft, als seine Lippen meine streiften. Sein Atem so wunderbar warm auf meiner Haut, seine Zunge, die leicht wie eine Feder über meinen Mund strich.

Ich registrierte jedes Detail. Seine Hände leicht an meiner Hüfte, seine Haare, die mich am Ohr kitzelten und das Raunen unserer Mitschüler.

»Spinnst du?!« Ich hob die Hände und schob Tristan von mir. »Jeder starrt uns an!«

»Sehr gut«, sagte er und sein Grinsen war selbstgefällig. »Normalität wiederhergestellt.« Er nickte in Richtung der Schüler, wo nun sicher schamlos über uns getuschelt wurde. »Und die zweite Erkenntnis ist: Ich fühle tatsächlich kein Wüten.«

Seine Nähe hatte mich so aus dem Konzept gebracht, dass ich das schon fast vergessen hätte. »Dann stimmt es also?«, versuchte ich mich auf etwas anderes zu konzentrieren, als Tristans Kuss auf meinen Lippen. »Der Hunger ist weg?«

Tristan griff nach meiner Hand und setzte sich in Bewegung. »Komm«, sagte er und zog mich in Richtung Tür. Einige Jungs aus dem Ruderteam reckten ihm einen erhobenen Daumen entgegen, als wir an ihnen vorbeikamen und Tristan lächelte selbstgefällig.

»Siehst du, wie gut wir sind? Gerade fragt sich niemand, wo Bastian steckt.« Er zwinkerte mir zu. »Sie fragen sich nur, was wir zwei Hübschen jetzt treiben.«

»Was hast du vor?« Er ging zu schnell, als dass mir viel Zeit für meine Wut geblieben wäre.

»Ich habe kein Wüten gespürt. Nicht mal, als ich dich geküsst habe. Das ist neu. Und doch konnte ich der Barbie – wie du Cynthia gerne nennst – einige Weben nehmen.«

»Hast du mit ihr rumgeknutscht?« Das kam so unerwartet, dass es tatsächlich wehtat.

»Natürlich nicht.« Tristan führte mich aus der Schule heraus und in den Park. »Ich habe sie nur berührt. Aber darum geht es jetzt nicht, oder? Wichtig ist nur, dass ich nach wie vor Weben aufnehmen kann. Ich weiß nicht, wie viele, denn ich kann allein nicht in die Schatten gehen, um sie abzubauen.« Mit schnellen Schritten durchquerte er den Park und wir erreichten die Villa der Tremblays.

»Und wenn du einfach aufhörst, Weben zu stehlen? So, wie es vermutlich der normale Lauf der Dinge wäre?«, fragte ich, während er die Tür öffnete.

»Vielleicht mache ich das irgendwann, aber jetzt ist der falsche Zeitpunkt. Du hast gesagt, wir tun deiner Meinung nach zu wenig, und vielleicht hast du recht. Vielleicht hilft es Bastian oder Vic wenn wir herausfinden, wie wir –«

»Hallo, Tristan.«

Erschrocken zuckten wir zusammen.

»Margaret?« Tristan erstarrte. Margaret-Maud stand mitten in der Halle neben den noch immer zerbrochenen Stufen der gläsernen Treppe. Sie hielt sich wie gewohnt gerade, auch wenn Unsicherheit in ihren Augen flackerte.

»Ich weiß, ich bin hier nicht länger willkommen, Tristan«, platzte es aus ihr heraus und sie wich einige Schritte zurück. »Und ich wäre ganz sicher nicht hergekommen, wenn es nicht wichtig wäre.«

Tristans Kiefer zuckte. Ich sah, wie er die Zähne zusammenbiss, ehe er langsam in die Halle ging. Dabei ließ er seine Stiefmutter nicht aus den Augen. Obwohl ich nur neben ihm stand, spürte ich deutlich seine Wut und seinen Schmerz.

»Bastian hat gesagt, du und Cross, ihr tragt die Schuld an Dads Tod.« Er klang bitter und sein Blick war eiskalt. »Du hast recht – du bist hier nicht mehr willkommen.«

Ich schluckte. Sein Schmerz war nicht zu übersehen. In diesem Moment war er Bastian ähnlicher als je zuvor. Er wirkte düster und gefährlich, und wäre ich an Margarets Stelle gewesen, wäre ich weggerannt. Sie aber machte nur einen weiteren winzigen Schritt zurück, stellte sich aber ansonsten seinem Zorn.

»Ich habe einen Fehler gemacht, Tristan. Einen furchtbaren Fehler«, schluchzte sie und hob hilflos die Hände. »Ich wusste nicht, dass es deinen Vater umbringen würde, wenn er seinen Ring verliert. Ich schwöre dir, ich hatte keine Ahnung!« Tränen rannen ihr über die Wangen und sie zitterte.

»Tu nicht so, als täte es dir leid. Ihr habt nach Dads Tod nicht aufgehört, sondern Abby dazu benutzt, euch Dads Ring anzueignen! Und was das für Bastian bedeutete, war euch egal. Du wusstest, dass es ihn, genau wie Dad, umbringen wird.« Auch Tristan zitterte. Er hatte seine Fäuste geballt und ich sah, dass er kurz davor stand, auf sie loszugehen. Vorsichtig ging ich zu ihm und legte ihm die Hand auf den Arm, aber er schüttelte ihn ab. »Du wusstest es – und hast es in Kauf genommen.«

Margaret schluchzte laut auf und presste sich die Hand auf den Mund. Sie nickte heftig und ihre Worte waren undeutlich, weil sie immer wieder von lauten Schluchzern geschüttelt wurde. »Ich sagte ja«, japste sie. »Ich habe einen Fehler gemacht. Konstantin hat einen Fehler gemacht, das ist uns inzwischen klar.«

»Halt den Mund!«, fuhr Tristan sie an und nahm mich bei der Hand. Er zog mich mit sich in die Küche, ohne Margaret-Maud aus den Augen zu lassen. Dort senkte er die Stimme. »Fuck, Abby!«, keuchte er. »Ich kann keinen klaren Gedanken fassen!« Er deutete auf Margaret und sah mich Hilfe suchend an. »Ich sehe an ihren Weben, dass sie Schuld empfindet«, gab er zu und fuhr sich fahrig durchs Haar. »Ich sehe, dass sie gerade nicht lügt, aber ich kann an nichts anderes denken als daran, dass dieses Miststück jahrelang bei uns am Tisch saß und unter unserem Dach gelebt hat, und es dennoch geschafft hat, uns zu hintergehen.« Er ballte die Fäuste und auf seiner Haut erschienen keine dunklen Weben, die seinen emotionalen Aufruhr normalerweise unterstrichen hätten.

Ich suchte Tristans Blick. »Ich bin genauso sauer wie du. Margaret-Maud steckt schon lange mit Cross unter einer Decke. Vielleicht schon seit dem Tod meiner Mutter. Die beiden haben mein Leben zerstört und mich dazu gebracht, Bastian den Ring zu stehlen.« Ich griff nach seiner Hand. »Aber ich will trotzdem wissen, warum sie hergekommen ist.«

»Sie steckt mit denen unter einer Decke!«, fauchte Tristan und kniff seine Lippen zusammen.

»Das hoffe ich«, sagte ich und sah ihn ernst an. »Denn dann kann sie uns vielleicht sagen, wo sich das Vitalinaurum befindet.«

»Ich traue ihr nicht!«

Ich nickte. »Gut. Ich auch nicht.« Ich trat zur Seite, damit er vor mir in die Halle gehen konnte. »Aber vielleicht nützt sie uns.«

Tristan sah skeptisch aus. Trotzdem atmete er tief durch und kehrte zu Margaret-Maud zurück. Wenn überhaupt möglich, sah sie jetzt noch blasser aus und sie grub ihre Fingernägel in ihren vernarbten Unterarm.

»Warum bist du hier?«, fragte Tristan knapp und sein Blick nagelte sie regelrecht fest.

Margaret-Maud sank in sich zusammen. »Konstantin wäre fast gestorben«, setzte sie an, aber Tristan ging sofort dazwischen.

»Erwartest du etwa Mitleid? Hat er denn Mitleid gezeigt, als Dad gestorben ist? Oder als Abbys Mutter getötet wurde? Hätte er Mitleid mit Bastian empfunden, oder mit den anderen Ringhütern? Er hat mir in Wymouth einen Schmiedehammer über den Kopf gezogen!«

Ich packte seinen Arm, als er einen Schritt in Margarets Richtung machte.

»Bitte, Tristan, lass sie ausreden«, flehte ich und stellte mich ihm in den Weg. »Lass uns hören, was sie zu sagen hat.«

»Ich will das nicht hören!«, rief er. »Sie hält Cross für den Lichtbringer! Sie will das Tor des Lichts öffnen! Was müssen wir noch wissen?«, fragte er und sah mich an. »Sag schon, Abby – reicht das nicht?«

»Wir wollen das Tor nicht mehr öffnen«, platzte Margaret heraus und kam sogar einen Schritt auf uns zu. »Konstantin war dem Tod nahe«, redete sie schnell weiter. »Er hat das Tor gesehen. Es stand offen, um ihn hereinzulassen, und er hat gesehen, was sich dahinter verbirgt.« Blut rann Margaret über den Handrücken, so fest grub sie ihre Nägel in ihre alten Wunden. »Wir haben unser halbes Leben versucht, die zurückzuholen, die wir lieben«, gestand sie unter Tränen. Sie schien nicht zu merken, wie sie das Blut auf ihrer Haut verschmierte. »Es hat mich alles gekostet. Jedes Glück, das ich vielleicht je hätte finden können, und doch vertraue ich Konstantin. Er sagt, unsere Liebsten wären verloren. Das, was wir zurückholen können, wären nur leere, seelenlose Hüllen.« Margaret presste sich den blutenden Arm an die Brust. »Er sagt, wir müssten loslassen«, schluchzte sie und mit einem Mal fielen ihr die Arme kraftlos nach unten und baumelten an ihrer Seite, wie bei einer Marionette, deren Schnüre durchtrennt worden waren.

»Diese Einsicht kommt zu spät, meinst du nicht?«

Sie nickte. »Ihr habt Konstantin das Leben gerettet. Das war ehrenhaft und gütig und –«

»Und nicht meine Entscheidung«, gab Tristan grob zurück. »Also spar dir das.«

Margaret nickte gehorsam. Dann sah sie zu mir herüber. »Jack Woods wollte ihn töten, denn anders als Konstantin und ich, will er das Tor des Lichts nicht wegen eines geliebten Menschen öffnen – sondern aus Gier.«

Mir wurden die Knie weich. »Wer sagt das?«, fragte ich unsicher.

Margaret-Maud senkte den Blick. »Schon vor Jahren wollten wir Jack von unserer Mission überzeugen, verstorbene und geliebte Angehörige zurückzubringen. Wir hatten vor, ihn für das Zusammenschweißen des Vitalinaurums zu bezahlen, doch er lehnte ab. Er sagte, so eine Sache müsse man kommerziell aufziehen. Er sagte, jeder Betrag, den wir ihm zahlen würden, wäre nur ein Bruchteil dessen, was man mit dieser Macht erzielen könnte.«

Mir wurde schlecht und ich wandte mich Tristan zu. »Sie lügt, oder?« Ich packte seine Hand. »Sag mir, dass sie lügt!«

Tristan musterte das Webengeflecht um Margaret-Maud herum. Dann schüttelte er den Kopf. »Ich sehe keine Lügen.«

»Sie muss lügen! Sie und Cross haben das Auto meiner Eltern manipuliert! Ihretwegen ist Mom gestorben!«

Margaret-Maud hatte den Anstand, betroffen zu wirken. Sie

senkte den Blick und ihre Stimme wurde leiser. »Das war ein furchtbarer Unfall – wir wollten Jack nur einen Schrecken einjagen, um ihm zu zeigen, dass wahres Glück nicht Geld, sondern die Menschen sind, die wir lieben. Es sollte doch niemand sterben!«

Tristan legte mir den Arm um die Schulter und zog mich an seine Brust. »Hat ja super geklappt«, meinte er zynisch und strich mir über den Rücken.

»Konstantin hatte vor, das Unrecht wiedergutzumachen. Wir wollten Abbys Mutter ebenfalls zurückbringen, doch Jack weigerte sich weiterhin, mit uns zusammenzuarbeiten. Er hat sich versteckt. Wir dachten damals, um sich uns zu entziehen, aber heute glaube ich, dass er nur darauf gewartet hat, bis wir die Ringe aufspüren. Und nun hat er sich mit Zac Moran zusammengeschlossen, um mit der Macht des wiederhergestellten Amuletts ein Vermögen zu machen. Wir fanden heraus, dass er sich dafür eine Schmiede in Wymouth eingerichtet hat. Er hat sich auf diesen Tag vorbereitet.«

Tristan hob die Augenbrauen. Wie ich wusste er, dass das mit der Schmiede stimmte.

»Ich glaube das nicht!«, stieß ich dennoch hervor. Diese Frau wollte uns manipulieren – oder nicht?

Tristans leichtes Kopfschütteln bedeutete, dass er auch diesmal keine Lüge erkennen konnte.

»Mein Dad hat die Ringe genommen. Aber bestimmt nicht aus Gier. Er will diesen Wahnsinn stoppen!«, erklärte ich selbst nicht ganz überzeugt. »Er hat diese Schmiede vielleicht eingerichtet, um die Macht der Ringhüter zu zerstören, denn –«

»Ich habe ihn und Moran belauscht«, unterbrach mich Margaret-Maud und betrachtete ihre Hände. Offenbar war sie verwundert über das Blut daran, denn sie runzelte die Stirn. »Ich bin ihm gefolgt. Habe beobachtet, wie er etwas eingeschmolzen hat. Ein längliches Stück Metall.«

»Mein Messer!« Ich zuckte zusammen. »War es ein Messer?«

Margaret zuckte mit den Schultern. »Möglich. Ich konnte nicht nah genug heran. Aber es war keiner der Ringe. Als er das Metall geschmiedet hat, ging etwas Übernatürliches mit ihm vor. Jeder Hammerschlag schien ihn selbst zu treffen und die Hitze ... er schrie vor Schmerz. Ich habe so etwas noch nie erlebt.«

Mich schwindelte. Die Hitze, die Hammerschläge. Das passte zu dem, was mir passiert war. Schwach lehnte ich mich an Tristans starke Brust.

»Dann ist er jetzt in Wymouth? In seiner Schmiede?«

Margaret schüttelte den Kopf. »Vielleicht war ihm der Weg zu weit? Vielleicht hat er seine Pläne auch geändert, als er sich mit Zac Moran zusammengetan hat. Ich folgte ihm in eine Schmiede am Güterbahnhof. Er hat einen Mann getötet – oder zumindest schwer verletzt und sich am nächsten Tag mit Abigails Pflegemutter getroffen. Sie hat ihm einen Ring übergeben. Mit dem, den er Konstantin abgenommen hat, hat er demnach schon zwei Ringe in seinem Besitz. Und zusätzlich dazu die Fassung, die er geschmiedet hat.« Margaret wischte sich die Hände an einem Spitzentaschentuch ab, das sie aus der Innentasche ihres Blazers gezogen hatte. Dann sah sie auf und blickte uns geradeheraus an. »Ich war der Rückkehr meiner Schwester nie näher als jetzt. Ich könnte mich zurücklehnen und abwarten und dann vielleicht endlich, nach all der Zeit, meine Schwester wieder in die Arme schließen.« Erneut schwammen Tränen in ihren Augen. »Das könnte ich tun, es wäre nichts einfacher als das. Und doch stehe ich hier.«

»Warum?«, fragte Tristan misstrauisch, denn ich brachte kein

Wort mehr heraus. In meinem Kopf ratterte es und ich wollte nicht akzeptieren, was leider immer deutlicher wurde: Mein Dad war kein guter Mensch.

»Warum bist du hergekommen? Was willst du von uns?«

»Ich vertraue Konstantin. Er ist mein einziger Freund auf dieser Welt.« Margaret schluckte hart und knetete ihre Finger. »Es fällt mir unfassbar schwer, meine Hoffnungen in Bezug auf meine Schwester zu begraben, doch wenn stimmt, was Konstantin sagt, dass die Frau, die zurückkäme, nicht wie meine Schwester ist, dann … dann hat er recht. Dann darf das Tor nicht geöffnet werden.« Sie sah Tristan an. »Und deshalb bin ich hier. Ich denke, ich weiß, wo Jack sein könnte.«

»Wo?«

»Ich kenne nicht den genauen Ort – aber ich weiß, dass Zac Moran ihn ganz sicher nicht mehr aus den Augen lassen wird, denn Jack ist ihrem Ziel sehr nahe. Zac wird sich nicht übertölpeln lassen. Er wird Jack ganz nah bei sich haben wollen. Und Zac ist überheblich. Er macht sich nicht die Mühe, seine Spuren zu verwischen oder sich zu verstecken. Wozu auch? Er fühlt sich sicher in seinen gepanzerten Limousinen und den hohen Mauern seiner Villen. Es kann nicht schwer sein, ihn zu finden – und damit auch Jack aufzuspüren.«

»Warum interessiert dich das plötzlich?«, fragte Tristan zweifelnd. »Du akzeptierst, deine Schwester nie wieder zu sehen – okay. Aber warum der Sinneswandel? Warum uns helfen? Warum Jack und Moran nicht einfach machen lassen?« Tristan schob mich ein Stück beiseite und ging auf Margaret zu. Er baute sich drohend vor ihr auf. »Warum willst du uns plötzlich helfen?«

Margaret, die selbst nicht gerade klein war, musste dennoch den

Kopf in den Nacken legen, um Tristan in die Augen sehen zu können. »Ich habe die Zukunft aufgegeben, die ich mir erträumt habe – und dann habe ich mich gefragt, was mir jetzt noch bleibt.« Sie breitete die Arme aus. »Darkenhall. Die Antwort ist Darkenhall. Ich bin die Schulleiterin. Und ich habe hier in den letzten Wochen, trotz allem, was geschehen ist, für Normalität gesorgt. Alles ist wie üblich weitergelaufen. Und ich will, dass es so bleibt. Ich will … nicht auch noch diesen Teil meines Lebens verlieren.«

Hinter hohen Mauern

»Da bist du ja endlich«, sagte ich und ging die Stufen am Schuleingang hinunter. Meine Hand strich über die Drachenköpfe des Geländers und ich spürte Aufregung in mir hochwallen.

»Wir haben sieben Uhr gesagt«, meinte Tristan in dem Moment, als die Kirchenglocken zur vollen Stunde schlugen. »Und was hast du da überhaupt an?« Er schmunzelte. »Du siehst aus wie ein Dieb.«

»Sehr witzig!« Ich sah an mir hinunter. Ich trug eine schwarze Skinny Jeans und einen schwarzen Kapuzenhoodie zu einfachen, dunklen Chucks. »Ich hab eben gedacht, wir würden nicht auffallen wollen.« Ich deutete auf Tristans Jeans und sein weißes Shirt. »Wer trägt denn Weiß, wenn er wo einbrechen will?«

Tristan grinste. Dann zog er mir die Kapuze vom Kopf. »Wenn du es noch lauter herumposaunst, dann können wir es gleich lassen.«

»Wir lassen es nicht!«, widersprach ich und setzte mich in Bewegung. »Und jetzt komm! Es wird ja immer später!«

»Ich wusste nicht, dass du um neun im Bett sein wolltest.«

»Idiot!« Ich funkelte ihn an und ging etwas schneller, als ich sah, dass er mir folgte. »Ich will das hinter mich bringen!« Ich verließ das Schulgelände und steuerte Richtung Zentrum. »Ich glaub außerdem noch nicht so ganz, was Margaret-Maud behauptet hat. Ich glaub nicht, dass mein Dad so drauf sein soll.«

Tristan schloss zu mir auf. »Du kennst ihn nicht besonders gut«, gab er zu bedenken und hob den Arm, als sich ein Taxi näherte. Es hielt und wir stiegen ein. Während Tristan dem Fahrer unser Ziel nannte, dachte ich über seine Worte nach. Er hatte recht. Ich kannte meinen Vater kaum. Menschen veränderten sich. Ich selbst hatte kaum noch etwas mit dem Mädchen gemeinsam, das ich vor acht Jahren gewesen war. In was für einen Menschen hatte mein Vater sich verwandelt? War er wirklich so kaltherzig, wie Margaret-Maud behauptete? Er hatte Cross angegriffen, daran bestand kein Zweifel. Und Margaret meinte, er hätte einen weiteren Mann attackiert. War er zu so etwas fähig? Und wenn ja, was bedeutete das für mich? Änderte das etwas an meinen Gefühlen für ihn? Er war mein Dad. Ich liebte ihn. Ich hatte so oft davon geträumt, wieder eine Familie zu haben. Wollte ich überhaupt eine Familie haben, die zu so etwas fähig war?

»Alles okay?«, fragte Tristan und stupste mich mit dem Knie an. »Du bist mit einem Mal so still.«

»Ich überlege, wie wir bei Moran am besten reinkommen«, log ich und sah aus dem Fenster. Die Gebäude zogen vorbei und je weiter wir aus der Stadt hinausfuhren, umso durchlässiger war der Verkehr. Die Lichter der Fahrzeuge blendeten mich und das Leuchten der Straßenlampen verschmolz vor meinen Augen. Kalte Luft strömte aus der Klimaanlage und ich war froh um den Hoodie, denn ich fröstelte.

»Der Weg durch die Schatten wäre die schlechteste Option«, meinte Tristan und zuckte mit den Schultern. »Es wäre zwar möglich, denke ich, aber wirklich keine gute Wahl.«

»Du hast Angst vor den Schatten?«, fragte ich und sah ihn an. Er wirkte besorgt – und entmutigt.

»Angst nicht direkt. Aber ich kenne mich darin nicht mehr aus.

Schon der kürzeste Sprung gibt mir das Gefühl, mich zu verirren.« Er lächelte. »So wie damals, als ich dich von deinem Dad weggerissen und in die Schatten mitgenommen habe. Das Gefühl ist in etwa das gleiche.«

Ich nickte. Ich erinnerte mich gut daran. Mir war es damals vorgekommen, als hätte ich ihm den Ausweg gezeigt.

»Aber du bist in Skyes Lichtbunker reingekommen. Ich mache mir also keine Sorgen«, versuchte er mich aufzumuntern. Er zupfte an meinem schwarzen Hoodie und zwinkerte mir zu. »Mit dem Einbrecher-Outfit sind wir da im Nu drin, oder?«

Ich streckte ihm die Zunge raus. »Witzig. Wirklich witzig, Tristan.« Und obwohl ich mich weigerte, mich wie ein Dieb oder Einbrecher zu fühlen, erwachte die mir bekannte Dunkelheit in mir und mein Puls beschleunigte sich. Adrenalin wurde freigesetzt und auch wenn Bastian und Tristan kein Wüten mehr empfanden, ich spürte den Hunger nach der Dunkelheit nach wie vor. Ich fühlte die goldene Macht, die mich regelrecht leitete. Sie war stärker als je zuvor.

Das Taxi hielt an und Tristan bezahlte den Fahrer. Dann half er mir beim Aussteigen. Ich sah mich um. Eine hohe Mauer – einiges höher als die Mauer, die Darkenhall umlief – grenzte den Gehweg vom Grundstück ab. Selbst wenn man hüpfte, konnte man keinen Blick auf das dahinterliegende Anwesen werfen.

»Als lebte man im Gefängnis, oder?«, flüsterte ich und zeigte auf die Abgrenzung. Weiter vorne war ein Tor in die Backsteinwand eingelassen. Massiv aus Metall und ebenso hoch wie der Rest.

»Gefängnisse sind vermutlich nicht so gut bewacht«, überlegte Tristan und rieb sich den Nacken. »Was, wenn wir da jetzt einsteigen und dann ist dein Dad gar nicht hier?« Er sah mich an. »Wir hätten Bastian informieren sollen, anstatt auf eigene Faust –«

»Bastian wollte uns nicht dabeihaben!«, protestierte ich vehement und straffte die Schultern. »Es geht um meinen Dad!«, stellte ich klar und zog mir die Kapuze über den Kopf. »Ich bin genauso betroffen wie Bastian und seine blöden Ringhüter. Ich lasse mich nicht einfach ausgrenzen. Wenn du lieber zurück nach Darkenhall willst, um mit Margaret-Maud einen Verein zum Erhalt der verlogenen Normalität zu gründen, dann bitte: Geh! Aber ich komme nicht mit. Ich geh da jetzt rein und such meinen Dad, denn das alles muss aufhören! Er wird tun, worum ich ihn bitte.«

»Was macht dich da so sicher?«, hakte Tristan nach und sein Blick war ernst.

Ich schluckte. »Er ist doch mein Dad.«

Die Sekunden vergingen, ohne dass Tristan etwas erwiderte. Dann schnaubte er, fuhr sich durchs Haar und zog an den Bändeln meiner Kapuze, sodass die sich eng um meinen Kopf legte. »Na schön, du Einbrecherin! Ziehen wir es durch. Aber ich habe kein gutes Gefühl dabei.«

Erleichtert, dass er mich nicht einfach stehen ließ, umarmte ich ihn. »Ich bin keine Einbrecherin«, flüsterte ich ihm ins Ohr und grinste ihn an. »Ich bin eine Diebin – schon vergessen?«

Tristan lachte. »Wie kann man darauf auch noch stolz sein?«

Ich zuckte mit den Schultern und griff nach seiner Hand. »Keine Ahnung. Bin ich eben«, gestand ich und zog ihn weiter in Richtung des Metalltors. Goldene Weben brachen an die Oberfläche und meine Haut glühte auf. »Wollen wir?«, raunte ich und unsere Blicke trafen sich.

Tristan nickte. Dann grinste er breit und für einen Moment glaubte ich, er wolle mich küssen. »Gott, Abby, ich finde Diebe mehr als nur sexy!«

»Ich dachte, wir hätten das geklärt!«

Er salutierte. »Schon klar. Dein Herz schlägt für den Helden der Familie.«

Ich rollte mit den Augen und winkte ab. »In dieser Geschichte werden alle Herzen gebrochen, hast du das noch nicht kapiert?«, fragte ich und rieb mir die Hände an der Jeans ab. »Und jetzt komm, ehe sich noch jemand wundert, weil wir hier ewig rumlungern.«

Ich atmete tief ein. Dann ließ ich die Macht in mir sich entfesseln und ergab mich dem Schwindel. Ich stöhnte, als die Dunkelheit mich übermannte. Energie strömte durch meine Adern und das Tor sprang auf. Das Dröhnen gellte mir in den Ohren und ich zitterte, als das Gold sich so schnell zurück unter die Oberfläche zog, wie es gekommen war.

»Nicht schlecht«, riss mich Tristan aus meiner Benommenheit und ich ließ zu, dass er meine Hand nahm und mich durch das Tor zog. »Hier lang«, meinte er und ich folgte ihm widerstandslos, denn ich sah noch immer verschwommen. »Der Kerl hat einen Tennisplatz und einen Riesenpool«, stellte Tristan fest.

Die Außenanlagen von Zac Moran waren türkis beleuchtet und strahlten eine vornehme Ruhe aus. Ich rieb mir die Schläfen und sah mich um.

»Und jetzt?«, fragte ich. »Was jetzt?«

»Jetzt sind wir zumindest schon mal drin«, gab Tristan trocken zurück und wir schlichen weiter in Richtung der strahlend weißen Villa. Hinter keinem der Fenster brannte Licht.

»Und wenn er nicht hier ist? Weder Moran noch mein Dad?«

Tristan hob die Schultern. »Dann warten wir eben.«

Wir schlichen auf eine großzügige Terrasse, die mit schicken

Polstermöbeln ausgestattet war und eine Schiebetür zum Haus aufwies.

»Kannst du das noch mal machen?«, fragte Tristan und deutete auf die Tür. »Sesam öffne dich, meine ich.«

Ich nickte. Dann streckte ich die Hände aus, ergab mich der Macht, und mit einem Klicken entriegelte sich auch diese Tür. »Ich bin der Schlüssel«, wisperte ich ungläubig und schüttelte den Kopf, um den Schwindel loszuwerden. Mein Herz hämmerte in der Brust und ich bekam Angst. War es etwas Gutes oder etwas Schlechtes, der Schlüssel zu sein? Die Kontrolle zu haben?

Instinktiv suchte ich Tristans Nähe.

»Alles okay?«, fragte er und musterte mich besorgt. »Du bist blass unter den goldenen Weben«, meinte er und zeichnete sacht das schillernde Netz auf meiner Wange mit der Fingerspitze nach.

»Ich hab Angst«, gestand ich und fasste nach seiner Hand.

Tristan drückte sie und zog mich an sich. Er hauchte mir einen Kuss auf den Scheitel und hob dann mein Kinn an, damit ich ihm in die Augen sehen konnte. »Du musst niemals Angst haben, solange ich bei dir bin«, versprach er ernst. »Ich bin nicht Bastian, nicht der Ringhüter, aber ich hüte *dich*, okay? Ich lasse nicht zu, dass dir etwas passiert.«

Seine Worte waren so eindringlich, dass mir die Kehle eng wurde. Tristan Tremblay war wunderbar. So nah, so warm und so verführerisch. Ich wollte mehr für ihn empfinden, doch ich konnte nicht. Dabei wäre es so leicht gewesen. So viel leichter als meine Liebe zu Bastian. Um jetzt nicht an ihn zu denken, musste ich irgendwas sagen. Irgendwie diese bedeutungsschwere Spannung aus der Luft nehmen. Also zwang ich mich zu einem Lächeln und stupste Tristan in die Rippen.

»Du willst mich behüten? Du hast mich durch eine Treppe fallen lassen«, neckte ich ihn. »Es hilft mir schon, wenn du das in Zukunft unterlässt.«

Tristan fasste sich theatralisch an die Brust. »Autsch!«, stöhnte er. »Das tut weh.« Er schob mich durch die Tür ins dunkle Innere der Villa und flüsterte: »Das würde alles viel besser für mich laufen, wenn ich den Herzring noch hätte!«

Ich musste lachen. »Du hättest den Herzring noch, wenn du nicht so versessen darauf gewesen wärst, mich zu küssen«, erinnerte ich ihn.

Die Dunkelheit, die uns umgab, intensivierte sein Lachen und es kam mir vor, als spürte ich seinen Atem auf meiner Haut. »Ich bin immer noch versessen darauf, dich zu küssen«, gab er ungeniert zu und ich folgte dem Klang seiner Stimme durch das großzügige Wohnzimmer. Eine doppelflügelige Glastür führte in einen weiteren Raum, der wohl so etwas wie ein Speisezimmer war. Eine riesige Tafel mit Dutzenden Stühlen und am Ende wieder eine Tür. Dahinter schimmerte Licht und der leise Klang von Stimmen war zu hören.

Tristan schlich voraus, während ich noch überlegte, was ich auf seinen frechen Kuss-Spruch erwidern sollte. Wie konnte er in so einem Moment überhaupt ans Flirten denken? Wie konnte er …?

Ich zuckte zusammen und duckte mich hinter einen der vielen Esszimmerstühle und hielt die Luft an. Vor der Tür, dort, wo Tristan eben noch gestanden hatte, schepperte es. Ein Klirren, ein Ächzen, ein Fluch. Dann ging das Licht an.

Mir kam es vor, als würde die Welt stillstehen. Als wäre die Zeit eingefroren. Die plötzliche Helligkeit blendete mich. Ich blinzelte. Männer. Bewaffnete Männer. Ein Schlagstock, der geschwungen wurde. Wie in Zeitlupe sah ich die Dinge vor mir. Tristan riss einen Arm hoch. Der Stock prallte auf seinen Ellbogen. Ein Schrei. Schrie ich? Oder kam der Laut von Tristan, der gepeinigt die Augen aufriss und zusammenzuckte. Wieder wurde der Schlagstock gehoben. Noch mehr Männer stürmten herbei, umringten Tristan. Dann begegnete ich seinem Blick.

»Verschwinde!«, formten seine Lippen, auch wenn ich durch den Tumult kein Wort hören konnte. Dann traf ihn der Schlagstock am Kopf. Seine Pupillen verdrehten sich, Speichel flog ihm aus dem Mund und er sackte zu Boden.

»Verschwinde«, hallte es in meinem Kopf wider. Ich zitterte. Duckte mich hinter die Stühle in die schützende Dunkelheit des Speisezimmers, während nur wenige Meter vor mir im Flur noch immer drei der Wachleute standen und zusahen, wie mein regloser Freund an den Armen gepackt und über den Boden weggeschleift wurde.

Tristans Kopf war hintenübergekippt, als wäre seine Wirbelsäule gebrochen, seine Füße schleiften schlaff über den Marmor, als wäre er tot.

Mir entrang sich ein Schluchzen und ich presste mir schnell die Hand auf den Mund. Verdammt!

Die Kerle vor der Tür erstarrten. Ich ebenfalls. Ich spannte meine Muskeln an, atmete ein. Ganz leise und langsam.

Ein Schatten in der Tür. Der Schlagstock reflektierte das Licht.

Mir blieb keine Zeit, um nachzudenken. Verschwinde!, hallte es in meinem Kopf und ich sprintete los. Die Stühle polterten krachend zu Boden, als ich sie umriss, um sie den Wachleuten hinter mir in den Weg zu werfen.

Ich schlitterte über den glatten Steinboden, stieß mich an der Lounge-Ecke im Wohnzimmer ab und riss alles um, was mir in die

Hände kam. Hinter mir Schritte. Rufe. Und das bedrohliche Gewicht dreier Männer, die viel stärker waren als ich.

Die Luft, die ich einatmete, brannte in meiner Lunge, als atmete ich Feuer, die Wege, so kurz sie auch waren, erstreckten sich endlos. Ich musste hier weg! Ich hetzte durch den Raum, gelockt vom türkisfarbenen Schimmer der Poolanlage draußen im Garten. Die Tür war nah, doch schon spürte ich den eisigen Atem von einem der Kerle direkt hinter mir. Er packte meinen Hoodie, riss mich daran herum. Ich stolperte, flog durch die Luft und schlitterte über den Boden.

»Hier!«, rief der Kerl seine Kumpanen zu Hilfe. »Hier ist noch jemand! Ruft Moran an. Sagt ihm, er soll nach Hause kommen. Wir haben ungebetenen Besuch.« Er stürzte sich mit geballten Fäusten auf mich und wie von selbst riss ich die Arme schützend nach oben.

Es war wie ein Donnerschlag in meinem Inneren. Eine Bestie, die sich aufbäumte, die zum Sprung ansetzte und dann …

Gold explodierte auf meiner Haut. Ich schrie die Kraft hinaus, die sich in mir ausdehnte, als wollte sie mich sprengen. Wie ein Peitschenhieb ging der goldene Glanz auf meinen Angreifer nieder, stieß ihn zurück und baute sich drohend vor ihm auf. Ich hätte es für einen Traum gehalten, würde nicht sein Keuchen beweisen, dass ich ihn verletzt hatte, ohne ihn auch nur zu berühren.

Ich atmete hektisch, hatte trotzdem das Gefühl zu ersticken. Die näher kommenden Wachleute registrierte ich, aber es dauerte noch einen Moment, bis mir mein Körper wieder gehorchte. Bis ich mich vom Boden hochdrücken und meinen Beinen befehlen konnte, sich zu bewegen. Ich stolperte aus der Terrassentür, vorbei an den schönen Möbeln und dem türkisblauen Pool. Die frische Luft half mir, klarer zu denken und ich wurde schneller. Ich hörte die Schritte der

Wachleute, rannte auf das Tor zu, ließ Zac Morans Luxusanwesen hinter mir.

»Tristan!«, keuchte ich verzweifelt, als ich drei Straßenecken weiter hinter einem parkenden Auto in Deckung ging und verschnaufte. Ich spähte über die Motorhaube zurück. Niemand folgte mir mehr, doch ich spürte keine Erleichterung. Sie hatten Tristan!

Wegen so einer Scheiße

»Steig ein!«, maulte Owen mich durchs geöffnete Fenster seines Geländewagens an. Ich verließ meine Deckung hinter der roten Telefonzelle, von der aus ich Bastian angerufen und um Hilfe gebeten hatte. Dass nun statt ihm der Hüter des Erinnerungsrings hier auftauchte, versetzte mir einen Stich.

»Wo ist Bastian?«, fragte ich, stieg jedoch trotzdem ein und streifte mir dann die Kapuze vom Kopf. »Die haben Tristan und –«

Owens strenger Blick schnitt mir das Wort ab. Dann fuhr er los, ohne mich noch einmal anzusehen.

»Also, Tristan und ich, wir wollten –«, setzte ich erneut an, aber er schüttelte den Kopf.

»Mir egal, was ihr wolltet«, murrte er und packte das Lenkrad fester. Dann drehte er sich in meine Richtung und ich wünschte, er hätte es nicht getan, denn dunkelblaue Weben überzogen seine Haut. Er sah gefährlich aus. »Ihr regt mich auf«, presste er heraus und deutete auf seinen Handrücken, der ebenfalls von blauen Weben überzogen war. »Siehst du, was geschieht, wenn ich mich aufrege?«, fragte er leise und richtete den Blick wieder auf die Rücklichter des Wagens vor uns. »Ich bin der Hüter des letzten verbliebenen Rings und ich bin von Idioten umzingelt. Bastian verrät Skye und Tristan vergisst völlig, wo sein Platz ist. Und alles wegen dir.« Das Blau des Wütens zeigte sich nun auch in Owens Gesicht. »Ich habe mich an deinen Erinnerungsweben bedient und ich muss zugeben, ich verstehe ein wenig, warum die zwei sich so verhalten. Du bist … ungewöhnlich.«

Der gepresste Klang seiner Stimme ließ mich schaudern. Er lenkte den Wagen an den Straßenrand und hielt an. Der Blick aus dem Fenster half mir nichts. Ich hatte keine Ahnung, wo er mich hingebracht hatte.

»Wo sind wir?«, fragte ich und legte meine Hand fluchtbereit auf den Türöffner. »Wo ist Bastian?«

Owen löste seinen Gurt. Dann drehte er sich im Sitz zu mir rüber.

»Was hast du vor?«, fragte ich und hörte selbst, dass ich zittrig klang.

Kein Wunder, denn Owen hatte jede Menschlichkeit verloren. Seine Pupillen waren schmale Schlitze und das Weiß seiner Augen war mit tiefstem Aquamarin überzogen.

»Worte sagen nie die ganze Wahrheit«, raunte er und beugte sich über mich. »Manches bleibt ungesagt, manches … erscheint nicht wichtig.« Er legte die Hand in meinen Nacken und zog mich heran. »Niemand traut dir mehr, Abigail Woods, also wenn du willst, dass ich dir helfe, dann wirst du mir die Wahrheit *zeigen*.«

Ein leichter Schwindel erfasste mich und ich packte sein Handgelenk, versuchte ihn aufzuhalten. »Ich sage dir alles, ich schwöre es!«, versicherte ich ihm, aber er schüttelte den Kopf.

»So viel Zeit haben wir nicht«, erklärte er und der Schwindel nahm zu. Ich schnappte nach Luft.

»Owen!«, keuchte ich. »Bitte, ich …« Es war zu spät. Der Schwindel riss mich mit sich und ich spürte Owens Hunger in meinem Blut. Ich fühlte ihn in mir, in meinem Inneren, in meinem Kopf. Ich sah, was er sah, als erlebte ich alles noch einmal. Das Gespräch mit Margaret-Maud, unser Einbruch bei Moran, Tristans Gefangennahme. Ich spürte, wie er tiefer in mich vordrang, in meinen Erinnerungen weiter zurück ging, bis zu meinem letzten Gespräch mit Bastian.

»Ich liebe dich! Tristan hat versucht zu zerstören, was ich empfinde, aber ich liebe dich so sehr, dass niemand das je kaputt machen könnte.« Ich sah meine Tränen und Bastians kalten Blick wie in einem Film an mir vorbeiziehen. *»Verstehst du nicht? Wenn das wirklich passiert, könnte es ein Uns geben, Bastian.«*

Ich beobachtete, wie Bastian mich stehen ließ, wie er ging, ohne zurückzublicken, dann sprang Owen weiter und ich konnte Bastians Stimme hören.

»Ich gebe dir nicht die Schuld, Abby. Aber es ist ein Punkt erreicht, an dem es kein Zurück gibt. Es gibt kein Uns. Es kann nie ein Uns geben. Wir haben zu viele Fehler gemacht. Ich liebe dich, Abby, aber das Hoffen auf ein Uns hat einen zu hohen Preis gefordert. Ich müsste vergessen, was geschehen ist.«

»NEIN!« Schmerz durchfuhr mich, als ich mich selbst bei Bastians Worten zusammenbrechen sah. Ich fühlte den Schmerz wie ein Messer in meiner Brust. »NEIN!« Gold flammte auf und ich stieß Owen zurück. Ich gab mich der Kraft hin und peitschte den Eindringling aus meinem Kopf. Jeder Muskel meines Körpers zitterte, als ich den Schwindel beiseitedrängte und die Kontrolle wiedererlangte. Ich stieß Owen von mir und rutschte, so weit es der Wagen zuließ, von ihm weg. »Nein!«, murmelte ich zittrig und fuhr mir durchs Haar.

Owen atmete stoßweise. Er klammerte sich ans Lenkrad und sah mich von der Seite an. Seine Brust hob und senkte sich heftig und die blauen Schlieren auf seiner Haut waren in Bewegung. Ich hatte Angst, er würde noch einmal auf mich losgehen, so wie er mich ansah. Dann blinzelte er und rieb sich die Hände, fast so, wie Bastian es immer tat. Oder getan hatte, verbesserte ich mich, denn zuletzt hatte er kein Wüten mehr verspürt.

»Okay«, murmelte Owen und rieb sich übers Gesicht. Er kratzte seinen Bart, während seine Haut langsam wieder eine menschliche Farbe annahm. »Okay.«

»Nichts ist okay!«, fuhr ich ihn an. »Genau wegen dieser Scheiße will mein Dad die Ringe einschmelzen!«, schrie ich wütend. Ich hatte mich nicht an Bastians Worte erinnern wollen, hatte sie extra verdrängt, und nun? Nun pochte mein Herz vor Trauer um eine Liebe, die nie eine Chance gehabt hatte. »Ihr verdammten Ringhüter!«, rief ich und schlug aufs Armaturenbrett. »Ihr müsst euch nicht wundern, dass es Menschen gibt, die die Ringe zerstören wollen! Was ihr tut, ist nicht richtig!«

»Du hättest mir zwei Stunden lang erzählen können, was geschehen ist und dabei doch nicht alle Informationen mit uns geteilt. Jetzt weiß ich, was Sache ist – und kann entsprechend handeln. Wenn du das falsch findest, bitte. Aber Tristan wird froh sein, wenn wir keine Zeit verlieren.« Owen öffnete die Tür und stieg aus. Er beugte sich noch einmal ins Wageninnere und sah mich an. Mit mehr Mitgefühl, als ich je bei ihm gesehen hatte. »Das mit Bastian und dir – tut mir leid. Ihr hättet einander besser nie begegnen sollen.« Damit schlug er die Tür zu und bedeutete mir durchs Fenster, ihm zu folgen.

»Wir hätten uns nie begegnen sollen?«, wisperte ich und stellte mir vor, wie es mir jetzt wohl ginge. Nein. Das wäre auch nicht besser. Ich würde Bastian begegnen wollen. Ich liebte ihn. Ich wollte dieses Gefühl nicht missen, auch wenn es mir jetzt gerade Schmerz einbrachte. Ich stieg aus dem Auto und sah Owen nach. Nein, was das anging, war ich nicht seiner Meinung. Wäre ich Bastian nicht begegnet, wäre nie der purpurne Funke in meinem Herzen erwacht, den ich nun mit aller Macht festhalten wollte.

»Wohin gehen wir?«, fragte ich, als Owen, ohne auf mich zu warten, auf ein schmuckloses sechsstöckiges Mehrfamilienhaus aus ockerfarben gestrichenem Beton zuging.

»Ich wohne hier«, gab er schlicht zur Antwort.

»Und was soll ich in deiner Wohnung?«

Owen sperrte die Tür auf und trat in das kalte Treppenhaus. Durch Glasbausteine fiel das Licht der Straßenlaternen herein, aber die Leuchtstoffröhre an der Decke flackerte nur. »Hier sucht uns niemand«, erklärte er schlicht und ich fing an mich zu fragen, ob das etwas Gutes oder Schlechtes war. Ich traute Owen nicht. Wollte ich also in seine Wohnung, in der mich vermutlich tatsächlich niemals jemand suchen würde? Den Fahrstuhl ließ er links liegen und nahm die grün geflieste Treppe.

»Ist Bastian da?«, fragte ich und folgte ihm zögernd.

»Sie sind alle oben«, sagte Owen und stieg ein weiteres Stockwerk hinauf. »Wer immer hinter den Ringen her ist, weiß, wer ihr seid. Weiß von Darkenhall. Skye wäre ohne euch in Caerhay Court sicher gewesen. Und auch ich war bis jetzt nicht in Gefahr. Darum ist meine Wohnung im Moment der sicherste Ort.«

Ich war etwas außer Puste, als wir auch noch ein drittes Stockwerk hinaufstiegen und ich fragte mich ernsthaft, warum wir nicht den Fahrstuhl genommen hatten. »Warum laufen wir hoch?«, fragte ich und spürte meine Oberschenkel.

Owen blieb stehen und sah auf mich herunter. »Der Fahrstuhl ist eng«, erklärte er und Weben erschienen auf seiner Haut. »Im Gegensatz zu Bastian spüre ich das Wüten in mir.« In dem Moment, als er die Worte aussprach, flutete blaue Farbe seine Augen. »Ich halte mich für vernünftig. Für … bedacht. Deine Erinnerungsweben locken mich, auch wenn ich gerade so viele davon in mir trage, dass es schmerzt. Käme ich dir im Fahrstuhl zu nahe, könnte das für uns beide schlecht ausgehen«, gab er zu und deutete weiter die Stufen hinauf. »Fünfter Stock«, informierte er mich. Dann verschwand er im Schatten des Treppengeländers.

Atemlos blieb ich stehen und sah das Treppenhaus hinauf. »Ich hätte ja allein mit dem Aufzug fahren können«, murrte ich und zog mich schnaubend am Geländer weiter nach oben. Über mir hörte ich einen Schlüssel im Schloss.

Als ich den fünften Stock erreichte, hatte ich die Wahl zwischen zwei sich gegenüberliegenden Wohnungstüren. Aber nur eine stand offen, also trat ich ein. Die Wohnung war klein, sodass ich selbst von der Tür aus alles überblicken konnte. Schmucklos, wie das Haus. Beinahe geschmacklose Möbel, die entweder sehr retro oder echte Überbleibsel aus den Siebzigern waren. Es dominierten die Farben Orange und Moosgrün, neben Braun und Ocker.

Vic saß auf einem hellgrünen Küchenstuhl, während Rayne an der ebenfalls grünen Einbauküche lehnte. Owen stand mitten im Zimmer und Bastian lehnte in der Tür zum angrenzenden Wohnzimmer. Er sah mich an und ich senkte automatisch den Blick. Ich fühlte mich scheiße in seiner Gegenwart und mir zog sich der Magen zusammen. Ich hätte heulen können.

Beinahe kam es mir vor, als würde Owen das wissen, denn er räusperte sich und tippte ungeduldig mit dem Fuß auf den Boden. »Also. Lasst uns keine Zeit verlieren.« Er deutete auf mich. »Wie ich euch gerade gesagt habe, scheinen Zac Moran, Jack Woods und

Tristan in Kürze in Morans Villa aufeinandertreffen. Es ist anzunehmen, dass sie das Amulett des Todes – oder das, was von euren Ringen übrig ist – bei sich haben werden.«

»Warum in Kürze?«, fragte ich. »Sind sie nicht längst alle dort?«

Owen sah mich verwundert an. »Siehst du, das meine ich«, erklärte er. »Darum mache ich mir gerne selbst ein Bild. Ich habe in deinen Erinnerungen gesehen, dass die Wächter gesagt haben, man solle Moran anrufen, um ihn nach Hause zu holen.« Er tippte sich an die Stirn und hob die Augenbrauen. »Das war hier drin, in deinem Kopf. Aber du hast es nicht für wichtig erachtet. Du hättest mir diese Info also nicht geben können, richtig?«

Ich kniff die Lippen zusammen. »Und wenn schon!«, murrte ich und trat von einem Bein aufs andere.

Owen nickte wissend. »Ich habe nicht vor, mich in Reichweite dieser Männer zu begeben«, fuhr er fort und sah Bastian an. »Ihr geht hin und holt Tristan da raus. Und wenn ihr schon dort seid, könntet ihr auch noch gleich das Vitalinaurum zurückholen.«

Bastian brummte etwas Unverständliches und die Caerhay-Schwestern sahen sich mit rollenden Augen an.

»Versucht, was ihr könnt«, fügte Owen an und strich sich dann über den Bart. »Ich gehe in der Zwischenzeit hinter uns aufräumen.«

»Was meinst du?«, fragte ich, denn Owen war schon dabei, sich nach einem Schatten auszustrecken. »Du solltest mitkommen. Du bist der Einzige, der noch durch die Schatten springen kann.«

Owen schüttelte den Kopf. »Das Risiko ist zu groß. Ihnen fehlt nur noch mein Ring, um das Tor des Lichts zu öffnen. Ich werde denen nicht in die Hände spielen, indem ich das Vitalinaurum genau zu ihnen trage. Außerdem wissen zu viele Leute von zu vielen Dingen, die nicht für sie bestimmt sind. Das muss ich ändern.«

»An wen denkst du?«, fragte Bastian und allein der Klang seiner Stimme riss eine Wunde in mein Herz.

»Ich fange mit Margaret-Maud und Cross an«, meinte Owen und ließ seine Schultern kreisen. »An je weniger sie sich erinnern, umso geringer ist die Gefahr, dass sie erneut auf dumme Ideen kommen.«

Bastian nickte, aber ich griff protestierend nach Owens Arm, als er den in Richtung Schatten streckte.

»Margaret-Maud sagt, sie will in Zukunft ein ganz normales Leben führen. Sie … bereut, was sie getan hat.«

Owens Blick bohrte sich in meinen. »Wenn ich mit ihr fertig bin, muss sie nicht mehr bereuen. Ein sauberer Neuanfang – das verschaffe ich ihr, auch wenn ich finde, dass sie das überhaupt nicht verdient hat, nach allem, was sie angerichtet hat.«

Damit löste er sich in einem Schatten auf und verschwand.

»Machst du vielleicht mal die Tür hinter dir zu?«, fragte Rayne schroff und starrte mich finster an.

»Hab ich nicht vor«, gab ich genauso kalt zurück. »Ich bin nicht hier, um rumzusitzen. Ich hatte auf Hilfe gehofft. Die haben Tristan.«

»Und wessen Schuld ist das? Owen hat gesagt, du hast Tristan dazu gebracht, mit dir dort hinzugehen«, meckerte Vic und sah mich misstrauisch an.

»Wir sind dort eingebrochen, um meinen Dad dazu zu bringen, das Richtige zu tun!«, verteidigte ich mich und verschränkte die Arme vor der Brust. »Und was macht ihr? Sitzt hier rum und wartet, bis es zu spät ist?«

»Unsere Schwester ist tot!«, rief Rayne und donnerte ihre Faust auf den Tisch. »Wir versuchen, damit klarzukommen! Vic ist nun Ringhüterin eines Rings, den du gestohlen hast, und der nun nicht mehr länger existiert. Unsere Kräfte sind verblasst und die Schatten werden zur Gefahr. Das ist nicht gerade eine einfache Situation!«

Bastian stieß sich vom Türrahmen ab und trat in die Küche. Er sah mich noch immer mit undurchdringlichem Blick an. »Trotzdem müssen wir uns jetzt darum kümmern, noch Schlimmeres zu verhindern. Owen hat recht. Er kann nicht zu Moran. Wir müssen das tun.« Er sah Vic an. »Du und Rayne ihr sucht Moran in seinem Büro. Wenn ihr ihn oder Jack seht, folgt ihnen. Wir gehen noch einmal zu Moran nach Hause.«

»Ich muss versuchen, meinen Dad zur Vernunft zu bringen«, stimmte ich zu und stellte mich nun scheu Bastians Blick. »Was denkst du, machen sie mit Tristan?«

Bastians Kiefer zuckten. »Daran will ich lieber nicht denken«, knurrte er und fuhr sich durch die schwarzen Strähnen. »Soweit ich das sehe, sind die zu allem fähig.«

Ordnung muss sein

Owen Kingsley bewegte sich schnell und gekonnt durch die Schatten. Er war schon so lange Ringhüter, dass dies alles für ihn selbstverständlich war. Und doch schenkte er dem Nichts heute mehr Aufmerksamkeit als üblich. Er war der einzige seiner Freunde, der die Schatten noch beherrschte. Der sich hier in der Dunkelheit und Kälte noch sicher fühlte. Er dachte an Skye, die sich hier drin verloren hatte. Dachte an Bastian, der ohne seine und Abbys Hilfe nicht mehr zurück ins Licht gefunden hätte.

Dabei war doch in den Schatten alles wie immer. Nur draußen, in der Welt des Lichts, hatte sich einiges verändert. Feinde waren ihnen näher gekommen als je zuvor. Zwei der drei machtvollen Ringe waren verloren und das Mädchen mit den lila Haaren – dem er nicht weiter traute, als er spucken konnte – war ganz offensichtlich der Schlüssel zu allem.

Er trug so viele ihrer Erinnerungsweben in sich, dass es schmerzte, und trotzdem hatte er in all ihren Erinnerungen nicht eine böse Absicht erkannt. Sie war beinahe unschuldig in der Summe ihrer erdrückenden Schuld. Wenn jemals jemand in eine furchtbare Situation unverschuldet hineingeraten war, dann wohl Abigail Woods. Sie hatte ihre Mutter verloren, ihr Vater hatte sie im Stich gelassen und die Kraft in ihr hatte es ihr unmöglich gemacht, ein normales Leben zu führen. Sie war eine Diebin, weil ihr Erbe es forderte.

Sie war nach Darkenhall gekommen und hatte das Unheil entfesselt, weil andere dies von ihr gefordert hatten. Cross hatte sie manipuliert, Bastian hatte ihr einen Teil ihrer Seele genommen und Tristan ihr Herz.

Und doch – als er heute Nacht in ihre Erinnerungen getaucht war, hatte er gesehen, dass sie bei allem, was geschehen war, noch immer liebte. Sie liebte Bastian. Sie hatte tiefe, freundschaftliche Gefühle für Tristan und sie vermisste ihren Vater so sehr, dass sie ihm vertraut hatte.

Während Owen Schatten um Schatten nahm, fragte er sich, ob er Abigail Woods vielleicht unrecht tat. Er hatte keine böse Absicht bei ihr erkannt. Obwohl er ihr diese stets unterstellt hatte.

»Ich habe in ihrer Seele gesehen, dass sie die Welt ins Chaos stürzen wird«, hatte Bastian ihm anvertraut. Und es stimmte. Die Welt im Licht schwebte in großer Gefahr. Die Schatten waren zum Chaos verkommen. Doch wer trug daran die Schuld?

Er trat aus dem Nichts und blickte zum Eingang von Darkenhall hinüber. Die Sonne ging gerade auf und es würde schon bald zum Unterrichtsbeginn läuten. Er folgte dem langen Morgenschatten der Bäume zum Eingang und kaum einen Atemzug später war er an der Tür. Es war wichtig, die Schatten zu nehmen, denn um Ordnung zu schaffen, wie es seine Aufgabe war, musste er zuerst die Weben abbauen, die er Abigail genommen hatte. Kurz wunderte er sich über sich selbst, dass er dabei so besonnen vorgegangen war. Er hatte ihre Erinnerungen durchforstet, aber nur die absorbiert, die von bedeutungslosem Pastellblau in den Tiefen geschlummert hatten. Erinnerungen, die sie kaum vermissen würde. Dabei hatten ihn ganz andere Erinnerungen gelockt. Frische Erinnerungen an Bastian, an Tristan, an ihn selbst, als er sie mit sich von der Empore in der Kathedrale bis in die Katakomben mitgerissen hatte. Diese Erinnerungen durfte er ihr eigentlich nicht lassen. Trotzdem hatte er es getan, denn ob es ihm gefiel oder nicht, Abigail Woods war mächtiger als gedacht. Die goldenen Weben ihrer Haut und ihre Fähigkeit, die Kontrolle selbst über einen Ringhüter zu behalten, konnten noch wichtig werden. Darum hatte er sich zurückgehalten. Darum hatte er seinen Hunger auf das leuchtende Türkis ihrer Erinnerungen an die letzten Wochen ignoriert und seine Bedürfnisse anderweitig gestillt. Vielleicht war das gut so, denn obwohl er sich noch immer nach dem Türkis verzehrte, spürte er doch die zerstörerische Kraft ihrer Erinnerungen in sich.

Und er wusste auch, warum Bastian sich nicht von ihr lösen konnte. Abigail Woods war ein machtvolles Geschöpf – und das beeindruckte selbst ihn. Er wusste schon jetzt, dass er viele Seiten in dem Buch seiner Ahnen über sie füllen würde.

Doch zuvor musste er tun, was seit Generationen die Aufgabe seiner Familie war: Er musste Ordnung schaffen. Die Welt vergessen lassen, dass das Tor des Lichts, das Vitalinaurum und selbst die Ringhüter existierten.

Und darum war er hier. Er hob die Hand und klopfte an die Tür zum Direktorat. Ohne eine Antwort abzuwarten, ging er hinein.

»Guten Morgen, Mrs Tremblay«, grüßte er, warf einen knappen Kontrollblick in den leeren Flur und schloss entschieden die Tür hinter sich. »Es gibt da etwas, das wir besprechen müssen.«

Mit dem Rücken zur Wand

Es war ein komisches Gefühl, mit Bastian allein zu sein. Seine Schritte neben meinen, sein Arm, der mich gelegentlich streifte, wenn der Gehweg zu schmal wurde. Das Taxi hatte uns ein paar Straßen weiter aussteigen lassen und zum zweiten Mal innerhalb weniger Stunden näherte ich mich dem Zuhause des Tec-Milliardärs Zac Moran. Doch anders als zuvor würden Morans Wachleute nun gewarnt sein. Durch das Tor zu spazieren war vermutlich keine Option mehr.

»Wir können nicht einfach den Haupteingang nehmen«, meinte Bastian nachdenklich und ich musste schmunzeln.

»Hab ich auch gerade gedacht«, gab ich zu und kickte einen Kiesel auf die Straße. »Aber wie kommen wir dann rein?«

Bastian war stehen geblieben. Er rieb sich den Nacken und sah mich an. »Ich habe kein gutes Gefühl, Abby. Selbst wenn wir es über die Mauer schaffen. Es ist hell. Jeder wird uns sehen. Wir können niemals unbemerkt ins Haus gelangen.«

Ich nickte nachdenklich. »Der Weg durch die Schatten?«, fragte ich, auch wenn ich ahnte, was kommen würde.

Bastians Miene verdüsterte sich und sein Blick wurde hart. »Ist nicht so, als würde ich das nicht wollen«, stellte er mürrisch fest. »Aber wie du weißt, wurde mir meine Kraft … genommen.«

Der Vorwurf in seiner Stimme war nicht zu überhören.

»Okay, dann eben nicht der Weg durch die Schatten«, stöhnte

ich und warf hilflos die Arme in die Luft. »Was dann? Haupteingang scheidet aus. Schatten scheidet aus. Was dann? Willst du einfach über die Mauer klettern?«

Bastian runzelte die Stirn. »Warum nicht.«

»Weil diese scheiß Mauer hundert Meter hoch ist?«

Bastian schmunzelte. »Eher drei Meter.«

»Es könnten aber genauso gut hundert Meter sein, wenn wir eh nicht drüber kommen!«

Ein Auto fuhr an uns vorbei und Bastian griff nach meiner Hand. Er drehte mich so, dass mein Rücken zur Fahrbahn zeigte und unsere Gesichter nicht zu sehen wären.

»Glaubst du, Moran kommt hier vorbei?«, fragte ich und dachte an meinen Dad. Würde er mich erkennen, wenn er zufällig hier vorbeifahren würde? Ich stopfte die lila Strähnen zurück unter die Kapuze meines Hoodies und verdrängte den Gedanken, dass das vermutlich nicht der Fall sein würde. Er kannte mich nicht.

»Vielleicht nicht unbedingt Moran«, antwortete Bastian auf meine Frage und zuckte mit den Schultern. »Aber wer weiß, wie viele Leute er auf uns angesetzt hat.«

Ich sah Bastian in die Augen und mein Herz schlug schneller. Noch immer hielt er meine Hand, fast, als hätte er vergessen, sie loszulassen. »Stimmt natürlich«, murmelte ich, ohne überhaupt zu wissen, wovon wir gerade redeten. Ich spürte nur die Wärme seiner Haut, den vertrauten Druck seiner Finger, das wilde Pochen meines Pulses, als er wie zufällig seine Finger mit meinen verwob.

⌘

Es war ein Reflex gewesen, Abbys Hand zu greifen. Ein Reflex, ein Impuls, ein innerer Drang, dem er nachgegeben hatte. Und nun brachte er es nicht über sich, sie wieder loszulassen. Sanft strich sein Daumen über ihren Handrücken und er sah, wie sich ihr Webengeflecht veränderte. Purpur glomm auf und er wünschte sich nichts mehr, als dass diese warme Farbe sein eigenes Herz berührte. Aber Skye hatte es ein weiteres Mal zerstört. Er konnte keine Liebe fühlen. Konnte sich nur daran erinnern, wie es sich angefühlt hatte. Und wenn er daran dachte, vermisste er es. Sein Blick traf Abbys und sie öffnete leicht die Lippen, als wollte sie etwas sagen. Doch sie sagte nichts. Und er auch nicht. Er betrachtete ihr Gesicht, die dunkel getuschten Wimpern warfen Schatten auf ihre Wangen und machten sie verletzlich. Purpurne Weben vermischten sich mit türkisen und er wusste, sie dachte wie er an das zurück, was zwischen ihnen gewesen war. Sie dachte daran, ihn zu küssen, das las er in ihrem Blick.

Und zum ersten Mal in seinem Leben empfand er ein Verlangen, das nichts mit dem Hunger und dem Wüten seines Erbes zu tun hatte. Er verspürte das Verlangen, seine Lippen einfach auf ihre zu pressen und ihre Hingabe zu schmecken. Es erschreckte ihn, wie heiß dieses Verlangen aufloderte, als ihm bewusst wurde, dass er es tun konnte, ohne dass er eine Gefahr für sie darstellen würde. Er würde nicht ihre Weben plündern. Würde ihr nichts nehmen, das er selbst nicht kontrollieren konnte. Er würde sie einfach nur küssen. Doch sie zu küssen, würde ihn auch an Skye erinnern. An den Moment, als er geglaubt hatte, beide wären eins. Abby zu küssen würde Schmerz mit sich bringen und der vertrocknete Wüstenboden seines geschundenen Herzens würde davon nicht wieder erblühen. Zu viel war passiert. Und deshalb löste er mit Bedauern den Griff um ihre Finger und trat zurück. Weg von den Lippen, die ihn so reizten, weg von dem Purpur, das sie umgab.

»Steigen wir über die Mauer«, sagte er und fuhr sich durchs Haar. Ihm entging nicht, dass Abby etwas aus der Fassung geraten war. Ihm entging auch nicht, dass ihr Blick noch immer auf seine Lippen gerichtet war. Und er registrierte auch, dass dunkle Seelenqual sich von unten her über ihre purpurnen Herzweben schob, als wollte sie sie ersticken.

Das alles sah er, doch er konnte nichts dagegen tun.

Sie folgten dem Gehweg ein ganzes Stück, bis zu der Ecke des Anwesens, an die ein Park anschloss. Dort nickte er in Richtung einiger dichter Büsche.

»Sollen wir es hier versuchen?«, schlug er vor und bog schon vom Weg ab. Abby folgte ihm durch die Dornenranken, bis an die satt mit Efeu bewachsene Mauer.

»Immer noch gewaltig hoch«, meinte sie und schaute die Wand hinauf. Sie mied ganz offensichtlich seinen Blick.

»Ich hebe dich hoch und du steigst mir dann auf die Schulter«, schlug Bastian vor und verschränkte die Hände für eine Räuberleiter ineinander.

Abby hob überrascht die Augenbrauen. Sie wollte protestieren, das sah er, aber dann nickte sie doch.

»Okay. Legen wir los«, murmelte sie und stellte einen Fuß in seine Hände, während sie etwas unsicher seinen Nacken umfasste. »Heb mich hoch.«

Bastian drückte sie mit den Armen nach oben und ihr Duft umhüllte ihn warm und vertraut. Das Purpur ihrer Weben leuchtete auf und sein eigener Herzschlag beschleunigte sich. Ihre Finger in seinem Haar, ihr leises Keuchen, als sie sich nach oben streckte und dabei versuchte, die Balance zu halten. Sie war ihm so nahe, fühlte sich so gut an. Er wollte mehr, brauchte mehr.

Langsam ließ er die Arme sinken und Abby quietschte erschrocken, als sie – anstatt weiter hochgehoben zu werden – wieder tiefer rutschte. Er umfasste ihre Taille, hielt sie eng an seine Brust und ließ sie langsam, Stück für Stück, an seinem Körper hinabgleiten.

»Das geht so nicht«, raunte er, ohne den Griff um ihre Körpermitte zu lösen. Da ihr der Hoodie bis über den Bauchnabel gerutscht war, berührte er ihre Haut und spürte ihr Zittern.

»Wir hätten es fast geschafft«, flüsterte sie und sah ihm in die Augen.

»Wir hätten es nie geschafft«, antwortete er und fragte sich dabei, ob er wirklich von der Mauer sprach, oder von dem, was zwischen ihnen gewesen war. »Das kann nicht funktionieren.« Diesmal wusste er, dass er nicht den Einbruch meinte, sondern seine Gefühle.

»Was dann?« Abby sah verzweifelt aus. »Es muss doch einen Weg geben!«

»Vielleicht auch nicht«, wisperte er und zog seine Hände unter ihrem Pulli hervor. Ihre Arme hatte sie noch immer um seinen Nacken liegen. Ihre Brüste schmiegten sich gegen seinen Körper und er glaubte, ihren Herzschlag zu spüren.

»Wir werden nicht aufgeben, verstanden?«, erklärte sie entschlossen. Goldene Schlieren fluteten ihre Augen und ihre Lippen schimmerten in sattem Gold. Sie drückte sich noch fester an ihn, verwob ihre Finger mit seinen und hob ihre Hände in den Schatten des Efeus. »Du hast einmal gesagt, dass du keine Wahl hast. Dass du tun musst, was getan werden muss«, flüsterte sie. »Wir können nicht aufgeben. Wir haben keine Zeit für den risikolosen Weg. Also tu, was du tun musst, geh jetzt in den Schatten.«

Immer mehr goldene Ranken erschienen auf ihrer Haut. Sie war ihm so nah, dass es sich anfühlte, als wären sie eins. Und als hätte sie die Kontrolle übernommen, ergab er sich ihrem Drängen, umfasste sie fester und zog sie mit sich.

Die Dunkelheit war fremd. Unendlich und von eisiger Kälte. Er sprang hindurch, doch der Weg zurück ins Licht war kaum zu erkennen. Er hätte sich verirrt, wären nicht die goldenen Funken gewesen, die ihm den Ausgang offenbarten.

»Ich bin der Schlüssel«, hörte er Abbys Gedanken wie Hammerschläge im Nichts. Sie war der Schlüssel – so musste es sein, denn nicht er, sondern sie hatte diesmal in der Dunkelheit die Kontrolle.

Als sie aus dem Schatten traten, stolperten sie hinter Zac Morans Gästehaus in einen Holzstoß. Bastian warf sich herum, sodass Abby nicht auf den Boden fiel, sondern auf ihm zum Liegen kam.

»Autsch!«, stöhnte er leise, als ihr Ellbogen auf seine Rippen traf und sie auf ihm zusammensackte. Die Haare rutschten ihr aus der Kapuze und ihre Lippen waren seinen ganz nah. Die Sekunden verstrichen, ihr Atem vermischte sich mit seinem, ihre Herzen schlugen im gleichen Takt. Dann schien sie sich der Nähe zu ihm bewusst zu werden, denn sie sprang auf und stieß ihm dabei erneut den Ellbogen in die Seite. Sie klopfte sich übertrieben den Staub von der Jeans und dunkle Seelenweben der Verlegenheit verwoben sich mit dem hellen Purpur, das sie umgab.

»Es hat geklappt«, presste sie heraus und sah zu, wie er aufstand. »Und jetzt komm, suchen wir Tristan – und meinen Dad.«

Der dritte Ring

Owen Kingsley kämpfte gegen den Druck in seinem Inneren an. Die Erinnerungen, die er in den letzten Stunden in sich aufgenommen hatte, wollten aus ihm herausbrechen. Er musste sie abbauen. Zu lange war er in den Schatten geblieben, um Margaret-Mauds Erinnerungen an jedes Detail der Schattenspringer, der Ringhüter und all der anderen übernatürlichen Dinge zu finden und zu nehmen. Dabei war er auch über eine Erinnerung gestolpert, die länger zurücklag. Es war eine tragende Erinnerung, die Margaret-Mauds Leben zu bestimmen schien. Er hatte sich hineinfallen lassen in ihre Vergangenheit und den Schmerz erlebt, den auch sie tagtäglich erlebte. Sie hatte die Kerzen vom Tisch gestoßen, die ihren Vater und ihre Schwester das Leben gekostet hatten. Um den gewalttätigen Vater tat es Owen nicht leid. Es war ein Unfall. Ein schrecklicher Unfall. Doch er hinderte Margaret daran, ein glückliches Leben zu führen. Er würde nicht zulassen, dass sie und die Gemeinschaft all jener, die auf den Lichtbringer hofften, erfolgreich sein würden. Er würde verhindern, dass Margaret-Mauds Schwester zurückkehren würde. Aber er hatte es nicht über sich gebracht diese Frau, so viel Unheil sie auch verursacht hatte, weiter in diesem Schmerz leben zu lassen. Er hatte ihr die Erinnerung an den Moment genommen, als die Kerze gefallen, als das Feuer ausgebrochen war. Er nahm ihr die Schuld an dieser Tragödie und hoffte, sie wäre nun bereit, ihr Leben zu leben.

Owen stöhnte. Die Weben unter seiner Haut drängten nach Freiheit. Er breitete die Arme aus und ließ die Kälte des Nichts seinen Schmerz kühlen. Margaret-Mauds Erinnerungsweben lösten sich langsam aus ihm heraus und verschwanden in der endlosen Weite der Schatten. Sie würden niemandem mehr schaden. Genauso wenig wie die Weben der Leute, die er anschließend besucht hatte. *Gleichgesinnte* hatte Margaret sie in ihren Erinnerungen genannt. Menschen, die ihre Liebsten verloren hatten, Menschen, die von Konstantin Cross und seinem Vorhaben wussten. Ihnen allen hatte er die Erinnerungen genommen und nun drohte ihn die Flut zu überwältigen. Es war gefährlich, zu viele Weben in sich zu tragen. Das hatte er immer gewusst. Nicht erst, seit Skye an Bastians Herzweben beinahe gestorben wäre.

Owen ging tiefer in die Schatten. Er musste mehr von den Weben loswerden, denn auch wenn hier in der Dunkelheit nichts wirklich existierte, spürte er das Blut aus seinem Körper fließen. Die Erinnerungen all dieser Menschen brachen aus ihm heraus. Und er war noch lange nicht fertig. Die Ordnung war noch nicht wiederhergestellt.

Als er eine ganze Weile später mit etwas weniger Druck auf der Brust vor dem Krankenhaus aus dem Schatten trat, war er am Ende seiner Kräfte. Blut sickerte ihm aus einem tiefen Riss an den Rippen und tränkte sein Holzfällerhemd. Er presste sich den Arm auf die Seite und nahm jeden noch so kleinen Schatten auf seinem Weg zur nächsten Person auf seiner Liste. Er musste Platz schaffen, denn Konstantin Cross wusste viel. Er würde sich an vieles erinnern, das er besser nie hätte erfahren sollen. Owen würde in dessen Kopf weit zurückgehen und jede Menge Erinnerungen auslöschen müssen. Zu viele, womöglich.

Doch solange es Menschen gab, die von dem Amulett des Todes wussten, so lange war seine Arbeit nicht getan. Er war der Hüter des Erinnerungsrings. Er hütete das Geheimnis um die Macht des Vitalinaurums. Viel mehr noch als Bastian oder die Caerhay-Schwestern es je getan hatten.

Er war angespannt, als er in Konstantins Krankenzimmer aus dem Schatten trat und auf den Schlafenden hinuntersah. Cross war ein Halbbruder von Bastians Vater. Er trug, genau wie sie alle, das Erbe des Vitalinaurums in sich. Er würde immer ein Schattenspringer sein, immer Weben aufnehmen können, genau wie Tristan, Vic oder Rayne. Und doch musste Owen nun irgendwie verhindern, dass Cross sich überhaupt an seine Macht erinnerte.

Langsam ließ Owen sich auf dem Krankenbett neben Konstantins Beinen nieder. Das weiße Bettlaken ließ die Haut des Lehrers fahl wirken. Es wäre leichter für ihn, hätte Jack Woods den Mann getötet. Dann müsste er sich nicht um dessen Erinnerungen kümmern. Doch Konstantin Cross lebte.

Mit einem tiefen Atemzug, um sich auf seine Aufgabe zu konzentrieren, griff er nach Cross' Hand. Blaue Weben wanderten von seinen Fingerspitzen in dessen Unterarm. Das Wüten in Owen brüllte auf und im nächsten Moment fluteten blaue Schlieren seine Augen. Er knurrte, als er das Tor zu Konstantins Erinnerungen aufstieß und sich mitten hinein in das Meer aus längst vergangenen Bildern stürzte.

Owen taumelte. Er hatte viel Blut verloren und ohne die Schatten wäre er nie zurück zu seiner Wohnung gekommen. Er war viel zu schwach. Er lehnte sich gegen die Eingangstür und atmete tief durch. Schmerz trübte seinen Blick und er verfluchte die Tatsache, dass die Tür um diese Zeit im Licht lag. Also kramte er in seiner Tasche nach dem Hausschlüssel, als plötzlich doch ein Schatten auf ihn fiel. Im nächsten Moment traf Owen etwas am Hinterkopf und er krachte gegen die Tür.

»Seine Hand!«, hörte er eine tiefe Männerstimme rufen. »Sieh nach seiner Hand!«

Schwärze nahm Owens Sichtfeld ein.

»Er ist es! Wir haben ihn! Das ist der dritte Ring!«, hörte er noch, ehe der Schmerz in seinem Hinterkopf regelrecht explodierte und ihn in eine tiefe Ohnmacht stieß.

Er merkte nicht, wie ihm der Ring vom Finger gezogen wurde, doch die Auswirkungen – die spürte er.

Er war bis zum Bersten mit Weben gefüllt, die nun, ohne den Ring, der sie kontrollierte, wie Flammen aufloderten, in die Benzin geschüttet wurde. Seine Haut, sein Fleisch, sein Körper gaben nach und die Weben brachen aus ihm heraus.

Die Sache mit der Schuld

Mir schlug das Herz bis in die Haarspitzen. Und zwar nicht nur, weil wir heimlich durch den Garten von Zac Moran schlichen, sondern, weil ich Bastian so nahe war. Er wirkte verändert. Seine dunkle Aura war wie eine Wolkendecke nach dem Regen aufgerissen und ich fürchtete ihn weniger als zuvor. Zwar war er immer noch verschlossen, ich spürte aber zugleich, dass er mit seinen Gefühlen rang. Spürte die Blicke, die er mir zuwarf, wenn er glaubte, ich würde es nicht bemerken. Die Berührungen, die keinesfalls Zufall waren. Sein Herzklopfen, als ich nach dem Schattensprung auf ihm gelandet war. Das alles verwirrte mich. Tristan Tremblay hatte mein Herz manipuliert. Meine Gefühle für Bastian waren anders, als zu Beginn. Und doch war da tief in mir das Wissen, dass er der Eine für mich war. Ich liebte ihn. Auf eine Weise, die selbst Tristans Manipulation überstanden hatte. Ich liebte ihn, wie nie jemanden zuvor. Und das war so erleichternd, denn es zeigte, dass mein Herz nach allem noch immer funktionierte. Es zeigte, dass ich meinen Gefühlen vertrauen konnte. Und zugleich war es so schmerzhaft, denn ich erkannte auch, dass ich Bastian trotz all dem, was wir gemeinsam erlebt hatten, trotz der Nähe, die wir geteilt hatten, verloren hatte. Ich spürte, dass er dies ebenfalls bedauerte, es aber so war.

»Vorsicht«, warnte er mich und zog mich hinter einem Busch in die Hocke, als vor uns ein Wachmann seine Runde drehte.

Ich duckte mich neben ihn und bewegte mich nicht. Bastian teilte die Zweige vor uns ein Stück und beobachtete den schwarz gekleideten Mitarbeiter des Sicherheitsdienstes. Der ging einige Male auf und ab, warf dann einen Blick auf seine Armbanduhr und nahm eine Schachtel Zigaretten aus der Brusttasche seiner Uniform. In aller Seelenruhe klopfte er sich eine Zigarette aus der Schachtel und steckte sie an. Dann wandte er uns den Rücken zu und lehnte sich an die Hauswand.

»Na toll«, murrte ich, denn so wie es aussah, würde er sich so schnell nicht wieder fortbewegen.

»Hast du es so eilig, deinen Dad wiederzusehen?«, fragte Bastian nachdenklich und ließ die Zweige zurück an ihren Platz gleiten. Er setzte sich und sah mich an.

Da der Wachmann noch immer seelenruhig dastand, tat ich es Bastian nach und setzte mich ebenfalls. Ich überlegte, ob Bastian recht hatte. War mein Dad der Grund für meine Unruhe?

»Ich habe Angst um Tristan«, gestand ich und suchte Bastians Blick. »Du gibst mir an so vielem die Schuld. Ich will nicht auch noch die Schuld tragen müssen, wenn ihm etwas zustößt.«

Bastians Blick wurde milder, aber er ließ sich mit einer Antwort Zeit. Er rieb sich den Nacken und flüsterte: »Vielleicht … war es nicht fair … dir die Schuld zu geben«, meinte er stockend und verzog die Lippen. »Aber es … ist einfacher, als sich mit seiner eigenen Schuld zu befassen.« Er zuckte kaum merklich mit den Schultern. »Sorry.«

Sorry. Sorry?

Ich überlegte, ob das ausreichend war. Ob das auch nur im Ansatz genug war, denn in seinem Blick las ich, dass ich mehr nicht bekommen würde.

»Vielleicht solltest du dich aber mal damit befassen, anstatt mich von dir wegzustoßen, nur weil das bequemer ist.«

Bastian nickte. »Vielleicht.«

Ich schnaubte. »Willst du mich verarschen?«, fragte ich und es regte mich auf, dass ich so leise reden musste.

»Will ich nicht.« Er sah mich an und plötzlich war der Raum unter dem Blätterdach angefüllt mit einer beinahe greifbaren Spannung. »Ich will dich nicht verarschen. Ich will dir auch nicht die Schuld geben. Ich will nicht unfair sein oder dich verletzen, denn ich sehe, dass ich das tue, Abby.« Er hob seine Hand an meine Wange und sah mich traurig an. »Ich wünschte, das alles wäre anders gekommen, denn ich empfinde so viel für dich wie für keine je zuvor.« Er kniff die Lippen zusammen, als fielen ihm seine nächsten Worte schwer. »Aber ich werde nie vergessen können, was es uns gekostet hat. Was wir angerichtet haben, durch all unsere Fehler.« Sein Daumen fuhr die Linie meines Kinns nach und ich spürte sein Bedauern. »Du kannst dir nicht vorstellen, wie es sich anfühlt, dir nahe zu sein, ohne das Wüten, das mich immer zur Gefahr für dich gemacht hat. Ich könnte dich küssen.« Sein Daumen strich über meine Unterlippe und sein Blick heftete sich auf meinen Mund. »Ich könnte dich küssen, ohne Angst, dir wehzutun.«

»Warum tust du es dann nicht? Warum stößt du mich weg?« Ich schmiegte mein Gesicht in seine Handfläche und küsste sein Handgelenk, während ich versuchte, meine Tränen zurückzuhalten. Ich wollte so sehr, dass er mich küsste. Dass er mich in den Arm nahm und mir Sicherheit gab. Ich wollte, dass jemand bei mir war, jemand, dem ich vertrauen würde, wenn ich meinem Dad gegenübertreten würde. Ich wollte jemanden bei mir haben, der mich auffangen würde, denn ich hatte Angst zu fallen. Angst, dass mein eigener Dad der Abgrund war, vor dem ich stand. Ich hatte Angst zu zerschellen, sollte mein Dad … sollte er … nicht verstehen, was das Richtige war. Sollte er … Tristan etwas antun. Ich wischte diesen furchtbaren Gedanken zusammen mit meinen Tränen fort und beugte mich zu Bastian hinüber. »Küss mich doch einfach«, wisperte ich tränenerstickt.

Bastian schloss die Augen, als könnte er meinen Anblick nicht ertragen. Er schüttelte den Kopf, zog mich aber an seine Brust. Er strich mir übers Haar, über den Rücken und hielt mich so fest, dass ich ihm nicht ins Gesicht sehen konnte. »Bei unserem ersten Kuss habe ich in den dunklen Tiefen deiner Seele gesehen, dass du die Welt ins Chaos stürzen wirst«, flüsterte er heiser. »Ich habe es gesehen und es dennoch nicht verhindert. Weil ich mich in dich verliebt habe. Weil ich vergessen habe, was meine Aufgabe ist.« Er schluckte. »Es ist leicht, dir die Schuld zu geben, denn wärst du nicht du, nicht so wundervoll und besonders, hätte ich nicht versagt. Ich habe mich ablenken lassen. Habe mich verliebt, und Menschen sind gestorben oder wurden verletzt.«

Ich wollte etwas sagen, wollte ihn ansehen, doch er hielt mich fest.

»Du hast recht, ich könnte dich küssen. Ich will dich küssen, das leugne ich nicht. Doch das werde ich nicht tun, Abby. Denn du und ich – wir haben die Welt tatsächlich ins Chaos gestürzt.« Er lockerte seinen Griff und ich sah ihn an. Das dunkle Blau seiner Augen war die einzige Farbe im Schatten unter dem Blätterdach und ich hatte das Gefühl, darin verloren zu gehen. »Und wenn ich mich wirklich mit der Schuldfrage befasse, kann ich *uns* das nicht vergeben.«

Seine Stimme klang kein bisschen zweifelnd. Er meinte jedes Wort ernst. Er würde uns nicht vergeben.

Diese Gewissheit tat so weh, dass ich aufschluchzte. Der Kloß in meinem Hals brannte wie Feuer und ich hatte das Gefühl zu ersticken.

Der Wachmann drehte sich in unsere Richtung und ich hielt den Atem an. Bastian hob den Finger an seine Lippen und bedeutete mir so, keinen Mucks zu machen. Ich nickte kaum merklich und schluckte mein Schluchzen hinunter, während der Wachmann seine abgebrannte Zigarettenkippe vor sich auf dem Rasen austrat.

»Suchen wir Tristan«, flüsterte Bastian, nachdem der Mann der Sicherheitsfirma zurück ins Haus geschlendert war. Er hatte die Tür hinter sich offen stehen lassen.

Bastian ging in die Hocke und machte sich bereit, das Versteck in den Büschen zu verlassen, doch ich musste noch etwas wissen.

»Bastian?«, hielt ich ihn auf und fasste nach seinem Unterarm. »Was wäre, wenn wir das mit den Ringen rückgängig machen könnten? Wenn wir sie zurückholen könnten und meinen Dad dazu bringen würden, das Metall des Amuletts wieder zu teilen? Er ist Schmied. Er könnte das vielleicht.«

»Was meinst du, was dann wäre?« Er zog fragend die Augenbrauen zusammen.

Ich sah zu Boden, weil ich mich seinem Blick nicht stellen wollte. »Würdest du uns dann vergeben können?«

Die Stille auf meine Frage zog sich unangenehm in die Länge. Ich spürte, dass er mich betrachtete.

»Ich würde es versuchen«, gestand er leise und drückte meine Hand. »Ich glaube nur nicht, dass es mir gelingen würde.« Er nahm meine Finger in seine und zog mich auf die Beine. »Und nun komm. Das alles dauert schon ewig.«

Eine Katastrophe

Owens Schädel brummte. Er spürte etwas Kaltes und Feuchtes im Nacken und sein Magen krampfte sich zusammen.

»Er wacht auf!«, hörte er wie aus weiter Ferne. Galle sammelte sich in seinem Mund und er musste würgen. Der Schmerz in seinem Kopf war so schlimm, dass er sich zur Seite rollte und sich erbrach.

»Vic!«, gellte die Stimme durch seine pochenden Hirnwindungen. »Hilf mir!« Er spürte Hände, die ihn unter den Schultern packten, ein Tuch, das seinen Mund abwischte. Er wollte die Augen öffnen, doch seine Lider waren schwer wie Blei. »Setz ihn auf. Aber langsam!«

Owen stöhnte. Er schmeckte Blut. Spürte Wunden an seinem ganzen Körper und das Drängen der Weben, die wie flüssiges Quecksilber aus ebendiesen herausströmten. Er blutete. Nicht nur am Hinterkopf.

»Owen!« Die Stimme wurde streng. »Komm schon. Wach auf!«

Er versuchte zu gehorchen. Es war Schwerstarbeit, die Augen auch nur einen Spalt weit zu öffnen und selbst das Licht, das in seine Pupillen fiel, verursachte ihm ein Stechen im Schädel.

»Was …?« Er hustete. »Was ist passiert?«

Die Welt drehte sich und er wäre wieder zu Boden gesackt, hätte nicht Rayne ihn gestützt. Sie saß hinter ihm und drückte ihm etwas in den Nacken. Ein feuchtes Tuch vielleicht.

»Wir sind von Morans Büro zurückgekommen, da haben wir gerade noch gesehen, wie dich zwei Kerle niedergeschlagen haben«, erklärte Rayne aufgeregt. »Wir konnten ja nicht durch die Schatten, also waren wir nicht schnell genug hier. Wir konnten nicht verhindern, dass …«

Owen keuchte. Dieses *dass* … es wog schwer, aber er hatte keine Ahnung, was es bedeutete.

»Wir konnten nicht verhindern, dass sie deinen Ring mitgenommen haben«, beendete Vic für ihre Schwester den Satz. Da war sie, die Erkenntnis. Sein Ring! Owen riss die Augen auf, rang den Schwindel nieder und tastete nach seinem Ringfinger.

»Nein!«, keuchte er und wieder stieg ihm Galle die Kehle hinauf und brannte wie Säure in seinem Mund. Panik überkam ihn, was dem Sturm, der in seinem Inneren tobte, weitere Kraft verlieh. Zusätzliche Wunden brachen auf und Rayne fluchte.

»Beruhig dich!«, fuhr sie ihn an und schlug auf seine Schulter ein. »Du musst ruhig bleiben, sonst geht es dir wie Skye!«

»Das ist eine Katastrophe!«, hörte er Vic verzweifelt stöhnen und als sie nun ebenfalls neben ihm in die Knie ging, sah er die Angst in ihren Augen. »Wir haben versagt!« Sie rieb sich übers Gesicht. »Vollkommen versagt.«

Wenn Owen den Schmerz bedachte, der ihn zu zerreißen drohte, dann musste er Vic zustimmen. Sie hatten alle drei Ringe verloren. Sie hatten in der Tat versagt.

»Es ist noch nicht zu spät«, warf Rayne ein und tupfte Owen mit dem kühlen Tuch das Blut von der Wange. »Bastian ist bei Moran. Ich schreibe ihm eine Nachricht. Vielleicht kann er Schlimmeres verhindern.« Sofort zückte sie ihr Handy und fing an zu tippen.

»Wir müssen dorthin«, meinte Vic und stand auf. Sie reichte Owen die Hand und er griff dankbar danach. Vic hatte recht. Sie mussten Bastian helfen. Sie mussten Jack Woods und Zac Moran aufhalten. Und zwar endgültig.

Owen stemmte sich gegen die Hauswand und atmete mehrmals tief durch. Die Weben in seiner Brust drängten nach Freiheit. Er musste sie abbauen.

Als Rayne ihr Handy wieder wegsteckte, nickte sie: »Holen wir zurück, was uns gehört!«

Owen sah die Entschlossenheit in den Gesichtern der beiden Caerhay-Schwestern und obwohl ihnen die Macht des Herzrings genommen war, sahen sie nicht so aus, als würden sie aufgeben wollen.

Er reichte ihnen die Hände. »Wir nehmen die Schatten«, erklärte er. »Solange mein Ring noch nicht eingeschmolzen ist, droht uns im Nichts keine Gefahr.«

»Dann beeilen wir uns besser.«

⌘

Meine Knie schlotterten, als wir durch die angelehnte Terrassentür ins Haus schlichen. Es kam mir unwirklich vor. Es war keinen Tag her, da war ich mit Tristan hier eingebrochen. Diesmal war Bastian an meiner Seite und wenn überhaupt möglich, war ich dieses Mal noch ängstlicher. Ich fragte mich, wo Tristan steckte. Fragte mich, wie wir ohne den Schutz der Dunkelheit ungesehen vorankommen sollten. Es wimmelte von Wachleuten und wir wussten nicht einmal mit Sicherheit, ob mein Dad oder Moran oder das Vitalinaurum überhaupt hier waren. Das Wohnzimmer wirkte bei Tageslicht noch geräumiger. Jemand hatte das Chaos aufgeräumt, das ich bei meiner panischen Flucht angerichtet hatte. Es sah aus, als wäre nie etwas Ungewöhnliches geschehen.

Bastian deutete nach links, in Richtung des Esszimmers und ich nickte. Es war vielleicht nicht verkehrt, den Weg zu gehen, den ich mit Tristan genommen hatte. Auch hier standen alle Stühle wieder ordentlich an ihrem Platz und ein frischer Blumenstrauß in der Tischmitte verströmte einen dezenten Duft. Es war verrückt, wie normal alles wirkte. Mein Blick blieb an einem Portrait über dem Kamin hängen. Es zeigte ein blondes Mädchen mit leuchtenden Augen und einem glücklichen Lächeln auf dem pausbäckigen Gesicht. Es trug ein pinkes Ballettröckchen.

Ein leises Summen riss mich aus meiner Betrachtung und neben mir drückte sich Bastian flach an die Wand. Er kniff verärgert die Lippen zusammen und zog sein Handy aus der Hosentasche. »Fuck!«, formten seine Lippen lautlos, als er aufs Display sah.

Ich schlich zu ihm und hob fragend die Augenbrauen. Er hielt mir das Handy hin und ich las, was Rayne ihm geschickt hatte. *Morans Leute haben den Erinnerungsring*, lautete ihre Nachricht.

Ich sah Bastian an. Entsetzen sprach aus seinem Blick und auch mir wurde schlecht. Das konnte nicht wahr sein! Wie konnte Owen seinen Erinnerungsring verloren haben? Owen – der immer so korrekt war. Ich konnte es nicht glauben. Mit zitternden Fingern strich ich mir eine Strähne hinters Ohr. Es war verrückt. Wenn stimmte, was Rayne geschrieben hatte, dann … dann war das Amulett des Todes beinahe komplett. Und was dann?

Bastian berührte meinen Arm, um mir zu bedeuten, weiterzugehen. Dicht an die Wand gedrückt, schob ich mich voran, zur Tür, die zum Flur führte. Dorthin, wo Tristan niedergeschlagen worden war. Ich rieb mir über den Arm, um die Gänsehaut zu vertreiben, aber das Unwohlsein wurde ich dadurch nicht los.

Irgendwo vor uns erklangen aufgeregte Stimmen. Ich erstarrte mitten in der Bewegung und Bastian hielt mich an der Schulter fest. Dabei hatte ich ohnehin nicht vorgehabt, mich den Stimmen zu nähern. Mit klopfendem Herzen lugte ich durch die Tür, um zu sehen, was da vor sich ging.

Der Flur grenzte an eine Eingangshalle, in der mehrere bewaffnete Männer patrouillierten. »Sag dem Chef, wir haben, was er wollte!«, rief einer, der gerade die Halle betrat. Er hielt die Faust hoch, um zu zeigen, was er meinte. Ein silberner Ring glänzte zwischen seinen Fingern. »Wo ist Zac? Er wollte sofort informiert werden!«

»Sie sind unten, im Schießstand«, gab der zurück, der zuvor im Garten eine Zigarettenpause eingelegt hatte. »Sie verhören den, der hier eingestiegen ist.«

Der mit dem Ring in der Hand grinste und offenbarte dabei einen goldenen Schneidezahn. »Sie können damit aufhören«, freute er sich. »Sein Komplize hat uns wie erwartet ans Ziel geführt.«

Die Kerle lachten und mir wurde noch schlechter.

»Wir sind der Gestalt im schwarzen Kapuzenshirt gefolgt, haben gesehen, wie sie in einen weißen Geländewagen gestiegen ist. Dem sind wir bis zu einem Wohnblock gefolgt. Der Fahrer des SUV trug den Ring, den uns der Chef beschrieben hat. Wir haben uns vor dem Haus in Stellung gebracht und gewartet. Dann haben wir zugeschlagen und hier ist das Schätzchen!«

Der Typ schnippte den Ring in die Luft, als würde er eine Münze werfen. Dann fing er ihn wieder auf und steckte ihn zufrieden in die Brusttasche seiner Einsatzkleidung. »Der Einbruch dieser Loser hatte also nur Vorteile!«

Mein Magen rebellierte. Ich musste mehrmals schlucken, um mich nicht zu übergeben. Konnte das sein? Hatte ich diese Kerle unbemerkt zu Owen geführt?

Offenbar gingen Bastians Gedanken in die gleiche Richtung, denn er legte mir beschwichtigend die Hand auf den Arm. »Vergiss es«, schien sein Blick zu sagen. Das dunkle Blau seiner Augen tröstete mich und ich fühlte mich besser, als er meine Hand drückte. Bastian nickte in Richtung der Halle, wo sich der Kerl mit dem Ring in Bewegung setzte. Er ging den langen Korridor entlang und dann eine Treppe hinunter, gefolgt von den anderen Wachleuten.

»Was machen wir jetzt?«, flüsterte ich verzweifelt.

»Wir folgen ihnen zu Moran«, antwortete Bastian und schickte Rayne eine Textnachricht. »Aber ich denke, wir brauchen Verstärkung.«

»Sie können niemals schnell genug hier sein«, gab ich zu bedenken.

»Im Gegensatz zu mir kann Owen die Schatten noch nutzen. Sein Ring ist noch intakt. Wenn er sich beeilt, kann er es rechtzeitig schaffen.« Er sah mich an. »Aber wir können nicht auf ihn warten. Wir müssen verhindern, dass der letzte Ring eingeschmolzen wird«, sagte er entschlossen und seine Finger verwoben sich mit meinen. »Komm. Suchen wir den Schießstand.«

»Wer hat denn bitte einen Schießstand im Keller?«, fragte ich leise und rollte mit den Augen. »Das ist doch krank!«

»Solche Leute sollten jedenfalls nicht die Macht besitzen, das Tor des Lichts zu öffnen«, stimmte er mir zu und wir schlichen gemeinsam in den Flur. Auf dem Marmor war es unmöglich, keine Geräusche zu machen und so hatte ich das Gefühl, jeder meiner Schritte würde wie ein Trommelschlag durch die ganze Villa schallen.

»Lass mich nicht los«, meinte Bastian und drückte meine Finger. »Sollte es nötig werden …« Er deutete auf einen Schatten und ich wusste, was er sagen wollte. Zur Not würden wir uns in die Schatten retten, auch wenn Bastian fürchtete, sich darin zu verlieren. Ich nickte. Dann schlichen wir mit angehaltenem Atem den Flur entlang. Die Kellertreppe lag vor uns. Sie war hell beleuchtet und von unten waren Stimmen zu vernehmen.

Mein Herz raste wie ein Schnellzug in meiner Brust und mit jedem weiteren Schritt schnürte es mir mehr den Atem ab. Ich hatte Angst.

Ich hörte meinen Vater, erkannte seine Stimme unter all den anderen und doch verspürte ich kaum einen Anflug von Hoffnung.

»Das Ziel ist nah!«, hörte ich ihn sagen. »Verflucht, Zac, wir werden im Geld schwimmen!« Es war, als würde mir ein eisiger Wind über den Rücken pusten. Alle Härchen an meinem Körper stellten sich auf und meine Knie versagten ihren Dienst. Mit Beinen wie Wackelpudding presste ich mich an die Wand und lauschte. »Gib den Ring schon her!«, maulte mein Dad und ich hörte Schritte.

»Vervollständige das Amulett!«, forderte eine andere, drängende Stimme. »Ich will endlich meine Tochter wieder in die Arme schließen können.«

Zögernd schob ich mich voran. Es war riskant. Ich hatte Angst, man würde uns sehen. Aber ich musste wissen, was da vor sich ging. Meine Finger in Bastians Hand schwitzten vor Anspannung und ich war froh um seine Nähe.

Ich spähte in den Raum. Es war ein länglicher Kellerraum mit mehreren tresenartigen Kabinen, hinter denen sich einige lange, mit filzigem Teppich ausgelegte Bahnen befanden, an deren Ende jeweils eine Zielvorrichtung angebracht war, die über ein Drahtseil an der Decke in Position gebracht werden konnte. Papiervordrucke menschlicher Zielobjekte baumelten, bereit beschossen zu werden, über den grünen Bahnen. Wir hatten den Schießstand gefunden. Zac Moran hatte wirklich einen Schießstand im Keller.

Die Wände waren mit schalldämpfendem Schaumstoff und kugelsicheren Matten verkleidet und in der vorderen Hälfte des Raums befanden sich abgeschlossene Glasvitrinen mit Dutzenden Handfeuerwaffen. Es roch nach Waffenöl und Schweiß.

Inmitten der Bahnen für die Schießübungen war ein Scheinwerfer aufgestellt, in dessen hellem Lichtkegel ein Stuhl stand. Tristan saß darauf. Die Hände mit Handschellen an die Armlehnen gekettet, den Kopf gesenkt, als wäre er ohnmächtig. Und vielleicht war er es, denn er hatte offenbar einige Schläge kassiert. Ein Bluterguss färbte seinen Kiefer violett und an den Haaren, die ihm wirr in die Stirn fielen, klebte Blut. Wachmänner standen neben ihm, nur nicht nah genug, um einen Schatten in den hellen Lichtkegel zu werfen. Offenbar wusste Moran von den Fähigkeiten der Schattenspringer. Er ging kein Risiko ein.

Ich klammerte mich an Bastians Hand und er rückte näher. »Das ist aussichtslos!«, wisperte ich und die Panik, die seit Stunden meinen Magen verknotete, die meinen Puls beschleunigte und an meinen Nerven riss, wuchs immer weiter an. Ich konnte kaum klar denken. Sie hatten Tristan. Hatten die drei Ringe, hatten mein Messer …

Das alles raubte mir den Atem und ich wünschte mich ganz weit weg. Irgendwohin, nur fort von diesem Wahnsinn. Ich sah Bastian in die Augen. Ich spiegelte mich in seiner Iris und sah in seinen Augen meine eigene Angst.

»Wir geben doch jetzt nicht auf.« Bastian war mit seinen Lippen so nah an meinem Ohr, dass sein Atem auf meiner Haut prickelte. Er kniff die Lippen zusammen, dann zog er mich einige Schritte zurück. Weg von dem Kellerraum, hin zu den Stufen. Dann drehte er mich zu sich und umfasste mein Gesicht. »Seit ich dich zum ersten Mal gesehen habe, wusste ich, dass du etwas Besonderes bist. Ich habe es gespürt, immer wenn ich dir nahe war. Du hast eine Kraft in dir, die die der Ringhüter sogar noch übertrifft!« Sein Blick bohrte sich in meinen und es war, als würde er mir bis auf den Grund meiner Seele blicken – nur diesmal ohne das Verlangen, mir meine Seele zu stehlen. »Du hast gesagt, du bist der Schlüssel, Abby.« Er ließ seine Hände in mein Haar gleiten und zog mich dicht an sich. »Ich habe auch Angst, dass etwas schiefgeht. Ich habe Angst, mich erneut in dir zu täuschen. Ich weiß nicht, wer du bist oder auf wessen Seite du stehst. Ich will dir glauben, dir vertrauen, weil ich nie für jemanden mehr gefühlt habe, aber zugleich …«

»Zugleich gibst du mir die Schuld an allem. Ich weiß.«

»Nein, das ist es nicht.« Bastian schüttelte den Kopf und seine Lippen kamen noch näher. »Aber ich weiß, wie wichtig Familie ist. Tristan ist meine Familie, Skye, Vic, Rayne und Owen … das ist meine Familie und ich würde alles dafür geben, sie zu schützen. Ich habe versagt.« Schmerz zeichnete seine Züge. »Aber deine Familie steht dort hinten.« Er nickte in Richtung Schießstand. »Dein Dad.« Bastian schluckte. »Ich habe Angst und weiß nicht, was ich glauben soll, denn dort hinten steht dein Dad und was immer er vorhat, es kann mich und meine Familie zerstören. Aber wie könnte ich annehmen, dass du deine Familie dafür opferst? Wie könnte ich annehmen, dass die Macht in dir, diese wahnsinnige Kraft, die vielleicht als Einziges verhindern kann, was uns droht … wie könntest du sie gegen deine eigene Familie einsetzen?« Bastian sah mich an. Das Blau seiner Augen hüllte mich ein und gleichzeitig fühlte ich seine Unsicherheit.

»Warum sagst du dann, dass alles gut wird?«, fragte ich und lehnte meine Stirn gegen seine. Er war so nah, dass ein Kuss fast greifbar war. Er benetzte seine Lippen mit der Zunge und sein Seufzen strich über meine Haut.

»Ich habe in deiner Seele gesehen, dass du die Welt ins Chaos stürzen wirst, Abby«, murmelte er und seine Lippen berührten meine bei fast jedem Wort. »Aber ich habe nie gesehen, dass die Dunkelheit in dir etwas Böses ist. Die Welt ist bereits aus den Angeln gehoben. Sie jetzt noch ins Chaos zu stürzen, scheint doch schon fast als letzter Ausweg.« Endlich küsste er mich. Seine Lippen lagen heiß auf meinen und ich spürte sein Drängen, genauso wie seinen Schmerz. Seine Zunge tauchte ein und ich empfing sie sehnsüchtig. Seine Hand glitt in meinen Nacken und er zog mich noch fester an sich. Mein Herz schlug im Einklang mit seinem und ich vergaß fast, wo wir uns befanden. »Du bist der Schlüssel und du hast die Kontrolle, Abby«, raunte Bastian gegen meinen Mund und raubte mir erneut einen Kuss, ehe die Wirklichkeit mich wieder einholte. »Ich sage dir, dass alles gut wird, weil ich daran glauben will.« Seine Finger in meinem Nacken strichen zärtlich bis zu meinem Schlüsselbein. »Abigail Woods, das Schicksal der Welt liegt in deinen Händen.«

»Die Welt in den Händen einer Diebin – wie soll das etwas Gutes sein?«

Bastian lachte leise. »Wer außer einer Diebin könnte zurückholen, was uns gestohlen wurde?« Er ließ mich langsam los und nur sein Blick hielt mich noch immer gefangen.

Ich biss mir auf die Lippe, um das Gefühl des Kusses festzuhalten. Ich wollte nicht zurück in die Realität. Wollte mich dem nicht stellen, was uns dort im Schießstand erwartete. Ich wollte eine Diebin sein, die sich still und heimlich einen Kuss von dem Jungen stahl, den sie liebte. Und nicht diejenige, die das Schicksal der Welt entscheiden würde.

Denn Bastian hatte recht. Dort drin war mein Dad. Meine Familie. Und doch … mein Blick glitt zurück zu Bastians weichen Lippen. Familie – was war das überhaupt? Ich war wahrlich kein Experte, was das anging, aber wenn ich an Bastian und Tristan, an Esme und Jasmin dachte, dann war da ebenfalls das Gefühl von Familie.

»Bastian, ich …« Ich wusste nicht, ob ich mir selbst traute. »Ich bin keine gute Diebin«, gestand ich und ein schmerzhaftes Schluchzen stieg mir die Kehle empor. »Darum bin ich doch erst in Darkenhall gelandet. Was, wenn ich versage?«

»Das Schicksal hat dich nach Darkenhall geführt. Du wirst nicht versagen!« Damit drehte er mich um und dirigierte mich zurück in Richtung Schießhalle. Seine Hände lagen auf meinen Schultern, sein Körper hielt mir den Rücken frei und meine Knie zitterten nicht länger nur aus Furcht. Sie zitterten auch, weil ich mir Bastians Nähe so bewusst war, als gäbe es nur uns beide. Als wären wir wieder allein in seinem Zimmer, unter seiner Bettdecke und das Schlimmste, was uns drohen konnte, war der nächste Morgen.

Doch auch wenn ich gerade noch den Nachhall seiner Lippen auf meinen spürte, fürchtete ich, dass es so nie wieder sein würde.

Es brauchte mehr, als einen einfachen Diebstahl, um mir Bastians Liebe erneut zu sichern.

Verschmolzen

Ein Lachen riss mich aus meinen Gedanken. Ich spähte um die Ecke und sah meinen Vater dicht neben Zac Moran stehen, an der Stelle, wo man sich üblicherweise positionierte, um auf die Zielscheiben zu feuern. Moran hatte eine Pistole vor sich auf dem Tresen liegen. Doch ihre Aufmerksamkeit galt etwas anderem, das sich ebenfalls auf dem Tresen befand.

Beinahe ehrfürchtig betrachteten die zwei den Erinnerungsring, vor ihnen. Eine übernatürliche Spannung lag in der Luft und selbst die Wachleute verstummten. Mein Herz klopfte so laut, dass ich fürchtete, jeder würde es hören. Ich war hin- und hergerissen, zwischen dem Drang, wegzulaufen und dem Impuls, zu stoppen, was da vor sich ging.

»Dad!«, wollte ich rufen. Wollte mich zu erkennen geben, ihm entgegentreten, ihm sagen, dass, was immer er vorhatte, ein Fehler war. Doch ich war wie versteinert. Der kalte Ausdruck in seinen Zügen hielt mich zurück. Nie war mir mein Vater fremder vorgekommen.

Ich hatte Hunderte Male davon geträumt, ihn wieder bei mir zu haben. Wieder einen Vater zu haben. Und nun, wo er nur wenige Meter entfernt stand, fühlte ich nur Angst.

Angst vor meinen Gefühlen für einen Vater, der mich verlassen hatte, der mit Zac Moran gemeinsame Sache zu machen schien.

Ich war so verwirrt. Was war Dads Plan? Warum war er hier? Und warum ließ er zu, dass man Tristan an einen Stuhl fesselte und mit Pistolen in Schach hielt? Wie konnte er das alles geschehen lassen?

Mein Kopf pochte von all den Fragen und so sah ich tatenlos zu, wie er den Ring aufnahm und dieser sich in seiner Hand verformte, als wäre er ein Stück Schokolade in der Sonne.

Bastian stieß einen leisen Fluch aus, als sich ein goldenes Leuchten wie Sonnenstrahlen um meinen Dad herum ausbreitete. Zeitgleich durchfuhr mich ein brennender Schmerz und ich schrie auf. Flammen fraßen sich in meinen Nacken, brannten meine Wirbelsäule hinab und lähmten jede Art von Gefühl. Ich spürte kaum, wie Bastian mich auffing, bemerkte nur am Rande, dass die Wachen sich nach uns umdrehten und ihre Waffen auf uns richteten.

Erinnerungen explodierten in meinem Kopf. Bilder, die nicht aus meinem Leben stammten. Bilder, die Owen irgendwann in irgendwelchen Köpfen gesammelt hatte. Ich fühlte, wie goldene Weben meinen Körper überzogen und war doch nicht in der Lage, mich zu rühren. Bilder, immer mehr Bilder schlugen auf mich ein. Es war, als wäre ich ein Teil des Lebens all der Menschen, deren Erinnerungen ich gerade erblickte. Ich wollte die Augen schließen, vor dem Schmerz, der Enttäuschung und all den intimen Momenten, die Owen in diesem Augenblick mit mir teilte. Ich sah ihn selbst, als Kind, sah ihn am Grab seines Vaters stehen, sah ihn die Verantwortung als Ringhüter übernehmen und sein erstes Zusammentreffen mit Bastian und Skye einige Jahre später. Ich spürte, dass sich Owen von jenem Tag an verantwortlich für die beiden gefühlt hatte, war in seinem Kopf, als ihm klar wurde, dass Bastian und Skye Gefühle füreinander entwickelten. Ich sah ihm über die Schulter, als er seine Sorgen deswegen in das Buch seiner Vorfahren schrieb.

Ich las seine Worte, seine Ängste und seine dunklen Vorahnungen, die sich nur allzu bald bewahrheiten sollten.

Ich wollte raus aus Owens Erinnerungen. Ich wollte das alles nicht sehen, aber wir waren eins. Seine Gedanken, waren meine. Seine Erinnerungen lebten in mir auf. Ich durchlebte jetzt all das noch einmal, was in den letzten Wochen geschehen war – nur aus seiner Sicht. Ich war in seinen Gedanken, als er zu Florence in den Laden kam. Spürte seine Angst um den verwundeten Tristan. Spürte sein Misstrauen mir gegenüber und ich war in seinem Kopf, als er in Cross' Erinnerungen forschte, was vorgefallen war. Ich sah dass mein Vater die Schere in Cross' Körper stieß.

Owens Erinnerungen waren ein einziger Albtraum. Ich schlug um mich, spürte die goldene Macht in mir anwachsen. Sie wollte mich schützen, aber ich war nicht stark genug. Mit jedem Tropfen Vitalinaurum, das in die Fassung perlte, verschmolz ich mehr mit Owen.

Ich war in seinem Kopf, als er sich mit Bastian stritt.

»Ich brauche Abbys Einverständnis nicht. Ich werde tun, was getan werden muss. Und diese Frau weiß zu viel«, hörte ich ihn sagen. Unsere Erinnerungen vermischten sich. Ich hatte die zwei beobachtet, in diesem Moment. Ich wusste, was ich gleich sehen würde.

»Du kannst nicht Abbys Leben aus der Erinnerung dieser Frau löschen!«, hatte Bastian mich energisch verteidigt, aber Owen war hart geblieben.

»Ich bin kein Stümper, Bastian! Ich weiß, was ich tue! Ich nehme dieser Hutmacherin nur Erinnerungen, die uns gefährlich werden könnten. Der Rest vom Leben dieser Frau ist mir egal. Was mir aber nicht egal ist, ist, dass du zu viel für ein paar Küsse riskierst! Für Küsse, an die sich Abby nicht mehr erinnern wird, wenn das hier vorbei ist.«

»Du wirst Abby nicht anrühren, Owen!«, hatte Bastian den Hüter des Erinnerungsrings gewarnt.

»Ich werde tun, was nötig ist. Sowohl bei der Hutmacherin als auch bei Abby.«

»Du wirst Abby in Ruhe lassen!«

»Du weißt, dass ich keine Wahl habe, Bastian. Ich kann keine Rücksicht auf deine Gefühle nehmen. Du weißt, dass es keinen anderen Weg geben wird, zur Normalität zurückzukehren«, hatte Owen Bastian eindringlich beschworen.

»Ich liebe sie.«

Bastians Worte wogen selbst in Owens Erinnerungen schwer und obwohl ich ihn das damals selbst hatte sagen hören, hatte ich es schon fast vergessen. *»Ich kann nicht zulassen, dass du ihre Erinnerungen löschst, denn ich liebe sie«*, hatte er gesagt.

»Denkst du, das sehe ich nicht? Aber wie viel von ihren Gefühlen für dich sind denn jetzt noch in ihr? Tristan hat ganze Arbeit geleistet, dich aus ihrem Herz zu streichen. Ihre Weben sind nicht mehr zu vergleichen mit denen von heute Morgen.«

»Abby wird spüren, was echt ist!«, hörte ich Bastian in Owens Kopf.

»Nicht, wenn Tristan gründlich war. Sie ist jung. Und dein Bruder hat seinen ganz eigenen Charme. Du weißt nicht, welche Gefühle er in ihrem Herz gesät hat. Aber du kannst noch einmal von Neuem um ihre Liebe kämpfen, wenn ich erst alle Erinnerungen an die Ereignisse in ihr angepasst habe. Es ist der richtige Weg, und du weißt das. Dort drinnen sind zwei Frauen, die zu viel wissen. Lass mich meine Arbeit machen, dann wird alles gut.«

Genau wie damals kroch mir die Kälte den Rücken hinauf und ich wollte vergessen, was ich hier sah.

»Tu, was du für richtig hältst«, hatte Bastian geantwortet und mich

und mein Herz damit so getroffen, dass ich mich abgewandt hatte, ohne den Rest zu hören, den er Owen zugeraunt hatte. Doch jetzt, in Owens Kopf, konnte ich nicht wegsehen. Ich hörte den Zorn in Bastians Stimme. *»Doch wenn du ihre Erinnerungen nimmst, dann nimm meine besser auch, damit ich nie erfahre, was du getan hast. Denn ich werde dir nicht vergeben, solltest du sie anrühren!«*

Das Gold unter meiner Haut explodierte und überzog meinen gesamten Körper. NEIN!, hämmerte es in mir. NEIN!

Bastian hatte recht, die Welt war aus den Fugen geraten, doch nicht sie, sondern ich wurde ins Chaos gestürzt.

Der Schmerz fraß mich auf und ich sank zu Boden, während die Wachen uns aufgriffen und Bastian von mir wegzerrten. Ich registrierte aus dem Augenwinkel, wie er sich anstrengte, zu mir zu gelangen. Wie er zu dem rettenden Schatten sah, der doch schon für ihn allein eine unermessliche Gefahr darstellte.

Bastian!, wollte ich rufen. Wollte ihm meine Hand entgegenheben, doch mein Körper gehorchte mir nicht. Ich schlug auf den Boden, kalter Marmor an meiner Wange und schwarze Militärstiefel direkt vor meinem Gesicht. Ich blinzelte, die Boots vermischten sich mit den Bildern der Erinnerungen, vermischten sich mit Schmerz.

Ich hatte Bastian unrecht getan. Die Erkenntnis traf mich härter als der Sturz auf den Boden.

Ich wurde unter den Armen gepackt und vom Boden hochgerissen. Ein grober Griff legte sich um meine Taille und eine brutale Männerhand packte mich im Nacken.

Ich wollte mich wehren, wollte mich befreien, doch im nächsten Moment wurde ich weitergereicht und mein Dad legte mir die Arme um den Hals und zog mich an seine Brust.

»Hey, Kleines.« Seine Stimme klang tröstend und er streichelte meinen Rücken. »Hey, da bist du ja. Alles wird gut.«

Alles wird gut – ich blinzelte, sah zu Bastian hinüber und das Blau des Nachthimmels in seinen Augen war wie ein Versprechen. Alles wird gut, hatte auch er gesagt, und in diesem Moment, zum ersten Mal überhaupt, glaubte ich ihm. Ihm – nicht meinem Dad.

Ich war von Schmerz gepeinigt, zitterte und spürte dabei, wie auch mein Vater am ganzen Körper bebte. Er hielt mich fest und es wäre so leicht gewesen, mich fallen zu lassen.

»Alles wird gut«, hallten seine Worte in mir wider.

»Ja«, flüsterte ich schwach. »Ja, Dad. Alles wird gut.«

Nicht nur mein Körper war mit Gold überzogen, auch der von meinem Dad wies die Weben auf. Mit einem Mal fühlte ich Sicherheit. Ich war nicht allein. Mir wurde bewusst, wo mein Platz war. Ich erkannte, wo meine Verpflichtung lag, und wer meine Familie war. Es war, als bräche ein Damm. Ich klammerte mich an meinen Vater und ließ meinen Tränen freien Lauf. Es war keine leichte Entscheidung. Und trotzdem hatte ich sie getroffen. Ich hielt Dad fest und weinte. Er war hier. Ich war hier. Das Vitalinaurum war hier. Ich konnte noch immer alles in Ordnung bringen. Ich vergrub mein Gesicht an seiner Schulter, während Schluchzer mich schüttelten. Ich atmete seinen Duft ein und musste mir eingestehen, dass ich vergessen hatte, wie er roch.

»Ich hatte gehofft, dass du mich findest«, sagte Dad und drückte mich fest an sich. »Mein Mädchen, meine kleine Künstlerin.«

»Ich störe ja nur ungern diese rührselige Familienzusammenführung«, mischte sich Moran emotionslos ein. »Aber wir sind nicht hier, um dich mit *deiner* Tochter zu vereinen, sondern mir *meine* zurückzubringen!«

Dads Hand auf meinem Rücken hielt in ihrer Liebkosung inne. »So einfach ist das nicht«, erklärte er Zac und nahm mich zur Seite.

»Was soll das heißen?«, fuhr Moran ihn an und griff nach seiner Pistole. Ich zuckte zusammen und schnappte nach Luft. Der Kerl meinte es wirklich ernst. »Wir haben die drei Ringe, haben sie vereint und hier vor uns liegt das Amulett des Todes!«, rief Moran und deutete mit dem Lauf auf das Schmuckstück. Es war von unfassbarer Schönheit. Beinahe lebendig verschmolzen die drei Metalle der Ringe in einem prächtigen Spektrum an Farben in der silbrig schimmernden Fassung. Purpur, Türkis und Schwarz verliefen ineinander, verwoben sich zu einem sich ständig wandelnden Amulett. Obwohl ich ein ganzes Stück davon entfernt stand, spürte ich die Hitze, die davon ausging. Es strahlte regelrecht und es zog mich mit übernatürlicher Kraft an. Das Gold in meinen Fingerspitzen pulsierte bei dem Gedanken daran, es zu berühren, meine Finger darum zu schließen und seine Kraft zu fühlen.

Ein Schauer rann mir den Rücken hinab und in meinem Kopf hämmerte es laut. *Ich bin der Schlüssel!* Ich fragte mich, ob das stimmte – war nicht vielmehr dieses Amulett der Schlüssel?

»Das Amulett des Todes!« Morans Stimme klang ehrfürchtig und zugleich unheilschwanger. »Wir haben es vollbracht. Nun vollbringen wir das Unvorstellbare!« Moran drückte die stolzgeschwellte Brust raus und bedeutete meinem Vater mit dem Lauf der Waffe, sich dem Amulett zu nähern.

»Nicht! Das –« Bastians Einwand wurde von einem der Wachleute, die ihn festhielten, durch einen Schlag in den Magen unterbrochen. Ich zuckte zusammen und klammerte mich an den Arm meines Vaters.

»Dad!«, flehte ich und hielt ihn davon ab, sich dem Amulett zu nähern. »Bitte nicht!«

Er blieb tatsächlich stehen und sah erst mich, dann Moran nachdenklich an. »Abby, es –«

»Bitte, Dad, hör mir mal kurz zu!«, unterbrach ich ihn hastig. »Die Ringe zu vereinen war ein Fehler! Ein Riesenfehler!«, stieß ich hervor und drückte ganz fest seine Hände. »Es hat einer Freundin von mir das Leben gekostet«, fuhr ich fort. Vielleicht war Skye nicht meine Freundin gewesen, aber sie war Bastian und Tristan wichtig. Und damit auch mir. »Das muss aufhören!«

Moran lachte. »Du weißt wohl nicht, was das Amulett kann!«, spottete er. »Jemand ist gestorben, na schön, holen wir sie zurück. Wir können alle zurückholen – im Gegenzug für ein hübsches Sümmchen.«

Mein Vater nickte und ich drückte seine Finger noch fester. »Du hast gesagt, niemand sollte so eine Macht besitzen!«, erinnerte ich ihn eindringlich. »Dabei hatten die Ringe nur einen Bruchteil der Kraft, die das Amulett hat!«

Morans lautes Lachen hallte durch den Schießstand. »Er hat gemeint, niemand außer *uns* sollte so eine Macht besitzen, du Dummerchen!«

»Hab etwas Achtung vor meiner Tochter«, mahnte mein Vater und sah Moran aus zusammengekniffenen Augen an. Ich hatte nicht damit gerechnet, dass Dad mich verteidigte. Aber es war ein gutes Zeichen. Vielleicht bereute er sein Mitwirken bei diesem Wahnsinn. Ich warf Bastian einen Blick zu. Er hatte die Hände ergeben gehoben, stand in einem Lichtkreis und gleich zwei Wachleute richteten ihre Waffen auf ihn. Sein Kiefer zuckte und ich wusste, wie sehr er es hassen musste, zur Untätigkeit gezwungen zu sein. Er neigte kaum merklich den Kopf in Richtung seines Bruders. Möglichst unauffällig sah ich zu Tristan hinüber. Noch immer hingen ihm die Haare in die Stirn, noch immer war er gefesselt. Aber sein Kopf hing nicht mehr ganz so kraftlos nach vorne und ich sah, wie er mit winzigen, kaum wahrnehmbaren Bewegungen den Sitz seiner Fessel prüfte. Mein Herz schlug schneller. Es war noch nicht alles verloren. Tristan war wieder zu sich gekommen! Mit neuer Hoffnung und mehr Mut als vorher, wandte ich mich wieder meinem Vater zu, der gerade zu Moran sagte: »Abby ist nicht irgendwer!« Dad schlug sich stolz auf die Brust. »Sie ist meine Tochter. Sie trägt das Erbe der Woods in sich.«

Es war ein ungewohntes Gefühl, dass mein Vater für mich einstand. Es verwirrte mich und noch mehr verwirrte mich, dass seine Worte mich nicht beruhigten, sondern mir wie haarige Spinnen den Rücken hinaufkrochen.

Ich unterdrückte ein Zittern und zwang mich zu einem Lächeln: »Die Ringe zu vereinen war ein Fehler, Dad. Aber wir können das in Ordnung bringen. Dann können wir alle nach Hause gehen. Du und ich können endlich eine Familie sein und Bastian und Tristan können frei sein! Bitte, Dad! Lass sie gehen.«

»Gottchen, wie rührend!« Moran klatschte Beifall. »Theatralisch!« Er kam näher und stieß mich von meinem Vater weg. Ich krachte gegen den Tresen am Schießstand und prellte mir die Rippen. Bastian machte einen Schritt in meine Richtung, aber die Wachen hielten ihn in Schach. Ich presste mir die Hand auf die Seite und versuchte, über den Schmerz hinwegzuatmen.

Mein Dad ballte die Fäuste.

»Ein andermal würde ich so eine Darbietung vielleicht genießen, aber im Moment habe ich Wichtigeres vor.« Moran sah Jack streng an. »Öffne das Tor des Lichts oder ich schicke dein Töchterchen …« Er grinste und wedelte mit der Pistole in meine Richtung. »… zu seiner Mutter.«

Dads Augen wurden zu schmalen Schlitzen. »Denkst du, du kannst mir drohen?«, fragte er Moran und schüttelte den Kopf. »Konstantin Cross wollte mir drohen. Dieser Narr hat meine Frau ermordet.« Er starrte Moran feindlich an. »Hat es ihm etwas genutzt?«, raunte er leise.

Moran schwieg. Er ließ die Waffe sinken und trat einen Schritt zurück. »Na schön«, seufzte er. »Ich will dir nicht drohen. Wir sind Partner, nicht wahr?«

Mein Dad nickte. »Vergiss das besser nicht«, warnte er Zac und kam auf mich zu. Er hob meine Finger an seine Lippen und hauchte mir einen Kuss auf die goldenen Male. Dann drehte er sich wieder Moran zu. »Wir haben das Amulett des Todes«, erklärte er und zerrte mich in die Mitte des Schießstands. Der Ton in seiner Stimme hatte sich verändert. Er wurde sachlich und ließ nichts mehr von väterlichen Gefühlen erkennen. »Aber ein Lichtbringer fehlt uns noch.«

Schattenreise

Owen war bereit – und war es doch nicht. Ihm war nicht wohl dabei, ohne den Erinnerungsring durch die Schatten zu gehen. Nicht, wenn er jeden Moment fürchten musste, dass Jack Woods seinen Ring einschmelzen und ihm damit jegliche Macht entziehen würde. Ihm brummte der Schädel und er war so schon kaum in der Lage, sich zu orientieren. Zusammen mit Rayne und Vic konnte sich das zur Katastrophe entwickeln. Und doch streckte er den beiden Caerhay-Schwestern die Hände entgegen und wartete darauf, dass sie sie ergriffen.

»Bastian hat eine Nachricht geschickt«, rief Rayne und zeigte ihr Handydisplay. »Sie sind bei Moran im Keller. Und sie brauchen unsere Hilfe.«

Owen fluchte. Es würde viele Schattensprünge benötigen, um in einen gut bewachten Keller zu gelangen. Viele Sprünge, größeres Risiko.

»Wir dürfen keine Zeit verlieren«, drängte Vic, während sie sich die blonden Haare zu einem strengen Zopf auf den Rücken flocht und anschließend Owen die Hand reichte. »Los. Wir haben keine andere Wahl.«

Owen nickte. Er sah Rayne an, deren fahle Gesichtsfarbe ihr Unwohlsein ausdrückte.

Als sich ihre Hände berührten, atmete Owen tief ein, schloss die

Augen und trat dann in den Schatten des Laternenmastes vor dem Hauseingang. Die ihm so vertraute Dunkelheit der Schatten fühlte sich im ersten Moment an wie immer, aber nichts war mehr normal. Er spürte die Kälte mit größerer Kraft auf ihn einschlagen, spürte den Sog, das Gefühl zu zerfallen, mit ganz neuer Intensität. Allein dass er keinen Ring trug, schwächte ihn und er bekam zum ersten Mal ein Gefühl dafür, wie Tristan, Vic und Rayne als einfache Schattenspringer, ohne die Kraft der Ringhüter, ihr Erbe erlebten. Die Schatten waren dunkler als üblich, dichter, als würden sie mehr Widerstand leisten. Als wollten sie ihn nicht zu tief in ihr Inneres vordringen lassen. Und die Ausgänge … sie verschwammen, waren nicht so klar zu erkennen wie bisher. Doch mit Vic an der einen Hand und Rayne an der anderen brauchte er sich nicht zu fürchten. Er konnte sich darauf verlassen, dass auch sie mit dem Nichts vertraut waren. Er war nicht allein, auch wenn er sich ohne seinen Ring so fühlte.

Er nahm die langen Schatten der Häuser, um den Stadtkern hinter sich zu lassen, ließ sich von Rayne in Richtung Regent's Park leiten und nutzte dort die Baumkronen, um weiter zu gelangen. Jeder Sprung machte ihm das Atmen leichter, denn er hatte seit seinem Besuch bei Margaret, Cross und ihren Anhängern viel zu viele Weben in sich getragen. Er wusste, dass nicht viel gefehlt hätte und der Raub des Erinnerungsrings hätte ihn das Leben gekostet. Doch hier in den Schatten verbrauchte er die Energie der Weben, er ließ die Erinnerungen dieser Menschen ziehen und wusste, dass sie so nie wieder zur Bedrohung für das werden würden, was er hütete. Für das Erbe seiner Vorfahren, für …

Schmerz!

Owen fühlte ihn überall. Er war heiß wie Feuer, kalt wie Eis und so brutal wie ein Wolf, der seine Zähne in seine Beute schlug. Owen wollte schreien, doch im Nichts gab es keine Geräusche. Seine Qual hallte dennoch durch die Dunkelheit und seine Begleiterinnen zuckten zusammen, denn das Nichts spürte seine Verletzlichkeit und wurde dichter. Es würde ihn, ohne zu zögern, verschlingen.

Ihm blieb keine Zeit zu hinterfragen, was geschah, da brandete der Schmerz erneut auf. Noch heißer, noch härter, noch erbarmungsloser. Owen hatte das Gefühl zu fallen. Durch das Nichts zu fallen, wie ein Stein in ein bodenloses Loch. Er hörte Vics Angst, auch wenn sie keine Worte verwendete. Er fühlte Raynes Panik, als er ihre Hand losließ, um sein Innerstes zu umklammern. Es war, als würde er sich auflösen. Als würde er in unerträglicher Hitze zerfallen.

»Raus! Wir müssen hier raus!«, hallten Vics Gedanken durch die Schatten, aber Owen erkannte längst keinen Ausweg mehr. Er taumelte durch die Dunkelheit, einzig gelenkt von dieser alles vernichtenden Qual. Erinnerungsweben strömten wie sprudelnde Flüsse aus ihm heraus.

Owen überkam Angst. Es war nicht die Art von Angst, die man empfand, wenn man hoch oben auf einer Klippe stand und in die Tiefe blickte. Es war die Art von Angst, die man verspürte, wenn man schon von der Klippe gestürzt war und nun unaufhaltsam auf den tödlichen Aufprall zusteuerte. Der Moment, wenn man erkannte, dass es kein Zurück mehr gab, kein Entkommen. Und kein gutes Ende.

Er wollte die Erinnerungen festhalten, die aus ihm herausbrachen, doch sie waren so schwer zu fassen wie der Morgennebel am Themseufer. Es war vergeblich. Er war umhüllt von blauen, grünlichen und türkisgefärbten Erinnerungen. Sie erhellten die Dunkelheit der Schatten, als ein goldener Schein sich unter sie mischte.

»NEIN!«, hörte er Abbys Stimme. Obwohl er kaum noch bei Bewusstsein war, fragte er sich, wie das sein konnte. Abigail Woods war nicht hier. Und trotzdem fühlte er sich mit ihr verbunden, als würden sie miteinander verschmelzen. Er spürte ihr Aufbegehren, ihren Widerstand und ihre Angst.

Dann fiel er wirklich. Owen schlug hart auf dem Teer auf, als Vic ihn mit sich aus dem Schatten riss. Sie und Rayne kamen schwer atmend zum Stehen, während Owen sich auf dem Boden krümmte. Die Hitze war noch immer unerträglich, das Gefühl, sich regelrecht aufzulösen, nach wie vor das einzige, das zählte.

»Komm weg von der Straße!«, rief Rayne und packte ihn, zusammen mit ihrer Schwester, unter den Armen, um ihn auf den Gehweg zu schleifen. Die beiden sahen ebenfalls mitgenommen aus, als wäre auch ihnen der Ausweg aus den Schatten nicht leichtgefallen.

»Verflucht, was war denn das?«, fragte Rayne und raufte sich die Haare. »Owen? Sag schon, was ist los?«

Er wollte antworten, doch er brachte kein Wort heraus. Stattdessen flüsterte Vic wie in Trance: »Sein Ring wurde eingeschmolzen.« Ihr Blick war leer und in die Ferne gerichtet, als könne sie dort die Wahrheit erkennen.

Ihre Worte hingen in der Luft und füllten die angespannte Stille.

Owen wusste, dass Vic recht hatte. Er fühlte es. Seine Macht war fort. Eingeschmolzen und verloren. Er kämpfte sich auf die Beine und sah die schönen Caerhay-Schwestern an. Was konnten sie jetzt noch tun? Was sollten sie jetzt noch ausrichten?

Er kratzte sich den Bart und dachte an die Pflicht, die beim Tod seines Vaters auf ihn übergegangen war. Er musste das Geheimnis wahren. Er musste für Ordnung in der Welt sorgen, auch wenn die

Welt nicht mehr in Ordnung war. Er sah seine Hände an, suchte vergeblich nach den blauen Weben auf seiner Haut.

Eine Berührung an seiner Schulter spendete ihm Trost und er sah Rayne an. »Jetzt nicht aufgeben«, sagte sie und deutete mit dem ausgestreckten Arm die Straße hinunter. »Wir sind fast da.« Sie versetzte ihm einen Stoß. »Komm schon, Bastian braucht uns. Und vielleicht gibt es ja noch eine Möglichkeit …«

Sie sprach nicht aus, was ohnehin nur Wunschdenken war. Sie würden die Ringe nicht zurückbekommen.

»Rayne hat recht«, widersprach Vic seinen pessimistischen Überlegungen. »Schon einmal war das Vitalinaurum zu einem Amulett vereint gewesen. Und ein Schmied hat es getrennt und die Ringe gefertigt. Warum sollte das nicht wieder möglich sein?«

»Der einzige Schmied, der das je vollbracht hat, war Emmett Woods«, gab Owen zu bedenken.

Vic verzog das Gesicht. »Aber seither hat es niemand mehr versucht, richtig? Und es gibt heute viel besseres Schmiedewerkzeug, oder nicht?« Sie kniff energisch die Lippen zusammen und setzte sich in Bewegung. »Was mich angeht, ist das letzte Wort noch nicht gesprochen!«

Rayne sah Owen an. Dann nickte sie und zog ihn mit sich. »Sie hat recht. Und jetzt los. Brechen wir in diesen Keller ein!«

Wer ist der Lichtbringer

»Einen Lichtbringer?«, fragte Moran schrill. »Einen was?«, hakte er erzürnt nach. »Lichtbringer? Konstantin Cross hielt sich für den Lichtbringer, aber ich dachte –«

»Du hast zu wenig gedacht!«, ging mein Dad dazwischen. »Der Lichtbringer ist nicht nur ein Titel – ein Name für denjenigen, der das Tor des Lichts öffnet –, es ist eine Bestimmung.« Er lachte überheblich. »Oder denkst du, jedermann könnte dieses Amulett beherrschen?« Jack deutete auf das schillernde Schmuckstück auf der Waffenablage.

»Was soll das bedeuten?« Moran griff nach dem Amulett. Ein Blitz zuckte. Es roch verbrannt und Morans Schrei erstarb ihm in der Kehle, als die Energie des Vitalinaurums freigelassen wurde. Wie Schlangen wanden sich farbige Schlieren aus dem Schmuckstück und legten sich Moran um den Hals. Sie waberten über seinen Körper, als würden sie ihn abtasten, drangen ihm in Mund und Nase.

Alle im Raum schnappten nach Luft. Ein Wachmann ergriff die Flucht, ein anderer bekreuzigte sich.

Moran bäumte sich auf, sein Rücken bog sich wie ein gespannter Bogen durch und seine Augen traten hervor.

Mit gemessenen Schritten ging Jack zu ihm. Er löste Morans Finger, die sich um das Amulett gekrampft hatten, ohne das Metall selbst zu berühren.

Als das Schmuckstück, das in allen Regenbogenfarben schillerte, zurück auf den Tresen fiel, zogen sich die Farben wie von selbst zurück. Es roch nach glühendem Metall und Morans Hand wies deutliche Verbrennungen auf. Er schrie – und diesmal schaffte der Laut es aus seiner Kehle. Moran ging in die Knie und umklammerte seine verbrannte Hand. Mein Dad trat einen Schritt zurück und sah verächtlich auf seinen Partner hinab.

»Es hat mich beinahe zerstört, dieses Amulett zu schmieden und das Vitalinaurum darin zu bannen. Und nun denkst du ernsthaft, jeder dahergelaufene Idiot könnte damit umgehen?« Er war laut geworden und sein Lachen klang zynisch. »Wer ist hier das Dummerchen?«

Moran biss die Zähne zusammen. Schweiß stand ihm auf der Stirn und ich hatte Angst, dass er wie ein verwundetes Tier angreifen und die Waffe in seiner Hand gegen uns richten würde.

»Pass auf, was du sagst, Jack!«, warnte er meinen Dad und die verbliebenen Wachleute im Raum nahmen eine beinahe militärische Haltung an, auch wenn ihnen der Schreck noch ins Gesicht geschrieben stand. »Ich lasse mich von dir nicht verarschen!« Er presste einen blutigen Finger an sein Hemd und verzog schmerzerfüllt das Gesicht, ohne meinen Vater dabei aus den Augen zu lassen. »Du hast gesagt, wir brauchen Cross nicht – und jetzt brauchen wir ihn doch?«

Jack lachte und winkte ab. Er tat so, als würde er die angespannte Stimmung im Keller nicht bemerken. Als würde er Morans Keuchen nicht hören. Nicht registrieren, dass alle Waffen auf uns gerichtet waren.

»Alles, was wir brauchen, ist hier!«, versicherte er Moran und deutete auf Bastian, Tristan und mich. »Es stimmt, wenn ich sage, dass nicht jeder in der Lage ist, das Tor des Lichts zu öffnen. Nicht jeder kann es.« Er ging zu Bastian und bedeutete dem Wachmann neben ihm, etwas zurückzuweichen. Dann legte er Bastian beinahe kameradschaftlich die Hand auf die Schulter. »Dieser junge Mann …« Dads Blick traf mich wie ein Peitschenhieb. »Ganz offensichtlich hat er es meiner Tochter angetan …« Jack versetzte ihm einen Faustschlag in den Magen, der dafür sorgte, dass Bastian sich keuchend zusammenkrümmte. »Er ist ein Ringhüter und müsste, wie Cross auch, in der Lage sein, das Tor zu öffnen.«

»Niemals!«, presste Bastian hervor, als mein Vater ihn an den Haaren packte und seinen Kopf nach oben riss.

»Jeder hat seinen Preis!«

Bastian stöhnte und ich schlug mir die Hand vor den Mund. Aus dem Augenwinkel sah ich, dass Tristan sich leicht in unsere Richtung wandte. Auch er wollte sehen, was vorging, ohne zu offenbaren, dass er bei Bewusstsein war.

»Jeder ist bereit, *alles* zu tun, wenn der Einsatz entsprechend hoch ist«, erklärte mein Vater und ließ Bastian los. Er wischte sich die Hände ab, als hätte er etwas Schmutziges angefasst.

»Ich bin der Ringhüter!«, widersprach Bastian und richtete sich zu seiner vollen Größe auf. Die Wachen legten ihre Finger auf den Abzug, bereit zu schießen. Doch das schien Bastian nicht einmal zu bemerken. Er sah meinen Vater unbeirrt in die Augen. »Ich bin mit einer Verantwortung geboren, der ich nachkommen werde – egal, was es mich kosten wird.«

Die anschließende Stille wurde vom Lachen meines Vaters durchbrochen. Er kam zu mir und umfasste mein Kinn. Seine Hand war wie eine Klaue und sie packte mich grob. Er drehte mein Gesicht in Bastians Richtung und schürzte die Lippen. »Ein Mann mit Prinzipien«, meinte er lachend. »Da hast du dir ja einen schönen Freund ausgesucht!« Er drehte mir den Arm auf den Rücken und ich beugte mich keuchend vor, um zu verhindern, dass er mir die Knochen brach. »Lass uns herausfinden, ob wir seine Prinzipien nicht zum Wanken bringen werden.«

Schmerz schoss mir in die Schulter und es fühlte sich an, als würde er mir den Ellbogen brechen. Ich schnappte nach Luft, doch nicht der Schmerz nahm mir den Atem, sondern der Schock, dass mein Vater mir das antat. Ich hatte ja mit vielem gerechnet, aber nicht damit.

»Aufhören!«, schrie Bastian und machte einen Satz in unsere Richtung, aber die Wachleute schossen zur Warnung in die Luft. Betonsplitter regneten von der Decke, dort, wo die Kugeln einschlugen. Bastian erstarrte.

»Keinen Schritt weiter!«, befahl nun auch Moran und kämpfte sich mit schmerzverzerrtem Gesicht, aber gezückter Pistole, vom Boden hoch.

Mir wurde schlecht. Meine Schulter würde jeden Moment aus dem Gelenk springen. Die dunkle Macht in mir wollte aufbegehren, goldene Weben drängten unter meiner Haut, doch sie kamen nicht gegen die Kraft an, die aus dem Griff meines Vaters in mich strömte. Auch er war ein Erbe des Schmieds – und ich erkannte meine Kraft in ihm wieder.

Meine Tränen, die vor mir auf den Boden fielen, schimmerten golden. Eine Schwäche – verursacht durch meinen eigenen Vater.

»Das hat ja nicht lange gedauert«, hörte ich Dad spotten und er bog meinen Arm noch höher. Ich wimmerte, ging vor ihm in die Knie. »Hat der Kerl also doch keine Prinzipien.«

Ich hob den Kopf und sah zu Bastian hinüber. Er war blass. Sein innerer Aufruhr offenbarte sich in seinen geballten Fäusten, am Zucken seines Kiefers und an seinem verzweifelten Blick. Aber als er sprach, klang seine Stimme fest: »Sie können aufhören, ihre eigene Tochter zu verletzen«, sagte er entschieden und nur am Flackern seiner Augen war zu erkennen, dass er zögerte. »Denn egal, was Sie ihr antun – es wird mich nicht dazu bringen, mein Erbe zu verraten.«

»Aua!« Der Griff meines Vaters verstärkte sich und ich schrie auf. Hatte Bastian den Verstand verloren? Ich hob den Kopf, um ihm in die Augen zu sehen. Das dunkle Blau war beinahe Schwarz. Undurchdringlich, als würde er mich nicht kennen.

»Dein Freund macht einen auf knallhart«, lachte mein Vater, aber ich spürte, dass er überrascht war. Genau wie ich.

»Ich bin nicht Abbys Freund«, sagte Bastian und zuckte mit den Schultern. »Ringhüter haben nichts übrig für Gefühle – sie schwächen einen nur. Das sollten Sie doch wissen, Mr Woods, wo Sie sich doch so gut auskennen.«

Bastian nahm die Hände hinter den Rücken. Er sah mich nicht einmal an. Meine Tränen entsprangen längst nicht mehr dem Schmerz in meiner Schulter. Ich konnte nicht glauben, was er da sagte. Es gab vielleicht kein Uns, aber da waren doch trotzdem Gefühle, wie konnte er das leugnen? Wie konnte er zusehen, wie ich hilflos am Boden kauerte?

»Wenn er nicht tut, was wir verlangen, erschießt ihn!«, mischte sich Moran ein und seine Männer rückten näher an Bastian heran.

»Noch nicht!« Jack hob den Arm, um die Wachleute aufzuhalten. »Er ist nicht der Einzige, der als Lichtbringer infrage kommt!«

»Nicht?« Moran schien interessiert.

»Ich nehme an, die Kraft, die ich in mir trage, würde ebenfalls ausreichen. Aber ich hänge zu sehr am Leben, um den Versuch zu wagen«, erklärte mein Vater und zog mich auf die Beine. Er schob mich in Richtung des Amuletts und die Hitze, die davon ausging, war deutlich zu spüren. »Aber Abby – sie ist ebenso stark wie ich selbst. Vielleicht sogar mächtiger. Sie hat die letzten Jahre das Metall der Fassung bei sich gehabt. Die Kraft hat sich in ihr stark ausgeprägt.«

Mein Kopf fuhr herum und ich starrte meinen Vater ungläubig an. Ebenso Moran.

»Deine Tochter soll der Lichtbringer sein?« Der Milliardär sah skeptisch aus. »Ist das irgendein billiger Trick?«

»Nein. Abby trägt eine Kraft in sich, die ich Kontrolle nenne. Sie ist der Schlüssel für jedes Schloss.« Er sah mich an. »Ist es nicht so?«

»Ich ...« Ich hatte keine Ahnung, was ich sagen sollte.

»Die kleine Diebin hat in all den Jahren nichts als Ärger gemacht«, berichtete er Moran. »Sich Dinge zu nehmen, die uns nicht gehören, liegt in unserem Erbe. Im Erbe des Amuletts, um genau zu sein. Wir müssen nur die Hand ausstrecken und was wir wollen – geschieht.« Dad hob die Hand und richtete sie auf eine Vitrinentür, hinter der Schusswaffen sicher verwahrt wurden. Obwohl dicke Schlösser daran befestigt waren, sprangen die Türen wie durch Zauberhand auf und goldene Weben überzogen Dads Körper. Die Demonstration seiner Kraft ließ einen weiteren Wachmann den Rückzug über die Kellertreppe antreten. Das Geräusch seiner Stiefel auf den Stufen verklang und Moran nickte anerkennend. Er rieb sich mit dem Pistolenlauf das Kinn und kam näher.

»Und du glaubst, sie kann das auch?« Moran hob den Pistolenlauf an meine Schläfe. Mir gefror das Blut in den Adern. Das Metall an meiner Haut war mehr, als ich ertragen konnte. Ich wollte schlucken, atmen, mich schützen, doch ich war wie versteinert. In meinen Ohren hallte es und ich hatte Angst, ohnmächtig zu werden. Von allen Momenten, in denen man das Bewusstsein verlieren konnte, war dies garantiert der schlechteste. Ich wartete, dass Dad mir zu Hilfe kam, doch der sah nur zu, wie Moran mit seiner Waffe über meine Wange strich.

»Ich denke schon«, meinte er und zuckte mit den Schultern. Dann sah er zu Bastian. »Einer von beiden … wird sicher erkennen, dass es gesünder ist, zu tun, was wir verlangen.«

»Abby kennt sich in den Schatten nicht aus!«, warf Bastian ein und sah mich eindringlich an. »Es würde sie töten, wenn Sie sie dort hineinschicken. Sie ist kein Lichtbringer!«

Moran rümpfte die Nase und der Druck des Waffenlaufs wurde stärker. »Dann solltest *du* uns besser helfen, nicht wahr?«, meinte er an Bastian gerichtet.

Der kniff die Lippen zusammen. Sein Blick streifte mich, aber ich sah eine Entschlossenheit in seinen Augen, die mir Angst machte. »Jeder hier trägt eine Verantwortung in sich. Meine ist es, Menschen wie Sie aufzuhalten, Mr Moran. Nicht, mich Ihnen zu beugen.«

Moran lachte. »Dein Mut grenzt an Dummheit!«, warf er Bastian vor und nahm die Waffe aus meinem Gesicht. Er streckte den Arm aus und zielte nun auf Bastian. »Mal sehen, ob dieses Mädchen nicht klüger ist als du.«

Er spannte den Hahn und sein Finger lag auf dem Abzug.

»Abby, Kleines«, mischte sich Dad ein. »Hier muss doch niemand mehr sterben. Es ist Zeit, das zu beenden, meinst du nicht auch?« Ein Schauer rann mir den Rücken hinab, als sein Blick über das Gold auf meiner Haut wanderte. »Hilf deinem armen Vater und erledige das, dann können wir alle nach Hause gehen. Du, ich – deine Mom. Willst du das etwa nicht?«

»Mom.« Als mir das Wort über die Lippen kam, war es, als würde ich mir Schorf von einer Wunde reißen, die nie richtig verheilt war. Mom – ich sah ihr Bild vor Augen, ehe mir Tränen die Sicht trübten. Durch den Schleier sah ich Dad nicken.

»Alles könnte sein wie früher, meine kleine Künstlerin. Wir könnten ungeschehen machen, was uns angetan wurde.«

Seine Worte rissen die Wunde über den Verlust meiner Mom erneut auf. Mein Herz blutete und meine Kehle war wie zugeschnürt. Ich sah Moms Lachen, hörte sie ein Lied summen, während sie in der Küche stand und Kartoffeln mit Erbsen zu einem Brei stampfte. Ich fühlte ihre Umarmung, wenn sie mich am Abend zu Bett brachte und roch das leicht blumige Parfum, das ihren Haaren entstieg.

»Überleg doch mal, was uns genommen wurde, Abby«, redete Dad auf mich ein. »All die Jahre des Glücks.«

All die Jahre des Glücks … Ich schluchzte und schluckte bittere Tränen hinunter. An Glück konnte ich mich überhaupt nicht erinnern, so lange lag das zurück. Mein Herz hatte nie aufgehört, sich danach zu sehnen und jetzt brach es in Stücke, so sehr wollte ich es wiederhaben. Glück. Eine Familie. Mom.

Ich presste mir die Hände vors Gesicht und weinte. Ich wollte Mom zurück. Mit jeder Faser meines Herzens. Ich wollte wiedergutmachen, was ihr angetan wurde. Ich wollte sie bei mir haben, von jetzt an bis in alle Zeit. Ich wollte ihren Blick auf mir spüren, wenn ich von der Schule nach Hause kam, wollte, dass sie mich fotografierte, wenn ich im Abendkleid zum Abschlussball gehen würde, und ich wollte, dass sie mit mir auf dem Sofa saß und fernsah, während der Kater auf meinem Schoß laut schnurrte. Ich wollte ihr über die Schulter sehen, wenn sie einen Hut kreierte … Mir wurde schwindelig … Bilder und Erinnerungen vermischten sich.

»Mom!« Das Wort entrang sich qualvoll meiner Kehle. Es brannte auf meinen Lippen und brachte einen Strom heißer Tränen mit sich, die mir zwischen den Fingern hindurchliefen und meine Wangen überzogen.

»Aufhören!«, rief Bastian und trat einen Schritt in meine Richtung, ehe ihm ein Wachmann den Pistolenknauf gegen den Kopf schlug. Er sackte auf die Knie und Blut sickerte aus der Platzwunde an seiner Stirn. Trotzdem redete er weiter: »Sehen Sie nicht, was Sie Ihrer Tochter antun?«, fragte er erschüttert und wischte sich das Blut aus dem Gesicht, ehe es ihm in die Augen laufen konnte. »Jedes Gefühl in ihr wird von dunkelstem Schmerz überdeckt!« Ich bemerkte, dass er meine Weben betrachtete. »Sie erstickt an ihrer Seele, wenn Sie nicht aufhören!«, beschwor er meinen Vater.

»Was geht dich das an?«, fragte Dad schroff. »Abby vermisst ihre Mutter. Natürlich schmerzt das. Aber hier und jetzt haben wir die Macht, das Problem zu lösen. Ihre Mutter kann zu uns zurückkommen! Willst *du* ihr diese Möglichkeit nehmen?«

Bastian ballte die Fäuste. »Das ist gegen die Ordnung der Welt!«, warnte er und funkelte meinen Dad an. »Und es wird Abby töten, sich so tief in die Schatten zu begeben. Bedeutet Ihnen Ihre Tochter so wenig, dass Sie das riskieren wollen?«

Dad verzog das Gesicht. »Ich würde es ja selbst machen«, gestand er und lächelte mich an. »Aber der Schmerz, das Amulett zu schmelzen, war so mächtig, dass ich … nicht scharf darauf bin, mich dem Amulett noch einmal zu nähern.«

»Aber Abby soll das tun?« Bastian schnaubte. »Was für ein feiger und mieser Vater sind Sie eigentlich?«

»Einer, der überleben wird.« Er lächelte mich an. »Und Abby wird das ebenfalls. Sie ist jung und stark – und sie wird erkennen, dass sich zu fügen der einzige Weg ist.«

Bastians Blick legte sich auf mich. All sein Flehen lag darin und es war, als würde er mich berühren. »Abby weiß, was zählt«, raunte er leise und ich hing an seinen Lippen. »Sie wird nicht tun, was Sie verlangen, denn sie weiß um den Preis, den alle dafür zahlen werden.« Er benetzte seine Lippen mit der Zunge und ich glaubte, seinen Atem auf meiner Haut zu spüren. »Sie weiß, was richtig und was falsch ist. Und was immer Sie ihr für ihre Mithilfe anbieten werden, Abby wird es ablehnen. Das weiß ich. Ich kenne sie!«

Moran lachte und ich fuhr zu ihm herum. Ich starrte in den Lauf, den er auf mich richtete, und fragte mich, was ich in diesem Moment am meisten fürchtete. Fürchtete ich mich vor den Gefühlen in mir? Vor der tödlichen Bedrohung, die von diesem Mann ausging oder vor meinem Dad. Ich kam nicht mehr nach, mit dem, was ich empfand. Ich fühlte Sehnsucht und Schmerz wegen meiner Mom, Enttäuschung, Unverständnis und Verrat, verursacht durch meinen Dad, und Bewunderung für Bastian, der zu seiner Verpflichtung stand und dabei den Glauben an mich nicht verloren zu haben schien. Ich spürte seine Liebe, auch wenn ich nicht glaubte, dass es jetzt noch wichtig war.

Ich wischte mir die Tränen ab und nickte ihm leicht zu. Es war tröstlich zu sehen, dass er mir vertraute.

»Wer sagt denn, dass wir Abby etwas anbieten?«, hakte Moran nach und hob zu einem zynischen Lächeln die Lippen. »Manchmal kommt man leichter ans Ziel, wenn man jemandem etwas nimmt.« Moran richtete die Pistole auf Bastian, sah aber meinen Dad an. »Ihn brauchen wir womöglich noch, falls Abby … versagt.« Seine Waffe wanderte weiter zu Tristan, der noch immer wie ohnmächtig auf dem Stuhl zusammengesunken war, an den sie ihn gefesselt hatten. »Aber wofür ist *er* gut?« Moran grinste. »Der denkt, wir merken nicht, dass er wach ist«, witzelte er und feuerte einen Schuss ab, der nur wenige Zentimeter vor Tristan in den Boden schlug. Tristan riss den Kopf hoch und Moran grinste zufrieden. »Na also. Warum nicht gleich so?«

Tristan saß nun aufrecht, die Haare klebten ihm im Gesicht. Er hatte ordentlich Prügel kassiert, das war deutlich zu sehen. Blutige Schrammen, ein geschwollenes Jochbein und eine aufgeplatzte Lippe waren unter den dunklen Blutergüssen zu erkennen.

Sein Anblick krampfte mir den Magen zusammen und ich musste würgen. Geschockt schnappte ich nach Luft und presste mir die Hand auf den Mund.

Meine Reaktion schien Moran zu gefallen, denn er kam näher und nickte mir wohlwollend zu. »Na also. Dann haben wir doch gefunden, was wir gesucht haben.« Er schlenderte fast schon gut gelaunt zu meinem Dad und übergab dem die Pistole. »Wir werden Abby nichts bieten«, meinte er und besah seine verbrannte Handfläche. Dann nickte er in Richtung des Amuletts. »Finden wir lieber heraus, was wir ihr nehmen müssen, um sie zu überzeugen.«

Dann schnalzte er mit der Zunge und mein Vater hob die Waffe.

»Dad!«, rief ich, als ich sah, auf wen er zielte. »Nicht!«

Dann zerriss ein Schuss jeden Rest von Gefühl in mir und stieß mich in einen Schlund aus Dunkelheit.

Er stirbt

Ein Schuss aus einer Waffe – kein ungewöhnliches Geräusch in einem Schießstand. Und doch hallte der Knall ohrenbetäubend von den Wänden wider. Wie ein Donnergrollen, wie ein Kanoneneinschlag.

Ich schrie, aber ich hörte es nicht. Ich wirbelte herum, ohne es zu merken, und als sich die Kugel in Tristans Brust fraß, zerriss es auch mich. Jede purpurne Herzwebe, die Tristan in mir gesät hatte, jedes winzige Gefühl von Liebe, Freundschaft und Zuneigung, das ich je für ihn empfunden hatte oder empfand, wurde zerrissen. Das Rot wurde ausradiert von hartem, kaltem und kaum zu ertragendem Schwarz. Wie eine Welle, die kein Mensch jemals surfen konnte, schlug der Seelenschmerz über mir zusammen und begrub mich unter sich. Ich tauchte unter, bekam keine Luft und sah kein Licht mehr. Der Schmerz umspülte mich vollkommen. Er wirbelte mich tiefer, erstickte mich und riss mich mit sich fort. Ich war Schmerz gewohnt. Kannte ihn, ja, hatte ihn sogar vor nicht allzu langer Zeit gebraucht. Doch jetzt zerstörte er mich. Ich wusste nicht, ob ich Luft holte, wusste nur, dass ich immer noch kreischte. Ich bewegte mich wie von selbst. Ohne es wirklich zu steuern, stürmte ich los. Ich stieß Moran beiseite und ignorierte die Waffen, die auf mich gerichtet wurden. Die Rufe der Wachmänner verhallten ohne Bedeutung. Die Bewegungen neben mir nahm ich kaum wahr. Ich spürte nur den Luftzug, als mein Vater vergeblich versuchte, mich zu packen. Ich spürte die Berührung an meinem Arm, doch ich entkam seinem Griff. Ich wusste nicht, ob ich schrie. Vermutlich war es so, denn meine Kehle brannte und ich hatte das Gefühl, als würde ich ewig brauchen, um mich Tristan zu nähern. Meine Schritte erschienen mir wie in Zeitlupe. Nichts war mehr real. Nichts, außer das Blut, das Tristan übers Shirt lief. Sein weißes Shirt – es färbte sich tiefrot. Und zwar viel zu schnell. Einzig dieser sich rasch vergrößernde Blutfleck hatte eine Bedeutung.

Warum erreichte ich ihn nicht? Die Zeit stand still und ich war gefangen in einem Albtraum, in dem man weglaufen wollte, aber am Boden festklebte. Die Luft fühlte sich an wie zäher Teer, durch den ich mich hindurchkämpfen musste. Und wie in Zeitlupe kamen mir auch Tristans Bewegungen vor. Er taumelte unter der Wucht der Kugel, die in seine Brust eingedrungen war. Er wollte vergeblich die gefesselten Hände an die Wunde heben, während sein Kopf von der Wucht des Einschlags ruckartig nach oben gerissen wurde. Seine Lippen öffneten sich, aber ich wusste nicht, ob er schrie oder stöhnte. Ich hörte nur den grausamen Hall des Schusses, der einfach nicht verklingen wollte. Tristan riss die Augen auf. Entsetzen und Überraschung spiegelten sich darin wider und dämpften das sonst so deutliche hellblaue Strahlen.

Unsere Blicke begegneten sich. Ich schluchzte auf, denn ich wollte den Schmerz in diesen wundervollen strahlenden Augen nicht sehen.

Ich hob die Hand, um ihn zu berühren, hatte ihn fast erreicht, da traf mich etwas an der Seite. Grobe Arme packten mich und ein massiger Körper schleuderte mich über den grünen Teppich, raus aus dem Lichtkegel, der Tristan in gnadenloser Klarheit beleuchtete.

»Nein!«, keuchte ich und mit einem Mal lief die Zeit wieder

schneller. So schnell, dass ich den Schlag gegen meinen Kiefer nicht abwehren konnte, den der Wachmann mir versetzte. So schnell, dass das Stimmengewirr um mich herum keinen Sinn ergab, und so schnell, dass ich erst merkte, dass Bastian ebenfalls niedergeschlagen wurde, als ich ihn neben mir auf den Boden krachen sah. Der grüne Filz fühlte sich widerlich unter meiner Wange an, aber meine Schulter pochte schmerzhaft, sodass ich mich nicht aufsetzten konnte.

»Ruhe jetzt!«, brüllte mein Vater und eine weitere Pistolenkugel traf die Kellerdecke. Beton rieselte herab und tanzte wie silberner Staub im grellen Licht der Scheinwerfer. Die Wachleute nahmen militärische Haltung an, auch wenn ihre Waffen noch immer auf uns gerichtet waren. Mein Herz hämmerte mir so laut in der Brust, dass ich glaubte, der Boden würde beben, aber vermutlich war das nur das erdbebenartige Zittern meiner Glieder. Ich wandte den Kopf und blinzelte meinen Vater an. Ich konnte einfach nicht fassen, was hier geschah. Wie konnte mein Dad so etwas tun? Wie konnte er … Ich zuckte zusammen, als er einen Schritt in den Schießstand hinein machte. Sein Gesicht war wie versteinert. Zu einer kalten und gefühllosen Maske erstarrt, die mir furchtbare Angst machte. Das hier war nicht mein Dad. Ich kannte diesen Mann nicht. Und ich wollte ihn auch nicht kennen, denn was ich sah, war das absolute Böse.

⌘

Bastian dachte nicht nach. Er reagierte nur. Es war nicht der Schuss, der ihn lossprinten ließ. Es war Abbys Schrei. Sie realisierte offenbar weit vor ihm, was geschehen war. Er hatte den Schuss gehört – hatte angenommen, dass Jack wie schon zuvor einen Warnschuss abgegeben hatte. Doch als er Abbys Reaktion sah, wusste er, dass er sich getäuscht hatte. Er sah das Entsetzen in ihrem Blick, aber viel deutlicher erkannte er den Umschwung all ihrer Weben. Jede purpurne Herzwebe wurde schlagartig schwarz, jede Erinnerung wurde von Schmerz überlagert. Das Onyx ihres Webengeflechts war nie schillernder und zugleich dunkler gewesen, als in diesem Moment. In dem Moment, als Jack Woods eine Kugel in Tristans Brust jagte.

Bastian machte einen Satz durch die Luft, trat dabei einem Wachmann in die Knie, sodass der zu Boden ging und schreiend sein Bein umklammerte. Dann hechtete er weiter in Abbys Richtung. Es war eine unterbewusste Entscheidung. Sein Bruder war bereits angeschossen. Abby nicht. Er hatte Angst, Jack Woods würde in seinem Wahnsinn selbst seine eigene Tochter verletzen, um ihn zum Handeln zu zwingen. Er sah den Wachmann, der sich auf Abby stürzte, sah, wie sein massiger Körper sie zu Boden stieß, ehe ihn selbst ein weiterer Kerl zu Fall brachte. Nur wenige Meter trennten ihn von ihr, aber es kam ihm vor wie ein ganzer Ozean aus grünem Filz, der zwischen ihnen lag. Er sah ihre Tränen, war sich sicher, dass sie nicht einmal merkte, dass sie sie vergoss. Er spürte ihr Zittern und hörte ihr krampfhaftes Schluchzen, doch das, was ihm am meisten Angst machte, war das unendliche Schwarz, das sie zu erdrücken schien. Sie wandte den Kopf, langsam, fast zögernd sah sie ihren Vater an, der noch immer die Waffe umklammerte.

Was musste sie denken? Was fühlen? Ihre Weben gaben eine eindeutige Antwort und er wünschte wirklich, er könnte ihr helfen. Doch egal, was er sagen würde, egal, was er tun würde, den Verrat, den ihr Vater an ihr beging, würde er niemals ungeschehen machen können.

Bastian ballte die Fäuste und wollte sich zurück auf die Beine kämpfen, um irgendetwas zu tun, was Abby helfen könnte. Er musste etwas tun, denn wenn er erst anfangen würde, einen Schritt weiterzudenken, dann würde er nicht länger verdrängen können, dass sein eigener Bruder schwer verwundet auf diesem verfluchten Schießstand gerade sein Leben aushauchte.

Diesen Gedanken zuzulassen, würde ihn lähmen. Und ihn vermutlich vergessen lassen, was seine Pflicht war.

Kampfbereit kam er auf die Knie, doch ein Stiefeltritt in die Rippen brachte ihn zurück auf den Boden und noch ehe er den Angreifer am Bein packen und ebenfalls zu Fall bringen konnte, hallte ein weiterer Schuss über ihre Köpfe.

»Die Spielchen sind jetzt vorbei!«, brüllte Jack wütend und stemmte sich auf den Abschusstresen. Dann funkelte er Moran an. »Schaff die Leute hier raus – wir brauchen keine Zuschauer für das, was jetzt passiert!«, befahl er und wackelte mit der Pistole in Richtung Treppe.

Moran nickte schlicht und seine Truppe aus Wachleuten zog sich gehorsam aus dem Keller zurück.

Kaum hatte sich der Wachmann neben Abby entfernt, kämpfte sie sich auf die Knie. »Tristan!«, heulte sie und versuchte, zu ihm zu gelangen.

»Weg da!«, rief Jack und schoss drohend direkt vor Abby auf den Boden.

Der Kerl war doch irre! Er hatte seine Tochter nur knapp verfehlt.

Sie schrie auf und zuckte zurück. Panik sprach aus ihren riesig aufgerissenen Augen, als sie hektisch von einem zum anderen sah. Hilflos blieb ihr Blick an Bastian hängen. Er zog Abby schützend in seine Arme und brachte sie hinter sich in Deckung.

»Sind Sie verrückt?«, rief er, während er Abby weiterhin fest im Arm hielt. Sie zitterte wie Espenlaub und die goldenen Weben pulsierten unter ihrer Haut. Sie schluchzte und schüttelte ungläubig den Kopf, während die Tränen ihr ungehindert über die Wangen strömten. Und obwohl ihr Vater noch immer auf sie zielte, musste Bastian sie festhalten, um zu verhindern, dass sie zu Tristan hinüberkroch.

»Abby«, flüsterte er streng in ihr Ohr. Er hatte sich noch nie so hilflos gefühlt. Er wollte sie in Sicherheit bringen. Sie durch die Schatten ganz weit von hier wegbringen, aber das konnte er nicht. »Bitte bleib ruhig.«

Ihr Blick streifte seinen. *Ruhig bleiben? Wie?*, schien sie zu denken und er verstand, dass ihr das unmöglich erschien. Aber er wusste auch, dass die Situation eskalieren würde, wenn sie nicht alle tief durchatmen würden. Er zwang sich selbst zur Ruhe, versuchte seine Gedanken zu ordnen und Herr der Lage zu werden. Doch das war schwerer als gedacht. Abby schluchzte, Tristan schnappte rasselnd nach Luft und von Owen war weit und breit keine Spur zu sehen. Sie waren auf sich allein gestellt – und sein Bruder verblutete. Ruhig bleiben?

Abby hatte recht. Das war unmöglich.

»Was wollen Sie?«, rief Bastian und positionierte Abby schützend hinter sich. Er würde nicht zulassen, dass auch ihr etwas geschehen würde.

Jack beobachtete jede ihrer Bewegungen genau. Er lachte siegessicher und legte die Waffe vor sich auf den Tresen. »Wie es aussieht, haben wir eine Verhandlungsbasis gefunden.«

»Eine Verhandlungsbasis?«, kreischte Abby und wollte aufspringen, aber Bastian hielt sie fest.

»Nicht!«, warnte er sie und zwang sie wieder in die Knie. »Er ist unberechenbar!«

»Ich weiß!«, schluchzte sie und drehte sich dennoch in die Richtung ihres Vaters. »Wie kann es eine Verhandlungsbasis sein, auf Tristan zu schießen?«, schrie sie voller Wut und das Gold flutete jetzt ihre Augen. Ihre Haut glühte und Bastian hatte Mühe, sie festzuhalten, so sehr kämpfte sie gegen ihn an. Er glaubte fast, sie wollte auf ihren Vater losgehen.

»Dann ist *er* dein Freund?« Jack nickte in Tristans Richtung und hob skeptisch eine Augenbraue. »Der Nichtsnutz?«

»Er braucht einen Arzt!«, überging Abby seine Frage und ihre Stimme brach, als sie zu Tristan hinübersah. »Bitte, Dad! Das ist doch Wahnsinn! Er stirbt!«

Jack nickte. »Vermutlich.«

»DAD!« Abby schlug sich die Hände vors Gesicht. »Er braucht Hilfe!«

»Sie können ihn nicht sterben lassen!«, stieß Bastian hervor. Abbys Verzweiflung war ansteckend.

Jack lachte und klopfte Moran auf die Schulter. »Nicht wir lassen ihn sterben. Das tut ihr.«

»Wir?« Abby kreischte regelrecht. Zitternd riss sie sich aus Bastians Armen und stellte sich aufrecht hin. Sie warf ihrem Vater einen hasserfüllten Blick zu. »*Wir* haben nicht auf ihn geschossen! Das warst *du*!«

⌘

Tristan kämpfte mit aller Macht darum, bei Bewusstsein zu bleiben. Jeder Atemzug zerriss seinen Brustkorb und er schmeckte Blut, wann immer er Luft holte. Ihm war kalt. So kalt wie in den Schatten und er hatte aufgegeben, das Zittern unterdrücken zu wollen, das ihn schüttelte. Er klammerte sich an den Armlehnen des Stuhls fest, an den er gefesselt war, bis seine Knöchel weiß hervortraten.

Jedes Heben und Senken seiner Brust war eine Qual.

Das hier – würde nicht gut ausgehen. Er spürte es mit jedem stolpernden Schlag seines Herzens, der mehr und mehr Blut aus der Einschussstelle pumpte. Heiß und ungehindert rann es über seinen Bauch.

Er hatte Angst. Angst, dass Abby recht behalten würde. Er würde sterben.

Panisch riss er an den Fesseln. Der Stuhl knarzte, gab aber nicht nach. Das Licht des Scheinwerfers blendete ihn und er blinzelte darüber hinweg. Abby und Bastian waren nicht weit entfernt. Sie waren in seine Richtung gekommen, aber auf halber Strecke aufgehalten worden.

Ein heißer Schwall Blut drängte Tristan in den Mund und er hustete ihn aus. Die Panik verstärkte sich. Hilfe suchend sah er Abby an. Ihre Blicke trafen sich und er sah die gleiche Angst, die er empfand, auch in ihren Augen. In goldenen Augen. Sie sah aus wie ein Vulkan vor dem Ausbruch. Sie war schön. Beeindruckend schön. Dies war nicht der Moment, das zu bemerken, doch das Hirn machte seltsame Dinge, wenn man am Rande des Todes stand.

Er war froh, dass Bastian bei Abby war. Dass er sie hielt, denn er wusste, er selbst würde dazu keine Gelegenheit mehr bekommen. Er spürte es mit jedem schwächer werdenden Atemzug.

Abby Woods würde sich bald nicht mehr zwischen ihnen beiden entscheiden müssen. Sie würde den Bruder bekommen, den sie immer gewollt hatte. Sosehr ihn das schmerzte, so tröstlich war der Gedanke zugleich. Er wusste, dass die Dunkelheit, die in diesem Moment auf ihr lastete, ihm galt. Der ganze Schmerz, den sie empfand – er verursachte ihn. Und er hoffte inständig, dass es Bastian gelingen würde, ihr etwas von diesem Schmerz zu nehmen, denn das, was noch schöner an ihr gewesen war als das dunkle Onyx, war das strahlende Purpur ihrer Leidenschaft.

Tristan schüttelte den Kopf. Die Stimmen im Raum ergaben keinen Sinn. Dumpfes Dröhnen benebelte seine Sinne, sein Blick wurde trüb. Er presste die Lider zusammen, um seine Sicht zu schärfen und hob den Kopf. Als er Abby wieder ansah, las er ihre Worte mehr von ihren Lippen, als dass er sie wirklich hörte.

»Ruf den Notarzt und ich tue, was immer du willst!«, versprach sie verzweifelt. »Bitte, Dad! Er stirbt!«

Tristans Herz machte einen qualvollen Satz. Einen traurigen Satz, denn er wusste, das konnte Bastian niemals zulassen.

»Du kannst deinem Dad nicht helfen!«, mischte sich Bastian wie erwartet energisch ein. Tristan war ihm nicht böse. Er verstand ihn. Er wandte den Kopf und versuchte sich an einem Lächeln. Bastian sollte wissen, dass …

Blut füllte seine Kehle und er hustete. Er hustete, doch keine Luft drang in seine Lunge. Panisch bäumte er sich im Stuhl auf, trat mit den Füßen und der Stuhl kippte zur Seite. Ein Schlag auf den Boden – und ihm wurde schwarz vor Augen. Er spuckte Blut. Dann endlich fand der Atem rasselnd zurück in seine Brust.

⌘

»Verstehst du nicht, er stirbt!«, schrie ich Bastian an. Ich richtete meine Worte aber an alle im Raum. Es war doch nicht möglich, dass das niemanden interessierte!

»Denkst du, ich sehe das nicht?«, herrschte mich Bastian an und packte meine Oberarme. »Er ist mein Bruder, verdammt! Denkst du, mich lässt das kalt?«

»Das muss nicht das Ende sein, wenn du tust, was wir verlangen«, gab mein Dad zu bedenken. Die Stimme, die mir als Kind so viel Sicherheit und Liebe vermittelt hatte, ließ mich nun würgen.

»Was Sie fordern, ist Wahnsinn!«, rief Bastian zornig. »Kein Mensch hat das Recht, das Tor des Lichts zu öffnen! Niemals!«

»Dann wird dein Bruder sterben«, gab Dad achselzuckend zurück.

In mir krampfte sich alles zusammen. Wir konnten Tristan nicht sterben lassen! Ich wandte mich Bastian zu und suchte in seinen Augen nach Zustimmung. Das dunkelste Blau der Welt war gefüllt mit Verzweiflung. Ich spürte Bastians Furcht. Seine schönen Lippen waren blutleer und zu einer harten Linie zusammengepresst. Der Muskel an seinem Kiefer zuckte, als Jack beinahe gelangweilt weitersprach: »Nicht ich trage die Verantwortung über Leben und Tod dieses Jungen. Ihr wollt ihn nicht gehen lassen?« Er grinste. »Dann holt ihn doch zurück!« Damit hob er die Waffe und feuerte einen weiteren Schuss auf Tristan ab.

»Nein!« Mein erschrockener Schrei vermischte sich mit Bastians geschocktem Keuchen und Tristans gurgelndem Schmerzenslaut. Ich hob die Arme und eine Welle aus goldener Energie schleuderte meinen Vater mitsamt der Waffe quer durch den Keller. Dabei krachte er mit voller Wucht gegen den Milliardär und riss ihn von den Beinen.

Mein Herz schlug. Es schlug mit einer Kraft, die ich noch nie gespürt hatte. Ich musste nicht an mir hinabsehen, um zu wissen, dass ich mich verwandelt hatte. Ich fühlte die goldene Macht in meinen Fingerspitzen, spürte sie wie ein feines Stromnetz, das meinen gesamten Körper umspannte. Und selbst mein Blickfeld hatte sich verändert.

Mein Herz schlug wieder. Es kam mir vor, als vergingen Stunden zwischen jedem Schlag. Stunden, in denen die Welt stillstand. Meine Sinne waren so geschärft, dass ich jedes einzelne Haar zählen konnte, als mir eine Strähne ins Gesicht wirbelte.

Ich habe die Kontrolle! Mein Innerstes schrie mir das entgegen und mit aller Kraft, die ich aufbringen konnte, wollte ich, dass es stimmte.

»*Bei unserem ersten Kuss habe ich in den dunklen Tiefen deiner Seele gesehen, dass du die Welt ins Chaos stürzen wirst*«, hörte ich Bastians Stimme in meiner Erinnerung. »*Ich habe es gesehen und es dennoch nicht verhindert. Weil ich mich in dich verliebt habe. Weil ich vergessen habe, was meine Aufgabe ist.*«

Ich wirbelte zu ihm herum und schlang die Arme um seinen Hals. Ich presste mich mit ganzer Kraft an ihn und das Gold meiner Haut breitete sich über ihn aus.

»*Ich habe die Kontrolle!*«, hallte es wie ein Donnerschlag in mir wider.

»Vergiss deine Aufgabe!«, flüsterte ich drängend und spürte, wie sein Widerstand schmolz. Nicht, weil er es wollte – sondern weil *ich* es wollte. Ich war Seele, Herz und Erinnerung zugleich. Die Macht der Ringe glühte in mir auf.

Ich habe die Kontrolle!

Bastian versteifte sich und unsere Blicke trafen sich. »Abby, nicht«, wisperte er und ich sah in seinem Blick den Abgrund, den er einst in meiner Seele gesehen hatte. Tiefstes Schwarz starrte mir daraus entgegen. »Tu das nicht!«

Wieder ein Herzschlag.

Meine goldene Kraft drang in ihn und ich schnappte nach Luft. All die Verantwortung seines Erbes drückte mir die Luft aus der Lunge. Ich spürte seine Gefühle, als wären es meine. Der Schmerz, seinen Bruder aufzugeben, war unfassbar groß. Und dennoch wog seine Pflicht genauso schwer auf ihm. Ich war in seinem Kopf und sah uns beide am Bahnhof von Wymouth. Es war, als wären wir wieder dort. Ich sah mich – ihn – und ich fühlte, was auch er gefühlt hatte.

»*NEIN!*«, hatte Bastian geknurrt und sich zornig auf den Oberschenkel geschlagen, als Konstantin Cross mit dem Seelenring entkam. *Dann fuhr er zu mir herum. Sein animalischer Blick bohrte sich in meinen und instinktiv wich ich vor ihm zurück. Er war über und über mit Weben überzogen.*

»Bastian!«, appellierte ich an den Menschen in ihm. »Nicht …«

Er erreichte mich, packte meine Schultern. »Ich muss ihm folgen!«, keuchte er und in seinem Blick lag ein Flehen um Verständnis. »Ich … muss …«

Das Schwarz seiner Haut breitete sich auf meinen Körper aus und wieder drohte der Schwindel, mich mit sich zu reißen.

»Nein!«, keuchte ich und schlug nach Bastian. »Hör auf!«

»Es tut mir leid!«, raunte er, dann riss er mich in seine Arme, umschlang mich mit seinem ganzen Körper und senkte seine Lippen so gierig und heiß auf meine, dass ich glaubte, wir würden miteinander verschmelzen. »Ich brauche dich, Abby. Ich brauche dich jetzt!*« Seine Stimme klang flehentlich und sein Zittern stürzte mich in die Dunkelheit, als meine Weben aus mir hinausströmten.*

Er packte mich fester, jeder Zoll meiner Haut berührte ihn und es gab keine Grenzen zwischen ihm und mir. Wir wurden eins. Er riss meine Seelenweben an sich wie ein Dieb. Ohne Reue, aus reinster Gier. Sosehr er sich auch bemühte, zärtlich zu sein, sosehr seine Zunge bei diesem Kuss auch um Vergebung flehte, so wenig zurückhaltend war er dennoch, was meine Weben anging.

Mein Widerstand erlosch, als der Schwindel mich wehrlos machte. Als ich wie eine Puppe in seine Arme sank. Die Bilder meiner Seele schlugen auf ihn ein und alles, was mir noch bevorstand, jede Entscheidung, die ich womöglich treffen würde, jede Tat, die geschehen konnte, offenbarte sich ihm.

Ich sah mich selbst in diesem Moment. Mich und das, was er damals in mir gesehen hatte.

Ich rannte. Hielt in Händen, was das Ende der Welt, wie wir sie kannten, bedeuten konnte. Die drei Ringe. Ich sah keinen Zweifel, denn ich schien genau zu wissen, was zu tun war. Ich war zu allem bereit.

Damals hatte Bastian mir mehr genommen, als ich je bereit gewesen wäre, ihm zu geben. Meine Seele. Und jetzt – nun, jetzt würde ich mir nehmen, was nötig war.

Denn er hatte von Anfang an recht. Ich war zu allem bereit. Ich würde die Welt ins Chaos stürzen – um Tristan Tremblay zu retten.

»Abby, nicht!«, ermahnte er mich und packte meine Schultern.

»Vertrau mir.« Das Gold meiner Haut breitete sich aus und ich blickte zu Tristan hinüber. Er war reglos. Aber etwas tief in mir spürte, dass er noch am Leben war. Er hatte die Augen geöffnet. Unsere Blicke verwoben sich und obwohl er im Sterben lag, las ich Zärtlichkeit darin. »Vergiss mich nicht«, schien sein Blick zu sagen und traf mich damit mitten ins Herz. Die Welt stand am Abgrund – und es war mir egal.

»Ich brauche dich, Bastian. Ich brauche dich jetzt!«, presste ich hervor und ergab mich der Kraft in mir. Ich betrat den einzigen Weg, den ich sah. Den Weg in die Dunkelheit.

Ich packte Bastian fester, jeder Zoll meiner Haut berührte ihn und wie damals am Bahnhof gab es keine Grenzen mehr zwischen ihm und mir. Wir wurden eins. Und ich nahm mir, was nötig war.

Das Licht in der Dunkelheit

Die Dunkelheit war mir vertraut. Ich hatte sie lange in meiner Seele getragen. Jetzt beherrschte ich sie. Ich dachte an den Moment vor dem Lichtbunker zurück. Als die Kraft erwacht war. Auch jetzt versperrte mir etwas den Weg. Das Licht. Es raubte mir den nötigen Schatten.

Ich atmete durch. Bastians Herz schlug nah an meiner Brust, denn ich klammerte mich an ihn. Wir waren miteinander verbunden – verwoben durch goldene Kräfte. Aber ich hatte die Kontrolle. Ich war der Schlüssel.

Langsam öffnete ich die Hände und eine Welle aus Gold spülte durch den Raum. Wie ein Blitz, der mitten aus mir herauszukommen schien. Der Deckenstrahler, der auf Tristan gerichtet war, zersprang, das Licht erlosch und Tristans regloser Körper versank in gnädiger Dunkelheit.

Ich fühlte die Macht.

»Jetzt«, raunte ich Bastian zu. Ich war in seinem Kopf, seinem Herz und seiner Seele – und ich machte mir zunutze, was er war. Ein Schattenspringer. Er hob die Hand und gehorchte meinem Drängen. Das Nichts verschluckte uns und nun schloss auch er seine Arme fest um mich. Die Dunkelheit war kalt und beängstigend und ich spürte, wie Bastian die Orientierung verlor.

»Was hast du vor?«, hallten seine Gedanken durch die Stille.

»Wir müssen Tristan retten!« Zu mehr war ich nicht in der Lage zu denken.

»Du kannst ihm nicht mehr helfen. Jede Hilfe kommt zu spät! Siehst du es nicht, Abby – er stirbt!« Das Nichts war wie ein Filter. Es filterte alle belanglosen Dinge weg, bis nur noch pure Emotion blieb. Bastians Schmerz füllte die eisige Kälte, sodass mir der Atem stockte. »Es ist zu spät!« Seine Worte barsten vor Kummer. »Tristan weiß, dass es vorbei ist.«

»Das ist es nicht! Das kann es nicht sein!«, wehrte ich mich, aufzugeben. »Er ist mein Freund! Dein Bruder! Wir müssen …«

Die Dunkelheit war allumfassend. Ohne Bastians Ring waren die Schatten endlos und doch zog es mich instinktiv in eine Richtung. Ich folgte der goldenen Macht in mir, geschützt von Bastians übrig gebliebenen Fähigkeiten, gesichert durch das, was offenbar mein eigenes Erbe war.

Ich sah den Ausgang, die Hitze des Amuletts, noch ehe wir aus dem Nichts traten. Bereit, mir wie ein Dieb zu nehmen, was ich wollte, streckte ich den Arm aus und griff zu, sobald Bastian mich aus den Schatten in Morans Keller zog.

Ich packte das Amulett. Heiß und schwer lag es in meiner Hand und ich schloss so fest die Finger darum, dass es sich anfühlte, als würde es mit mir verschmelzen. Ich keuchte vor Schmerz – dann sah ich Bastian an. »Ich muss es tun!«, beschwor ich ihn und stieß ihn zurück in den Schatten, ohne ihn loszulassen. »Es tut mir leid, Bastian – ich habe keine Wahl.«

Wieder umgab uns das Nichts. Es verging kaum ein Wimpernschlag. Trotzdem kam es mir vor wie eine lange Reise. Ich sah, wie mein Dad und Moran noch immer ungläubig dorthin starrten, wo Bastian und ich zuvor auf dem Boden gelegen hatten. Dann drehten sie den Kopf, als würden sie jetzt erst unsere Bewegung am Tresen wahrnehmen. Mein Vater öffnete den Mund, aber ich hörte nicht, was er rief. Er streckte die Hand in Richtung des Amuletts, doch wir waren längst nicht mehr dort.

Ich krallte mich an Bastians Hals, während mir das Amulett des Todes qualvoll die Haut versengte. Ich musste mich zwingen, den Schmerz auszublenden, um die Orientierung nicht zu verlieren. Hätte es Sauerstoff im Nichts gegeben, hätte ich tief durchgeatmet. So zwang ich schlicht meinen Puls zur Ruhe und wartete, bis ich das spürte, was meine Macht war: Kontrolle. Ich brauchte jetzt die Kontrolle zurück.

»Tu das nicht«, hörte ich Bastians Gedanken, aber für Zweifel war es zu spät. Der Ausgang, den ich suchte, war nah.

»Ich liebe dich, Bastian – aber ich brauche auch Tristan. Ich brauche ihn, genau wie dich, denn ihr seid meine Familie. *Ihr zwei*. Nicht dieser Mann, der vorgibt, mein Vater zu sein.«

Wir verließen die Schatten direkt neben Tristan und ich ging sofort an seiner Seite in die Knie. Er atmete nicht. Seine Lippen waren blau, die Haut kreideweiß. Ein krasser Kontrast zu dem glänzenden Dunkelrot des Blutes, in dem er lag. Der Funke in seinen Augen war das Einzige, das bewies, dass er noch am Leben war. Noch!

Bastian sank zu Boden und beugte sich über ihn. Er presste eine Hand auf die Schusswunde. Blut quoll ihm durch die Finger und er keuchte. »Tristan!«, stieß er gequält hervor und aus dem Augenwinkel sah ich, dass Moran und mein Vater – nein, dieses Monster war nicht mein Vater! – wie Moran und Jack ihren Schock überwunden hatten und sich auf die Beine kämpften.

Über Tristans blutende Brust hinweg fasste ich nach Bastians Hand. »Ich kann meine Familie nicht noch einmal verlieren!«, flüsterte ich und jedes Wort riss eine noch tiefere Wunde in mein Herz. Ich blickte, nach Vergebung suchend, in Bastians dunkle Augen. Flehend drückte ich seine Finger, eine Bitte, die deutlicher nicht hätte sein können. Dann griff ich nach Tristan und umklammerte das Amulett in dem Moment, als der Funke in Tristans Augen erstarb.

Das erloschene Scheinwerferlicht hatte im ganzen Schießstand Schatten erweckt. Schatten, die ich jetzt brauchte, um Tristan aus seinen Fesseln zu befreien.

»*Bitte!*«, schrie ich Bastian an.

Dann verschluckte uns das Nichts.

Ich war inzwischen schon viele Male in den Schatten gewesen. Längst war mir die Dunkelheit vertraut, genau wie die Kälte. Und dennoch war dieser Schattensprung nicht wie die Sprünge zuvor. Ich wurde mitgerissen. Immer tiefer hinein in die Schwärze. Immer weiter weg vom Leben.

Nicht ich steuerte diese Reise durch das Nichts. Auch Bastian nicht. Ich hatte mich getäuscht, als ich dachte, ich hätte die Kontrolle.

»Was geschieht hier?«, verschluckte der Schatten meine Gedanken. Ich musste alle Kraft aufbringen, mich an Bastian und Tristan festzuhalten, während ich das Amulett umklammert hielt. Es war wie eine Achterbahnfahrt ohne Sicherheitsgurte. Die Dunkelheit schleuderte uns herum, schneller und schneller, riss uns mit sich fort und mit jeder Sekunde nahm die Kälte zu.

»Tristan zieht uns mit!«, hallten Bastians Worte durch mich hindurch.

»Wohin?«

Immer tiefer ging es in die Schatten. Immer schneller und schneller.

»Er stirbt! Es zieht ihn ans Ende der Dunkelheit – zum Tor des Lichts!«

Wie Trommelschläge hallten die Gedanken durch mich hindurch. Tristan starb. Das konnte nicht sein. Gold hüllte meine Seele ein, um den Schmerz fernzuhalten. Das Amulett in meiner Hand glühte auf und ich fühlte, wie ich mich mit dem Metall verband. Schmerz und Metall – das war eine Mischung, die ich kannte. Wann immer der Seelenschmerz mich zu erdrücken schien, hatte mir das kühle Metall meines Schnitzmessers Ruhe und Trost gespendet.

Ich hatte nie mehr Trost gebraucht als in diesem Moment.

»Lass ihn los!«, donnerte Bastians Warnung durch die Kälte. »Er reißt uns mit sich!«

»Ich kann nicht!«

»Du musst!«

Das Amulett in meiner Hand glühte und sandte Weben in allen Farben aus. Energien, die den Ringen angehaftet hatten, welche die Fassung nun umgab.

»Abby!«

Bastian wehrte sich gegen den Sog. Er war vielleicht nicht mehr in der Lage, sich in den Schatten zurechtzufinden, doch schwach war er deshalb noch lange nicht. Er drängte sich zwischen Tristan und mich und packte meine Schultern. »Ich lasse nicht zu, dass er dich mit in den Tod reißt!«

»Du kannst deinen Bruder nicht sterben lassen!«

Ein Fluch hallte durch die Dunkelheit. Dann riss Bastian mich von Tristan los. »Er ist schon tot, Abby!« Es waren keine Worte, es war purer Schmerz. »Er ist doch längst tot.«

Bastian presste mich an sich und die Welle des Schmerzes spülte über uns beide hinweg. Tristan zog es weiter. Immer weiter von uns weg.

»Nein!« Ich wollte ihm nach. Wollte ihm folgen, ihn zurückholen, doch Bastian hielt mich entschieden fest.

Dann zuckte ein Blitz durchs Nichts. Ein lautes Donnern und ein Beben. Licht blendete mich und ich kniff die Augen zusammen.

»Das Tor!«, hörte ich Bastian ehrfürchtig staunen. »Das Tor des Lichts.«

Ich hob die Hand, um meine Augen zu schützen. Hellster Glanz, strahlendes Licht – ein Leuchten, wie es himmlischer nicht sein konnte. Der Druck auf meine Brust wuchs an und ich sah meine Finger über ein Blatt Papier wischen. Ich fühlte den Bleistift beinahe zwischen meinen Fingern. Das hatte ich gezeichnet. Damals, in Caerhay Court auf der Bank. Ich war schon mal hier gewesen. In Bastians Gedanken.

Ich klammerte mich an ihm fest, denn ich wusste, er war ebenfalls schon mal hier. War hier gestanden, an der Schwelle zu diesem Tor. An der Schwelle des Todes.

Das Tor stand offen. Und unter dem Bogen aus Licht erwachte Tristan Tremblay wieder zum Leben. Die zusammengekrümmte Gestalt, die uns hergeführt hatte, mit all dem Blut und den Wunden, reckte sich und richtete sich auf. Der Blutstrom versiegte, die Prellungen verblassten und das lebendige Strahlen kehrte in Tristans Augen zurück.

»Tristan!«, dachte ich glücklich und riss mich von Bastian los. »Es geht dir gut!«, rief ich wortlos und wollte mich ihm nähern, aber das Licht war wie eine undurchdringliche Barriere. Tristan runzelte die Stirn. Er strich sich die Strähnen aus der Stirn und rieb sich die Schläfen. Dann nickte er langsam und sein Blick wurde ernst.

»Ich fürchte …« Sein Blick glitt über mich hinweg und in Bastians Richtung. »… mir geht es nicht ganz so gut, wie du denkst.«

»Warum? Was ist denn?« Ich schaute von ihm zu Bastian, der ein Stück entfernt im Nichts verharrte.

»Wir müssen zurück«, mahnte Bastian. »Wir sind viel zu tief in die Dunkelheit vorgedrungen, Abby. Hier darf kein Mensch sein. Kein Lebender.«

»Aber …« Mein Kopf fuhr zu Tristan herum. »Aber …« Das konnte nicht sein. Das musste ein Irrtum sein. Er stand doch vor mir. Und es ging ihm gut. Er blutete nicht mehr und …

Tristan streckte die Hand nach mir aus, aber er konnte mich nicht erreichen. Etwas, wie eine undurchdringliche Scheibe aus Licht, trennte uns und er legte seine flache Hand dagegen. »Bastian hat recht. Ihr müsst gehen.«

»Und was ist mit dir?« Verzweiflung schnürte mir die Kehle zu. Selbst meine Gedanken klangen heiser und gepresst.

Tristans Lippen hoben sich zu einem Lächeln. »Ich schätze, ich bleibe hier.«

»Nein!« Es entfuhr mir wie ein Stöhnen. »Du kannst nicht hierbleiben!« Bastian strich mir tröstend über den Rücken, aber ich wollte das nicht. »Lass mich!«, dachte ich wütend und drängte mich dichter an das Portal. Tränen brannten heiß auf meinen Wangen in dieser eisigen Kälte der Schatten. »Ich gehe hier nicht ohne dich weg!«, schrie mein Herz und das Amulett in meiner Hand glühte auf. Ich spürte seine Macht, wie eine Waffe. »Ich geh nicht ohne dich«, dachte ich leise und meine Fingerspitzen strichen über das glühende Vitalinaurum. »Ich gehe nicht ohne dich«, dachte ich erneut.

»Abby, bitte!« Behutsam schloss Bastian seine Finger um meine Faust mit dem Amulett, als wollte er verhindern, dass ich es benutzte. Er wandte sich an mich, doch sein schmerzgepeinigter Blick fand Tristan. »Wir müssen akzeptieren, was … passiert ist und diejenigen zur Verantwortung ziehen, die das getan haben.« Seine Hand schloss sich fester um meine. »Wenn wir noch länger hierbleiben, schaffen wir es niemals zurück ins Licht und sie kommen damit davon!« Er drehte sich zu mir und auch in seinen Augen schwammen Tränen. »Sie dürfen damit nicht davonkommen, Abby!«, flehte er stumm.

Tristan nickte. »Er hat recht.« Er setzte sein typisch arrogantes Grinsen auf und zwinkerte mir zu. »Lasst sie nicht gewinnen, denn dieser Schuss in die Brust … hat verdammt wehgetan!« Er schmunzelte und fuhr sich ein wenig bedauernd durch die blonden Strähnen. »Hab gedacht, ich würde mehr aushalten.«

Mein Herz brach. Ich schluchzte auf und meine Lunge fühlte sich dabei an, als wäre sie unter einem riesigen Felsbrocken begraben. Tristan legte die Hände an die Lichtscheibe und lächelte schwach. »Und ich hab gehofft, dich noch öfter zu küssen«, neckte er mich und der Blick, den er Bastian zuwarf, war herausfordernd. »Einfach nur, um ihn zu ärgern.«

⌘

Eine Klaue der Trauer schloss sich um Bastians Herz. Sie packte zu und verletzte ihn tief. Er spürte den Schmerz noch schlimmer als das Reißen der Schatten an seinem Körper. Noch stärker als die eisige Kälte fror der Schmerz um Tristan seine Seele ein.

Seinen Bruder dort hinter dem Tor zu sehen, war mehr, als er ertragen konnte, und er kannte seinen Bruder gut genug, um zu wissen, dass dessen lockere Reaktion nur seine Art war, seine Angst zu verbergen. Doch darauf zu antworten, war hart. Er war nicht wie sein Bruder. Er konnte Gefühle nicht überspielen. Hatte sie immer nur verdrängt. Aber dieser Schmerz ließ sich nicht verdrängen.

»Und ich hatte gedacht, sie würde dich noch viel öfter zurückweisen – einfach, weil sie zu klug ist, um auf deine Sprüche reinzufallen«, gab Bastian mit blutendem Herzen zurück.

Dass Abby ihre brüderliche Stichelei nicht witzig fand, stand außer Frage. Tränen rannen ihr übers Gesicht und sie schluchzte.

»Ihr Idioten!«, hallten ihre Gedanken durch die Leere. »Wie könnt ihr euch jetzt streiten?«

»Wir streiten nicht«, meinte Tristan und lächelte sie an. »Wir sind Brüder. Wir … lieben uns. Egal, wie es manchmal aussieht.« Bastian nickte, denn er war nicht in der Lage, einen klaren Gedanken zu fassen. »Wir stützen uns – auch wenn ein dummer Spruch nötig ist, um das zu tun«, hörte er Tristan weiter zu. »Und wir sind froh, wenn das Mädchen, das wir lieben, am Ende nicht allein sein muss.«

Abby schlug mit der einen Faust, die Bastian nicht festhielt, verzweifelt gegen die Lichtscheibe und ihr tonloser Schrei füllte das Nichts. »NEIN!« Sie schlug wieder und wieder zu. Blitze zuckten, doch die Scheibe blieb davon unbeeindruckt. »Ich bleibe nicht allein!«, kreischte sie. »Und zwar nicht, weil Bastian bei mir sein wird, sondern ihr beide!« Sie zitterte und sank gegen die Lichtmauer. »Ich will nicht ohne dich gehen, Tristan! Ich kann einfach nicht!«

Bastian spürte ihren Schmerz wie seinen eigenen.

»Jeder Mensch, den ich liebe, verlässt mich!«

Er wollte sie festhalten, doch sie war so in ihrem Kummer gefangen, dass sie ihn nicht einmal wahrzunehmen schien.

Matt ließ er sie los und trat einen Schritt zurück. Er wusste nicht mehr, was richtig und was falsch war. Er verstand Abby. Nur zu gut. Auch er konnte sich ein Leben ohne Tristan nicht vorstellen. Auch er wollte ändern, was unveränderbar war. Er rang mit seiner Verpflichtung, die Ordnung der Welt zu erhalten und seiner Angst, dass seine eigene Welt dadurch aus den Fugen geraten würde.

Abby so zu sehen, gebeugt von Kummer und Schmerz, war einfach zu viel. Er sah Tristan an, dem es ebenfalls schwerfiel, stark zu wirken.

»Ich werde dich nie verlassen, Abby.« Tristans Gedanken klangen zärtlich. »Ich warte hier einfach schon mal auf euch.« Er fuhr über die Lichtscheibe, als würde er Abbys Wange streicheln. »Ich reserviere dir einen hoffentlich nicht nach Tapetenleim schmeckenden Pudding und finde heraus, ob es hier so was wie einen Regelkatalog gibt, den wir missachten könnten – wie klingt das?«

Abbys Tränenstrom wurde immer stärker. Sie zitterte und Bastian wusste, dass nicht nur die eisige Kälte dafür verantwortlich war. Sie stand kurz vor einem Zusammenbruch. Und es gab nichts, das er tun konnte, um ihr zu helfen. Nichts, außer …

Sein Blick glitt zu ihrer Faust, in der sie das Amulett hielt.

Er rieb sich übers Gesicht. Versuchte zu denken. Der Gedanke war falsch – und doch … Im Nichts waren alle Gedanken zu hören. Langsam drehte Abby sich zu ihm um.

⌘

Ich war zu schwach. Zu schwach für diesen Schmerz. Er erdrückte mich. Und er erdrückte auch Bastian. Ich wusste, wir mussten zurück. Aber ich konnte mich einfach nicht von Tristan abwenden. Ich konnte es nicht.

»Das hier ist nicht wie in Darkenhall«, gab ich schluchzend zurück. »Die Welt des Lichts gehört dir nicht – selbst du wirst dich an die Regeln halten müssen.«

Tristan lachte. Wieder glitt sein Blick zu Bastian. »Schon vergessen? Der Tremblay, der immer alle Regeln befolgt, steht neben dir.«

»Und wenn ich dieses eine Mal die Regeln breche?«

Bastians Gedanken waren in Aufruhr und sie bebten zerstörerisch in mir nach. Das Amulett erwachte und wie von selbst öffnete ich die Finger, bis es wie auf einem Präsentierteller auf meiner Handfläche lag.

Wir alle betrachteten die silbrige Fassung, die schillernde Füllung aus dem Vitalinaurum der drei einzelnen Ringe. Jeder glühte in der Farbe seiner Weben, sodass das ganze Schmuckstück lebendig wirkte.

Mein Herzschlag pulsierte bis in die Fingerspitzen und ich wagte es nicht, meinen Blick davon abzuwenden. Hier lag Tristans Schicksal. Seines – und das von vielen weiteren Menschen.

»Wir wären nicht besser als Cross, Moran und dein Vater«, hörte ich Bastians Zweifel leise in meinem Kopf.

»Es ist eine Option«, dachte ich, wenn auch unsicher.

»Ist es das?« Tristan klang so ungläubig, dass ich nun doch den Blick hob und in seine blauen Augen sah.

»Etwa nicht?«, dachte ich und er lächelte leicht.

»Ich denke nicht.« Er sah Bastian an. »Und dass gerade er das vorschlägt, zeigt, dass ihr schon viel zu lange hier seid. Bastian hat seine Seelenweben fast aufgebraucht. Wenn das passiert, kommt ihr nicht mehr raus. Er kann schon jetzt nicht mehr unterscheiden, was Recht und Unrecht ist. Seine eigene Seele braucht sich auf, wenn ihr noch länger bleibt.«

»Aber er hat recht! Wir können dieses eine Mal gegen die Regeln verstoßen. Und dann … zerstören wir das Amulett. Mit dir – nicht ohne dich!«

Der Plan klang so logisch, dass er all meine Zweifel mit sich riss. Ich hatte auch etwas Glück verdient. Ich hatte einen Freund wie Tristan in meinem Leben verdient. Und ich hatte das Werkzeug in der Hand, das zu entscheiden.

Ich schloss die Augen und näherte mich mit dem Amulett der Lichtscheibe, die mich von Tristan trennte.

Die Kälte nahm zu, während meine Hand zu verbrennen schien.

Ich wartete regelrecht auf Bastians Einspruch. Auf einen Kampf mit ihm in letzter Sekunde – doch als ich über die Schulter in seine Richtung sah, da ließ er seinen Kopf sinken und schlug sich die Hände vors Gesicht. Er gab auf. Der Ringhüter Bastian Tremblay gab auf. Seine Überzeugungen waren weg, seine Pflicht – erloschen.

Er rieb sich über die Augen und strich sich in einer fließenden Bewegung die Haare zurück. Dann hob er den Kopf und sah mich an.

Ich fing seinen Blick auf und wartete auf seinen Protest. Ich sah, wie er schluckte. Wie er mit sich rang. Dann nickte er. Es war eine Bewegung, so leicht, dass man sie sich auch hätte einbilden können. So leicht wie ein Traum. Und gleichzeitig so bedeutsam, dass ich zitterte. Ich drehte mich Tristan zu, hob meine Hände an die Lichtscheibe und sah ihm in die Augen.

»Ich gehe nicht ohne dich!«, dachte ich und drückte das Amulett gegen den glühenden Lichtkreis.

Zu spät

Owens Taktik ging auf. Er war selbst erstaunt, wie einfach es war, die Wachen zu manipulieren. Wäre die Lage nicht so ernst gewesen, hätte er vielleicht sogar schmunzeln müssen. Vic und Rayne setzten ihre weiblichen Waffen ein und gingen mit wiegenden Hüften und wallendem Haar vor ihm her, direkt auf die Wachleute zu. Es erfüllte den Zweck und die Männer warteten interessiert, bis sie nah genug herangetreten waren. Dann ein Lächeln von Rayne und die Kerle ließen ihre Deckung fallen und öffneten sich weit genug, um Owen die Aufgabe zu erleichtern. Er packte zu und die Erinnerungen an alles, was in den letzten Stunden hier in Morans Villa geschehen war, floss aus ihnen heraus. Zwar konnte Owen das Tor der Erinnerungen nicht durchqueren, seit er den Erinnerungsring nicht mehr trug, doch die frischen Erinnerungen waren nicht schwer zu erreichen und so hatte er leichtes Spiel.

Wenn der Schwindel des Erinnerungsraubs dann nachließ, war es für die Schwestern nicht mehr schwer, sie konnten die Herren sogar darum bitten, ihnen den Weg zu Zac Moran zu zeigen.

Nun wurden sie in Begleitung eines Wachmanns, der dafür bezahlt wurde, Eindringlinge fernzuhalten, wie willkommene Gäste in den Keller geführt.

Sie hatten die Treppe hinunter halb hinter sich gebracht, als ein Schuss ertönte. Der Wachmann, eben noch ganz friedlich, griff sofort zur Waffe. Dann hörten sie die Schreie. Owen erstarrte, während Rayne dem Wachmann geistesgegenwärtig die Hand auf den Arm legte und ihn in einem Schwindel gefangen nahm.

»Schnell!«, rief sie und scheuchte Owen fort. »Sieh nach, was da los ist!« Der Wachmann sank gegen Rayne und Vic eilte zu ihr, um ihn zu stützen.

Alarmiert rannte Owen los, doch als er das Untergeschoss erreichte und sich ihm offenbarte, was vorging, erkannte er, dass er zu spät gekommen war. Tristan lag am Boden. An einen Stuhl gefesselt und offenbar schwer verletzt. Bastian und Abby kauerten ein Stück daneben. Aus Abigails Kehle war der Schrei gekommen. Die beiden waren kreidebleich und Entsetzen sprach aus ihren Zügen. Owen konnte nichts anderes tun, als tatenlos zuzusehen, wie die beiden wohl uneinig in einen Schatten verschwanden, während Abbys Vater und Zac Moran am anderen Ende des Schießstands wie niedergeschlagen am Boden lagen.

Kurz glaubte Owen, Abby und Bastian hätten die Flucht ergriffen. Dann registrierte er eine Bewegung aus dem Augenwinkel. Sie kamen aus den Schatten zurück, nahmen etwas an sich, das auf einem der Tresen lag – und verschwanden erneut. Jack Woods stieß einen Wutschrei aus. Er streckte die Hand wie in Zeitlupe vor, als könnte er sie so aufhalten, doch das war unmöglich.

Sie erreichten Tristan kaum einen Wimpernschlag später, packten ihn und erneut verschlang sie das Nichts.

Owen schnappte nach Luft. Seine Gedanken rasten und er versuchte zu verstehen, was sie vorhatten. Er schüttelte den Kopf. »Das ist doch Wahnsinn«, murmelte er ungläubig, als sich alles zu einem Bild zusammensetzte. »Absoluter Selbstmord!«, wisperte er und ballte die Fäuste. Einen weiteren tiefen Atemzug später traf er eine Entscheidung. Was immer Abby und Bastian tun würden – was immer geschehen würde –, seine Aufgabe bestand darin, aufzuräumen. Und hier in diesem Keller herrschte Chaos, das beseitigt werden musste. Dann warf er sich selbst in einen Schatten, wohl wissend, dass er darin verloren gehen konnte. Er suchte das Nichts mit den Augen ab, fest darauf konzentriert, die Orientierung nicht zu verlieren. Die Kälte packte ihn unnachgiebiger als zuvor und er fragte sich, ob er über kurz oder lang auch den schwachen Rest seiner Kräfte verlieren würde. Es fühlte sich beinahe so an. Dabei gab es noch so viel zu tun.

Er folgte dem Schatten in Jacks Richtung. Der half gerade fluchend Zac auf die Beine und fuchtelte dabei noch immer mit einer Pistole herum. Owen zitterte. Das Nichts riss an ihm und der Ausgang verschwamm ihm vor Augen. Die Schatten wanderten und er taumelte.

»Verdammt!«, klangen seine Gedanken durch die Dunkelheit, während er erschrocken nach dem Licht suchte. Er war dem Ausgang nahe. Er hörte Jack und den Milliardär streiten.

»Wo sind sie?«, forderte Zac wutentbrannt. »Verdammt, Jack, wie konnten sie verschwinden?«

»Ich habe Abby unterschätzt«, gab Jack zornig zu. »Hast du diese goldene Druckwelle gesehen? Die das Licht gelöscht hat? Damit konnte doch keiner rechnen!«

»War ja wohl nicht zu übersehen! Und jetzt? Wo sind sie jetzt? Sie haben das Amulett!«

Owen kämpfte sich näher an den Ausgang der Schatten. Er sah nun, was im Keller vor sich ging, auch wenn er mit jeder Sekunde mehr Kraft einbüßte.

Jack Woods hämmerte seine Faust auf den Tresen und sah Moran nervös an. »Vielleicht öffnen sie das Tor des Lichts?«, überlegte er laut und deutete auf den Blutfleck, wo Tristan zuvor gelegen hatte. »Um ihren Freund zu retten, bleibt ihr keine Wahl. Dann haben wir erreicht, was wir wollten.«

»Und wenn sie es nicht tut?«

Jack lachte. »Hast du dir meine Tochter mal angesehen? Sie ist ein Wrack – sie ist schwach, auch wenn sie die größte Macht von allen in sich trägt, ist sie schwach. Sie *wird* das Tor des Lichts öffnen! Dafür habe ich gesorgt.«

»Und was dann? Wenn es ihr gelingt, wie kann mir das meine Tochter zurückgeben? Und wie sollen wir daraus Profit erzielen? Wir müssten es steuern können! Können wir deine Tochter steuern? Sie scheint nicht bereit zu tun, was du willst.«

Jack winkte ab. »Wenn sie das Tor öffnen kann und das überlebt, dann brauchen wir sie nicht länger. Dann nehmen wir ihr das Amulett ab und ich übernehme das Öffnen beim nächsten Mal.«

»Warum hast du das nicht gleich selbst getan?«

»Denkst du, ich will sterben? Denkst du, ich würde mein Leben riskieren? Wenn Abby es schafft, dann schaffe ich es auch. Bis dahin ist Vorsicht besser als Nachsicht!«

Ein Schrei mit der Kraft eines Dolchstoßes durchschnitt die Stille der Schatten. Dann spülte eine goldene Druckwelle Owen aus der Dunkelheit und er krachte direkt neben Zac Moran auf den Boden. Es fühlte sich an, als würde eine Bombe explodieren. Das Haus wackelte, die Erde bebte und die Scheiben der Vitrinen, hinter denen etliche Waffen ausgestellt waren, klirrten. Sämtliche Glühbirnen platzten und der Keller versank in Dunkelheit.

Owen war froh um die Dunkelheit, denn sie bot ihm Deckung. Die beiden Männer hatten ihn noch nicht bemerkt. Doch das konnte sich jeden Moment ändern, denn sein Magen krampfte sich zusammen. Er stützte sich an der Wand ab, um nicht zu fallen. Vor seinem inneren Auge sah er die von all den Jahren fast verblichene Schrift in dem Buch, das sein Leben war, deutlich vor sich.

Bevor der Priester mit den Toten in die Welt der Lebenden zurückkehrte, bebte die Erde. Der Himmel verdunkelte sich und Blitze durchschnitten die plötzliche Nacht. Dann stiegen die seelenlosen Wesen aus ihren Gräbern.

Das Beben flaute ab, aber die Dunkelheit blieb. Owen fasste sich ans Herz. Dieses Beben – es konnte nur eines bedeuten: Abigail Woods hatte das Portal geöffnet. Sie tat, was ihr schon in den tiefsten Tiefen ihrer Seele vorherbestimmt gewesen war: Sie stürzte die Welt in den Abgrund.

Heldenskala

Tristan wich zurück, als ein goldener Orkan gegen die Lichtscheibe wütete. Abby peitschten die Haare ins Gesicht und ihre Lippen öffneten sich zu einem Schrei, der nicht aus ihrer Kehle, sondern ihrem Innersten kam.

Sie verlor jede Menschlichkeit und verwandelte sich in ein Wesen aus reinstem Licht. Sie glühte auf und verschmolz mit dem Amulett in ihrer Hand. Weben in allen Farben brachen aus ihr und dem Schmuckstück heraus, während es sich tiefer und tiefer in die Scheibe aus Licht hineinfraß.

Risse breiteten sich über das Licht aus wie brechendes Glas. Ungut und gefährlich drang dieses Knacken durch das Nichts und als Tristan sich umdrehte, spürte er Seelen hinter sich, die davon angelockt wurden. Seelen, die – genau, wie er – nicht länger in die Welt der Lebenden gehörten.

Er trat zurück an die Lichtscheibe, wollte Abby aufhalten, doch schon schlugen ihm messerscharfe Lichtscherben entgegen. Der Orkan aus Gold schlug auf ihn ein und Abby sank kraftlos in seine Arme.

Er fing sie auf und trat vor die nun geöffnete Barriere. Er hatte Angst, sie auf die falsche Seite zu ziehen, auch wenn er kurz dachte, die Ewigkeit mit ihr wäre leichter zu ertragen, als ohne sie.

»Abby!«, flüsterte er und strich ihr die lila Strähnen zärtlich aus dem Gesicht. Der goldene Schimmer ihrer Haut verblasste und das Amulett des Todes entglitt ihren kraftlosen Fingern.

Als er sich danach strecken wollte, bemerkte er Bastian, der sich ebenfalls bückte.

»Du hättest das verhindern müssen«, dachte Tristan, der sich nur allzu bewusst war, dass auf der anderen Seite jede Menge Seelen zusammenkamen und sie beobachteten.

Bastian sah ihn an. Dann sah er auf Abby hinab, die reglos in Tristans Armen lag. »Sie ist eine Diebin – sie nimmt sich, was sie will.«

Tristan nickte traurig. Er genoss das Gefühl von Abbys Gesicht an seiner Halsbeuge und er küsste ihre Schläfe. »Nur, dass sie eigentlich dich will, Bastian. Sie ist nur hier, weil sie fürchtet, dass du sie verlässt – oder längst verlassen hast.«

»Sie ist hier, weil sie dich braucht«, widersprach Bastian.

»Nein. Sie ist hier, weil sie sich verantwortlich fühlt für das, was mir passiert ist. Für das, was uns allen passiert ist. Sie fühlt sich verantwortlich, weil jeder ihr immer die Schuld an allem gegeben hat.« Tristan fuhr die Linie ihres Kinns nach und registrierte zufrieden, dass sich Abbys Lippen dabei entspannten. Ihre Zungenspitze blitzte auf und benetzte ihre Unterlippe. Dann bewegten sich ihre Lider und sie kam zu sich.

Tristan sah seinen Bruder an. »Ich komme nicht mit euch«, dachte er. »Du weißt, dass es falsch ist.« Er neigte den Kopf und deutete auf die kaum sichtbaren Weben, die seinem Körper entstiegen, seit er durch das Lichttor zurück ins Nichts getreten war. »Das Tor des Lichts schluckt alles, was uns ausmacht«, dachte Tristan und eine bleierne Müdigkeit überkam ihn. Es war tatsächlich vorbei. Der Gedanke war hart und schmerzvoll, besonders, weil er das Mädchen in Armen hielt, das als Einzige wirklich je sein Herz berührt hatte. Nie wieder würde er das tun. Sie halten. Sie spüren.

»Es tut mir leid«, hörte er Bastians Gedanken, und als er aufsah, erkannte er, dass Bastian die Zeit davonlief. Er war gebeugt, das Nichts wollte ihn verschlingen, wie Skye, und seine Kräfte waren aufgebraucht. Der Kummer tat sein Übriges, seinen Bruder zu zerstören.

Und Abby – sie war schon jetzt eiskalt. Sie würde den Schatten nicht mehr lange standhalten können.

»Mir auch«, dachte Tristan. »Mir tut es auch leid, Bastian. Ich hätte nie … die Macht der Ringe unterschätzen und missbrauchen dürfen. Ich war egoistisch und schwach.« Er sah seinen Bruder an. »Aber diesmal tue ich das Richtige. Gib mir nur … eine Minute mit Abby, okay?«

Bastian schloss seine Faust um das Amulett. Dann blickte er hinter Tristan, wo sich immer mehr Lichtwesen versammelt hatten, um zu verstehen, warum das Tor des Lichts geöffnet war.

»Eine Minute«, forderte Tristan und wartete nicht ab, ob Bastian zustimmte. Er spürte selbst, wie wenig Zeit ihm blieb. Er küsste Abbys Wange und zog sie an sich. Sie regte sich und als sie die Augen öffnete, ließ er sie an seinem Körper hinabgleiten, bis sie vor ihm stand. »Du hast es wirklich geschafft«, dachte er zärtlich und schenkte ihr ein Lächeln.

»Was?« Sie war verwirrt und blinzelte gegen das grelle Leuchten des Lichts hinter ihnen.

»Du hast das Tor geöffnet, du Diebin.« Er zwinkerte. »Um mich aus dem Reich des Todes zu stehlen?«

Er spürte, wie ihr Körper immer kälter wurde und so schlang er seine Arme fester um sie.

»Dann … dann können wir zurück?«, fragte sie noch immer irritiert.

»Ja. Es wird Zeit, dass ihr zurückgeht. Du und Bastian.« Er konnte nicht anders, als seine Hände ihren Rücken hinaufwandern zu lassen und seine Finger in ihr Haar zu graben. »Aber ich kann nicht mitkommen.«

»Ich habe das Tor geöffnet. Du –«

»Meine Seele, meine Erinnerungen und mein Herz verlassen meinen Körper, Abby. Alles, was ich bin, gehört dem Licht.« Er hob seine Hände, um ihr zu zeigen, wie schon jetzt die Weben aus ihm hinausströmten.

⌘

»Käme ich mit euch, wäre ich nicht mehr ich selbst«, hörte ich Tristans Worte traurig in mir widerhallen.

»Aber du würdest leben!« Ich schlang ihm die Arme um den Hals und sah ihn flehend an. Ich wollte ihn nicht verlieren.

Als würde ihn meine Reaktion aufmuntern, schmunzelte er. »Was wäre das für ein Leben, zuzusehen, wie du Bastian liebst.« Er schüttelte den Kopf, als ich widersprechen wollte. »Sag jetzt nichts. Das … ist gar nicht nötig, Abby.« Er umfasste mein Gesicht und sah mir in die Augen. Das Blau seiner Iris strahlte so hell wie der Himmel an einem Sommertag. »Stell dir nur vor, wie ich wäre, ohne meinen unfassbaren Charme, ohne mein verführerisches Lächeln – am Ende wäre ich ein langweiliger Colin, den man nicht einmal dann küssen will, wenn die Schulregeln es erlauben würden.«

»Du wärst nie ein Colin«, dachte ich.

Er nickte schwach und kam näher. Seine Lippen berührten meine, strichen zart über meinen Mund. »Ich wäre aber auch nie der

Bruder, für den du dich entscheidest, richtig?«, flüsterten seine Gedanken durch die Stille und streichelten mein Herz.

»Tristan, ich –«

»Ich war nie der Held der Familie, Abby«, wisperten seine Worte wie Nebel zwischen uns. »Ich hatte nie Bastians Stärke, nie diese Verantwortung zu tragen. Und ich habe in meinem Leben dennoch viel falsch gemacht.« Er streichelte meinen Nacken. »Ich habe bei dir einen schrecklichen Fehler gemacht – aber nun muss ich das Richtige tun.«

»Warum? Warum gerade jetzt?« Es zerriss mich, wie er mich ansah. Mit diesem traurigen Lächeln.

»Weil man nicht oft die Gelegenheit bekommt, Punkte auf der Heldenskala zu sammeln.« Die Heldenskala. Meine Lippe bebte vor unterdrückten Tränen und sein Bild verschwamm hinter meinem Tränenschleier. »Vielleicht will ich wissen, wie es sich anfühlt, der Held der Familie zu sein«, dachte er so laut, dass Bastian näher kam.

»Es fühlt sich nicht so gut an, wie du dir vielleicht vorstellst«, meinte Bastian und sah Tristan an.

Tristan grinste. »Gut möglich.« Er zwinkerte seinem Bruder zu, sein Grinsen wurde breiter. »Ein letzter Fehler wird erlaubt sein«, meinte er und seine Lippen strichen noch einmal ganz zart über meine. »Als Lohn für den Helden.« Seine Zunge tauchte zart in meinen Mund ein und neckte meine. Ich spürte seine Angst, seine Verzweiflung und zugleich seine Entschlossenheit in diesem Kuss. Er schmeckte bittersüß und er vermischte sich mit meinen Tränen.

Hilflos klammerte ich mich an ihn, fühlte das Zittern seiner Schultern, das Beben seines Herzens und zugleich das Schwinden der Weben, die ihn ausmachten. Als er den Kuss beendete, hatte sich eine Maske aus Stärke, von der ich wusste, dass er sie nicht empfand, über seine Züge gelegt. Er lächelte, obwohl auch ihm Tränen über die Wangen liefen, als er sich von mir löste.

»Vergiss mich nicht, Abby Woods«, hallten seine unausgesprochenen Worte in mir wider. »Vergiss mich einfach nicht, okay?«

Ich schüttelte den Kopf. So etwas wollte ich nicht hören. Ich würde ihn nicht vergessen – weil ich nicht ohne ihn gehen wollte.

»Ich hasse es, das zu sagen, aber es ist Zeit.« Tristan neigte den Kopf in Richtung der Lichtscheibe. »Das Tor darf nicht geöffnet bleiben. Und das Amulett darf nicht zurück in die Welt der Menschen, denn die Jagd danach würde niemals aufhören.« Er sah Bastian an und schob mich dann in dessen Richtung. Ich wollte mich an ihm festhalten, doch er entwand sich mir. Immer mehr Weben in allen Farben strömten aus ihm heraus und er sah ihnen traurig nach, ehe er sich an seinen Bruder wandte. »Kümmere dich gut um das Mädchen, das wir beide lieben – und vertrau darauf, dass auch ich ein Held sein kann.« Er nahm das Amulett aus Bastians Hand und trat hinter die Lichtscheibe zurück.

Ich wollte protestieren, mich losreißen, doch Bastians Griff war fest und stark. Mein Ruf hallte durch das Nichts, aber er wurde verschluckt vom Brüllen der Energie, als sich die Lichtscheibe in einem Wirbel aus Glanz wieder zusammensetzte.

»Nein!«, keuchte meine Seele und füllte sich mit Dunkelheit, als Bastian mich in seine Arme riss und vom Tor wegzog.

»Nein!« Die Macht, die ich in mir getragen hatte, war wie ausradiert. Das Amulett und die Fassung aus dem Metall meines Schnitzmessers hatte diese Welt verlassen. »Nein!«

Nichts geschah. Mein Protest verhallte so schnell, wie Zuckerwatte auf der Zunge schmolz.

Tristans Gestalt, umgeben vom Licht des Tores, wurde immer kleiner in der Ferne. Und doch hielt sein Blick mich fest, bis die Dunkelheit uns auf unserem Weg durch die Schatten verschlang. »Vergiss mich nicht, Abby Woods!«, hörte ich ihn, bis die Schatten uns in eine Welt ausspuckten, die nie mehr die gleiche sein würde.

Hilf mir!

Bastian zitterte. Kleinere Zweige bohrten sich ihm in die Haut, aber er fühlte nur das schluchzende Mädchen in seinen Armen. Er hatte keine Ahnung, wo sie waren. Nur, dass sie zurückgefunden hatten aus dem unendlichen Reich der Schatten und des Todes. Sie waren zurück im Licht, doch ihn umgab dennoch eine nie gekannte Finsternis. Schmerz – so groß wie ein Gebirge – mauerte ihn ein und erstickte jedes andere Gefühl. Er drückte Abby hart an seine Brust. Vielleicht, um ihr Trost zu spenden, vielleicht aber auch, um selbst Halt zu finden.

»Nein!«, schluchzte sie und presste ihr Gesicht gegen seine Schulter. »Nein! Wir müssen zurück, wir können nicht …«

Er streichelte ihr übers Haar und drückte seine Lippen gegen ihre Schläfe. »Es ist vorbei«, flüsterte er und ihr Schluchzen übertrug sich auf ihn. Er hatte nie zuvor die Nähe eines anderen Menschen mehr gebraucht als in diesem Moment. Er hatte Angst, sie würde sich von ihm lösen, aufstehen und weggehen. Gehen, weil er nicht der Bruder war, um den sie gerade so weinte. Gehen, weil sie ihm nicht verzeihen würde, dass er sie mit hierher zurückgebracht hatte. Weil sie ihm nicht verzeihen würde, was er sich vermutlich selbst nie würde verzeihen können. Dass Tristan sich für sein Versagen als Hüter, für sein Versagen als Bruder und Freund, hatte opfern müssen.

»Es muss doch einen Weg geben«, flehte sie heiser und ihre Tränen drangen feucht durch sein Shirt. Als sie zu ihm aufsah, lag der Schmerz der gesamten Welt in ihren Augen. »Wir müssen etwas tun, denn es tut so weh!«, keuchte sie und verbarg wieder ihr Gesicht an seiner Schulter. »Es tut so weh, Bastian! Ich … bekomme keine Luft, kann nicht atmen, nicht –«

»Schhht«, raunte er und spürte dabei doch, dass es ihm genau wie ihr ging. Wie sollte er weitermachen? Wie Stärke zeigen, wo er doch nur Schmerz empfand?

Abby schlang ihm die Arme um den Hals und mit jedem krampfgeschüttelten Atemzug verstärkte sich sein eigener Schmerz. Sein Bruder war tot. Gestorben aufgrund des Versagens der Ringhüter. Gestorben – als Held.

Warum hatte er das nicht kommen sehen? Er hatte doch alles gewusst. Hatte gesehen, dass Abby die Welt ins Chaos stürzen würde. Sie hatte das Tor des Lichts geöffnet, genau wie er es prophezeit hatte. Sie hatte es bewusst getan – um Tristan zu retten.

Sie hatte ihre übernatürliche Kraft genutzt, nicht, um die Welt zu zerstören, sondern um seinen Bruder zu retten. Und doch gab es keine Rettung. Für sie nicht – und auch nicht für Tristan.

Bastian packte Abby so fest, dass er ihr regelrecht den Atem aus der Lunge presste. Er musste sie fühlen. Sie spüren, denn sie war das Einzige, das jetzt noch wichtig war.

»Kümmere dich gut um das Mädchen, das wir beide lieben«, hörte er Tristans Stimme wie ein Echo in seinem Kopf. Sich um sie kümmern. Darum hatte Tristan ihn gebeten. Das war er ihm schuldig.

Er küsste ihre Halsbeuge und grub seine Hände in ihr Haar, während er ihr ein Versprechen gab. »Alles wird gut«, murmelte er.

Die Zweige, die ihm in die Haut stachen, waren egal, als er sich mit ihr im Arm auf den Boden sinken ließ.

»Alles wird gut, Abby«, wiederholte er und sah sich um. Die Sonne ging hinter der Villa von Zac Moran unter und er erkannte, dass sie im Park waren, nicht weit von der Stelle, an der er mit ihr vor einer gefühlten Ewigkeit in Morans Garten eingestiegen war. Die Schatten der Büsche im Abendlicht waren lang und sie legten sich über sie wie eine Decke. Bastians Atem wurde ruhiger. »Alles wird gut«, sagte er auch sich selbst vor. Er betrachtete das weinende Mädchen in seinem Schoß. Ihr hartes Schluchzen war einem stetigen Wimmern gewichen und er strich ihr tröstend über die Haare. Der Himmel über ihnen leuchtete purpurn und ihm zog es das Herz zusammen, als er auf sie hinabsah. Er liebte sie. Hatte es immer getan. Aber es hatte Tristan gebraucht, damit er es verstand.

»Kümmere dich gut um das Mädchen, das wir beide lieben.«

Bastian kniff die Lippen zusammen, um deren Beben zu verhindern.

»Hilf mir, Bastian«, wisperte Abby und sah ihn aus tränennassen Augen an. Sie schob sich etwas von ihm weg und packte seine Hände. »Bitte, Bastian. Tu irgendwas! Ich … kann es nicht ertragen.«

Sie war blass inmitten der dichten onyxfarbenen Weben puren Schmerzes, die sie umgaben. Er schluckte und atmete tief durch. Dann umfasste er ihr Gesicht. »Du weißt, dass ich dir nur auf eine Art helfen kann«, sagte er leise und strich mit dem Daumen über die Spur aus Tränen auf ihrer Wange. »Ich kann dir den Schmerz nur auf eine Art nehmen, und die wirst du mir nicht verzeihen.«

»Hilf mir einfach«, verlangte sie und schüttelte ihn. »Hilf mir, Bastian – bitte!«

Dann presste sie ihren Mund auf seinen und drängte sich an ihn. Ihre Zunge teilte verzweifelt seine Lippen und ihr trauriges Seufzen riss seine Zweifel nieder.

Er war kein Ringhüter mehr. Er konnte ihr Seelentor nicht durchqueren. Sie flehte ihn an, ihr den Schmerz zu nehmen und das würde er tun. Er war keine Gefahr mehr für sie. Das Wüten war erloschen und er konnte nur den Schmerz nehmen, den sie ihm entgegenschleuderte.

Er schlang die Arme um sie und grub seine Hände in ihr Haar, als seine Zunge sich an ihre schmiegte.

»Kümmere dich gut um das Mädchen, das wir beide lieben«, hallten Tristans Worte in ihm wider. Dann sank Abby von Schwindel erfasst gegen ihn und die Kraft ihres Schmerzes schlug wie brennende Pfeile auf ihn ein.

Das Tor zu ihrer Seele stand weit offen und die Dunkelheit strömte ihm entgegen.

Er nahm all den Schmerz, den sie loswerden wollte. Nahm ihn auf und befreite sie davon und als er schließlich den Kuss beendete, ihren Schmerz tief in sich einschloss, da spürte er, dass sie nicht allein waren.

Langsam sah er auf, als jemand eine Hand auf seinen Nacken legte und im nächsten Moment war er es, der von Schwindel überrollt wurde.

⌘

Owen Kingsley war am Ende seiner Kräfte. Er hatte Bastian und Abby gefunden. Nach einem Irrflug durch die Schatten, die immer mehr zur tödlichen Gefahr für ihn wurden, hatte er sie endlich erreicht. Und er brauchte dringend Antworten. Darum hielt er sich nicht mit Worten auf, sondern verschaffte sich selbst ein Bild. Er presste Bastian eine Hand in den Nacken und warf einen Blick in dessen jüngste Erinnerungen.

Was in den Schatten geschehen war, zog vor seinen Augen vorbei wie ein Film. Er sah Abby das Tor öffnen, sah Tristans mutige Tat und ihrer aller Schmerz. Er sah, wie Bastian mehr und mehr von Abbys Qualen in sich aufgenommen hatte.

Langsam zog er die Hand zurück. Er hatte genug gesehen. Das Amulett des Todes war in Sicherheit. Die Welt – gerettet durch Tristan Tremblays Opfer. Owen durchfuhr ein Zittern. Tristan – er hatte ihn immer für einen ungezügelten Teenager gehalten, der keinerlei Verantwortungsgefühl besaß, für den Spaß an erster Stelle stand. Er hatte sich geirrt.

Schweigend setzte Owen sich neben Bastian und betrachtete seinen Freund, wie er mit Abby im Arm zu sich kam. Abbys lila Haar hing bis in das Laub auf dem Boden und Owen beugte sich vor, um einige Blätter aus ihren Spitzen zu entfernen.

»Es tut mir leid«, sagte er, als Bastian ihn bemerkte. »Das mit Tristan – tut mir leid. Ich weiß nicht, was ich sagen soll.«

⌘

Bastian fühlte sich leer. Seine eigenen Emotionen waren wie niedergetrampelt von dem Schmerz, den er Abby genommen hatte. Sie hatte jedes Gefühl auf ihn abgewälzt. Den Verrat ihres Vaters, die Sehnsucht nach Familie, den Schmerz über Tristans Tod. Nun ruhte sie wie ein Baby in seinen Armen, während ihre Tränen ungehindert über ihr Gesicht rannen.

Er betrachtete sie hilflos, denn er spürte seine Fähigkeit, Seelenweben aufzunehmen, schwinden, so wie das Wüten vollständig verschwunden war. Dies allein machte ihn nicht hilflos – er würde damit klarkommen. Doch Abby … sie vielleicht nicht, denn schon jetzt sah er, wie die Erinnerungsweben, die sie umgaben, von unten her mit dunklem Schmerz überlagert wurden. Jede Erinnerung brachte ihr neuen Schmerz – und er würde schon bald nicht mehr in der Lage sein, ihn ihr zu nehmen.

Er schloss die Arme fester um sie und hob langsam den Kopf. Sein Blick begegnete Owens.

»Ich wollte nicht in deine Erinnerungen – es war nur einfacher, als zu warten, was du sagen wirst«, verteidigte der sein Eindringen in Bastians Kopf.

Bastian winkte ab. Es hatte keine Bedeutung. Wenn er sich umsah, im Park, im Licht der untergehenden Sonne, dann hatte überhaupt nicht mehr viel Bedeutung.

»Wenigstens weißt du jetzt, was geschehen ist«, murmelte Bastian und strich Abby über die Wange. Ihre Lider flatterten, aber sie wachte nicht auf. Selbst im Schlaf war ihr kein Frieden gegönnt. Ihre Erinnerungen wanden sich immer enger um sie und verursachten neuen Schmerz.

»Wir haben versagt«, flüsterte Bastian, ohne aufzusehen.

»Das haben wir. Aber vielleicht ist es ein Trost für dich, dass Moran nie wieder eine Gefahr darstellen wird«, setzte Owen nach einer Weile nachdenklich an und brach einen Zweig von einem nebenstehenden Busch ab.

»Und Abbys Vater?«

Owen drehte das Hölzchen zwischen den Fingern, als er weitersprach: »Die Erde hat gebebt. Dann wurde es dunkel. Jack Woods, der Feigling, hat es mit der Angst zu tun bekommen und den Moment zur Flucht genutzt. Ich konnte ihm nicht folgen.« Er zwirbelte den Zweig und der Geruch nach jungem Holz breitete sich aus. »Aber ich habe Moran erwischt.«

»Was hat er gesagt?«, fragte Bastian, obwohl es ihn nicht wirklich interessierte. Jack war entkommen – das war, was zählte. Das war, was seinen Puls beschleunigte. Der Mörder seines Bruders – entkommen!

»Ich habe nicht mit ihm gesprochen. Ich habe ihm jede Erinnerung an Abby, uns, Cross und die Gruppe um Margaret-Maud genommen, genau wie jeden Gedanken an die Ringe oder das Amulett. Er ist jetzt nicht mehr als ein reicher Mann, der sein Kind nicht retten konnte.« Owen zerbrach das Stück Holz in der Mitte. »Ich wollte ihn bestrafen«, gestand er und ließ die beiden Hälften fallen. »Ich habe die langsam verblassenden Erinnerungen an seine Tochter wieder geweckt, damit sie ihm weiterhin Schmerzen bereiten können. Damit ihm sein Versagen als Vater immer wieder deutlich wird.« Owen strich sich über den Bart. »Es war ein Akt der Vergeltung, Bastian«, gestand er schuldbewusst und sah ihm in die Augen. »Weil er *uns* dazu gebracht hat, zu versagen.«

Bastian konnte das nur zu gut verstehen. Er selbst empfand so viel Wut. So unendlich viel Wut und Trauer.

»Wir müssen Jack Woods finden«, raunte er und beugte sich dichter über Abby. Die Dunkelheit, die sie umgab, erstickte sie beinahe. Wie von selbst legte Bastian ihr die Hand an die Wange und öffnete sich dem Strom ihres Schmerzes. Er keuchte, als ihre Seelenqual auf ihn einströmte.

»Du nimmst ihr den Schmerz?«, fragte Owen und musterte ihn.

Bastian nickte schwach. »Die Herzweben, die für Tristan geschlagen haben, sind zu purem Schmerz geworden. Die Liebe zu ihrem Vater zu erstickend grauem Verrat und all das, was an Gefühlen für mich da war, ist überdeckt von nachtschwarzen Schuldgefühlen. Sie hält sich nur noch an Erinnerungen fest – die sie aber immer weiter verletzen.« Er sah Owen an. »Ich weiß nicht, wie ich ihr helfen soll.« Seine Kehle schmerzte vor Kummer. »Sie zerstört sich selbst.«

Bastian war froh, dass Owen darauf nichts sagte. Sein Freund hatte nie viel für Abby übrig gehabt. Trotzdem wirkte er gerade sehr betroffen. Die Minuten verstrichen, ohne dass Abby zu sich kam. Er hielt sie fest, nicht in der Lage aufzustehen oder auch nur aufzusehen von dem warmen Glanz, den die letzten Sonnenstrahlen auf ihr Haar zauberten. Die dunklen Ringe unter ihren Augen zeugten von dem, was sie durchgemacht hatte. Sie hatte Blut an der Wange – vermutlich Tristans –, und wenn er genau hinsah, konnte er noch die kleinen Schnittwunden sehen, die sie sich bei ihrem Sturz durch die gläserne Treppe zugezogen hatte. Ihre Brust hob sich kaum, so flach war ihre Atmung – es war ein Wunder, dass sie überhaupt atmete nach der endlosen Kälte der Schatten. Seine Lunge war noch immer wie eingefroren und jeder Atemzug fühlte sich an, als würde statt Sauerstoff Eis in sein Blut gepumpt. »Sie zerstört sich selbst«, wiederholte er flüsternd und presste seine Lippen verzweifelt auf ihren Scheitel.

Owen rückte näher heran. Er wartete, bis Bastian ihn ansah. Dann nahm er Abbys schmutzige Finger in seine Hand und umschloss sie behutsam. »Es ist etwas her, da hast du zu mir gesagt, ich solle tun, was ich für richtig halte«, meinte er zögernd. »Ich denke, ich weiß, was in dieser Situation richtig wäre, Bastian.« Er schluckte. »Aber ich kann das nicht tun – nicht, wenn du mir nicht verzeihst.«

Bastians Herz zog sich zusammen. Er erinnerte sich an das Gespräch. An den Streit vielmehr.

»Du riskierst zu viel für ein paar Küsse! Für Küsse, an die sich Abby nicht mehr erinnern wird, wenn das hier vorbei ist«, hatte Owen ihn gewarnt. *»Du weißt, dass ich keine Wahl habe, Bastian. Ich kann kei-*

ne Rücksicht auf deine Gefühle nehmen. Du weißt, dass es keinen anderen Weg geben wird, zur Normalität zurückzukehren.«

»Wir alle brauchen wieder Normalität«, fuhr Owen leise fort. »Besonders Abby.«

»Sie wird mir nicht vergeben, wenn sie es herausfindet.«

Owen nickte. »Sie wird es nicht herausfinden.«

Bastian sah ihn an. »Aber *ich* werde es wissen.«

Owen zögerte. Dann fing er Bastians Blick ein. »Du bist dein ganzes Leben ein Ringhüter gewesen. Du hast eine Aufgabe, genau wie ich. Und so schwer es auch sein mag, wir müssen unsere Pflicht erfüllen, ehe uns die Kraft unseres Erbes verlässt.«

»Aber ich liebe sie.«

Owens Züge wurden weicher. »Dann lass nicht zu, dass sie sich selbst zerstört.« Er bettete ihre gefalteten Hände auf ihren Bauch, dann rückte er noch näher.

Bastian hielt den Atem an. Er wusste nicht mehr, was richtig war. Er wusste nicht, was wichtig war. Aber er hielt es keine Sekunde länger aus, Abby leiden zu sehen. Also nickte er kaum merklich.

Er schloss die Augen, als könnte er sich so dem Moment entziehen, in dem Owen Kingsley seine Hände um Abbys Gesicht legte und tat, was er für richtig hielt.

Ein schöner Tag

Victoria Caerhays Herzweben waren feuerrot von Hass. Sie stand vor dem Spiegel und betrachtete sich. Sie mochte das Rot nicht. Es passte nicht zu ihr. Trotzdem wurde es von Tag zu Tag leuchtender. Sie strich sich das blonde Haar auf den Rücken und glättete eine Falte an der Taille ihrer Bluse. Sie trug Schwarz – aus Trauer um ihre Schwester. Aus Trauer um Tristan. Und weil es zu dem Rot ihrer Weben passte, die außer ihr kaum jemand sehen konnte.

Ein Motorengeräusch draußen im Hof ließ sie sich von ihrem Spiegelbild abwenden und sie trat mit angehaltenem Atem ans Fenster.

Es war so weit.

Beinahe wäre ihr ein Lachen entwichen. Das war einfacher gewesen als gedacht.

»Rayne!«, rief sie. »Unser Plan geht auf!«

Als hätten diese Worte ihre Schwester herbeigezaubert, erschien Rayne in der Tür. Ihre Wangen waren vor Aufregung gerötet und sie starrte Vic an. »Echt?«

Victoria nickte. »Er muss unsere Nachricht in Northfleet gefunden haben, denn er steigt eben aus dem Taxi.«

Rayne stellte sich neben sie und warf einen Blick aus dem Fenster. »Kennt er nicht mal die Handschrift seiner Tochter?« Sie schüttelte den Kopf. »Was ist das nur für ein Mensch?«

Vic zuckte mit den Schultern. »Einer, der kein Erbarmen verdient.« Sie fing den Blick ihrer Schwester auf. »Bist du bereit?«

Rayne nickte. »Dass er wirklich herkommt …?«, wunderte sie sich und benetzte ihre Lippen. »Das ist doch … verrückt!«

»Vergiss nicht, dass er nicht weiß, dass Tristan nun das Amulett des Todes hütet. Er muss annehmen, Abby hätte es wieder aus den Schatten zurückgebracht. Er denkt vermutlich, dass sie Tristan gerettet hat.« Vic hob vielsagend die Augenbrauen. »Und dass er glaubt, es mit ihr aufnehmen zu können, wissen wir ja.«

»Trotzdem wird er vorsichtig sein. Oder misstrauisch, denkst du nicht?«

Vic griff nach Raynes Hand und zog ihre Schwester mit sich in den Flur. »Misstrauisch oder nicht – die Gier trübt seinen Blick, du wirst schon sehen.«

Sie schlichen aus dem Haus und ungesehen den Hügel hinauf in Richtung Orangerie, während sie Jack Woods nicht aus den Augen ließen.

»Wie kann er denken, seine Tochter würde nach der ganzen Sache noch mit ihm reden wollen?«, fragte Rayne mit gesenkter Stimme.

»Das ist der größte Fehler von Menschen, die sich für mächtig halten. Sie denken, sie werden von allen geliebt.« Vic blieb im Schutz eines Heuballens stehen und sie beobachteten, wie Jack Woods nach einem Kontrollblick über die Schulter die Orangerie betrat.

Als er die Tür hinter sich schloss, straffte Vic die Schultern. »Er denkt vermutlich, sie verzehrt sich trotz allem nach seiner väterlichen Liebe.«

Ein Schatten zog über Raynes Züge. »Owen war gründlich. Sie wird ihn nicht vermissen.«

Diesmal lächelte Vic wirklich. »Niemand wird ihn vermissen.« Es war ein Reflex, der sie die Hand nach dem nächsten Schatten ausstrecken ließ, doch Rayne ging dazwischen.

»Vorsicht«, warnte sie und legte den Kopf schief. »Du musst mal anfangen, dich daran zu gewöhnen, dass uns dieser Weg nicht länger offensteht. Unsere Kräfte sind beinahe verschwunden.«

Vic verzog das Gesicht. »Ich weiß. Aber für dieses eine Mal werden sie ausreichen.«

Rayne nickte. »Wir sind zu zweit – wir schaffen das.«

Sie setzten ihren Weg über die Wiese fort und betraten die Orangerie durch die hintere Tür.

»Abby?«, hörten sie Jack über das sanfte Plätschern des Springbrunnens hinweg rufen. Das dichte Grün der Pflanzen verbarg den Schmied vor ihnen, aber sie lauschten seinen Schritten auf dem erdigen Boden. Er war nah und als Vic ihr Spiegelbild in einer der Glasscheiben erblickte, war es, als stünde sie in Flammen. Hassrote Weben umgaben ihren Körper. Herzweben waren mächtig. Und sie waren impulsiv. Vic atmete tief durch. Dann griff sie nach der Hand ihrer Schwester, deren Webengeflecht ihrem eigenen sehr ähnlich war. Dunkler Rachedurst nährte deren Herzweben. Doch im Grunde war es wie immer. Die Herzen der Caerhay-Schwestern schlugen im Einklang – und sie bluteten, seit sie Skye verloren hatten.

Blätter raschelten.

Rayne hob den Finger an ihre Lippen. Vic nickte. Sie würde keinen Laut von sich geben.

»Abby? Bist du hier? Ich habe deine Nachricht bekommen, meine kleine Künstlerin – und ich bin froh, dass es dir gut geht. Ich hatte Angst um dich, in diesem Keller, das musst du mir glauben!«

Jacks Stimme kam von rechts und sie folgten dem schmalen Pfad durch die Pflanzen.

»Ich wollte dir keinen Schrecken einjagen, aber Moran hatte mich in der Hand. Er hat mich zu all dem gezwungen, doch jetzt gibt es nur noch uns, meine kleine Abby!«

Vic wurde schlecht, als sie die schwarzen Weben der Lüge um Jack Woods herumtanzen sah.

»Lass uns das alles hinter uns lassen, Abigail – und einfach wieder eine Familie sein, so wie wir es uns immer gewünscht haben.«

Familie! Vic krampfte sich der Magen zusammen. Wie konnte dieser Mann von Familie sprechen? Vielleicht war er ja wirklich irgendwann vor langer Zeit ein liebender Vater gewesen, doch ohne Frau und Tochter war seine Seele zu einem eisigen Loch verkommen und nun gab es keine Liebe mehr in ihm. Nur Gier. Und Unheil. Und ein ganzes Meer an Lügen.

»Lass uns hier verschwinden, es ist Zeit für einen Neuanfang.«

Vics Lippen hoben sich zu einem Lächeln. Er hatte recht. Es war für Jack Woods Zeit, zu verschwinden. Sie drückte Raynes Finger, und als diese es erwiderte, brauchten sie keine weiteren Worte. Sie nahmen ihre wenige verbliebene Kraft und streckten sich zeitgleich nach den Schatten.

Die Dunkelheit war ihnen schon seit Tagen nicht mehr vertraut. Die Schatten waren in Bewegung und anders als sonst war es schwer, den Ausgang zu finden. Doch sie waren zu zweit. Sie hatten sich – und ihre Rache. Vielleicht war es dieses starke Gefühl, das ihnen half, sich im Nichts nicht zu verlieren. Vielleicht war es das, das ihnen den Weg zu Jack Woods wies. Sie traten an Skyes Pflanztisch aus dem Schatten und standen dem Mann gegenüber, der mit der Zerstörung der drei Ringe auch den Tod ihrer Schwester verursacht hatte.

»Hallo, Jack«, wisperte Rayne, als er erschrocken gegen den Pflanztisch taumelte.

Sie las Überraschung in seinem Blick und sie konnte regelrecht mitverfolgen, wie ihm dämmerte, dass es ein Fehler gewesen war, herzukommen.

»Wo ist Abby?«, herrschte er die beiden aggressiv an und ballte die Fäuste. Sein Blick huschte von Rayne zu Vic, ehe er sich hektisch umsah. Vielleicht suchte er einen Ausweg – vielleicht eine Waffe. Doch beides würde er nicht finden. »Sie wollte mich hier treffen!«, polterte er und hielt ihnen den Zettel hin, den Rayne geschrieben und in Northfleet auf dem Küchentisch für ihn platziert hatte.

»Abby ist nicht hier«, erklärte Vic gelassen und berührte Jacks Schulter, auf der ein Schmetterling gelandet war. Der lichtweiße Falter breitete seine Flügel aus und erinnerte Vic an das helle Haar ihrer Schwester. Skye war ebenso zart wie der Falter gewesen.

Grob schlug Jack ihre Hand weg, was den Falter aufstieben ließ. »Was soll das?« Schweißperlen zeigten sich auf seiner Stirn und er weitete seinen Hemdkragen mit dem Zeigefinger.

»Zu warm?«, fragte Rayne und sah dem Falter nach. »Gehen wir doch wohin … wo es kühler ist«, meinte sie leichthin und griff Jacks Hand. Ihr schiefes Lächeln galt Vic, die den Moment nutzte, um ihre Finger in Jacks Nacken gleiten zu lassen. Sein Protest erstarb, als der Schatten einer purpurfarbenen vielblütigen Orchidee sie alle verschluckte.

»Was …?«, hallte es überrascht durch die Dunkelheit.

»Abby trug eine Macht in sich, die sie jedes Tor öffnen ließ. Sie konnte selbst den Weg zurück in die Welt des Lichts finden.« Rayne wunderte es, dass ihre Gedanken so klar klangen, wo sie doch so aufgewühlt war. Die Kälte riss an ihr und erstickte sie beinahe. Um wie viel schlimmer musste es sich für den Mann anfühlen, den sie hierhergebracht hatten?

Sein Schmerz füllte die Leere aus und Rayne empfand Befriedigung. »Es ist das Erbe des Schmieds, hat man uns gesagt«, dachte sie weiter und ließ Jacks Hand los.

»Nein!« Er trieb durch die Dunkelheit tiefer ins Nichts. »Nein!«

»Nur kann einen das Erbe nicht zwangsweise retten«, übernahmen Vics Gedanken die Stille. »Das Vitalinaurum hätte es gekonnt. Doch jemand – ein gieriger Dummkopf und Feigling – hat es eingeschmolzen.«

»Helft mir!«, stießen Jacks Gedanken durchs Nichts.

Vic und Rayne hielten sich noch immer fest. Auch für sie geriet der Ausgang in weite Ferne. »Niemand hat unserer Schwester geholfen«, dachte Vic und quetschte vor Schmerz die Hand ihrer Schwester. »Vielleicht muss man sich am Ende selbst helfen.«

»Lasst mich nicht hier!«, donnerte Jacks Angst wie ein Befehl durch die Unendlichkeit. »Ich besitze nicht Abbys Macht! Ich werde nicht herausfinden!«

»Wer einen Weg in eine Welt findet, die nicht für ihn bestimmt ist, darf sich nicht wundern, wenn diese Welt ihn verschlingt.« Vic löste ihre verkrampften Finger etwas und streichelte nun Raynes Handrücken. »Gehen wir zurück in die Welt, die uns bestimmt ist«, dachte sie zärtlich und sie spürte, wie etwas von dem Hass, den sie in sich trug, von den Schatten aufgenommen wurde. Sie baute ihn ab, während sie dem verzweifelten Schrei lauschte, der von Jack Woods' Todesangst zeugte, bis das Nichts ihn so tief zu sich gesaugt hatte, dass selbst die Gedanken verklangen.

»Gehen wir nach Hause«, dachte Rayne gequält und ihr Blick glitt durch die unendliche Schwärze der Schatten. »Leb wohl, Skye«, dachte sie und suchte vergeblich die Dunkelheit ab. Das Tor des Lichts, es war nicht zu erkennen. Die Dunkelheit war unendlich. »Leb wohl, Tristan. Wir werden euch immer lieben.«

Vic betrachtete ihre Schwester. Das Hassrot war verblichen und hatte dem pastelligen Rosa von Mitgefühl, vermengt mit dem satten Pink tiefster Liebe Platz gemacht.

Sie schluckte schwer. Spürte schwarzen Seelenschmerz den Hass überdecken und als sie ihre kleine Schwester in den Arm zog, stolperten sie zurück ins Licht.

Sie landeten unkontrolliert auf der festgetretenen Erde der Orangerie. Purpurne Blüten regneten auf sie herab.

Rayne schmiegte sich an sie und weinte. Ihr Schluchzen war leise, als würde sie die Schmetterlinge nicht stören wollen. Vic strich ihr zärtlich über den Rücken. Ihr selbst war das Herz schwer, doch sie atmete leichter. Leichter als in den letzten Tagen. Sie betrachtete die Schatten der Pflanzen um sie herum, welche die untergehende Sonne erzeugte. Sie fühlte Sehnsucht. Nach den Sprüngen durch das Nichts. Doch sie wusste auch, dass sie nie wieder einen Schatten betreten würde. Ihre Macht schwand. Und in der Dunkelheit lauerte nur noch der Tod. Sie sah den Schatten nun mit anderen Augen. Ein Ort, dem das Licht fehlte. Und die Wärme. Und obwohl die Luft in der Orangerie schwül und feucht war, fröstelte sie plötzlich. Sie zog Rayne mit sich auf die Beine und wischte ihr liebevoll die Tränen aus dem Gesicht. Sie wollte sich schon abwenden, als ihr am Boden etwas ins Auge fiel.

Zögernd bückte sie sich. Als sie sich aufrichtete, hielt sie den Brief in der Hand, mit dem Rayne Abbys Vater hergelockt hatte. Sie wollte ihn auffalten, um noch einmal die wenigen Worte zu lesen, die nötig waren, um Jack Woods' Gier anzufachen, doch Rayne nahm ihr das Blatt ab und lächelte. Dann trat sie an Skyes Pflanztisch, nahm eine dünne Nadel zur Hand und pinnte den Brief auf die Leinwand neben die Schmetterlingssammlung ihrer Schwester. Sie wischte sich die Tränen ab und zwang sich zu einem Lächeln.

Als sich ihre Blicke fanden, war der Schmerz aus ihrem Blick verschwunden. »Ist das nicht ein schöner Tag?«, fragte sie und klang dabei wie Skye. Sie hakte sich bei Vic unter und wandte sich vom Pflanztisch ab. Mit zufriedenen Schritten traten sie aus der Orangerie ins Freie. Die Abendluft war kühl, der Himmel in sanftes Azur getaucht, eine Wohltat für die Seele. Unter ihnen auf den Koppeln grasten die Pferde. Mit einem Seufzen atmeten sie tief ein und aus.

»Ein schöner Tag für die Liebe«, stimmte Vic zu und als sie nur ihr Spiegelbild in den Scheiben der Orangerie betrachtete, wusste sie, sie hatte das Richtige getan. Der Hass war fort und das strahlende Türkis der Erinnerungen an ihre Schwester Skye kehrte zurück.

Den Blick der Sonne entgegen

Bastian ließ das Ruderblatt ins nachtschwarze Wasser der Themse eintauchen. Er drückte die Füße kraftvoll gegen das Stemmbrett und schob sich auf dem Rollsitz nach hinten, während er die Skulls durchzog. Das Gig glitt geräuschlos durchs Wasser und nur Bastians rauer Atem war zu hören. Er beugte die Knie, schob sich nach vorne und machte den nächsten Zug. Sein Atem floss gleichmäßig und sein Herz schlug trotz der Kraft, die er aufwendete, ruhig in seiner Brust. Wie immer schenkte ihm das Rudern Frieden. Er folgte dem goldenen Mondlicht den Fluss hinunter, das wie weiße Farbe die Wellenkämme aufleuchten ließ.

Seine Muskeln zitterten und er spürte den kalten Schweiß auf seiner Haut. Es wurde Herbst. Das merkte man vor allem an der schnell hereinbrechenden Kühle der Nacht. Trotzdem hatte Bastian nicht vor, umzukehren. Er brauchte das Rudern. Brauchte es nach diesem unwirklichen Tag. Nach dieser schmerzhaften Woche.

Er schloss die Augen und stieß mit einem weiteren kraftvollen Zug das Gig durchs Wasser. Die Schatten am Ufer flogen nur so vorbei und es war, als würde er die Stimme seines Bruders hören, die ihn herausforderte, mit ihm ein Rennen zu fahren.

Bastian legte sich ins Zeug. Seine Züge wurden schneller. Seine Hände waren fest um die Skulls geschlossen. Strecken, beugen, eintauchen, durchziehen, vor und zurück. Die Schatten reckten sich nach ihm, doch er beachtete sie nicht weiter. Sie hatten ihre Bedeutung verloren. Sie waren nicht länger ein Teil von ihm. Genauso wenig wie sein Bruder.

Bastian keuchte und das Ruderblatt verdrehte sich leicht beim Eintauchen ins Wasser. Die Gischt spritzte ihm ins Gesicht und das Gig kam ins Schlingern.

Diesen Fehler hätte Tristan genutzt, um an ihm vorbeizuziehen.

Bastian schluckte. Seine Kehle war eng und er verdrängte den Gedanken daran, wie leer er sich fühlte. Leerer als die Villa, die er nun allein bewohnte. Er konnte nicht mehr zählen, wie oft er in den letzten Tagen in Tristans Zimmer gestanden und irgendwie darauf gewartet hatte, dessen leicht spöttische Stimme zu vernehmen.

Wieder platschte das Ruder ungeschickt ins Wasser und Bastian nahm schwer atmend die Skulls hoch. Er fuhr sich durchs Haar, während das Gig langsamer wurde. Er wollte nicht an zu Hause denken. Nicht an die unerträgliche Stille im Haus. Und nicht an Tristan. Er legte den Kopf in den Nacken, als könnte er so verhindern, die Tränen, die ihm hinter den Lidern brannten, wirklich zu vergießen.

Er sah sich um. Er hatte sich weit von Darkenhall entfernt. Doch der Schmerz ließ sich nicht abschütteln. Und auch nicht die Entscheidung, die er treffen musste.

Die Letzte der großen Entscheidungen hatte Owen sie genannt.

Bastian rieb sich übers Gesicht. Jede der Entscheidungen der letzten Woche war groß gewesen. Groß und bedeutsam. Er hätte sie allein nicht treffen können.

Mit dem Gefühl aufzugeben, wendete er das Gig und tauchte erneut das Blatt ein. Owen wartete. Und im Osten färbte sich der Himmel bereits für einen neuen Tag. Es war Zeit, nach Hause zu gehen und eine letzte Entscheidung zu treffen.

Seine Fingerknöchel wurden weiß, so fest packte er die Skulls. Dann stieß er das Gig in die Strömung und nutzte seinen Atem, um einen Rhythmus zu finden. Er dachte nicht mehr an die letzte Woche. Fragte sich stattdessen, was der kommende Tag bringen würde. Einen Neuanfang?

Eine einzelne Laterne im Bootshaus kämpfte gegen das diffuse Zwielicht des nahenden Tages an und erhellte das Ufer und die Kaimauer. Bastian hatte den Anleger fast erreicht. Er lenkte das Gig an den Steg und das Wasser schwappte sacht gegen den Rumpf. Er spürte, dass er nicht allein war, auch wenn er niemanden sah. Es war so gewiss wie der Sonnenaufgang in der nächsten Stunde.

Bastian stieg aus und hob mit einem geübten Griff das Gig aus dem Fluss. Wasser lief ihm über die Schulter, aber das störte ihn nicht. Er trug seine Last ins Bootshaus. Die Blicke in seinem Rücken waren ihm nur allzu bewusst. Dennoch ließ er sich Zeit.

»Wie geht es dir jetzt?«

Bastian atmete durch. Dann wandte er sich um. »Ich fühle mich furchtbar.«

Owen nickte verständnisvoll. »Die Woche war heftig«, stimmte er zu.

Bastian ging an ihm vorbei, hinüber zur Kaimauer. Matt ließ er sich darauf nieder und fuhr sich durchs Haar. Ohne aufzusehen, wusste er, dass Owen ihm gefolgt war. »Diese ganzen Lügen«, stöhnte er und schüttelte den Kopf.

»Sie waren nötig. Das weißt du.«

Bastian ballte die Fäuste. Natürlich wusste er das. Er wusste, dass der Mord an Tristan nie polizeilich verfolgt werden würde. Es gab keine Leiche und keine Trauerfeier. Keine Beerdigung und nicht einmal einen Abschied. Nur das Vergessen. Und das war furchtbar und ganz sicher nicht, was Tristan verdient hatte.

Owen sah ihn an, als könnte er seine Gedanken lesen. »Es ist gut so, wie es ist, Bastian«, erklärte er mitfühlend. »Ich habe die Erinnerungen der Schüler an Tristan nicht gelöscht. Nur … ausgedünnt. Du weißt, dass ich ohne den Ring und meine Kräfte keine tief verwurzelten Erinnerungen eliminieren kann. Ich bin nur an die Highlights im Kurzzeitgedächtnis rangekommen. Tristan wird also nicht vollkommen vergessen werden.«

Bastian lachte bitter. »Du sagst selbst, du hast die Highlights – jeden speziellen Tristan-Moment – aus den Erinnerungen der Schüler entfernt.« Er hob die Augenbrauen. »Sag mir mal ehrlich – was bleibt von Tristan, ohne seine Highlights?«

Owen seufzte. »Es bleibt ein Schüler, der existiert hat … Der nur nicht genug in Erscheinung getreten ist und irgendwann vergessen werden wird.« Owen zuckte mit den Schultern. »Jeder hat doch solche Bekannte – Leute, an die man sich irgendwann nicht mehr erinnern wird, ohne groß darüber nachzudenken.«

Bastian nickte. »Du hast Tristan zu einem solchen bedeutungslosen Menschen gemacht. Dabei war er der König der Partys und der Mädchenschwarm der Schule.«

Owen musste schmunzeln. »Ja, manche Mädchen … haben viele gute Erinnerungen an ihn. Sie werden ihn vermissen – auch jetzt, wo sie nicht mehr so viel an ihn denken werden.« Er legte Bastian die Hand auf die Schulter. »Sie werden unsere Geschichte des Umweltprojekts im Ausland nicht hinterfragen.«

Bastian schluckte. Owen hatte recht. Ihre Lüge war glaubhaft.

Schon vor drei Tagen hatten sie alle Schüler unter dem Vorwand einer Ehrung der gesamten Schülerschaft in der Kantine versammelt und jedem Einzelnen eine Urkunde ausgehändigt. Beim Überreichen dieser Auszeichnung hatte Owen jedem Schüler geduldig die Hand geschüttelt. Mehr war nicht nötig gewesen, um die oberflächlichen Erinnerungen auszudünnen. Und mit jedem Händedruck war Tristan Tremblay unbemerkt weiter in die Ferne gerückt. Hier war ein Kuss in Vergessenheit geraten, dort ein Streit oder eine Party. Es war, als würde Owen die Schatten, die so lange Teil ihres Lebens gewesen waren, nun über Tristan ausbreiten. Niemand sprach mehr über ihn. Niemand wunderte sich über seine Abwesenheit im Unterricht. Nicht einmal Margaret-Maud.

»Wir mussten hinter uns aufräumen«, verteidigte sich Owen und kniff die Lippen zusammen. »Weil das unsere Pflicht ist.«

Bastian schwieg. Er blickte übers Wasser und betrachtete die Wellen. Die Kronen der hellen Gischt leuchteten sanft im blassen Morgenlicht. Beinahe friedlich.

»Meine Kräfte schwinden. Es ist Zeit, das Kapitel zu beenden«, meinte Owen und setzte sich schließlich neben Bastian auf die Mauer.

»Morgen kommt Abby zurück«, wechselte Bastian das Thema. Er hatte den ganzen Tag an nichts anderes gedacht.

Owen kratzte sich den Bart. »Sie wird das größte Fragezeichen bleiben«, gab er zu bedenken und runzelte die Stirn. »Ihre Pflegemutter hat uns die Geschichte mit dem Unfall abgenommen, bei dem Abby einen Schlag auf den Kopf abbekommen hat. Das dürfte all das erklären, was ich in ihren Erinnerungen vielleicht nicht erreichen konnte.« Er schnitt eine Grimasse. »Abbys goldene Weben, die Überreste ihrer Kraft, haben mich ganz schön eingeschränkt.« Er nahm einen Kiesel auf und wog ihn in der Hand, ehe er ihn übers Wasser hüpfen ließ.

»Ich hätte nie gedacht, dass ich zulassen werde, dass du ihr diesen Teil ihres Lebens nimmst«, überlegte Bastian leise. »Denkst du, sie erinnert sich?«

»Ich glaube nicht. Sie war so verletzt, so voll Schmerz – sie *wollte* alle Erinnerungen loswerden. Wollte die Heilung durch Vergessen.« Owen sah Bastian an. »Jetzt bleibt nur noch eine Frage, mein Freund: Brauchst auch *du* Heilung, um dir oder den Menschen um dich herum zu vergeben – und zu vergessen?«

Bastian atmete durch. »Es ist viel passiert.«

»Das ist es.«

»Viel Schlimmes.«

Owen nickte.

Langsam wandte Bastian den Kopf und blickte zurück aufs Wasser. Die ersten Sonnenstrahlen streckten sich nach dem Fluss aus und vergoldeten die Oberfläche. Kurz kam es ihm vor, als sähe er den goldenen Schimmer auf Abbys Haut.

»Ich gebe dir nicht die Schuld, Abby«, hatte er in Caerhay Court zu ihr gesagt, ohne sie anzusehen. Er hatte es einfach nicht gekonnt. *»Aber es ist ein Punkt erreicht, an dem es kein Zurück gibt. Es gibt kein Uns. Es kann nie ein Uns geben. Wir haben zu viele Fehler gemacht.«*

Bastians Kiefer zuckte, so fest biss er die Zähne zusammen, als er daran zurückdachte.

»Ich liebe dich, Abby, aber das Hoffen auf ein Uns hat einen zu hohen Preis gefordert. Ich müsste vergessen, was geschehen ist.«

Wollte er wirklich vergessen? Musste er vergessen, um zu vergeben? Er war so verwirrt. So unsicher. Erinnerungen waren kostbar. Und doch hatte Abby ihre hinter sich gelassen. Es gab kein Uns – nicht zum jetzigen Zeitpunkt. Vielleicht nie wieder. Und vielleicht war das gut so …

»Du kannst noch einmal von Neuem um ihre Liebe kämpfen, wenn ich erst alle Erinnerungen an die Ereignisse in ihr angepasst habe. Es ist der richtige Weg, und du weißt das. Lass mich meine Arbeit machen, dann wird alles gut«, hallten Owens Worte durch seine Gedanken und machten es ihm nicht leichter.

»Tu, was du für richtig hältst«, hatte er damals geantwortet. *»Doch ich werde dir nicht vergeben, solltest du sie anrühren!«*

Bastian seufzte. Er hatte Owen vergeben. Vergeben, dass nichts mehr war, wie zuvor. Oft genug hatte er von Abby Vergebung gefordert, weil er seine Pflicht über den Rest der Welt gestellt hatte. Dass Owen dies ebenfalls tat, würde er ihm nicht vorwerfen können.

Trotzdem hallten die Worte wieder und wieder durch seinen Kopf. *»Wenn du ihre Erinnerungen nimmst, dann nimm meine besser auch, damit ich nie erfahre, was du getan hast.«*

Ein weiterer Stein von Owen platschte übers Wasser und malte größer werdende Kreise aus goldenem Licht.

Vergessen – es war so leicht – und zog doch so große Kreise.

»Hast du dich entschieden?«, fragte Owen und wischte sich den Staub an der Hose ab.

Bastian fing seinen Blick auf und erwiderte ihn. Er nickte und mit einem Mal atmete er leichter. Er hatte einen Entschluss gefasst – und mit dem würde er leben müssen.

»Ich weiß jetzt, was ich will«, sagte er und wandte sein Gesicht der aufgehenden Sonne entgegen, um all die Schatten zu vertreiben, die ihn davon abhielten, neu anzufangen.

So vertraut

Ich kniff die Augen zusammen, als das Taxi in die Einfahrt von Darkenhall einbog, denn die Sonne blendete mich. Die Mauern aus gelbem Backstein ragten vor mir auf und ich beugte mich vor, um besser zu sehen.

Ein Sturz auf der Treppe …

Ich rieb mir den Hinterkopf. Ich konnte mich überhaupt nicht erinnern. Wann immer ich an eine Treppe dachte, sah ich nur … berstendes Glas.

»Wapping High Street«, informierte uns der Fahrer, ehe er vor dem Eingang der Schule auf die Bremse trat.

Während Florence den Fahrer bat, kurz zu warten, löste ich den Gurt, stieg aus und glättete den Rock meiner Schuluniform. Mein Blick glitt über das herrschaftliche Anwesen mit den weißen Sprossenfenstern und Mauervorsprüngen. Drei Stockwerke hoch, mit spitzem Dach aus grauen Schindeln, die im Licht der Mittagssonne silbern schimmerten. Gegenüber dem Eingang erstreckte sich eine parkähnliche Anlage und im Süden schimmerte die Themse durch das Blätterdach der Bäume.

Das alles kam mir vor, wie ein Déjà-vu.

»Geht es dir gut? Kommst du klar?«, fragte Florence und umrundete das Taxi. Sie streichelte mütterlich meinen Arm. »Du bist blass.«

Ich zwang mich zu einem Lächeln. »Alles bestens. Ich bin okay. Ich bin nur immer noch leicht irritiert, was eigentlich passiert ist.«

»Das gibt sich bestimmt, sobald du mit deinen Freundinnen zusammen bist.«

Ich nickte zögernd. Meine Freundinnen. Esme und Jasmin – sie hatten mich in den letzten Tagen mit Chatnachrichten bombardiert. Ich griff an die Brusttasche meines Schuluniformsakkos und fühlte mein Handy. Es war neu. Mein altes war wohl beim Sturz kaputt gegangen.

»Ich melde mich, wenn ich was brauche«, versprach ich und blickte die steinerne Treppe mit den Drachen am Handlauf hinauf. »Ich sollte wohl langsam«, sagte ich und griff nach meiner Tasche.

Mit einem beinahe tragischen Seufzen riss Florence mich in ihre Arme und zog mich so fest an ihre Brust, dass mein Gesicht im blumigen Duft ihrer mit Haarspray fixierten Dauerwelle versank.

»Ich bin stolz auf dich, Abigail«, flüsterte sie. »Das letzte Vierteljahr ist wie im Flug vergangen, so schnell an uns vorbeigezogen, dass ich mich kaum an etwas erinnere. Dass du hier gestürzt bist, tut mir leid, aber ich habe das Gefühl, du bist hier genau richtig. Du wirkst viel stärker als zuvor.«

Ich ließ zu, dass sie meine Wange herzhaft küsste, und schmiegte mich dabei möglichst unauffällig noch etwas an sie. Dabei fühlte ich mich keinesfalls stark. Eher im Gegenteil. Ich hatte das Gefühl, das erste Mal seit Langem verletzlich sein zu dürfen, ohne dass es mir dabei schlecht ging. Ich atmete bewusst ein und obwohl das Haarspray in meiner Nase kitzelte, genoss ich es.

»Ich muss los«, sagte ich und rückte ein Stück von meiner Pflegemutter ab.

»Na schön. Dann geh. Und ich melde mich, wenn ich die Unterlagen vom Amt habe, okay?«

»Okay.« Ich fühlte Wärme in mir Aufsteigen und mein Lächeln füllte sich mit Zuneigung. »Aber du weißt, dass eine Adoption nicht verhindern kann, dass ich irgendwann noch mal eine Treppe hinunterfalle, oder?«

Florence bedachte mich mit einem schiefen Lächeln. »Das vielleicht nicht, aber die Angst, die ich um dich hatte, als ich von dem Sturz erfahren habe, war die Angst einer Mutter – und weil das so ist, solltest du auch ganz offiziell mein Kind sein, meinst du nicht?«

»Wie du meinst, *Mom!*«, gab ich zurück und wandte mich schnell ab, damit sie nicht bemerkte, wie wunderbar glücklich mich dieses Wort machte. »Melde dich einfach, wenn es so weit ist.«

Ich stieg, immer zwei Stufen auf einmal nehmend, die Eingangstreppe hinauf. Mit der Hand auf den Drachen wandte ich mich noch mal um und winkte dem davonfahrenden Taxi hinterher.

»Mom«, flüsterte ich glücklich und mein Herz hüpfte. Ich ließ meinen Blick über den parkähnlichen Schulhof wandern, hinüber zur angrenzenden Villa der Familie Tremblay. Irgendetwas zog mich dorthin. Neugier? Ich rieb mir den Nacken und schüttelte den Kopf.

Die Tür hinter mir wurde schwungvoll geöffnet und einige Mitschüler drängten ins Freie. Ich wurde angerempelt und gegen die Drachen gedrängt.

»Hoppla!« Ein blonder Junge mit Brille fing mich auf, ehe es zu einem weiteren Treppensturz kam. »Sorry, Abby. Hab dich nicht gesehen.« Er grinste und lief dann weiter, seinen Freunden hinterher in den Park.

»Schon okay, Colin!«, versicherte ich ihm, obwohl ich vermutete, dass er mich gar nicht mehr hörte. Eine Gänsehaut lief mir den Rücken hinauf und ich rieb mir die Arme.

»*Das ist Colin. Ich stelle dich ihm gerne vor*«, hörte ich eine neckende Stimme in meinem Inneren. Ich runzelte die Stirn und sah Colin nach. Die Stimme in meinem Kopf blieb.

»*Ich dachte, du wolltest, dass ich mal bei Colin für dich vorfühle …*«

Ich rieb mir übers Gesicht, denn mit einem Mal hämmerte mir der Schädel.

»*Na komm schon, Abby. Wer seine Tapetenleim-Suppe nicht aufisst, darf nicht hinter der Schule rumhängen.*«

Wärme breitete sich in meinem Magen aus und ich bekam Herzrasen. Vielleicht ging es mir doch noch nicht gut genug, wieder am Unterricht teilzunehmen.

»*Hast du den Regelkatalog noch immer nicht gelesen?*«

Ich hörte mich selbst antworten. »*Nein, hab ich nicht. Aber ich glaub auch nicht, dass da steht, dass nur Leute hinter der Schule* abhängen *dürfen, die ihre Suppe gegessen haben!*«

»Genau das steht da«, wiederholte ich die Worte leise, die mein Unterbewusstsein mir vorsagte. Mein Blick glitt in Richtung Hinterhof. Was sollte ich dort schon wollen?

»*Vielleicht würdest du hinwollen, wenn du wüsstest, was hinter der Schule so läuft. Dort trifft man sich heimlich zum Knutschen.*«

Es war wie ein Film, aber ich spürte einen Blick auf mir, zärtlich, verführerisch, neckend und mir wurde heiß.

»*Ach, und du denkst, Colin und ich … wir sind schon so weit?*«

Zitternd hielt ich mich an der Türklinke fest. Ich hatte keine Ahnung, wo diese Gedanken herkamen.

»*An Colin hatte ich dabei nicht gedacht. Schon deshalb nicht, weil es laut dem Regelbuch verboten ist, Jungs zu küssen, die Colin heißen. Aber hey, ich hab die Regeln nicht gemacht.«*

»Komm schon, Abby – reiß dich mal zusammen!«, ermahnte ich mich und verbannte Colin und dieses merkwürdige Gefühl aus meinen Gedanken. Entschlossen betrat ich die Schule und ging in das Zimmer, das ich mit Esme und Jasmin teilte. Ich wappnete mich auf einen stürmischen Empfang, denn den vielen Nachrichten auf meinem Handy zufolge hatten sie mich vermisst.

Offenbar war ihnen langweilig, denn abgesehen von einer unerwarteten Ehrung aller Schüler war in der letzten Woche wohl recht wenig passiert. Esme hatte eine neue Handtasche und Jasmin überlegte, sich die Haare färben zu lassen – das hatten sie mir geschrieben. Doch darüber wollten die beiden mit mir später noch ausführlich diskutieren. Es kam mir komisch vor, aber irgendwie freute ich mich darauf.

Doch als ich in unser Zimmer kam, war niemand da. Vermutlich waren sie schon im Unterricht. Ich warf meine Tasche aufs Bett und sah mich um. Ich fühlte mich merkwürdig – als würde etwas fehlen. Eine Weile blieb ich so stehen, versuchte, dieses Gefühl zu fassen zu bekommen. Doch ich kam nicht drauf. Mit einem Schulterzucken machte ich mich auf den Weg ins Klassenzimmer. Die Flure waren schon leer und ich würde an meinem ersten Tag wohl zu spät in den Geschichtsunterricht kommen. Ich passierte eine gläserne Vitrine mit Pokalen, Medaillen und farbigen Fotografien der Rudermannschaft von Darkenhall. Ich wusste, ich war schon oft daran vorbeigegangen, ohne die Ehrungen der Sportler zu beachten, doch heute blieb mein Blick regelrecht daran hängen. Die Bilder zeigten die Ruderer in hellen Shorts und meerblauen Trikots mit dem Wappen der Tremblays auf der Brust. Mich schwindelte.

Ich legte die Hände an die Scheibe und trat näher. Eisblaue Augen, blonde Haare, lässig in der Stirn, und ein selbstgefälliges Grinsen verschlugen mir den Atem.

»*Wir sehen uns*«, hallte es in mir und ich keuchte, den Blick noch immer auf den Jungen auf dem Foto geheftet, der den Ruderpokal lässig in die Höhe stemmte. Mir verschwamm das Bild vor Augen und ich kniff die Lider zusammen, um meinen Blick zu schärfen.

»*Tristan*«, drängte ein Gedanke aus den Tiefen meiner Erinnerungen nach oben und mein Puls schnellte in die Höhe. Mein Magen verkrampfte sich. Ich versuchte zu schlucken, aber meine Kehle war wie zugeschnürt. Ich wollte mich losreißen vom Anblick dieses Jungen, doch ich konnte nicht.

»*Du wirst mich* niemals *küssen*«, hämmerte mir meine eigene Stimme im Kopf und ich sank zitternd gegen die Vitrine.

»Niemals *ist ziemlich endgültig. Bist du sicher, dass du nicht vielleicht doch –*«

»*Ich bin sicher!*«

»Niemals *ist keine Option.*«

Diese Stimme … sie war mir so vertraut und doch … so fremd.

»*Alles wird gut. Ich verspreche es.*«

Schluchzend hielt ich mir die Hand vor den Mund, ohne zu wissen, was mit mir los war.

»Nichts ist gut!«, rief ich und rannte los. Es war, als fühlte ich einen Kuss auf meinen Lippen und ich rieb mir energisch mit dem Handrücken über den Mund, während ich blind von Tränen den Flur entlangrannte. Wie von selbst trugen mich meine Schritte die Stufen hinunter.

»*Es war den Schmerz wert, wenn mir nun wenigstens ein kleines Stück von deinem Herz gehört*«, erklang diese Stimme in meinem

Kopf und löste Emotionen aus, die ich nicht erklären konnte. »*Weißt du denn nicht, was … was ich für dich empfinde?*«

Ich bog um die Ecke und floh aus der Schule.

»*Ich hasse, dass du ihn mehr liebst als mich.*«

»*Denkst du, ich will deinen Bruder lieben? Denkst du denn, ich könnte mir das aussuchen?*« Ich fühlte mich wie in einem Traum gefangen und mein Herz schlug immer heftiger.

Ich rannte durch den Park, ohne zu wissen, wohin – nur, dass diese innere Stimme mich leitete.

»*Stell dir nur vor, wie ich wäre, ohne meinen unfassbaren Charme, ohne mein verführerisches Lächeln – am Ende, wäre ich ein langweiliger Colin, den man nicht einmal dann küssen will, wenn die Schulregeln es erlauben würden.*«

Tränen brannten auf meinen Wangen. Ich spürte Schmerz. Überall Schmerz.

»*Du wärst nie ein Colin*«, begehrte ich auf, während ich die Tür der tremblayschen Villa aufstieß. Ich stürzte hinein, atemlos und getrieben von etwas, das ich nicht verstand. Wie von selbst zog es mich eine beängstigende gläserne Treppe hinauf. Beinahe wäre ich ins Leere getreten, denn mehrere Stufen fehlten.

Doch das hielt mich nicht auf. Etwas Stärkeres als meine Angst vor dem Abgrund ließ mich das fehlende Stück überwinden und trieb mich weiter.

»*Ich wäre aber auch nie der Bruder, für den du dich entscheidest, richtig?*«, klang es in mir nach, als ich den ersten Stock erreichte.

Ich atmete hektisch, presste mir die Hand auf mein wild pochendes Herz und hatte keine Ahnung, was ich hier tat. Mit zaghaften Schritten ging ich weiter. Ich betrat ein Zimmer, das mir bekannt vorkam. Als wäre ich vor Hunderten von Jahren schon mal hier gewesen.

Sneakers standen ordentlich vor einer Couch, aber das erschien mir merkwürdig verkehrt.

»*Vergiss mich nicht.*« Diese Stimme war wie ein Fieber und mit einem Mal wurde mir klar, dass ich nicht hier sein sollte. Ich war hier unerlaubt eingedrungen – wie ein Dieb.

Schnell machte ich zwei Schritte rückwärts, dann prallte ich gegen etwas Hartes. Gegen etwas Großes.

»Na, hallo.« Eine Stimme, tief und dunkel, samtig und selbstbewusst, umfing mich und starke Hände hielten mich fest, als ich strauchelte.

»Huch!«

Scheiße, mein Herz! Fast wäre es stehen geblieben!

Schnell strich ich mir die Haare aus dem Gesicht. Irgendwie wusste ich, was jetzt kommen würde. Langsam legte ich den Kopf in den Nacken, um meinem Gegenüber ins Gesicht sehen zu können.

»Ich …«, stammelte ich und verlor mich in den dunkelsten blauen Augen, die ich je gesehen hatte. Nachtschwarz und mit goldenen Sprenkeln übersät, wie ein Sternenhimmel. »Ich wollte …« Verdammt, mein Hirn hatte einen Aussetzer. »Ich wollte nicht einfach hier eindringen, aber irgendwie habe ich etwas gesucht.«

»Was hast du denn gesucht?« Die Stimme des jungen Mannes versprach eine unerwartete Sicherheit.

Abby legte die Hände an seine Brust und alles fühlte sich richtig an. Merkwürdig richtig.

»Antworten.«

Ein Lächeln machte das Gesicht mir gegenüber noch schöner.

»Hast du deine Antworten gefunden, Abby?«, raunte er und fing meinen Blick auf.

»Ich weiß nicht«, gestand ich und Hitze stieg mir in die Wangen. Die Art, wie er meinen Namen aussprach, so zärtlich und vertraut, machte mich schwindelig. »Ich … habe, glaube ich, die Frage vergessen.«

Sein Lachen bebte unter meinen Fingerspitzen und er senkte leicht den Kopf. »Mag sein – aber ich glaube die wichtigen Dinge … die wirst du nie vergessen.«

»Ich bin gefallen … also die Treppe hinunter, und … jetzt …« Gott, diese blauen Augen ließen keinen klaren Gedanken zu. Bilder, die ich nicht verstand, rasten durch meinen Kopf und ergaben keinen Sinn. Aber sie formten ein Gefühl – ein schmerzhaftes Herzklopfen, das wie von selbst dafür sorgte, dass ich auf die Zehenspitzen ging. Ich hob meine Hände in seinen Nacken und sah ihm tief in die Augen. »Das … ist … verrückt«, stieß ich atemlos hervor und benetzte meine Lippen.

Seine dunklen Strähnen fielen ihm in die Stirn und sein Blick heftete sich auf meine Lippen. »Das mit *uns* … ist kein bisschen verrückt. Es ist … Schicksal.«

»Uns?«, flüsterte ich und es war, als würde ein Knoten in meiner Brust platzen.

Ich schnappte nach Luft, sah in das Gesicht, das mir so vertraut war. Ich spürte Schmerz und Liebe, Vergebung und Schuld. Ich krallte mich in seinen Nacken, aus Angst zu fallen. Wir kannten uns kaum – und kannten uns doch auf einer Ebene, die ich nie für möglich gehalten hätte.

»Bastian?«, flüsterte ich. Ich war mir der Tatsache bewusst, dass ich bei ihm ein Anti-Aggressionstraining hatte absolvieren sollen.

Aber als er nun seine Lippen auf meine legte und mit seiner Zunge die Linien meines Mundes nachzeichnete, da war es, als würde eine viel tiefere Wahrheit von einer Welle puren Goldes getragen, die Tür zu meinem Unterbewusstsein aufgestoßen.

»Denkst du, es kann ein *Uns* geben, Abigail Woods, auch wenn ich nicht der Held dieser Familie bin?«, murmelte er gegen meine Lippen und schlang beinahe verzweifelt die Arme um mich.

Ich taumelte unter der Kraft der Bilder, die wie winzige Puzzleteile zwar kein Bild, aber doch zumindest Gefühle bildeten. Tränen rannen mir über die Wange, als ich Bastians Kuss erwiderte.

Ich war in dieses Zimmer gekommen, denn etwas Bedeutsames endete hier. Mein Herz brach, als ich mich erinnerte. Es gab zwei Tremblay-Brüder – und ich würde sie immer in meinem Herzen tragen. Sie waren wie Tag und Nacht. Verführer und Beschützer. Leichtsinn und Vernunft. Beide hatte ich geküsst. Und beide trugen Teile meiner Seele und meines Herzens in sich.

Immer mehr Tränen bahnten sich ihren Weg.

»Du erinnerst dich?«, fragte Bastian und umfasste mein Gesicht mit seinen Händen. Seine Stirn sank gegen meine und ich nickte. Ich hatte noch immer keine Ahnung, was eigentlich los war, doch da waren Bilder, die ich für immer festhalten wollte. Das Schlucken fiel mir schwer, aber mein Herz war leicht von Liebe.

»Einen Tremblay – vergisst man nicht«, wiederholte ich Worte, die ein blonder, blauäugiger Mädchenschwarm einst zu mir gesagt hatte.

Bastian lachte und küsste mich wieder. »Wir werden nichts vergessen – aber es doch hinter uns lassen, denn dieses Uns, es braucht einen Neuanfang.«

Die Sonne schien warm durchs Fenster und wir badeten in ihrem Licht. Die Schatten waren weit weg und mein Herz wurde mit jedem Schlag leichter.

Glücklich schmiegte ich mich an Bastian Tremblays Brust. Sein Duft hüllte mich ein. Es war wie ein Nachhausekommen, als er seine Arme um mich legte und mir einen Kuss raubte.

Es hatte sich nie schöner angefühlt, bestohlen zu werden!

Bold, Emily:
Stolen
Verwoben in Vergessen
ISBN 978 3 522 50661 8

Umschlaggestaltung: Johannes Wiebel, punchdesign
unter Verwendung von Bildern von shutterstock.com (Dmitry Arhar, Munimara, antart, sakkmesterke, Big Foot Productions)
Satz und Innentypografie: Kadja Gericke
Reproduktion: DIGIZWO GbR, Stuttgart
Druck und Bindung: CPI Books GmbH, Leck

MIX
Papier aus verantwortungsvollen Quellen
FSC
www.fsc.org
FSC® C083411